Editora Zain

Rádio Noite

Yuri Andrukhóvytch

TRADUÇÃO DO UCRANIANO
Lucas Simone

zain

© Yuri Andrukhóvytch, 2021. Edição original ucraniana publicada em
2021 por Meridian Czernowitz, Chernivtsi.
© Suhrkamp Verlag, Berlim, 2022. Todos os direitos reservados.
© Editora Zain, 2024

Todos os direitos desta edição reservados à Zain.

Título original: Радио Ніч

Grafia atualizada segundo o Acordo Ortográfico da Língua Portuguesa
de 1990, que entrou em vigor em 2009.

EDITOR RESPONSÁVEL
Matthias Zain

PROJETO DA CAPA
Violaine Cadinot

PROJETO DO MIOLO
Julio Abreu

PREPARAÇÃO
Nina Schipper

REVISÃO
Cristina Yamazaki
Marina Saraiva

Dados Internacionais de Catalogação na Publicação (CIP)
(Câmara Brasileira do Livro, SP, Brasil)

Andrukhóvytch, Yuri
Rádio Noite / Yuri Andrukhóvytch ; tradução Lucas Simone. – 1ª ed. –
Belo Horizonte, MG : Zain, 2024.

Título original: Радио Ніч

ISBN 978-65-85603-14-0

1. Ficção ucraniana I. Título.

24-227905   CDD-891.793

Índice para catálogo sistemático:
1. Ficção : Literatura ucraniana 891.793

Eliete Marques da Silva – Bibliotecária – CRB-8/9380

Zain
R. São Paulo, 1665, sl. 304 – Lourdes
30170-132 – Belo Horizonte, MG
www.editorazain.com.br
contato@editorazain.com.br
instagram.com/editorazain

Rádio Noite

*Eu não era mais eu, era uma outra pessoa, mas, justamente
por isso, voltei afinal a ser eu mesmo.*

Robert Walser, *Der Spaziergang* [O passeio]

*E haverá estrondo de montanhas que desmoronam, e correntes agitadas
refluindo nos mares, e rugido de fogo, e vento enfurecido.*

Livro tibetano dos mortos

Se Deus é nosso pai, o diabo é nosso amigo inseparável.

Você está ouvindo a Rádio Noite, e quem fala é Jossyp Rotsky, vulgo Jos. Acaba de dar meia-noite, e eu fico por aqui até de manhã. Hoje é dia 13 de dezembro, segunda-feira — como vocês podem ver, tudo é ideal: o pior dia do pior mês, no pior dia da semana. É uma boa oportunidade de estarmos juntos.

Não estou sozinho entre estas paredes. Graças às luzes verdes no mapa-múndi do estúdio, eu vejo de onde estão me escutando e, se eu não fosse um canalha inveterado, anunciaria emocionado que hoje estou até feliz — vocês são tantos. E são cada vez mais.

E cá estou (quase feliz, eu admito), olhando para essa mudança positiva: como ambos os hemisférios se cobrem pouco a pouco com manchas de pontinhos verdes, here, there and everywhere, *e alguns deles já confluíram para pequeninos enclaves verdes. Um começo um tanto ambicioso para uma estação de rádio tão banal, se me permitem, e completamente caseira.*

Zero hora e três minutos no meu relógio. Estou frisando o "meu" por causa da localização. O lugar em que me escondo entre quatro paredes... Sim, estou escondido outra vez, embora pareça impossível continuar com isso!... Tudo bem, reformulando: o lugar em que estou entre estas quatro paredes é muito bem localizado para quem pretende informar as horas. Estou aproximadamente onde começa a contagem. Estão lembrados de toda aquela geofísica elementar? Não, não estou em Greenwich ou na Argélia, Mali ou Burkina Faso, como também não estou no oeste da França ou no sul da Espanha. Adivinhem onde eu estou.

Que o vento seja uma pista. Vocês não podem ouvi-lo online, mas ele está presente. Mesmo assim ele está online. Acreditem em mim, ele está soprando furioso do lado de fora destas paredes. Eu também não consigo ouvir, mas tenho certeza de que está aqui. Sem dúvida ele está presente, e carrega adiante, até Spitsbergen e o Polo Norte, tudo o que ele consegue apanhar: alguns fragmentos de órgãos de navios, asas de aviões, almas de pilotos, retalhos de lona, pedaços de casca de árvore, cheiros ocultos de liquens, apitos de madeira, o som deles, penas de pássaros. Em suas correntes, banham-se, desamparados como baleias, anjos do Norte.

A segunda pista está justamente nelas, nas baleias. Elas estão aqui, em algum lugar, muito perto, movem-se como sonâmbulos por seus caminhos no grandioso silêncio das profundezas, envoltas em camadas de gorduras quentes e por um maciço de massas aquáticas. E eu estou ao lado delas. Estou no oceano, e ninguém diria em qual dos dois. Ainda é o Atlântico ou é o Ártico? Onde está a fronteira entre eles? É o mar da Noruega ou da Groenlândia? Contudo, nessa época, em meio ao inverno e em uma noite de dezembro, todos eles são gelados pra caralho. Cem diabos na fuça deles, como diria o lobo do mar.

Ainda não adivinharam? Não bastaram as duas pistas? Não haverá uma terceira.

Estou numa ilha que não tem nome. É o meridiano zero. É zero hora, seis minutos em Greenwich, e acaba de começar um novo dia, 13 de dezembro. Tudo o que está a leste de mim já cruzou sua linha. Para aqueles que estão a oeste, ela ainda está à frente. Ainda estão se aproximando de seu 13 de dezembro. Digo isso especialmente para os ouvintes da região de Baffin, porque alguns pontos verdes no mapa dão prova de que temos alguns deles até mesmo lá. Além disso, hoje sou ouvido em Berlin, no estado de Massachusetts, e, por uma estranha coincidência, também em Berlin, no estado de Connecticut, e também em Athens, Kentucky, e em Athens, Illinois, em Versailles e Russia (tanto a primeira, como a segunda, em Ohio), em Italy e Odessa (ambas no Texas), em Palermo na Sicília e Palermo na Dakota do Norte, nas três São Petersburgos e em Pittsburgh, nas Jerichos da Tasmânia e da Califórnia, nas Bethlehems da Pensilvânia, da Virginia, da Carolina e da Nova Zelândia, nas quatro Jerusalems dos Estados Unidos e na quinta, a real, em inúmeras outras cidades e lugares, como Aleluia, Nebraska.

Na madrugada de hoje, tenho uma coisa a contar para vocês. Justamente nesta madrugada, com sua escuridão já esticada quase que ao máximo. Com sua escuridão estendida sobre nossas pobres cabeças, como uma universal e obscura manta preta. Mais uma semana, e virá a noite mais longa. Mas não quero adiar nada. Ontem também mal tivemos um dia de luz. Quando muito, quatro horas de uma massa pálida no céu, ondas de chumbo, rochedos de chumbo, chumbo no horizonte e, além deles, um punhado ou dois de neve intermitente, vento e uma tempestade moderada — menos de sete pontos de intensidade —, mas que já dura seis dias. O dia terminou sem nem ter começado: pelas duas da tarde, escureceu rapidamente, e toda a colônia de aves marinhas gritou seu último adeus, enquanto eu andava pra lá e pra cá pelo terraço interno.

Sabem, eu gostaria de fazer um alerta. A vocês que ainda estão me ouvindo e aos que estão chegando. Isso mesmo. Com certeza não vou salvá-los e dificilmente vou ajudá-los de algum jeito. Mas, de todo modo, hei de preencher sua noite com insônia. Esta rádio é para aqueles que

chegaram ao limite
entraram num beco sem saída
não veem nada adiante
não dormem à noite
não querem dormir à noite
não dormem de forma alguma
não dormem e ficam pensando
jazem imóveis, de olhos abertos.

Para pessoas como vocês, tenho um tipo favorito de música.

Hoje comecei com a piada: "Se Deus é nosso pai, o diabo é nosso amigo mais íntimo". (Primeiro eu disse "inseparável", mas também dá para falar assim. Quanto mais íntimo, melhor.) Minha história é um pouco sobre isso. Se eu não fosse eu, continuaria, com uma entonação respeitosa, dizendo assim: "Esta história é sobre as complexas relações do narrador com seu pai e seu amigo íntimo. Sobre a insuportável escolha entre o respeito pelo primeiro e a atração (para não dizer amor) pelo segundo".

Mas no meu relógio é zero hora, onze minutos, e é hora de música.

Lubomyr Melnyk. **Ripples in a Water Scene.** *Ondulações numa cena aquática.*

1

O Comitê Biográfico Interativo Internacional (CBII) — instituição a tal ponto influente e respeitável que, já por duas décadas, venho tentando granjear o direito de me tornar seu membro-correspondente — me incumbiu de escrever uma biografia expandida e comentada de um certo Jossyp Rotsky. Aceitei tal tarefa não somente com uma oculta e profunda gratidão, mas também com a responsável consciência de sua particular complexidade. Afinal, nunca tive que fazer coisa semelhante. A soma das coisas sabidas a respeito da pessoa cuja trajetória de vida eu tinha que documentar em sua absoluta totalidade parecia não muito maior que zero e consistia apenas no nome e no sobrenome.

No fim das contas, nem esses dados mínimos pareciam tão certos assim. O nome, em particular. Era mesmo Jossyp? Ou talvez um pouco mais arcaico, Ossyp? Ou, digamos, Iossyf? Isso sem falar de Iozef e Iuzef. Ou ainda Ioassaf e Iossafat.

Jossyp Rotsky. Um híbrido pretensioso de Brodsky e Roth. Este último, por falar nisso, por seu local de origem é também *brodsky*, ou, mais precisamente, *brodivsky*.[1] Mas isso não vem ao caso.

Depois de uma série de meditações e de uma busca meticulosa de todos os recursos online possíveis, cheguei a algumas primeiras conclusões. Antes de mais nada, que Jossyp Rotsky de fato existiu, e talvez ainda exista. Ou seja, ele não é, de modo algum, produto da imaginação de um funcionário do Comitê. Ninguém do Comitê tinha o intuito de colocar em circulação mais uma ficção biográfica — isso eu poderia assegurar até mesmo sob tortura. Outra coisa é por que ele, Jossyp Rotsky, era tão necessário assim ao Comitê. Eu presumia que a resposta começaria a tornar-se evidente mediante o avanço de minha investigação.

No início, havia umas migalhas. Consegui descobrir que Jossyp Rotsky

---

1 Trata-se aqui de um trocadilho entre o nome do poeta Joseph Brodsky (Jóssif Aleksándrovitch Bródski, 1940-1996) e a cidade de Brody, onde nasceu o escritor judeu austríaco Joseph Roth (1894-1939). Situada atualmente no oeste da Ucrânia, Brody fazia parte do Império Austro-Húngaro à época do nascimento de Roth. [Esta e as demais notas de rodapé são do tradutor.]

recebera em parte uma educação musical e, ao que parece, possuíra diversos instrumentos de teclas. No início dos anos noventa, fizera parte de certa banda e até estivera em turnê (*turneou*, em suas próprias palavras) na Sérvia. Porém, também pode ter sido na Macedônia. Não aprendeu sérvio, mas às vezes imitava diversas frases que se assemelhavam ao sérvio. Assim, ao virar-se para olhar umas linhas ou sinuosidades particularmente sedutoras, ele podia dizer, com entusiasmo, "*kákova málitsa!*", o que, de acordo com sua invenção, significava "que garota!" em sua língua materna. Às vezes, chegava ao ponto de acrescentar "*kákova* traseira!". Porém, não tinha nada rude em mente: por "traseira", ele se referia à pessoa que, depois de passar por ele, encontrava-se atrás. Aquela que desfilasse à sua frente poderia ser chamada de "dianteira".

No mais, ele gostava de usar suas próprias palavras, recém-inventadas. Algumas delas continuavam voltando para ele, outras, brotavam uma só vez.

Em sua vida passada, que acontecera na virada do século XV para o XVI, ele, aliás, também fora músico, mas, pelo visto, consideravelmente mais habilidoso.

Além disso, fiquei sabendo que Jossyp Rotsky usava, com muita frequência, camisas lisas ou, melhor dizendo, coloridas. Embora preto também não lhe caísse nada mal. Talvez isso se explicasse pela heterocromia — um fenômeno bastante raro em que a íris de cada olho tem uma coloração diferente. É sabido por todos que um olho de Rotsky era esverdeado. Se era o esquerdo ou o direito, isso não consegui determinar. A cor do outro olho, por enquanto também não.

Jossyp Rotsky foi forçado a deixar seu país. Há todas as razões para pensar que isso se deveu sobretudo à derrota da revolução, na qual — tanto na revolução como na derrota — ele desempenhou um papel que não foi dos menores. Daí sua muito provável participação em certa tentativa de assassinato político. Ao que parece, bem-sucedida.

Era aproximadamente isso o que eu já sabia sobre Jossyp Rotsky quando, para a continuidade de meus exercícios de busca, iniciei uma jornada. Sem me deter em cada ponto isolado de minha confusa viagem, cujos fragmentos isolados pareciam irremediavelmente absurdos e que não levavam a outro lugar a não ser um beco sem saída, interminável e fechado, ainda assim vou relembrar como finalmente me deparei com um obstáculo intransponível, na forma da má fama de uma prisão suíça que tive que contornar sem poder adentrar. Esse fracasso me fez cerrar os dentes e tornou-se, à sua maneira, um ponto de inflexão.

Em dezembro do ano passado, fui parar em Rinocerontes — não um vilarejo, e sim uma cidade nas cercanias de um dos setenta centros geográficos da Europa, em sua versão ligeiramente mais oriental. Os Cárpatos assumem ali uma forma vulcânica bastante exótica, e seus contrafortes, cobertos de arvoredos de aveleiras e castanheiros, criam verdadeiras cascatas de encostas mais íngremes e mais suaves, às quais a mencionada cidade foi sendo idealmente moldada ao longo de quase nove séculos. Na verdade, ela não passou a ser chamada de Rinocerontes no momento de sua fundação, e sim apenas durante o governo do vigésimo sexto barão Florian-August. Ou seja, em algum ponto do fim do século XV.

Demorou até que eu conseguisse alugar a residência em que Jossyp Rotsky supostamente esteve instalado alguns anos atrás, *pela mesma grana*, como o corretor um tanto sombrio me garantiu, e isso, nas atuais condições de inflação volátil, deveria ser considerado um privilégio ainda imerecido.

Assim, tornei-me morador daquele lugar, comum só ao primeiro olhar. O edifício, em que metade do parterre estava temporariamente à minha disposição, era um exemplo, com seus diversos andares, de indefinição arquitetônica, e se enterrava com todas as forças no sopé rochoso e arenoso — também chamado *selvagem* — da Colina do Castelo, como que ansiando desaparecer para sempre, ocultar-se em suas entranhas. No idioma que outrora foi chamado de russo, isso certamente soaria como *vnedrítsia*.[2] A única peculiaridade do edifício poderia talvez ser o porão — e não o porão em si, mas o clube localizado nele. Afinal de contas, ficava fechado a maior parte do tempo. Ou então era muito pouco frequentado. Estive nele só uma vez, na primeira noite depois de me fixar ali. Era um daqueles covis tipicamente antiquados, onde se fumou tanto que corrente de ar nenhuma conseguiria um dia eliminar o cheiro. Um indício adicional do ar *old school* eram os palitos de dentes — não só nas mesas, ao lado dos saleiros e pimenteiras, mas também no bar, por algum motivo. Faltavam só potes de mostarda. Nenhum dos funcionários ansiava por satisfazer minha curiosidade fingidamente débil. No entanto, o fingidamente apático barman deixou que eu arrancasse dele a confissão de que, até pouco tempo atrás, havia outro estabelecimento ali, e ele não tinha ideia de quem o frequentava. Mais precisamente, tinha nada mais que uma noção bastante vaga: "Alguns emigrados". O *frankovka* local não era sequer uma versão medíocre desse vinho mais do que medíocre, e, no interior, não acontecia

---

2 Em russo, no original: "penetrar", "introduzir-se", "fincar raízes".

nada de particularmente agradável. Por exemplo, no meu campo de visão nunca apareceu nem mesmo uma sombra de algo que se adequasse à frase *"kákova málitsa!"*. Depois de me torturar com uma segunda taça, paguei e subi para minha residência.

Mais perto do meio do mês, quando os dias se tornam criticamente curtos e descaradamente escuros, sobretudo na área de parterre do edifício sob a Colina do Castelo, aconteceu comigo, naquele momento, a única aventura mística da minha vida. Ao trabalhar à tarde em outra pilha de documentos, nenhum dos quais continha algo útil para mim, e ao olhar pela janela para as tentativas extremamente tímidas da neve de por fim abster-se de qualquer contenção e verter-se com toda a sua força, involuntariamente comecei a bocejar e, então, depois de fazer uma pausa, decidi tirar um cochilo numa cama dobrável tentadoramente disponível. Já meio adormecido, mergulhando em sono absoluto, consegui registrar uma circunstância nova para mim: de baixo, ou seja, do porão, começaram a reverberar sons de diferentes timbres e volumes, o que indicava deslocamento de móveis e afinação de instrumentos. Talvez não de todos eles. De qualquer maneira, o técnico de som do clube já sofria bastante com a bateria.

A segunda coisa que consegui foi lembrar que o dia era sexta-feira e que naquela noite haveria um show.

A terceira coisa não veio muito depois da segunda. Tudo estava como então. Eu não era eu, e sim Jossyp Rotsky. Estava deitado na mesma cama dobrável, na época dele. Foi ele quem ouviu todos aqueles sons vindos de baixo. Deixei me dissolver em tudo o que se seguiu. Ou seja, em outra hora e em outro dia, mas também no fim do ano e naquela mesma residência.

Lá embaixo, o bumbo era afinado da mesma forma — longa, tediosa e regularmente metódica. Nisso, não havia nada de extraordinário. Residir em cima de um clube significa alguns inconvenientes, especialmente às sextas-feiras e aos sábados. O clube se chamava Xata Morgana (ou Khata Morgana[3] — ambas as versões da grafia eram usadas em pé de igualdade), e Jossyp Rotsky nunca tinha posto o pé lá dentro. Porém, ele já se acostumara a todos os sons pré-show das tardes de sexta-feira. E também aos shows,

---

3 Literalmente "Casa Morgana", respectivamente em grafia latinizada e em cirílico, no original. O trocadilho é entre *khata*, "casa" ou "cabana camponesa", e *fata Morgana*, "fada Morgana", a personagem da mitologia arturiana.

para falar a verdade. Jossyp Rotsky teria dito que nem todos soavam igualmente desesperadores, se lhe tivessem perguntado. Porém, não havia ninguém para perguntar.

De qualquer forma, no porão não acontecia nada de anormal.

Porém, algo de todo anormal, senão impossível, pareceu o toque da campainha. Jossyp Rotsky não atendeu. Ninguém, absolutamente nenhuma alma viva, poderia perturbá-lo aqui hoje. Nenhum encontro, nada de sessões de sexo ou outro tipo de intimidade estava planejada para essa sexta-feira. Entretanto, o toque se multiplicou numa série de toques, curtos e longos, que depois se transformaram em batidas. O visitante desconhecido demonstrou uma categórica inconveniência e certa impaciência.

Rotsky pela primeira vez lamentou-se pela falta de um olho mágico — já deveria ter perfurado um na porta muito tempo antes. Ele hesitou um pouco, imóvel em frente à porta. Sua imaginação bem treinada tivera tempo de passar por vários *feeds* de notícias em que, dentro de uma ou duas horas, brotariam informações sobre outro membro da lista liquidado. *Eles*, talvez, por que não, presumiu Rotsky. Por fim, dando de ombros mentalmente e proferindo em pensamento o habitual "Só se morre uma vez!", ele abriu.

A pessoa do outro lado da porta era sobretudo perfume, uma nuvem intensamente espessa de aromas. Dela, ressoaram as primeiras palavras, e elas foram: "Bom dia, eu sou a presa".

Na língua materna de Rotsky. Uma língua que, ao longo dos últimos anos, ele esquecera como utilizar.

"Bom dia, eu sou a presa."

"Vdovytch?"[4] Rotsky não acreditou.

"Não, a presa. Mas no sentido positivo — como a do caçador. Você é o caçador, eu sou a presa."

Rotsky olhou para aquela calvície perfeita, para a protuberância brilhante de sua cabeça. Estava só um pouco abaixo, já que ele, Rotsky, não se destacava pela estatura elevada.

"Myroslav-Iaromyr Servus", nomeou-se o homem careca. "Também pode abreviar: Myromyr ou Slavoiar. Mirko. Ou Iarko. Somos vizinhos aqui. Estou debaixo de você. Sou o dono da Khata Morgana. Estamos incomodando muito?"

"É muito gentil de sua parte", disse Rotsky, entredentes.

---

4 Rotsky confunde a palavra ucraniana *zdobytch*, que significa "presa", com o nome próprio "Vdovytch".

"Sim, eu sei. Não poderia me convidar para entrar?"

A nuvem de perfume flutuou pela antessala. Rotsky achou que o reconhecera: Gravity Master de Klaus-Johann Bérangé (açafrão, canela, jasmim-da-noite, cinzas e ainda, em cima de tudo, almíscar).

"Suas narinas não estão mentindo. Fiz isso de propósito: para cortar o enxofre", comentou o homem careca, rindo de sua própria piada e avançando com ar confiante para a sala de estar.

A perfeição não se resumia à calvície. O barbear perfeito não deixara no rosto nem sobrancelhas, nem cílios. O ajuste perfeito do traje perfeitamente talhado não dava chance alguma para os vincos. E ainda todos aqueles adornos caros no nariz, nas orelhas, no pescoço, nas lapelas e nos dedos! E cada uma exigiria um olhar muito atento e uma interpretação simbólica.

"Não vim só para me apresentar", o hóspede lançou um olhar para algo perdido em algum lugar atrás do anfitrião ao chegar ao fim do corredor. "Tenho uma propo..."

Ele não terminou por causa de Edgar. Este finalmente avaliou a situação e, com um estrépito agudo, saiu voando de sua permanente tocaia em cima do guarda-roupa. Parecia que agora ele atacaria aquela careca perfeita não só com o bico, mas também com as garras.

"Não tenha medo, ele é um cientista e um poeta. Não vai atacar, embora fique estimulado com seus brilhantes", garantiu Rotsky nervosamente, deixando o convidado entrar na sala de estar, e com ele também o corvo.

Edgar pousou suavemente no ombro de Rotsky (como de costume, no esquerdo) e, com ávida curiosidade, observou, vis-à-vis, o calvo que acabara de desabar na poltrona oposta.

"Que belo *nevermore*",[5] elogiou Servus. "Faz tempo que está com ele?"

"Dois milênios", disse Rotsky, ao que Servus acenou com a cabeça em sinal de compreensão.

"Sr. Jossyp", começou ele, demonstrando, com todo o seu jeito, como podia logo pegar o touro pelos chifres.

"Pode ser só Jos", interrompeu Rotsky.

"Ótimo, Jos", concordou o convidado. "Já que é assim, então eu sou Mef. Mas já vou avisando: não Mefisto. Nem tenha esperança."

"Que pena. Então de onde veio Mef?"

---

5 Menção ao poema *O corvo* (1845), de Edgar Allan Poe (1809-1849). Na história, o protagonista recebe a improvável visita de um corvo, com quem ele conversa e que responde unicamente com a palavra *nevermore* ("nunca mais").

"O diabo é que sabe. De Mefódi? Uma vez me chamaram assim em um grupo de pacientes anônimos. Lá, inventavam nomes para todos, codinomes. Em nosso círculo, tinha a sra. Amfa, alguns Cracks, o velho Jah, a jovem Barbie e o inesquecível casal Tram e Dolly. E eu virei Mefódi."[6]

"Mefódi, Mef. Cai bem."

"Acho que foi por causa da mefedrona, que eu usava na época. De preferência, sabe, durante o banho de banheira quente — aí fiquei viciado. Cheirei, experimentei o gosto. É triste, é terrível, mas você relembra... A propósito, você tem aqui um cômodo com banheira?"

Rotsky ainda refletia sobre uma resposta que não parecesse estúpida, e, enquanto isso, Edgar, sem conseguir encontrar no estranho nada que exigisse o terceiro grau de proximidade vigilante, saiu, dessa vez de maneira quase inaudível, de seu ombro favorito e voou para um velho aparador no canto oposto da sala, de onde, no entanto, continuou a observá-lo de modo bastante atento.

E então começou uma conversa que, de acordo com a maioria das versões, não podia ter durado menos de uma hora.

Mas não dá para chamar de conversa, no sentido mais puro, essa torrente muito mais próxima de um monólogo. Quem falou a maior parte do tempo foi Mef — e Jos, embora soubesse desde o início que a cada proposta a resposta inevitavelmente seria "não", ouviu a maior parte do tempo. Ele não primava pela excessiva polidez, assim como pela estatura elevada, e a palavra "não" (ele a pronunciava *na*) estivera entre suas cinco preferidas já por metade de sua vida. Ainda assim — que milagre! —, ele suportou e ouviu, perguntando-se internamente de onde raios viera tamanha tolerância.

"Jos", disse Mef, "sou um antigo admirador seu, não um velho admirador, e sim antigo, embora você possa duvidar que ainda tenha sobrado um em algum lugar do mundo. Pois eu sou um deles, talvez o único. Fiquei cheio de alegria, Jos, quando soube que você moraria aqui agora, acima de mim, foi como uma bênção que desceu sobre o meu estabelecimento, uma espécie de orvalho de Deus. Você está acima de nós, como aquele Deus, Jos. Vi você tanto ao vivo, como em gravação, e também *naquele* inverno, quando você colocou uma máscara. Tenho uma coleção de seus autógrafos, Jos. Vim buscar sua alma."

(Vai ver você está me confundindo com alguém — Rotsky respondeu. — *I'm not so important, man. Muito menos minha alma.)*

---

6 Trata-se da versão eslava oriental do nome grego "Metódio".

"Deus que me livre", respondeu Mef, "e o diabo que me carregue, mas aqui tem um monte de evidências", e mostrou rapidamente no smartphone: fotos, vídeos, áudios. "Rotsky, Rotsky, Rotsky, veja por si mesmo, sou sua presa, Jos, já faz trinta anos que sou sua presa. Eu cresci me espelhando em você. Eu usava os mesmos penteados que o seu de agora. Até o meu cabelo cair por causa dos problemas. Na juventude, eu inclinava a cabeça para o lado do mesmo jeito, e levantava o queixo. E andava com o colarinho levantado, as mãos no bolso. Vivi no seu estilo e pelo seu estilo, Jos. Vivi em seu nome. Sabe quanto dinheiro eu enfiei em toda essa revolução, graças ao seu nome? E dezenas, centenas de outros como eu? Levamos tudo: comida, remédios, roupas, lenha, fumo, as armas, os nervos, os pulmões, coca. Na primeira exigência da Liderança, Jos. Eu não confiava em nenhum deles como confiava em você. Eu não confiava neles nem um pouco, mas em você, sim, Jos. Enquanto você estava lá, nós sabíamos por quê. Veja só, veja só: esse e esse outro seriam presos no dia seguinte, esse seria estrangulado, esse depois delataria todo mundo, essas duas, uma depois da outra, naquela mesma noite estariam desaparecidas sem qualquer vestígio, e esse aqui rodaria por um bom tempo, essa perdeu o bebê, enquanto eu e você somos emigrados. Em uma só foto, tantas histórias, veja, Jos."

(Rotsky, passando devagarinho pelos arquivos do smartphone: *E depois? Começamos um círculo de prisioneiros e reprimidos?*)

"Bem perto disso", Mef responde. "Quase acertou."

(*Só que isso é chato* — pensou Rotsky. — *Não tenho nem palavras para expressar o quanto é chato.*)

"A emigração é um país onde geralmente se dorme mal", respondeu Mef. "E, quando você pega no sono, dorme tão pesado que não consegue acordar: você se afoga no próprio uivo, como se fosse vômito. Acho que é PC — peso na consciência. Pedras e outros FSA — fardos sobre a alma. E tudo quanto é coisa desse tipo. E você fica se perguntando, o tempo todo se perguntando. Por que é que pregaram — literalmente — uma sovela no pulmão daquele ali, e não no meu? Por que o *sniper* pegou aquele ali? Eu estava a um metro de distância, e totalmente sem escudo! Por que não fui eu que perdi um bebê? Por que não fui eu a ser mandado para um barracão por setecentos e cinquenta anos, dez meses e três semanas? É porque eu estou aqui, e eles estão lá? Mas por que é que eu estou aqui? Por que aquele teve tuberculose, e eu estou abrindo um novo clube?"

(*Só não acredite que é uma missão, Mef, porque é um acaso.*)

"Mas como não acreditar, Jos? Afinal, todo acaso é uma missão. É que eu sonhei com um nome por acaso. Por acaso, criei um clube para ele. Para isso, era preciso achar por acaso esse porão. Eu achei. Mais precisamente, as chaves dele. As chaves serviram, e tudo se abriu. Depois, os primeiros clientes casuais. Eles começaram a vir aqui por acaso. Precisavam de um lugar para se aquecerem juntos. Eram migrantes da primeira onda, afinal, ainda quentes, recém-chegados de casa. Mas o calor se perde, e eles precisam uns dos outros. Mas será que você não vê o que está acontecendo? Como nosso país todo está saindo de si mesmo — aos trancos e barrancos? Para qualquer lugar que seja — desde que não fiquem. Quem ficou, morreu, o regime engoliu tudo, até as tripas. Até nesse cu vulcânico nos Cárpatos, já tem mais de dois milhões da nossa gente. Daqui a um ano, seremos cinco, porque todo mundo que pode está fugindo. Escute só, mesmo aqui, na periferia, somos vinte por cento! E o que dizer das capitais, dos centros? E é claro que são os jovens, os jovens. Qualquer buraco no exterior é melhor para eles do que em casa! Mas eles ainda se apegam a alguns fios, a alguma memória. E não somente eles, não um grupo vazio, mas certo tipo de comunidade. Sentimos sua falta, Jos. Para o grupo se tornar uma comunidade, precisa de você. Sabe, uma espécie de referência, de vetor, de eixo, de haste, de pistão."

(*Está falando do striptease?*)

"Ah, nós temos striptease no domingo, para você saber. Mas precisamos de você na quinta-feira, Jos."

(*Por que na quinta-feira?*)

"Porque na segunda-feira nós descansamos, o clube fica fechado. Na terça-feira, tem palestras, discussões, painéis, reuniões, uma masterclass para entusiastas de café, uma centena de charutos, uma feira de veganos. Na quarta-feira, tem muitos eventos com *f*: futeboloteca, filmes, *freak shows*, *free jazz*, flamenco, *French disco*, *fafa-lialia*[7]— e, uma vez por mês, noites de casais homossexuais. Na sexta-feira, tem a noite de grupos jovens Feliz *Rock* Novo,[8] estreias de bandas. No sábado, festas fechadas de patrocinadores e doadores. E, no domingo, striptease. Como você já sabe, Jos. Bom, e na quinta-feira será você."

Edgar, que já vinha se preparando havia algum tempo para intervir a partir de seu aparador, reiterou, de modo bastante claro, ainda que com um grunhido característico: "Por que quinta-feira?".

---

7 Expressão idiomática ucraniana mais ou menos equivalente a "blá-blá-blá". Aqui, refere-se a um evento de discussões sobre temas livres.
8 Há um trocadilho de difícil recuperação, já que as palavras "ano" e "rock" têm o mesmo som e a mesma grafia em ucraniano: *rok*.

Sem pestanejar, Servus abriu os braços e explicou — mas não para o corvo, e sim para Rotsky: "Todos os outros dias já foram ocupados. É um ciclo semanal".

Então — agora de modo mais concentrado e grave, como se inserisse um traço patético (o técnico de som do clube finalmente pulara da desobediente bateria e passara a atormentar o baixo): "Jos, volte. Por que desapareceu? Seu carisma não permite isso. Uma personalidade como você tem um peso crítico. Cá entre nós, entre os jovens daqui os laços com a pátria estão sendo cortados depressa demais".

"Não gosto dessa palavra", Rotsky fez uma leve careta. "É melhor dizer em sérvio: *domovina*."[9]

"Gostaria de acreditar que ainda não é hora de sérvio. E já está na minha hora", ele se levantou da poltrona, olhando para Edgar por via das dúvidas.

Este não demonstrou nada, mas não tirou os olhos dele.

"O que devo apresentar para você?", perguntou Rotsky, de modo novamente inesperado para si mesmo.

"Música."

"Já faz cem anos que eu não toco."

"Por isso mesmo que estou dizendo: volte. Posso pagar bem."

"Obrigado. Tenho uma segurança financeira absoluta e totalmente ilimitada."

"Posso pagar com algo que não é dinheiro, Jos."

Irritado pelo fato de que deveria ter encerrado tudo aquilo muito tempo antes e assim não ter feito mais nenhuma nova pergunta, Rotsky ainda assim perguntou:

"Com o quê, então?"

Eles estavam em pé, no corredor, e Mef esticou-se para tocar a maçaneta da porta de entrada, mas deteve-se e olhou mais uma vez com ar grave — porém, não tanto para Rotsky, e sim para Edgar, que estava de novo empoleirado no ombro do outro, no esquerdo.

"Você tem mesmo olhos de cores diferentes. Certamente um sinal de ter sido escolhido." E continuou: "O preço pode ser alto. Uma noitada sua — e mais um verão de sua vida. A propósito, estava aqui de olho num autêntico piano Schellenberg do início dos anos trinta. Uma sonoridade incomum, mas tem que afinar. Quer tocar no Schellenberg?".

---

9 *Domovina* em sérvio significa "pátria". Porém, em ucraniano, a palavra análoga, *domovyna*, significa "caixão", "túmulo".

"Já não sei o que fazer com os anos que me foram dados. E você ainda promete acrescentar alguns", Rotsky deu um sorriso um pouco desdenhoso, mas o mais estreito possível, para não abrir os cantos da boca, que já estavam vazios havia muito tempo. "Mas mesmo assim, obrigado pela proposta."

Dessa vez, a mão de Mef, com todos os seus caros adornos, puxou o ferrolho, e a porta entreabriu-se.

"Eu já disse tudo e deixo você a sós. Espero que pelo menos com dúvida. Ou pelo menos com o crepúsculo."[10]

O mais correto seria ter dito "com o perfume". Mas o crepúsculo de fato se adensava.

A porta estalou, e Rotsky, não sem alívio, embora não sem certa bravata, olhando de esguelha com seu olho esquerdo, esverdeado, para o próprio ombro, perguntou:

"E o que você diz disso, meu velho?"

A última palavra não foi uma familiaridade vazia. De acordo com os cálculos de Rotsky, Edgar passava dos duzentos anos.

---

10 Mef faz um trocadilho entre as palavras *sumnivy*, "dúvidas", e *sutinky*, "crepúsculo".

2

Jossyp Rotsky conhecera esse Edgar, preto não somente nas asas, e sim por inteiro, somente alguns meses antes daquela súbita visita. Passeando, durante um dia comum, pelos caminhos tortuosos da Colina do Castelo, ele observou, em uma das beiradas recobertas de grama, uma briga estridente e brutal entre um pequeno bando de gralhas e um corvo solitário. Não se sabe o que é que se passava ali: rusgas entre espécies de pássaros não estão necessariamente sujeitas às nossas interpretações. Em pensamento, Rotsky avaliou a situação como um conflito comum entre alguns tipos urbanos e um florestal. Os primeiros não ousavam atacar, mas também não deixavam o segundo sair das cercanias. Enquanto isso, claramente conclamavam a ajuda de outros de sua espécie. Se surgirem mais deles aqui, aí vão avançar, presumiu Rotsky. Contudo, por professar a ideia de completa não interferência nos fenômenos da natureza, durante um tempo ele só observou.

Pouco depois, ele se convenceu de que estava certo: as gralhas estavam chegando — e de maneira muito brusca —, e o comportamento delas crescia em agressividade. Com toda a sua pose, o corvo prometia não desistir e, respondendo aos primeiros ataques mais ou menos francos, passou para uma dança de combate, como advertência. "Quem se mete entre os corvos tem que grasnar como eles", Rotsky citou sua canção favorita de outrora, e então, com passos exageradamente decididos, marchou em direção à beirada da encosta. Isso distraiu um pouco os que atacavam, alguns deles hesitaram e, quando ele começou a berrar de maneira súbita e selvagem: "Ah, seus filhos da puta, para longe dele!", ficaram aterrorizados, e isso possibilitou ao eremita preto bater as asas e alçar voo livre sobre o teatro de uma guerra que nem sequer havia começado.

Satisfeito com o efeito, Rotsky por algum tempo ainda acompanhou com o olhar os voos: de um castanheiro para outro, depois para um bordo enrubescido pelo outono, então para uma das rochas, dali para o alto, descrevendo círculos irregulares sobre o perímetro dos muros. Depois disso, viu o corvo já nas ameias do castelo, onde ele aparentemente ficava pousado por mais tempo, e aquilo era tão *gótico*, que Rotsky na mesma hora o chamou de Edgar.

Após cerca de meia hora, depois de vagar, sem pensar muito, para dentro do pátio mais distante do Castelo Velho, onde, naquele dia, uma recém-chegada legião africana armava ruidosamente suas barracas bastante esfarrapadas e suarentas, mas com cores ainda muito vivas, Rotsky sentiu que alguém aparecia com frequência cada vez maior por detrás dele. Aonde quer que Rotsky fosse, para onde quer que virasse naqueles labirintos do castelo em ruínas, o corvo ia atrás dele. E, assim que Rotsky parava, o corvo também parava. Mais que isso: ele olhava fixamente e inclinava um pouco a cabeça para a direita do mesmo jeito que Rotsky costumava inclinar a sua. Até as penas ao redor da cabeça dele eram eriçadas, assim como o colarinho permanentemente levantado de Rotsky. E se ele, o corvo, usasse calças, do mesmo modo nunca tiraria do bolso as extremidades de suas asas pretas. Uma dupla de corvos, pensou Rotsky.

Depois de mais meia hora, após perder temporariamente de vista o novo companheiro de viagem, Rotsky decidiu lagartear um pouco debaixo do sol de outubro no terraço, onde pediu uma tigela do melhor *bánuch*[1] da cidade a um conhecido sírio. Já fazia muito tempo que Rotsky deixara de se surpreender com o fato de que entre o sírio e o *bánuch* existia certa discrepância em termos de tradição culinária. Surpreso ou não, o fato é que o *bánuch* do sírio (não, nem o cuscuz e nem o arroz *pilaf*, mas sim *bánuch*!) era inigualável, e ponto-final. Sentado com a tigela na primeiríssima das mesas, Rotsky, em jejum desde a manhã, entregou-se atentamente aos sabores. E, então, sobre seu ombro esquerdo pousou suavemente algo grande e alado. Pego de surpresa, Rotsky não se moveu durante um tempo. Ele de modo algum queria deixar o maciço bico do corvo entrar em seu ouvido e perder, assim a troco de nada, a membrana do tímpano, por exemplo. Mesmo então, seus ouvidos já zumbiam às vezes. Porém, Edgar não demonstrou hostilidade, e Rotsky levou ao bico dele a tigela de *bánuch*, já um pouco fria. O pássaro não recusou. Dividiram aquela porção em dois.

Enquanto Rotsky descia da montanha para casa, Edgar o acompanhava com ar ostentador, voando com rapidez de um lugar para outro, ultrapassando-o e depois esperando: um poste de luz, uma velha cabine telefônica, o telhado de uma farmácia, os portões do jardim do palácio, o degradado monumento ao vigésimo sexto barão de Rinocerontes, profusamente coberto de rabiscos como "*bloody scum*", "*white trash*" e "*go fuck yourself you*

---

1 Prato tradicional da Ucrânia ocidental e dos Cárpatos, feito com mingau de milho cozido com creme e servido com carne suína, cogumelos ou queijo de cabra.

fucking rapist", mais adiante a cerca da estufa e o alpendre da delegacia de polícia no histórico vilarejo de Stachelmeier. Uma vez, ele entrou voando, por engano, na travessa dos Bonifácios, mas, orientando-se pelo fato de que Rotsky dobrara à direita, corrigiu imediatamente o erro. Quando Rotsky pôs-se a mexer na fechadura codificada da entrada do prédio, Edgar observou-o do alto da coluna de João Paulo II: "Eu vejo você, você não me vê".

Foi assim que ele descobriu onde era a morada de Jos e a memorizou.

A partir de então, começou uma observação mútua mais atenta, um processo cuidadoso de duas ou até três semanas. Quase todo dia, Rotsky encontrava o corvo perto de sua residência. O outro por vezes fingia que tanto fazia e que ele estava ali totalmente por acaso. Às vezes, porém, comportava-se de maneira inteiramente franca, pousando no peitoril de Jos, que parecia ter sido construído com o propósito de ser largo o bastante para ele, e espiando o cômodo com certo ar inquiridor. Ao sair para fazer mais um passeio até o castelo, Rotsky não se esquecia de levar um pacote com frango ou bolachas. Edgar começou a responder pelo nome. Para confundi-lo um pouco, Jos, com seu sérvio rudimentar, às vezes referia-se a ele como "*vránac*". Sabia ele que isso na verdade não significa "corvo", e sim "cavalo murzelo"?[2] Não há como saber. Só sabemos ao certo que Rotsky esvaziou mais de uma garrafa do vinho homônimo de Montenegro. Ou será que era também da Macedônia?

Mais perto do inverno (justamente naquele dia, Rotsky tentava ventilar bem a morada, depois de certa hóspede noturna que, entre inúmeros truques sexuais, conseguira fumar um maço e meio de Chester), o corvo decidiu não se limitar ao peitoril e, lançando um olhar de interesse para os lados, entrou no cômodo.

"Vejo que você não se opõe a ficar comigo nesse frio", afirmou Rotsky, em tom compreensivo.

Edgar desceu suavemente da escrivaninha e, depois de um breve instante, designou para si mesmo um lugar em cima de um velho e atarracado guarda-roupa (um historiador de mobílias poderia presumir que ele fora construído por um desleixado imitador do barroco tardio). O espaço entre o telhado e o teto era mais do que suficiente, até mesmo para tão Grandioso Pássaro.

---

2 A palavra usada por Jos no original de fato significa "murzelo" em sérvio. A confusão se dá porque, em ucraniano, há proximidade fonética entre *vóron*, uma das palavras para "corvo", e *voronyi kin'*, "cavalo murzelo", "cavalo de pelagem preta".

Assim eles passaram a viver juntos — não exatamente em plena harmonia, mas de maneira perfeitamente amigável. Cada um se dedicava a suas próprias coisas, e ninguém constrangia ninguém nem forçava ninguém a nada. Graças a Deus, no pátio de trás havia uma caixa de papelão em bom estado, com a inscrição Norddeutsche Kaffeewerke. Rotsky forrou cuidadosamente o fundo dela com jornais dos tempos do *poder popular vitorioso*, que podiam ser encontrados na residência em quantidades intermináveis, ali por tantos anos e décadas inteiras — dos anos sessenta e setenta, com todas as conquistas, oscilações e conchavos antipartidários. Edgar não recusou aquele ninho, por alguma razão.

"O que é que ele viu em mim, eu não sei", diria Rotsky um tempo depois a algumas de suas visitantes noturnas. "Será que foi a heterocromia?"

Mas sem brincadeiras. O cuidado com o morador o induziu a alguns estudos ornitológicos, particularmente sobre os corvídeos. Tempo livre ele tinha aos montes, e até pensou em arriscar uma ida à biblioteca da cidade, em que, sem dúvida alguma, deveria haver diversas obras fundamentais sobre o tema, talvez até em latim. Porém, acabou não indo até lá (a biblioteca pública ocupava um andar e meio no antigo palacete dos barões de Rinocerontes, nos arredores da cidade): no primeiro momento, bastou a internet.

Nela, Rotsky descobriu muitas bobagens sobre corvos. Por exemplo, que são pássaros extremamente desleixados. "Se for realmente assim, quer dizer, se isso não for bobagem, então Edgar é um corvo absolutamente atípico e incomum", compartilharia Rotsky, pouco depois, sua nova observação sobre a vida com cada uma de suas atentas e perplexas parceiras.

A mudança do conteúdo dos jornais na caixa de papelão da Norddeutsche Kaffeewerke não exigia esforços particularmente frequentes. Edgar era asseado.

Logo depois do asseio, o traço favorito em Edgar, para Rotsky, era o fato de ser onívoro. Se não fosse por isso, a coisa seria realmente difícil para Rotsky: tinha preguiça de cozinhar adequadamente para si mesmo, imagine então as possíveis exigências do pássaro. No entanto, não houve exigência alguma, e Edgar (exceto pelos episódios em que voava para fora da casa para tomar um pouco de ar — deles, não se sabe nada) comia com gosto o que lhe davam. Por exemplo, camarão. Rotsky observou que Edgar gostava muitíssimo de destruir com o bico as cascas deles.

"Com a chegada do verão, vou tentar servir lagostim para ele" prometeria Rotsky dali a um tempo, com ar apaixonado, a diversas de suas amigas da noite.

Apesar do fato de que a internet estimava a duração média da vida de um corvo em mais ou menos dezessete a quarenta anos, Jos já sabia: seu coabitante na realidade já passava dos duzentos anos. De onde mais viria essa vivência metafísica, esse intelecto brilhante?

Quando Edgar outra vez pousava em seu ombro, Rotsky, entortando na direção dele um olho, o verde, perguntava: "Você é Hugin ou Munin? Pensamento ou memória?".

"Ele é Memória sem pensamento, Pensamento sem memória", citaria Rotsky à última de suas amantes, pouco tempo depois, o verso poético não se sabe de quem.

Foi um mútuo acostumar-se e aproximar-se. Forçado a finalmente preocupar-se com alguém além de si mesmo, Rotsky acabou vencendo também a solidão, para cujo conforto invernal ele fora impelido pelas circunstâncias de até então. E, por mais agradáveis que tivessem sido para ele os últimos meses ali, dentro da solidão, o cuidado com o outro, ainda mais um outro tão especial, era igualmente apropriado para Rotsky. No fim das contas, era um acordo razoável: toda a liberdade permanecia (bem, sim, quase toda), e havia ainda um bônus — um companheiro de quarto e um interlocutor, uma alma negra viva.

Um eremita não por escolha, e sim por necessidade, Rotsky encontrou um pouco de esperança quanto a enganar e conturbar todo aquele determinismo.

Um tempo antes, enquanto estava na prisão suíça, ele pensou (no idioma local, aquilo soou como "*spielte mit dem Gedanken*") que eles de modo algum o deixariam em paz pelo que cometera. Ele, Jossyp Rotsky, já se notabilizara como radical demais. Seu discurso, sua jogada, revelou-se uma violação tão fora do comum, tão inaudita, tão impossível e, além disso, até zombeteira de todas as subordinações que ele não ousaria sair ileso dessa, e o castigo teria de acontecer do modo mais exemplar e, para dizer o mínimo, desproporcional possível. Ainda mais porque, depois da morte súbita do *penúltimo ditador da Europa*, o regime já tivera tempo de voltar a si, de readequar-se às pressas, de preencher as fissuras internas entre os agrupamentos, as famílias financeiras e industriais e os outros clãs, para afinal nomear um dos muitos filhos ilegítimos do recém-removido ditador como seu sucessor, arrancando-o quase que à força de uma carreira já encaminhada e bem-sucedida de comediante televisivo de *stand-up* e, de maneira bastante brutal, colocando-o na cadeira de chefe de Estado.

Por isso, a prisão, e especialmente uma prisão suíça, não podia deixar de parecer, para Rotsky, um dos lugares mais seguros em seu caso. E, quando saiu de lá, ele quase que balançou sob o impetuoso vento da incerteza que lhe veio ao encontro. O mundo fora dos muros da instituição correcional era infinito e oferecia infinitas possibilidades de represália. O bom é que Rotsky tinha um plano detalhado, passo a passo, para uma completa dissolução-desaparição-inexistência nele. O bom é que esse plano parecia estar dando certo, e Rotsky tinha ido parar bem no fundo, numa cidadezinha periférica dos Cárpatos, num país pequeno, antinaturalmente tranquilo, com que ninguém se importava. O bom é que o colchão de segurança, repleto com dinheiro, mais do que o suficiente, permitia levar as atividades elementares e invisíveis da vida.

A troco de quê? Rotsky ainda não sabia.

Certa feita, enquanto matava outra vez o tempo na internet, topou com a Lista dos 44, publicada (*vazada*, diziam *eles*) naquela mesma manhã. A lista era uma daquelas que são chamadas de "listas de fuzilamento" e tinha sido elaborada pela ainda desconhecida Liga dos Purificadores da Unidade Nacional. No curto preâmbulo, seus representantes anônimos preconizavam *a merecida execução das pessoas relacionadas a seguir, cuja atividade divisiva e contra o Estado precisava ser imediatamente interrompida pelas forças salubres e dedicadas da nação*. A reiterada ênfase no fato de que a LPUN era *uma estrutura puramente ativista e de que não tinha e não poderia ter relação alguma com os serviços especiais de nosso país* deveria, como sempre nesses casos, ser entendida como exatamente o oposto.

Revelou-se que a lista era composta basicamente das chamadas "figuras da cultura", embora não tivessem ficado de fora outras categorias questionáveis, como ecoterroristas, protetores dos animais, investigadores de esquemas de corrupção, moderadores da sociedade civil e simples autoridades morais com áreas de atuação indefinidas ou nebulosas. Pouco menos da metade da lista era constituída por mulheres, e isso poderia atestar um respeito peculiar pela igualdade de gênero, em particular, e pelos padrões ocidentais progressistas, em geral. Ao ler seu nome e sobrenome num grau bastante honorário na parte superior da lista, Jossyp Rotsky sentiu alívio: não se esqueceram dele.

Entretanto, o breve momento de vaidade deu lugar à autoironia, bem mais próxima de sua natureza. O que estava faltando, disse ele em pensamento, o que estava faltando era deixar-se levar pelo páthos e orgulhar-se da própria grandeza graças às piadas cretinas de uns alunos da quinta série ou, pior ainda, da sétima série! E, mesmo que não tenham sido eles, se não foram esses menores virtuais constantemente superalimentados com gadgets e hambúrgueres que deram início a esse jogo sem graça, e sim, suponhamos, um maluco frustrado sem relação com nada, um maníaco por computador ou um devorador de seriados obcecado por *serial killers*, o que decorreria disso? Pois nada, absolutamente nada decorreria, proferiu consigo mesmo Jossyp Rotsky.

Ainda assim, de vez em quando, ao voltar ao marcador de página com a lista e ao relê-la, ele até dava o devido crédito à perspicácia particular e, à primeira vista, quase imperceptível dos elaboradores. A combinação dos nomes e das respectivas pessoas, assim como sua sucessão, com pontes de significado quimericamente lançadas aqui e acolá, por vezes parecia-lhe tão ridiculamente eclética e despropositada que nem as proverbiais ervilhas com repolhos poderiam sonhar com isso.[3] Aquela lista de fuzilamento, perfeita em seu caráter absurdo, só poderia ter sido elaborada por alguém completamente louco, presumiu Rotsky, não sem certo respeito. Então, agora é que eu não posso mesmo aparecer em lugar nenhum, se eles têm mesmo uma erva assim decente, indignou-se ele, com razão.

E, no entanto, não, ele não se indignou, só reclamou um pouco, mal se comoveu. Rotsky não conseguia indignar-se, pois qualquer indignação estava além de sua natureza. No entanto, ele logo descobriu que não aparecer era uma ideia até bem apropriada, quando se convenceu de que a Lista dos 44 — como dizer isso de maneira mais suave? — era atualizada de tempos em tempos. Ou seja, algumas de suas figuras tinham mesmo morrido, o que a Liga dos Purificadores da Unidade Nacional divulgava cuidadosamente, com uma atitude um tanto insolente de triunfo. A bem da verdade, naquele momento, ela já tinha todos os motivos para ser chamada de Lista dos 41: três azarados de sua versão original tinham sido fuzilados, em circunstâncias bastante semelhantes, em intervalos de tempo aproximadamente iguais. Até chegar a Rotsky, ainda restavam alguns nomes, mas, às vezes, antes de sair da residência, ele se flagrava escolhendo a camisa de maneira excessivamente minuciosa. O bom era que, no guarda-roupa,

---

3 A referência é a um prato tradicional da culinária polonesa. Pela combinação peculiar de ingredientes, virou sinônimo, na linguagem popular ucraniana, de situação confusa e incompreensível.

predominavam as azuis e as cinza: nelas, as manchas de sangue ficariam mais evidentes do que nas pretas ou nas marrons. Mas, por outro lado, não pareceria tão pretensioso quanto nas brancas.

Em seu guarda-roupa, em geral descomplicado, Rotsky tinha algumas camisas de linho favoritas, confeccionadas em Bangladesh e no Paquistão. Cada uma delas serviria perfeitamente.

Na verdade (embora, na época, não soubesse disso), além de Rotsky não estar exagerando a ameaça, ele a estava minimizando. A ameaça era dupla e apontava para ele de duas direções diferentes. Com a diferença de que uns precisavam dele morto, enquanto outros, vivo. E essa era a chance de Rotsky.

Mas não vamos falar de tudo de uma vez, pois tudo tem seu tempo.

A vida extremamente discreta que ele vinha tentando levar até então não sofrera quase nenhuma mudança. Exceto pelo fato de que, quando se esgueirava para fora e ia fazer suas caminhadas sem rumo, no mais das vezes até o castelo e de volta, Rotsky usava óculos mais escuros do que o normal. Esconder a cor natural dos olhos, duas cores diferentes, no caso dele fazia total sentido.

Todo o resto seguia o curso rotineiro: o perambular pela cidade, o cozinhar da refeição mais simples, a garrafa e meia a duas garrafas de vinho por noite, os livros (sobretudo de Robert Walser, cuja prosa autista inspirou Jos a iniciar um romance ainda na prisão suíça), música de todas as épocas e incontáveis playlists que ele mesmo montava sem saber para quem além de si mesmo, tomando como exemplo a Radio Paradise,[4] descoberta por acidente. E também as pouco frequentes saídas para encontros, que Rotsky, de forma um pouco vulgarizada, chamava de *erotrips*.

Aquela vida não ia tão mal — ainda mais se se levasse em consideração que ela já poderia ter chegado ao fim havia muito tempo. Não pôr a cabeça para fora, abaixar-se e ficar deitado nas profundezas como um crocodilo no lodo? Com isso dava para se acostumar, e nisso havia até certo conforto bizarro. Mas por quanto tempo? Seria até o fim de seus dias? Então, que sentido havia em estendê-los o máximo possível?

A invasão do admirador calvo e o convite para a Khata Morgana foram

---

4 Rádio não comercial transmitida pela internet e sustentada por ouvintes desde o ano 2000.

acontecimentos de importância tão extraordinária para Rotsky que nem dá para mensurar. Em vez de ignorá-la completamente, aquela intrusão, e de esquecê-la logo na manhã seguinte, descartando-a como um sonho, e não um sonho horrível, mas simplesmente um vergonhoso e sem sentido, Rotsky flagrou-se cada vez mais refletindo sobre aquele sonho, ou, mais precisamente, sobre os demônios de sua vida anterior por ele reavivados. Na minha vida — Rotsky em breve se gabaria para uma de suas *málitsas* — eu era mesmo uma estrela. E, na mesma hora, corrigiria a imprecisão: não, não era, mas fui. Na minha vida, fui uma estrela só uma vez.

(Porém, naquela vida, a de antes, ele também precisara usar não só óculos muito escuros, como também uma máscara. Ele não deveria ser reconhecido pelo rosto. Era uma estrela irreconhecível, um exagero conspiratório. *Mehr schein, als sein* — mais aparência que essência.)

O Natal e o implacável Ano-Novo que o sucede cobriram-no com um pegajoso horror de calendário. Em sua plena extensão, e, para ser sincero, no triplo de sua gigantesca extensão, Rotsky atingiu a compreensão de que, de fato (de *fuckto*!), ele agora não estava fazendo nada além de ir vivendo sua vida. De que os dias se passam, as noites se passam. De que o sol nasce e se põe. De que, um dia, pessoas estranhas e desconhecidas encontrariam seu cadáver, carcomido pela velhice, e isso só depois de arrombarem a porta daquela residência. Então, a opção com as manchas de sangue na camisa azul-clara de Bangladesh não era muito pior e, pelo menos, era mais estética. E se, ainda por cima, caísse na rede um vídeo de sua execução, flagrado por acaso pelas câmeras de vigilância de casuais transeuntes, seria possível concluir que sua vida havia sido um completo sucesso. E a morte? — Rotsky perguntava a si mesmo. De uma forma ou de outra, ela também seria, posto que é súbita, respondia ele a si mesmo. Só se morre uma vez.

Em janeiro, ele observou que os dias voavam ainda mais depressa do que em dezembro. Embora, ao que parece, eles devessem ficar mais longos. O passar dos dias tornou-se uma ideia fixa, a ponto de provocar dor física nos ossos e nas articulações. Ainda por cima, a colombiana Arabela, de vinte e três anos, dotada de um busto tamanho extragrande, como atestava seu vídeo promocional, e que ele convidara para uma *erotrip* durante o primeiro fim de semana de fevereiro, havia pulado fora no último instante e cancelara a viagem para Barcelona, deixando-o com a passagem aérea na mão.

Ao que parece, na segunda metade de fevereiro as coisas também deram errado. Alguns hipsters locais, seguindo as tendências ainda não totalmente obsoletas da cultura de rua das grandes cidades, arrastaram para a calçada na frente do seu café um piano velho e pintado (e de que outro tipo seria?). Rotsky já tinha conseguido passar reto por ele dezenas de vezes, sem nem diminuir o passo. Mas, daquela vez — teria sido Edgar, que estava pousado em seu ombro, a sussurrar-lhe alguma coisa? —, não passou reto.

Ele encostou nas teclas (ah, quanto tempo fazia!). Não saía quase nada. Os dedos não obedeciam. A música não queria. Afinal de contas, fazia menos dez graus, e eram duas da manhã. Tinha a esperança de que ninguém ouvira aquele vexame.

Uma semana depois, Rotsky ligou para o número de Myromyr-Slavoiar Servus (vulgo Mef) e perguntou se ele ainda tinha as quintas-feiras livres.

"Então Orfeu decidiu descer ao inferno?", por alguma razão o proprietário da Khata Morgana não parecia muito contente.

O entusiasta de dezembro, que quase engasgara de amor e fanatismo, tinha sumido. No lugar dele, emergiu um frio e pragmático empregador:

"Quais são as suas exigências em termos de honorário?"

(Então, não: ele talvez tenha ficado contente, mas, por alguma razão não deu nenhum sinal.)

"Vamos começar com uma tigela de sopa", respondeu Rotsky.

Mef ficou em silêncio, e Rotsky precisou acrescentar:

"Como em minha vida anterior, eu ainda aceito pagamento em espécie."

"Então vai receber em espécie", prometeu Mef.

Esse foi Lubomyr Melnyk, Ripples in a Water Scene.

E eu sou Jossyp Rotsky e nunca conseguirei tocar como Lubomyr Melnyk. Em compensação, tenho uma rádio, que vocês estão ouvindo nesta noite. Minha rádio é esta noite, e, no relógio, é zero hora, dezessete minutos.

Nós estamos só no começo, ainda temos muito, muito tempo pela frente, e eu selecionei música com... não, não com piano no sentido clássico, e sim, digamos, música para instrumentos de teclas. Mas não só isso, nem de longe. Ou seja, todo tipo de música, para ser sincero.

No meu tempo, eu tocava um pouco de piano. Não, eu não estudei no conservatório, embora tenha pernoitado nele várias vezes. A propósito, isso foi na época do auge da minha popularidade. Depois dessa frase, vocês podem pensar que eu sou um presunçoso barato. Na época! Do auge! Da minha! Popularidade! Tentem não dar atenção: eu às vezes me deixo levar. Vou me emendar à medida do meu próprio amadurecimento. Ainda tenho algumas vidas pela frente.

Pois bem. Eu sou um músico de rock — uma espécie quase que esquecida. É claro, estou exagerando um pouco com isso de quase esquecida. E, mesmo assim, por vezes eu me pergunto: será que não era o caso de finalmente aceitar que a melhor época dele, do rock, ficou para trás? Que ele nunca mais vai balançar os alicerces deste mundo da maneira como conseguiu em sua época? Quer dizer, nem na minha época, mas um pouco antes da minha. Nem antes, nem depois dele, houve, e não haverá mais, um abalo tão total pela música, uma dependência tão grande dela, uma concentração de massa tão grande ao redor dela e dentro dela, por diversas gerações.

Vocês têm razão, isso é muito pessoal. Isso é o ex falando em mim. Para alguém como eu, se nem tudo no mundo já está completamente esquecido, pelo menos parcialmente esquecido está. É por isso que eu quero tanto lembrá-los dos nossos que foram esquecidos e de mim mesmo. No fim do século xv, quando vivi minha vida anterior, eu tinha um órgão portátil ou, mais precisamente, um harmônio. Pessoas bondosas costuraram para mim um estojo especial de pele de cabra para guardá-lo. Meu instrumento podia andar sobre rodas, mas, na maioria das vezes, eu mesmo o carregava, pela neve e por lugares sem estrada. Nós perambulá-

vamos o tempo todo — de herdade em herdade, de castelos a mosteiros, de vilarejos a cidades, de feiras a festividades. Em nossa parte do mundo, guerreavam muito e de maneira brutal, ou seja, decepavam e incendiavam, nem é preciso falar da peste e da lepra, assim como de invernos rigorosos, que duravam meio ano, e de assaltos nas estradas. De qualquer forma, naquela época nós já estávamos tocando prog. E nem nos expulsavam dos tablados. E, se expulsavam, nem sempre era com assobios e vaias. E, mesmo que fosse com assobios e vaias, nem sempre era com bofetadas.

Sabe de uma coisa? Não tem nada melhor que a música dos anos setenta. Vocês acham que essa conclusão é por causa da minha velhice? Nada disso. Essa não é uma questão de idade, nem de gosto. É uma coisa que eu posso comprovar objetivamente — como músico. Nos dedos, nas notas e nas gravações. Nunca mais — nem antes, nem depois dos anos setenta — os músicos se propuseram a tarefas tão absolutamente puras e irrealizáveis. Eu tenho direito a essa avaliação porque eu mesmo ainda não tocava nos anos setenta. Nos anos setenta, eu mesmo — e também a minha noção do que era música boa — estava apenas começando. E graças a Deus que naquela época eu ainda não tocava nada. Ou seja, a minha avaliação não tem nada de pessoal. Exceto, é claro, pelo meu gozo de adolescente.

Se tem uma coisa que está mesmo quase esquecida nos dias de hoje é a nossa banda. E olha que, puta que pariu, ela tem uma história longa, e uns lampejos aqui e ali! Começamos numa época em que todo mundo ainda cantava com vocais ao estilo Lennon. E acabamos — quer dizer, desmoronamos, fomos reduzidos a nada, a pó e cinzas — quando a tal geração seguinte já tinha entrado no jogo, misturando blatniak[1] e rap em uma só merda.

Uma vez, nós até saímos em turnê pela Sérvia. Ou será que foi pela Macedônia?

Conseguimos atravessar vários estilos e nomes.

O primeiríssimo foi "Doktor Tahabat" — tirei isso de um livro cujo autor se matou com um tiro, num domingo, 13 de maio de 1933. Em geral, vasculhávamos muito em livros, pesquisando nomes para nossos projetos. A melhor coisa para isso acabavam sendo os dicionários filosóficos: você pensava um número de página, apontava com o dedo às cegas e conseguia algo como "Absoluto", "Eidos", "Catarse" ou "Quiliasmo". E, depois, você ficava imaginando como é que tudo se conectava. Se você chamar o grupo de Abstração de uma Infinitude Atual, é exatamente esse som que ele vai ter. Bem no início do Doktor Tahabat, quando

---

1 Subgênero da música popular dos países da ex-URSS, cujas letras descrevem — e, em grande medida, enaltecem — o modo de vida criminoso.

estávamos procurando um baixista e algum vocalista para ser o frontman, o primeiro veio do Vedanta, e o segundo, do BB, ou seja, do Big Bang. Nós mesmos começamos e terminamos como Tahabat, no início era Doktor Tahabat, como vocês já ouviram, mas no fim era simplesmente Tahabat. Uma ou duas fãs, em lágrimas, imploraram para que voltássemos ao primeiro nome, então nós voltamos, mas não exatamente para aquele que elas tinham suplicado, enquanto caíam de joelhos em frente aos nossos zíperes. Por que não exatamente? Para não parecermos muito submissos a elas. (Mas, para ser sincero, Doktor Tahabat já estava barrado. Quer dizer, bloqueado judicialmente, desde que nosso primeiro gerente, Ianko Prymotchko, sem que nós soubéssemos, registrou o nome para ele mesmo.)

Entre o primeiro nome e o último, ainda teve uns treze. Não me lembro de todos eles, assim como não consigo recordar — assim sem pensar, de maneira espontânea — cada um dos músicos e quase músicos. Afinal, quem é que não passou pela gente? Inúmeros e imensuráveis viandantes. Não, se eu tivesse um dia para recordar, papel, um lápis e um pouco de paz interior, eu recordaria todos. Mas de onde é que eu tiraria esses quatro requisitos, especialmente o último?

Alguns dos nossos nomes eu só lembro porque gosto deles até hoje. Tivemos por exemplo o que se pode chamar de "período Lemko",[2] quando alcançamos um folk plenamente específico. Em conformidade com isso, nós nos chamamos de Pentatonica Garden. E também as subvariantes: Pentatonica Pub, Pentatonica House e Pentatonica Blues. Embora todos os críticos (na época ainda dava para encontrar críticos de música) encurtassem esses nomes do mesmo jeito. Se você estiver revirando os fanzines da época e se deparar com o conjunto Penta, estão falando de nós.

Depois tocamos new wave, e nosso nome era Streamko. Quando rumamos em direção ao indie, mudamos uma letra e viramos Screamko.

Ainda lembro que tocamos um pouco uma espécie de punk cigano, com o nome de Papa Roms'kyi.

Depois disso, bolamos um estilo zen-post-ambient, e nosso nome virou Hamaliya Himalaya.

Mais tarde, passando pelo death metal e pelo industrial (o grupo O Dorso do Pai no Inferno!), caímos no noise, e agora já era o Kata-Klizma. Nosso único álbum naquela época não foi simplesmente um álbum, e sim um AlBomba.

Infelizmente, tudo começou a ruir quando mudamos o nome para Dias Críticos. Naquele momento, entrou uma vocalista baixinha e gritalhona, com um

---

2 Grupo étnico eslavo que habita a região noroeste dos Cárpatos, ocupando partes da Polônia, da Eslováquia e da Ucrânia.

traseiro pequeno e ambições desmedidas. Foi ela que nos levou a um beco sem saída. Recentemente, publicaram suas memórias, moderadamente escandalosas. Meu jardim está coberto de pedras jogadas por ela. Desse jardim, não sobrou mais nada, há somente pedras nele.

O que eu posso acrescentar?

No meu país, em algum momento inventaram essa coisa de que a rádio afinal tinha que ser divertida. Que todas as diversas Merda-FMs têm como dever fazer os ouvintes cascarem o bico com o humor sem graça dos apresentadores. Tanto o timbre das vozes deles, como as piadas banais que essas vozes transmitem no ar, e até a previsão do tempo ou as taxas de câmbio — tudo tem que engrossar essa atmosferazinha positiva, complementando a mesmíssima musiquinha rotativa terrivelmente animada. De mim vocês não vão ver isso.

Pois vocês estão ouvindo a Rádio Noite.

Está com vocês até de manhã Jossyp Rotsky, e nós vamos falar de amor, de sexo e de pornografia. E não só disso. Logo, logo vai dar meia-noite e meia nesta madrugada. Isso vai acontecer enquanto a música estiver tocando, em algum momento no meio da canção. Agora vou tocar uma coisa que vocês não esperariam de mim de jeito nenhum. E ainda assim.

Elton John. **I've Seen That Movie Too.** *Eu também já vi esse filme.*

3

Conforme eu mergulhava, quase que tateando, cada vez mais fundo na vida de Jossyp Rotsky, inevitavelmente me deparei com a necessidade de explorar, ao menos em seus parâmetros realizáveis, a crônica do lugar em cima do qual acontecera de eu morar naquele momento. É claro que o trabalho em diversos arquivos e na biblioteca municipal acabou não sendo fácil, e as nuvens de poeira levantadas em função de meus esforços de busca não trouxeram, durante muito tempo, nenhum outro resultado além de uma crise alérgica e de espirros extenuantes durante muitas horas. Além disso, logo nas etapas iniciais eu senti uma resistência involuntária, mas bastante tenaz, por parte da equipe do local. O que eu não atribuiria apenas à desconfiança, comum aos provincianos, em relação a forasteiros.

Tudo bem, eu consigo ser não só paciente, como também obstinado — do contrário, nem teria sonhado com uma carreira no CBII. Minha perseverança metódica assim como minha devoção à ideia pouco a pouco cumpriram sua função. Também não consegui passar sem um ou outro presente simbólico para certos funcionários, ou, mais precisamente, funcionárias. De qualquer maneira, agora estou munido de conhecimentos mais ou menos verificáveis, ainda que incompletos, sobre a história do porão que Jossyp Rotsky conheceu em sua fase de clube Khata Morgana.

Aquele porão granjeara uma fama inglória em tempos muito antigos. No período dos hussitas (e isso foi no século XV), e até as guerras napoleônicas, esteve instalada nele uma câmara de tortura, com um conjunto de instrumentos cada vez mais criativo e tecnicamente avançado. Temos, então, quase quatrocentos anos de torturas contínuas, guinchos, berros, suor com sangue e esmagamento da dignidade humana e dos órgãos reprodutores. Foi só o comandante da guarnição napoleônica, um devotado admirador de Rousseau e de Voltaire, que pela primeira vez reformou aquele espaço — virou um paiol. As necessidades militares ditaram um novo pragmatismo, e a pólvora parecia algo mais importante do que os ossos esmagados e os músculos dilacerados dos suspeitos.

Porém, toda guerra chega ao fim em algum momento, e todas as guerras napoleônicas, também. No lugar dos barris de pólvora, barris de vinho foram levados para o porão, e, assim, em Rinocerontes surgiu a Primeira Adega Municipal, que, em alusão aos tempos anteriores, não sem certa zombaria, foi chamada de Sob Tortura. Isso demonstrava que, até mesmo naquele arrabalde dos Cárpatos, degradado e afastado de qualquer centro, a humanidade também se despedia de seu passado de maneira animada e risonha. Surgiram nomes alternativos para o estabelecimento de vinhos, como Debaixo do Capuz e Os Bagos. O segundo desses nomes não podia deixar de cair na boca do povo como o extraoficial, impudico e típico do *batiar*[1] Meus Bagos.

A despeito de toda a criatividade nos nomes, o efeito comercial da adega não resistiu à crítica. As luxuosas coleções de obras-primas — brancos, tintos e rosés — trazidas não só da Itália ou da Espanha, como também da própria Califórnia, não gozavam de demanda nem sequer de uma sombra de atenção em meio aos connaisseurs locais, cujos gostos para vinho eram razoavelmente satisfeitos pelo igualmente local vinho azedo já então conhecido como *frankovka*. Os mais atentos entre vocês hão de se lembrar de quão ceticamente eu reagi àquela birita, com o perdão da palavra, depois de uma degustação forçada, durante a qual tive que entornar duas taças.

Assim, a adega, a Primeira Municipal, depois de um tempo foi à falência, e uns ocultistas de orientação espírita-necromântica encontraram no porão um lugar para seu templo secreto. Os que conduziam as sessões geralmente não as documentavam, então não descobri muita coisa sobre esse período. Com o entusiasmo cada vez maior pelas cartas de tarô, o templo foi transformado, de modo bastante indolor, em um salão de jogos de azar, e este último — devido a uma série de maquinações monetárias —, em uma casa filatélica, onde mais de um aluno das primeiras séries do colegial deixavam dez ou mais *kreuzers*, dados por seus cuidadosos tutores para a ceia dos alunos, naquela época ainda chamada de *Jause*.[2]

Em seguida, consegui rastrear o surgimento, no porão, de cursos de reabilitação por hipnose para veteranos mentalmente incapacitados na Grande Guerra. Da quantidade de pessoas reabilitadas não sabemos nada, porém podemos pressupor uma outra onda de guinchos e berros — é verdade que, agora, do subconsciente. Tudo aquilo passou a ser um bordel

---

1 *Batiar*, denominação originalmente dada a uma espécie de subcultura popular surgida na cidade de Lviv, no início do século XX. No ucraniano moderno, o termo também pode se referir ao estilo de vida luxuoso da região montanhosa da Galícia Oriental, nos Cárpatos.
2 Em alemão cirilizado, no original: "lanche", "merenda".

38

ilegal com uma equipe exclusivamente formada por menores de idade de ambos os sexos — e, neste momento, dá para ficar surpreso com a comparável longevidade do projeto (quase dez anos). Afinal, por qual milagre aquela cidade pequena e, principalmente, sem qualquer exagero, à época ainda decente e conservadora, conseguiu, durante tanto tempo, manter em segredo esse negócio, para dizer o mínimo, atípico, é algo que continua sendo um mistério até hoje e, de maneira involuntária, levanta suspeitas quanto a aspectos obscuros, mas muito poderosos e talvez demoníacos, do convívio ao primeiro olhar insípido e temente a Deus da cidade.

A Segunda Guerra como que fechou o círculo, e o porão virou outra vez uma câmara de tortura, e por muito tempo, aliás — uns dez anos, talvez doze, pois primeiro a Gestapo torturou lá, e, depois disso, os partisans vermelhos e, por conseguinte, os órgãos punitivos especiais do novo regime, que se consideravam *o poder popular vitorioso*.

Posteriormente, ou seja, em algum momento a partir de meados da década de cinquenta, começou uma fase absolutamente desinteressante, com oficinas de conserto de guarda-chuvas e ferros de passar, reabastecimento de sifões e depósitos de papel velho. Por fim, em algum momento logo depois da proclamação, pelo novo governo *harvardiano* pós-totalitário, de um rumo econômico livre e da reforma monetária, o porão começou a ser habitado por pessoas sem-teto, que — não dá para esconder a verdade —, durante os primeiros anos de reformas, só aumentavam em quantidade.

Quando Myromyr-Slavoiar Servus, depois de deixar seu país para fugir da repressão final da revolução, chegou a Rinocerontes (temporariamente, pensou ele, porque pela frente estavam Viena, Amsterdã e Londres), meditando sobre o que poderia então usar para preencher de maneira provocativa o tempo livre de um emigrado, começou a pesquisar um local para seu estabelecimento, cujo nome ele já tinha, pois, de acordo com suas próprias palavras, sonhara com ele. Você e eu já sabemos agora o que ele disse: "É que eu sonhei com um nome por acaso. Por acaso, criei um clube para ele. Para isso, era preciso achar por acaso esse porão. Eu achei. Mais precisamente, as chaves dele. As chaves serviram, e tudo se abriu".

O que nessas palavras é verdade, e o que não, exatamente? Em primeiro lugar, não é exatamente verdade que ele sonhou logo de cara com Khata Morgana: na realidade, era *Khata Morgante* — ele só pensou em Khata Morgana quando acordou. Além disso, é preciso entender a palavra "chaves" do modo mais cauteloso possível. Ao que parece, Servus entendia por aquilo algumas de suas relações com duas ou três pessoas da administração municipal. Justamente elas é que foram ao encontro dele e, um tanto estimuladas por uma série de atraentes ofertas, cuidaram com carinho dos problemas da nova comunidade de emigrados de sua cidade, aberta para todos, e, com o uso de certo esquema de caridade, liberaram para Servus o porão, que não era só sujeira.

Ninguém sabe onde os sem-teto se enfiaram. Talvez tivessem sido transferidos para um abrigo, mas talvez tivessem sido levados para uma das campinas, em que havia grande demanda por pastores para a criação de ovinos. De qualquer maneira, a administração municipal de Rinocerontes prezava muito por seu amigável perfil pós-liberal e sempre encontrou o modo menos doloroso e mais suave de resolução de problemas sociais. Não à toa, o bordão oficial de sua unidade territorial era "Abertura e calorosidade".

Enquanto isso, a Khata Morgana ia sendo reformada e remoldada de modo notoriamente rápido e, em menos de um mês, transformara-se numa espécie de fraternidade com um bar, uma cozinha, um salãozinho de dança e de shows e diversas salas fechadas para pessoas de fora, onde se reuniam os mais diversificados ativistas da novíssima onda de emigrados. Em particular, é claro, a barulhenta juventude de todos os cantos da recém-abandonada pátria, a quem a hospitaleira nação vizinha proporcionara não só asilo político, como também a oportunidade de receber formação em suas universidades. Eles chegavam semanalmente: tinham que aproveitar a chance, antes que as mandíbulas do regime se fechassem e não os deixassem sair. E, assim, eles afluíram em fluxos inumeráveis para o Ocidente, especialmente aquele, o mais próximo — e, entre eles, tanto inimigos sinceros e genuínos do regime, como falsos inimigos, como também alguns que de modo algum eram inimigos, e até apoiadores secretos, que afinal decidiram aproveitar aquela ocasião para *escapulir* e mergulhar alegremente numa vida mais quente, mais ordenada e consideravelmente mais luminosa *do outro lado da fronteira*. E eles, devo acrescentar, se acomodaram bem nessa vida do lado de lá da fronteira, em algum lugar como Rinocerontes, por exemplo — apesar do fato de que, em suas visões, ainda cintilavam ora Lisboa, ora Barcelona, sempre elas, por alguma razão só esses dois centros de atração. Lisboa, Barcelona.

Esse foi o lugar que Jossyp Rotsky visitou certo dia, no fim do inverno, descendo dois lances de escada.

"Jos, eu amo você. Você está aqui, afinal", cumprimentou-o Servus, quase que na soleira da porta. "Quando preparamos a primeira tigela de sopa?"

"Pode até ser agora", resmungou Rotsky, mas acrescentou, só para garantir: "Eu não vim aqui para encher a cara, porém. Mostre o estabelecimento".

Onde tinha ido parar aquele Servus telefônico, entediado e enfastiado? Novamente ideal, ajustado e barbeado, novamente envolto por uma impenetrável nuvem de vários metros de Gravity Master, ele, de modo semelhante a Rotsky, enfiou as mãos nos bolsos da calça e conduziu-o ao balcão do bar.

"E onde está o guarda-costas preto?", lançou por cima do ombro, como que dando uma meia-volta ao caminhar.

"Dando um passeio no parque, perto das estufas. Não ficamos juntos sempre, ele é uma criatura independente", explicou Jos.

"Mande meus cumprimentos", Servus tirou a mão do bolso, em direção às garrafas. "Tequila, bourbon, álcool puro? Tem licor, a *chacha* caseira do Zaza."

"Um pouco dessa", Rotsky assentiu, e o desajeitado barman, mais parecido com um leão de chácara, entornou com ímpeto meio copinho facetado, cuja primeira golada incendiou as entranhas com um fogo de uva branca, de modo que Rotsky, involuntariamente, acedeu ao inevitável para todos os barmen: "Muito bom, boa escolha".

Àquela hora, não havia quase nenhum freguês no clube. Jos captou alguns olhares rápidos dos garçons em sua direção, principalmente das garçonetes: quem seria, o que é que estaria fazendo ali? Mas, depois de um ou dois minutos, quando a *chacha* do Zaza começou a entoar a sua canção de aquecimento interno, Jos sentiu que aqueles olhares, na verdade, estavam repletos não só de curiosidade, mas também de um calor úmido, e, a partir de então, ele nunca mais se arrependeria de sua aparição naquele lugar.

E provavelmente passaria ali dias e noites.

Servus conduziu-o pelo porão como o capitão de um navio suavemente sacudido por uma onda de *chacha*, sulcando o espaço e fazendo paradas em frente aos compartimentos e cabines correspondentes: o local de reunião do conselho diretivo, em seguida o comitê executivo do PLP (Partido de Libertação da Pátria), juntamente com o serviço de segurança interior — "por razões conhecidas: afinal, os do regime não dormem, já estão até operando no exterior, Jos" —, mais adiante algumas outras salas "para enxadristas", uma mesa de bilhar, um salão de charutos e pôquer, um para as cerimônias do chá, uma sala de descanso para as strippers, uma sala de massagem, um escritório de análise política, um estúdio de computação, uma redação, uma sala de maquiagem, uma despensa geral, uma casa de máquinas (atualmente, um abrigo antibomba), um banheiro sobressalente e, mais adiante, como prometeu o guia, "mais uma escada para baixo".

O local aonde ela levava realmente impressionava: revelou-se que havia uma parede áspera, revestida com calcário palustre, e, nela, um portal selado, de ferro forjado, e o astuto Servus, operando de modo igualmente habilidoso uma outra chave, como que pertencente a outras eras da serralheria, abriu-a com um retumbante e longo rangido pré-histórico. Do outro lado do portal, de acordo com a explicação de Servus, ficava o "PSR, o potencial subterrâneo do recinto" — um gigantesco sistema de corredores, celas e salões abandonados, erigidos pelos turcos capturados na guerra dos anos 1770. Dali, exalava um vazio absolutamente negro, e Servus gritou para dentro dele algo ininteligível, que até ecoou. Então, acrescentou que, de acordo com seus dados, aqueles corredores se estendiam, debaixo da Colina do Castelo, até as casamatas do castelo, de onde era possível subir quase até os aposentos dos barões, e, quanto ao fato de que chegavam às instalações do comando, disse: "Isso é certeza, Jos".

"Quantos pobres prisioneiros não foram arrastados para cá, de bruços! Direto para cá, para o meu clube!", Servus meio gargalhou, meio tossiu.

"Mas por quê, não tinham como torturar no castelo?", perguntou Rotsky.

"Evelina, a silente, esposa de Florian-August, o vigésimo sexto barão de Rinocerontes, era uma senhora de coração piedoso e ouvido absoluto. Os berros noturnos dos torturados atrapalhavam suas vigílias. Além do mais, o marido sempre sumia em caçadas", explicou Servus.

Então, ele mais uma vez gritou algo indecente em direção à escuridão, como se estivesse se despedindo de um monstro amarrado lá dentro, e, depois de ouvir o eco por um tempo, trancou o portal com um rangido.

"E então, o que acha?", perguntou Servus quando eles voltaram para cima, para o balcão do bar.

"Viver é não morrer", disse Rotsky.

O copo com o resto da *chacha* passara todo aquele tempo em espera. Porém, quando o barman fez menção de completar o nível do líquido, Rotsky, em sinal negativo, cobriu o copo com a palma da mão.

"Um coquetel?", o barman ergueu as sobrancelhas, mas Rotsky ainda assim recusou.

"De todos os coquetéis, ele se dá melhor com o Molotov", acenou Servus na direção do barman. "Está lembrado da vigésima na Kurierska? A nossa gloriosa vigésima? A vigésima barricada? Era ele no comando."

Rotsky não queria se estender no doloroso tema, então ficou em silêncio. Só observou mentalmente que agora ficara claro por quê, em dado momento, ele deixara de perceber a balaclava na cabeça do barman. Foi então que começou a neve, desabando em farrapos de céu branco, horrivelmente copiosa, a principal nevasca daquele inverno, o acontecimento central da estação, pegajosa a não mais poder e ainda mais pegajosa por causa do sangue: Rotsky, juntamente com mais alguém, puxava o corpo de um terceiro, os intestinos caíam de dentro dele, e, enquanto eles o arrastavam por aquela dezena de metros para refugiar-se atrás da barricada, a superfície felpuda e branca debaixo do corpo recobria-se de uma larga faixa de sangue, que, logo depois de aparecer, no mesmo instante começou a embranquecer e a desaparecer no nada, copiosamente mascarada pela nevasca.

O mais engraçado é que o dos intestinos sobreviveu, dizem.

Rotsky teve a sensação de ter dito aquela frase em voz alta.

Servus desviou o olhar. Mas Rotsky ainda assim não perguntaria qual barricada ele comandara. Em vez disso, outra coisa foi dita:

"Não compre o Schellenberg. Ou compre, se quiser. Mas nele eu não vou tocar."

"Está se recusando, Jos?", inquietou-se Servus. "Eu lhe peço..."

Rotsky interrompeu:

"Não tem por quê. Já pensei numa coisa."

E Rotsky pensou na seguinte coisa.

A seu pedido, Servus teve que providenciar uma pequena decoração, por assim dizer. Num dos recantos, numa elevação (para que fosse visível de todos os lugares), montaram uma cabine de vidro transparente, e instalaram ali dentro algo semelhante a um estúdio de rádio. Não, não deveria ser uma rádio de verdade, de modo algum. Os programas de Rotsky não eram destinados à transmissão — eram só para os hóspedes do estabelecimento, visitantes regulares, e também eventuais forasteiros. Era uma rádio interna, ou, melhor dizendo, um teatro improvisado de monólogos com elementos de show de rádio. Pelo menos foi assim que o próprio Rotsky delineou a ideia, e Servus, de maneira previsível, entusiasmou-se com ela.

Tendo recebido da vida uma grande quantidade de tempo livre, Jossyp Rotsky preencheu parte considerável dele ouvindo mais e mais música — antiga, nova, conhecida e não conhecida. A busca nos últimos anos tornara-se perceptivelmente mais simples: parecia que a música inteira, toda música que existia e que continuava a aparecer no mundo, fora digitalizada, colocada na rede e distribuída para uso geral. Por meio de um ou dois cliques, você consegue tudo — de uma cançãozinha popular pudica que rangia no gramofone de um leviano bisavô no momento em que a bisavó, em sofrimento, dava à luz o sétimo filho dele, até uma arriscada *première* irremediavelmente mal executada na noite anterior no palco da Metropolitan Opera. Tudo ficou disponível, de imediato — até gravações que eram consideradas extintas para sempre, destruídas, apagadas, desaparecidas sem deixar vestígio em milhares de lixeiras daquela existência adolescente havia muito submersa no rio do esquecimento, quando a música dava forma a todo o resto (as bases da visão de mundo, as prioridades de gosto, os traços de caráter, os órgãos sexuais e os princípios morais). Os sistemas de busca aprenderam, num instante, a obter tudo o que se pode imaginar. Aprenda a pensar como eles, e toda a música será sua.

Aproveitando seu ócio permanente, Jossyp Rotsky montou dezenas de playlists musicais. A formação de cada uma delas tornou-se para ele um jogo tenso de recordação e adivinhação. Ele combinava e fazia colagens, dispersava temas e colidia timbres. A principal intriga ficava nas transições e conexões. A semântica delas não podia deixar de ser extremamente pessoal, porém tinha todas as chances de substituir significados por sinais e, ao evoluir para a semiótica, reivindicar certa universalidade. O ápice da alegria acabou sendo a primeira audição completa de uma simples coletânea — tudo o que acontecia ali, dentro dos números musicais, mas também nos intervalos entre eles.

Essa atividade já durava alguns anos, e nem mesmo o tempo de cadeia na Suíça atrapalhara muito o caminho para, talvez, a *Playlist Única*. Pois, se o uso da memória da rede de computadores pelos prisioneiros era regulado de acordo com a hora e o dia da semana, a própria memória deles podia funcionar ininterruptamente, no regime de 24/7, e, em comparação com os que vadiavam em liberdade, era também muito mais profunda e intensa.

Agora, chegara a hora de compartilhar fragmentos. Rotsky trouxe-os num pen drive e apresentou-os de sua cabine envidraçada. Ao público espalhado aqui e ali pelo clube, restava escutar ou não. Porém, a segunda opção acabava não sendo fácil: o design acústico do "show de rádio" literalmente encobria e dominava tudo, de modo que, para aqueles que não tinham a intenção de submeter-se, era mais fácil sair dali. Na primeira quinta-feira, esses acabaram sendo a maioria, eles debandavam sozinhos ou em grupos inteiros; o mais difícil foi o segundo quarto de hora, quando a *debandada* começou a rolar em massa; depois, o quadro estabilizou-se gradualmente, o êxodo reduziu-se, rareou, e, ao término do programa de uma hora, no clube ainda persistiam uns oito doidos. Porém, o bonachão Servus estava moderadamente satisfeito com aquele início.

Rotsky começou a amar o rádio nos anos da adolescência, os mesmos em que começou a amar em geral. Um jovem que nascera e crescera em circunstâncias tecnológicas completamente diferentes e que nunca na vida sentira como pode ser mortal o silvo frio e borbulhante do mais querido amigo, o receptor, quando os órgãos especiais abafavam nele uma estação de rádio estrangeira *subversiva* — oh, não, com certeza ele, esse jovem, não poderia ser uma presa fácil. Por hábito, ele esperava *música ao vivo* ou um DJ *normal*, e, para a maioria daqueles espécimes, não ficava claro o que queria aquele velho chato e por que é que ele estava ali fazendo fita. Mas também não ficavam tão entediados assim: de quinta-feira em quinta-feira, Rotsky assumia sua missão, pegando o touro pelos chifres, perfurando com uma broca, sobrepujando, com sua escavadeira sônica, todos eles e também sua resistência, transformando-os em seu oposto, apalpando e abraçando, dando cotoveladas, rasgando em pedaços, fustigando e acariciando, espremendo os cérebros e extraindo-os, afagando embaixo das barrigas, apertando as bolas, lambendo os clitóris, e tudo isso esquecendo-se deles, de sua presença ali e, no mais, de tudo e de todos, mergulhando de cabeça em si, na música e nas histórias de sua memória. Ao longo de uma ou duas horas (seus programas não tinham uma duração previamente definida), ele movia montanhas, fazia malabarismo com estilos, ritmos e nomes, tecendo suas belas suítes de orquestras, solistas, guitarras, improvisações de jazz, de música sinfônica, progressiva, prog e pós-rock, standards, vozes africanas ou crioulas, canções japonesas da costa oeste do Canadá, polifonias corsas e georgianas, concertos de câmara, música eletrônica dos anos cinquenta, eletrônica dos anos sessenta, electropop dos anos setenta, electropunk dos anos oitenta, electro indie dos anos noventa, electro rave dos anos 2000 e cyberdrive dos anos dez e vinte, sonatas patéticas, ukuleles havaianos, trombonistas jamaicanos, trompetistas etíopes, trovadores provençais, piratas somalis largados na costa, contrabandistas da Transcarpátia baleados em jipes avariados e, é claro, organistas, cravistas, tocadores de espineta e de saltério, e também pianistas e tecladistas em geral, de todas as formações possíveis.

Uma vez, bem na hora do programa, uma das moças veio até a cabine e trouxe uma taça de vinho para ele. Naquele momento, Rotsky já esvaziara a sua e estava sem nada. A partir de então, aquilo virou um ritual: quanto mais taças Rotsky bebia durante a noite, mais chapados ficavam todos ao seu redor. Rotsky não se inebriava, ele inebriava os outros.

Ele conseguiu novos admiradores, e cada vez mais gente se reunia na Khata Morgana para ouvir *o cara do pássaro*. Edgar toda vez o acompanhava até a cabine e, saltando do ombro, acomodava-se em seu lugar entre o monitor do computador do clube e o microfone. Rotsky nunca perdia as esperanças de que em algum momento ele falaria.

Na quarta quinta-feira, todos os lugares do clube ficaram lotados. Ao término do programa, todos aplaudiram de pé durante muito tempo. Depois, começaram as fotos em massa, com braços enlaçando cinturas e — sem querer — traseiros, e, por alguma razão, autógrafos.

"Nos meus quinze anos, eu só ouvia música proibida", relatou Rotsky ao gravador de uma jovem colaboradora do portal local de emigrados, o Nossa Comunidade. "Vocês, jovens, nasceram em tempos muito melhores, e a expressão 'música proibida' pode parecer um absurdo para vocês. Por acaso o amor pode ser proibido? Em nosso país, hoje... sim."

A entrevista veio à luz na manhã seguinte, com a manchete convencionalmente cativante e medianamente clicável "Nos meus quinze anos, eu me dedicava ao amor proibido".

Admirando-a no monitor, Myromyr-Slavoiar Servus estendeu um amplo sorriso de felicidade.

É ingênuo presumir, como o fez Jossyp Rotsky, que aquele milagre, aquela súbita explosão de sucesso, tenha decorrido unicamente do talento e da paixão dele, Rotsky. Sim, Rotsky era maravilhoso. No entanto, não acontecera sem um estímulo secreto e calculado. Isto se deve ao dono do clube, não inteiramente satisfeito com a arrecadação das quintas-feiras anteriores. No fim das contas, o lado financeiro do plano não foi determinante para Servus. Mas quem disse que não é para cuidar daquilo que é secundário?

Foi ele, Mef, e também seus subordinados que lançaram, em todas as plataformas e grupos relevantes, uma série de hashtags do tipo #UmHeróiEmNossoMeio e #AFaçanhadeRotsky. O estilo geral das mensagens tendia sobretudo a insinuações e omissões, que as pessoas mais ou menos inteiradas do contexto teriam considerado absolutamente transparentes. Deduzia-se das mensagens que Jossyp Rotsky estava diretamente envolvido na misteriosa liquidação do Ditador, o penúltimo da Europa. Supostamente, até pouco tempo antes, era possível tirar a prova disso assistindo a um vídeo de quatro segundos do *atentado*. Depois, com relação à última palavra, não ficou claro se o "a" no início deveria mesmo estar lá. E o próprio vídeo não se encontrava mais em lugar nenhum: para qualquer busca relativa às palavras "Ditador" e "atentado", os sistemas de busca eram unânimes em retornar "*error 404*".

É digno de nota que Jossyp Rotsky, que havia muito tempo passava ao largo das redes sociais, nem sequer imaginava que, em questão de dias, conseguiria passar de um quimérico e marginal DJ de rádio a destemido herói da resistência. Na quarta quinta-feira, todos eles — líderes e ativistas, a esperança da nação, a flor da emigração, *a nossa comunidade*, empresários independentes, o plâncton intelectual, trabalhadores imigrantes anônimos, oportunistas, foragidos e deslocados à força, mas, acima de tudo, estudantes de informática, de medicina, de economia e de estudos culturais — lotaram, com uma massa viva e excitada, a Khata Morgana, para ver ao vivo e tocar não em qualquer um, mas em seu grande vingador. A palavra "vingador", aliás, era mentalmente escrita, por muitos deles, com letra maiúscula, como a palavra "Messias": Vingador.

Com toda a sua cautela, até pouco tempo antes tão perfeita, Rotsky não se deu conta dessa mudança. A súbita transformação, do fundo do poço para o sucesso, foi, como já sabemos, atribuída por ele, de maneira um tanto cega, à estranheza do seu "show de rádio" e às músicas escolhidas com êxito. Ele não ficou nem um pouco surpreso com a maneira franca com que as garotas do clube começaram, uma por uma, a colar nele. Voltou com facilidade ao modo de vida poligâmico já outrora praticado — e os relacionamentos, em sua maioria breves e turbulentos, tremeluziam como um caleidoscópio. Além do mais, temos que levar em consideração as circunstâncias do local: a residência de Rotsky, devo relembrar, encontrava-se diretamente acima do clube, e muitas das *málitsas* usaram como argumento essa evidente conveniência.

Todas elas (Rotsky notou isso um pouco mais tarde) por alguma razão tinham nomes que começavam com A: Ariadna, Adriana, Arianda e Ariana, Arina, Al'ona, Aliona, Aksana (teve duas dessas — uma no início e uma no fim), Aksinia, Alina, Alissa, Antonina e Antonia, Aneta e Annetta, de algum modo muito parecidas entre si. Teve também Adel, e teve Adelaida. Teve Annamaria, e teve Anna-Maria, e teve também Alfa-Omega. Teve muitas delas.

O contador Edgar perdeu a conta, em todo caso. Porém, não julgou seu amigão, pelo menos não deu sinal disso. Talvez pelo fato de que, do alto de seus sábios duzentos anos, e dada a idade de Rotsky, ele entendesse perfeitamente: quantas daquelas garotas ainda restavam para o velho! Ele que levasse consigo o corpo e a alma. A única questão era aonde levaria.

Como já sabemos, na maioria das vezes Rotsky as levava para a sua residência.

A menção de Edgar à característica etária de seu companheiro de moradia era mais oportuna do que nunca. Jossyp Rotsky alcançara justamente aquele ditoso momento em que, por fim, obtivera plena liberdade sexual. Não a dependência impetuosa e ingênua de um iniciante de vinte anos, rouca e trêmula, típica da pós-puberdade; não o desespero espasmódico de uma crise de um adolescente namorador de quarenta anos, pronto para qualquer tolice ruidosa — desde que a diferença de idade ultrapasse duas décadas: não, ele era guiado pelo comedido e deliberado nível de exigência de um conhecedor habilidoso e ligeiramente enfastiado, capaz de avaliar, de escolher e de comparar, acima de tudo, parâmetros puramente erógenos. Algo como o tranquilo rodear do amigo do corvo, o velho falcão, acima do vale da Caça Ilimitada, quando a vida dá sua graça uma derradeira vez e oferece uma última coisa, e a oferta finalmente excede a demanda. Ou, para dizer o mesmo em outras palavras: quando a capacidade de amar e de se apaixonar esgotou-se em seu curso natural e desapareceu por completo, foi parar sabe-se lá onde, e o amor — ao contrário disso! — surgiu numa quantidade tal que ele é demasiado para um só alguém, catastroficamente, imensuravelmente demasiado, ele é o bastante para cada um de nós, para tudo que há, e não para uma determinado alguém que — você sabe — não existirá mais, pois já existiu.

As festas com Rotsky na Khata Morgana tornaram-se, assim, icônicas, e em alguns lugares foram reproduzidas. Para que ficar deitado agora, durante dias, se a glória, ainda que temporária e local, esmagara-o com tanto fervor em seus braços?! E, também, qual glória não é temporária e local, quem poderá me dizer?

Na sexta ou sétima quinta-feira começaram a surgir os Estranhos. Não que os habituais de até então se conhecessem entre si de modo tão irrepreensível, a ponto de os Estranhos darem logo na vista, não. Na verdade, o círculo expandia-se cada vez mais, então a aparição de novos rostos era no general previsível e bem-vinda.

Mas os Estranhos eram estranhos — era isso que os distinguia. A três metros deles dava para sentir o cheiro da estranheza. E nem falar a língua local eles sabiam ou tentavam. No fim das contas, eles não falavam em absoluto.

E, afinal, qual era o problema disso? A cidade aberta de Rinocerontes, a pérola da amável Europa Centro-Ocidental, recebia refugiados em seu seio liberalmente aberto: vinde a mim todos, encontrai vossa segunda casa. Africanos e afegãos, líbios e libaneses, sírios e assírios, roma, urums, romaicos e todos os demais — *you are very welcome*.

Então quem ficaria surpreso com alguns forasteiros no clube? Pois estavam andando por ali, explorando a localidade. Observando a paisagem em busca dos próprios nichos.

Mas aí é que estava a questão: os nichos. Pois os Estranhos não lembravam nem um pouco esses buscadores. De que valem os nichos quando estamos falando dos senhores da vida!

Sim, era a Mob. A gente dela. Não do Regime — esses ainda estavam coçando a cabeça e pasmando. Mas a Mob já estava ali.

4

Nenhuma Mob no mundo teria se preocupado com Rotsky algum se não fosse pelos quase doze meses que ele passou na prisão da cidade suíça de Z. Foi justamente esse o tempo que durou a investigação acerca de seu ato controverso, para dizer o mínimo.

Jossyp Rotsky foi levado à instituição correcional (*Justizvollzuganstalt*) em Z. no terceiro dia após sua detenção no Waldheim, um hotel de luxo nos Alpes, e a imediata ordem judicial de sua prisão. A detenção ocorreu praticamente no local da ocorrência e quase em flagrante. Nos autos, registrou-se que o detido não tentou fugir e não opôs qualquer resistência, nem aos seguranças do hotel, nem à polícia cantonal, assim chamada por eles.

A estranheza da situação e, sobretudo, a repercussão por demais ruidosa — tanto dentro do país como internacionalmente — não permitiam que o tribunal deliberasse e hesitasse demais. Para a sorte de Rotsky, o tribunal, de modo igualmente categórico, rejeitou o velocíssimo pedido de extradição que logo chegou do país de origem do suspeito. O defensor público que lhe foi designado frisou imediatamente o status de Rotsky: este ainda estava à espera de uma permissão de asilo e, uma vez que a represália contra ele, em caso de retorno para casa, seria presumivelmente inevitável e cruel ao máximo, Rotsky podia, de modo totalmente fundamentado, ter esperança de uma decisão positiva. No entanto, a partir do incidente no hotel Waldheim, suas chances pioraram de maneira significativa, e a situação complicou-se sensivelmente.

O tribunal dispunha de todas as quatro razões fundamentais para, durante a investigação, encerrar Rotsky num centro de detenção, ou seja, aplicar-lhe, na língua do país local, a *Untersuchungshaft*. Para tal decisão, bastava uma das quatro razões, mas ali estavam todas presentes. Permanecendo em liberdade, o suspeito podia: escapar e esconder-se (*Fluchtgefahr*), obstruir — leia-se dificultar — o andamento da investigação (*Verdunkelungsgefahr*), repetir o ato (*Wiederholungsgefahr*) ou, finalmente, cometer alguma outra ação criminal (*Ausführungsgefahr*). De um sujeito como aquele dava para esperar absolutamente qualquer coisa.

Jossyp Rotsky, portanto, não podia de modo algum não ir parar atrás das grades. E o que o surpreendeu não foi ter ido parar lá, e sim outra coisa — certos detalhes. Por exemplo, no Departamento de Admissão (ou como diabos traduzir esse *Eintrittsabteilung* que não faça parecer um estudante?), tomaram um relógio bem mais ou menos que ele tinha e levaram para um depósito, entregando-lhe no lugar um relógio da prisão. Rotsky até brincou com o perito-chefe de recepção: "Agora eu também tenho um suíço". O outro, por sua vez, de certo modo não tão propenso a incentivar o humor do recém-chegado, prosseguiu sua tarefa rotineira de anotar a biometria de Jos (altura, peso, acrescentar as impressões digitais) e, por algum tempo, ficou pensando o que pôr na coluna "cor dos olhos". Por fim, a intuição de servidor sugeriu-lhe algo intermediário, do tipo *"grau-grün"* ou *"blau-grün"* — verde-acinzentado ou verde-azulado. Com isso, encerrou-se o procedimento de admissão, e Rotsky, como um estudante do primeiro ano, foi matriculado.

A instituição correcional em Z. era uma mescla bastante notável de tempos e estilos. No início, o recém-construído pátio senhorial abrigava um importante mosteiro cisterciense que, decaindo irreversivelmente numa era de secularismo cada vez mais ofensivo, caiu afinal sob a tutela do poder secular, e este, depois de passar muito tempo sem se preocupar em buscar uma utilização melhor para ele, levou para seu território, um belo dia no fim do século retrasado, os primeiros assassinos, estupradores e bandidos, totalizando cinquenta e três pessoas. Desde então, muita coisa mudou no sistema penitenciário do cantão — em geral, em direção ao afrouxamento das regras, embora nem sempre. O próprio pátio senhorial ganhou hectares adicionais e novas unidades, que, no sentido arquitetônico — ainda mais se comparados ao núcleo histórico do mosteiro, outrora listado em todos os índices possíveis de monumentos —, eram um tanto impessoais. Foi em um desses edifícios que Jossyp Rotsky foi enfurnado, e ali mesmo, numa cela de dois metros de largura por três de comprimento, ele foi mantido a maior parte do tempo que passou na prisão. Entretanto, Rotsky passou um curto período na detenção pré-deportação (*Ausschaffungshaft*): pouco depois da recusa definitiva do asilo, ele foi transferido para outra unidade, com celas consideravelmente mais espaçosas, ao que parecia, capazes de abrigar algo próximo de uma dezena de azarados temporários, cada um dos quais preparava-se para a expulsão da Suíça, tão desejada, mas não igualmente acolhedora para todos os visitantes.

As pessoas que conhecem os locais de privação e de restrição de liberdade na Suíça chamam a instituição correcional em Z. de *"kein guter Ort"*.

Como se no mundo houvesse uma prisão de que se pudesse dizer o oposto! Mas essa conexão tão íntima e quase indissolúvel da referida frase com Z. pelo menos sugere que, na Suíça, é possível estar preso em lugares melhores. Rotsky só sabia como deviam ser os estabelecimentos análogos em seu país a partir de relatos, alguns filmes e livros pontuais (que, infelizmente, ele não lera com a devida atenção em seu tempo), assim como da imensurável massa de folclore criminal, sobretudo musical, que ele mesmo tocara um pouquinho, quando, por um breve tempo, estivera no limite de descambar para o grupo dos cantores de bar: uma ou duas festas de casamento, além da despedida de alguém que ia para o exército, nada mais.

A primeira coisa que ele ensinou ao diretor da prisão em Z., quando este desejou receber aulas de piano, foi a *Murka*.[1] O diretor acabara de começar os preparativos para as tradicionais celebrações natalinas, com uma árvore de Natal de integração, comum para os presos e para o pessoal, junto à qual ele pretendia impressionar com alguns números musicais de sua própria execução. A *Murka* servia perfeitamente.

A soma das noções que tinha a respeito das cadeias e cárceres de seu país natal permitiu a Rotsky, durante uma das primeiras aulas, expressar-se com uma franqueza íntima e inesperada: "Para alguém com seu cargo, até que o senhor é sofisticado". Isso se referia em grande medida aos dedos, mas o diretor, sujeito descarnado e, assim como Rotsky, leve e com ar de jovem (e, graças aos invariáveis óculos, também um pouco botânico), respondeu de maneira enfaticamente seca, de modo a, quem sabe, pôr um pingo num i: "Sou pedagogo de formação, professor de língua e de literatura". Rotsky ficou um tanto constrangido e explicou que, em seu país, esse tipo de cargo era ocupado mais por militares, quer dizer, por oficiais "com punhos como marretas e pescoço de touro, e do rosto nem falo nada, pois me faltam as palavras até na minha língua materna". "São estereótipos", objetou o diretor suíço. "Na verdade, a prisão em qualquer país não é um bom lugar (*kein guter Ort* — foi o que ele disse). E nós, os guardas, somos tão infelizes quanto nossos prisioneiros." "Seria bom trocar de lugar, para ter certeza", quase disparou Rotsky, mas não quis provocar mais. A semelhança externa entre eles inspirava uma simpatia não totalmente consciente. Por vezes, lembravam irmãos, mas ninguém se atreveria a apontar quem era o mais novo. Parecia que ambos eram o mais novo.

---

1 Uma das mais famosas canções do mundo criminal soviético, de autoria indefinida, mas presumivelmente composta no início dos anos 1920.

Rotsky deu as aulas durante outubro e novembro, três vezes por semana. Contudo, o diretor, por motivos profissionais, foi forçado a perder quase um quarto das horas planejadas, e então Rotsky teve a oportunidade de tocar para si mesmo. Em algum momento do futuro, a última de suas amantes perguntaria o que ele fizera durante todo aquele tempo na prisão, ao que Rotsky responderia: "Fiquei tocando piano", e isso não seria um exagero tão grande assim.

O diretor persuadiu-o a burilar um programa separado e a apresentar-se, primeiro dentro da prisão, e depois também do lado de fora, na cidadezinha, digamos, no Kultur-Kasino, com um salão para 450 pessoas, por que não? "Eu seria levado sob escolta?", interessou-se Rotsky. "Isso eu não posso prometer", o diretor meneou a cabeça. "Mas posso prometer honorários. Afinal, você não vai fugir, vai?"

Não, a cadeia em Z. não parecia um inferno na terra. Exagerando muito, era um purgatório. Um purgatório bastante limpo, aliás. Nada de barracões piolhentos com *dokhodiagas*,[2] nada de suor e fedor, nada de paredes infestadas pelo bacilo da tuberculose. Nada de mortos ambulantes, nada de *balanda*,[3] de ração, de *contadinho*. Nada de frio feroz, de calor brutal. Nada de *vertukhais*, nada de *urkas* e de *sukas*.[4] Nada de surras, de torturas, de estupros, de *chizos*[5] e de solitárias. Nada de morticínios.

E, ainda assim, o suspiro — de várias centenas de homens adultos e tristes. Ali, parecia haver tudo para eles: aula de música e uma academia de ginástica, cursos de línguas e uma biblioteca, um estúdio com computadores e um campo de futebol (não, não de golfe), uma sauna e três refeições saudáveis, com um menu separado vegetariano e um menu separado vegano, e seis horas de sono, e sonhos, e vistas secretas para o lago, onde ficavam a liberdade e a autonomia. (Por causa delas, das vistas para o lago, Rotsky mais de uma vez fez uso do direito de trabalhos braçais voluntários

---

2 Denominação que se dava, nos campos de trabalhos forçados soviéticos, ao prisioneiro que alcançara o estágio mais avançado de esgotamento físico, muito próximo da morte.
3 Mingau extremamente ralo, que era servido aos prisioneiros nos campos de trabalhos forçados na Rússia.
4 Gírias do sistema prisional soviético. *Vertukhai*: "carcereiro", "guarda de prisão". *Urka*: "ladrão", "bandido". *Suka*: bandido que passou a colaborar com as autoridades prisionais, visto como traidor pelos demais criminosos.
5 Em russo, acrônimo de *chtrafnói izoliátor*, cela punitiva dentro dos campos de trabalhos forçados.

e candidatou-se para o vinhedo, de onde era possível, ainda que só com os olhos, ainda que com um só, primeiro de uma cor, e depois da outra, roubar um pedacinho da superfície do lago e, por um instante, apropriar-se dele, pois ele nem desejava mais que isso.)

Ali, havia tudo para eles — desde que se emendassem, tomassem o caminho da luz, conscientizando-se e redimindo-se sinceramente. E eles, o que faziam com isso?

De quando em quando, cortavam as veias. Enlouqueciam. Batiam com a cabeça na parede. Engoliam garfos e seringas. Ingeriam drogas, masturbavam-se. Tinham alucinações. Praticavam sodomia. *Kein guter Ort.*

E era assim até mesmo com quase um terço deles — aqueles com artigos mais leves, sentenças menores, penas mais brandas — estando no chamado semiaberto (*Halbgefangenschaft*). De manhã, eles saíam para a liberdade e, depois de cumprirem, ao longo do dia, com suas obrigações profissionais, no fim da tarde retornavam obedientemente aos portões, às celas, para trás das grades, ao purgatório cisterciense com suas seis horas de sono purificador. Se não fosse pelos rostos cronicamente cinzentos, ninguém do lado de fora nem sequer pensaria que eram prisioneiros.

Pois então, isso é importante: a despeito do saudável trabalho agrícola (produção de laticínios, criação de vacas, de aves, horticultura e vinicultura), do ar fresco e das irrepreensivelmente ecológicas três refeições ao dia, os semblantes deles chamavam a atenção principalmente por sua cor sempre cinza.

Aquela misturada de condenados e daqueles que, como Rotsky, ainda estavam só sob investigação, em geral incluía uma grande variedade criminal. Ladrões insignificantes de lojas e batedores de carteira cada vez mais desleixados, raros e românticos assaltantes de bancos e correios, ladrões dos modelos mais estonteantes de carros, de joias com o peso de uma boa propriedade e de velhas e ruidosas bicicletas, falsificadores de todos os tipos de relógios, golpistas de internet, corruptos desmascarados e caídos em desgraça, estupradores, pedófilos e zoófilos, homicidas. Esses últimos eram bem poucos, e, se a investigação desse errado, Rotsky teria todas as chances de engrossar suas fileiras por um bom tempo.

Assim como todos os outros naquele país, o presídio em Z. era uma espécie de prisão dos povos. O que quer dizer que não só Rotsky era estrangeiro ali. Havia toda uma legião de estrangeiros: marroquinos e albaneses, georgianos e coptas, turcos e uzbeques, um ou dois conterrâneos, etíopes e hindus (ou alguns roma?), romenos, sérvios e aqueles que até recentemente eram chamados de russos. Com os sérvios (ou eram macedônios?)

Rotsky até papeava um pouco, relembrando antigas turnês e empregando nisso frases caseiras, do tipo *"lepoje vremeco"* ou *"vrlo perfektno"*.[6] Os sérvios riam daquilo, e o mais velho tinha dentes bem estragados, enquanto o mais novo tinha dentes de ouro. Eram vários deles, desses sérvios da Macedônia.

Bem, e também um norte-americano. Inteiramente só, como Rotsky.

"À noite, toda aquela legião estrangeira geme", anotou ele nos recônditos mais profundos de sua memória. "Para os locais, é mais fácil: eles têm quem os venha visitar. E os preservativos são gratuitos para eles. Os estrangeiros, por sua vez, em sua maioria ilegais e eremitas, são visitados quando muito por um ocasional advogado. Mas não dá em nada. Eles se contentam com os gemidos noturnos. Às vezes, eu também."

Rotsky ansiava por sua própria rádio noturna. Tinha até separado determinadas palavras e frases para ela, quando fosse o momento.

Ele esteve fora dos limites da instituição, ao longo daquele período, não mais que duas vezes. A primeira vez foi quando o levaram ao hotel de luxo Waldheim, por conta de um experimento da investigação. A segunda, quando o diretor o trouxe até sua casa, para tocar o fundo musical do aniversário da esposa. (Tocar o fundo? O fundo era o aniversário da esposa? As peças que a língua não prega!)

Se isso constituía algum tipo de infração das diretrizes de seu ofício, Rotsky nunca ficou sabendo. O diretor era de esquerda — socialista, anarquista ou talvez verde, portanto, podia tratar as diretrizes de maneira dialética.

Rotsky aproveitou ao máximo ambas as visitas.

No hotel de luxo, ele, rápido como um raio, foi ver Anastácia (depois de combinar previamente com ela), que, à sua maneira, ele chamava de Anestesia — uma vivaz mocinha portuguesa, uma das garçonetes que antes já atendera com alegria a todas as suas propostas. Enquanto os *betroiers*[7] que o acompanhavam procuravam por ele nos vestiários e banheiros do andar inferior, Rotsky usou as bem conhecidas passagens de serviço para alcançar a ala habitada pelos funcionários — e a anestésica Anastácia deixou-o entrar. O experimento da investigação transcorreu com êxito para Rotsky: teve tempo de gozar duas vezes. Anastácia também, pelo visto, mas com ela nunca dava para saber se tinha mesmo.

---

6 Em sérvio, no original, "tempinho bom" e "totalmente perfeito".
7 Em alemão cirilizado, no original: *Betreuer*, "cuidador".

Na casa do diretor, ele não conseguiu ir tão longe assim, porém acabou cativando bastante a atenção de umas gêmeas, aparentemente menores, que o deixaram seriamente excitado com toques involuntários e outras oscilações. O diretor e sua esposa, também professora, docente de alguma escola anormal para alunos com habilidades especiais ou com necessidades especiais, não puderam deixar de observar, com seu olho pedagógico bem treinado, todos aqueles momentos de faísca, mas não interferiram no curso da ação. Simplesmente não existia uma ameaça real, parecia a cada um deles — e, de todo modo, Rotsky não teria se permitido *entrar de cabeça*. Em compensação, naquela noite, ele tocou sem poupar os dedos, tão bem quanto não tocava desde os tempos de barricada. Ele mesmo gostou. E, quanto ao público, não ficou totalmente enlouquecido, mas reagiu de modo claramente empolgado e positivo.

Um dia, sentado na sala de música do complexo prisional, Rotsky começou a relembrar *Beyond The Pale*. A tarefa não foi das mais complexas, tanto que ele chegou ao refrão de maneira bastante lépida e, entusiasmado com os diversos caminhos paralelos de retorno ao tema, não percebeu que aquele mesmo norte-americano, Jeffrey Subbotnik, estava agora bem ao seu lado. Continuar a tocar a quatro mãos acabou sendo um bom divertimento: embora o norte-americano cometesse erros, era sempre de um modo um tanto perspicaz, e os dois, de quando em quando, explodiam num solidário riso entre músicos. O tema era desenvolvido principalmente por Rotsky. Subbotnik ficava com os tempos fortes. Saíram da sala de música quase amigos. E assim continuaram depois. Sem nunca virarem amigos, sempre quase amigos.

Jeffrey Subbotnik (em outras versões, Jerry Sabbatnik) não era músico. Embora, entre os músicos, especialmente as estrelas e especialmente as dos Estados Unidos, haja muitos que prefiram pagar impostos na Suíça, em geral adquirindo lá imóveis e assinando uma espécie de *deal* com a comunidade local quanto à conversão anual de uma quantia financeira redonda em benefício deles. Subbotnik, embora nem de longe uma estrela (e, mesmo que fosse, não uma do showbiz), também assinara um *deal* daquele tipo. Mas, ao que parece, ele não o cumpriu de maneira inteiramente limpa, e agora estava preso em Z. Fora acusado — um caso famoso! — de sonegação de impostos, em quantias quase que astronômicas. De acordo com a fraseologia específica da língua suíça, Jeffrey Subbotnik deveria ser chamado pela dura palavra *Steuersünder*, e não se sabe qual semântica — se a econômica ou a religiosa — deveria atingi-lo com mais força.

Na verdade, aquele homem muito esgotado, com uma cor de pele perceptivelmente não saudável até em comparação com o cinza da prisão, o único em toda a multidão criminal para quem a roupa também cinza da prisão caía estranhamente bem, era algo muito mais grandioso que um banal transgressor fiscal. A investigação em seu caso principal já se arrastava havia alguns anos, durante os quais ele, embora tivesse emagrecido e decaído corporalmente, ainda assim nunca se rendera.

Jeffrey Subbotnik era um gênio (e toda a prisão sabia disso). A principal conquista de sua vida tinha sido a vigésima segunda versão do jogo powxq, mais conhecido como Jogo dos Hemisférios ou BrainPower — uma mistura de pirâmide financeira, práticas místico-ocultistas, cassino online, cientologia, neuropsicologia, combinatória, correntes de criptomoedas e — atenção! — *financismo virtual-ritual* da nova geração. Os mais destacados investigadores do Ocidente Unido, mergulhando de cabeça nas intrincadas tramas de seus movimentos contínuos, não conseguiam de jeito nenhum ajeitar as coisas e levar de maneira segura o caso, com centenas de milhares de páginas, ao devido lugar: o tribunal. Alguns elementos, mais importantes ou nem tanto, necessariamente escapavam, o quadro mais amplo não se delineava, apesar de alguns episódios que pareciam ter sido finalmente esclarecidos, e o quebra-cabeça, montado através do meticuloso trabalho analítico de dezenas ou centenas de detetives, podia, a qualquer momento, desfazer-se imediatamente em milhões de partículas brownianas.

Subbotnik, porém, pressentiu um limite. Seu montante básico (de fato, toda a sua fortuna) ia, de maneira lenta, porém inevitável, se direcionando à zona de alcance deles. Estavam chegando perto. Era apenas questão de tempo. Ou de algum erro épico da parte deles, com o qual ele não tinha o direito de contar.

Além disso, era atormentado por uma das dez doenças mortalmente incuráveis deste mundo, e, diante dele, abriam-se quatro possibilidades.

A comunicação de Rotsky com Subbotnik tornou-se mais frequente quando os advogados deste último, apoiando-se em índices médicos atualizados, obtiveram mais um sucesso local, e o regime de deslocamento do prisioneiro VIP pelo território da instituição foi atenuado, em diversos momentos, *por razões humanitárias*. Eles começaram a cruzar um com o outro não só na sala de música ou na biblioteca, mas também nos passeios. Durante um desses, Subbotnik expôs a Rotsky, de maneira inesperada, a primeira parte de sua proposta. Rotsky não entendeu nada. A única coisa que ele conseguiu captar do plano de Subbotnik foi um sentimento absoluto, desmesurado e um tanto tolo de confiança, que não tinha qualquer justificativa ou motivação.

"Por que eu?", perguntou Rotsky. "Quem sou eu para o senhor?"

"Como fraudador financeiro de alto nível, a decência humana é o que eu mais estimo", explicou Subbotnik.

"Decência?", Rotsky, então, arregalou seus olhos de cores diferentes. "Não está me confundindo com alguém?"

"De jeito nenhum", tranquilizou-o Subbotnik. "Você não me parece um alcoólatra, um viciado em drogas ou em jogos. Dá para confiar a você uma soma considerável, sem se preocupar que vai sair correndo para gastar tudo assim que tomar posse. Para mim, isso é sinal suficiente de decência."

"Não ser alcoólatra é sinal de decência?", riu-se Rotsky. "Eu achava que era justo o contrário."

A última palavra permaneceu sem ser dita, pois, naquele instante, a troca de ideias, cada vez mais vivaz, atraiu a atenção do *betroier*, e este assoprou o apito e, depois, foi na direção deles com passos bruscos e largos. (Aproveito para observar: a instituição em Z., àquela época, renunciara, por princípio, à noção politicamente incorreta de *Aufseher*, ou seja, de carcereiro, em prol do significativamente mais humano *Betreuer* — cuidador.)

Esse episódio, aparentemente inexpressivo, mas crucial, foi antecedido por mais dois, e ambos ligados à música. Ou, melhor dizendo, imbricados com ela. Cada um deles desempenhou um papel particular no fato de Subbotnik ter escolhido Rotsky. Dominado por uma doença mortal e preparando-se para uma operação decisiva, Subbotnik não se deu conta de como sua sofisticada e original religiosidade, nutrida durante décadas, vinha se transformando numa superstição bastante primitiva, embora muito abrangente. Ele começou a viver por presságios, sinais e indícios do Além. Diante dele, de fato, entrevia-se, sem nenhuma brincadeira, seu derradeiro "ou-ou" (o Além? E se fosse o Aquém?), e por isso ele ouvia, observava e capturava tudo de maneira constante e aguçada. E também tentava adivinhar: qualquer situação que trouxesse dentro de si uma alternativa podia tornar-se objeto de seu feroz jogo com o inevitável. Uma espécie de versão demo, simplificada ao máximo, dos Hemisférios.

Se hoje o diretor viesse para o serviço de bicicleta, era uma coisa. Se viesse de picape, era outra. (O diretor, como ecoativista convicto, empregava a bicicleta com muito mais frequência, o jogo com o meio de transporte do diretor era injusto.)

Se, de madrugada, conseguisse dormir seis horas seguidas sem nenhum espasmo, era uma coisa. Se não conseguisse, era outra. (Havia muitas vezes menos noites sem espasmos, esse jogo era francamente desvantajoso.)

Se os Redskins ganhassem dos Lions, era uma coisa. Se perdessem, era outra. (Finalmente um jogo com chances iguais: naquela temporada, os Redskins e os Lions disputavam em pé de igualdade.)

E, se você tivesse a oportunidade de encontrar um homem com olhos de cores diferentes, era preciso observar bem qual dos dois ele fechava por último antes de pegar no sono.

Bem, e assim por diante.

O primeiro dos dois acontecimentos que o levaram à ideia de se associar a Rotsky acabou sendo uma interpretação a quatro mãos daquela mesma *Beyond The Pale*. Dessa vez, porém, pública — na Sexta-Feira da Paixão, no programa de um concerto em que os prisioneiros expressavam sua gratidão coletiva aos funcionários. A performance do dueto "Rotsky// Subbotnik" ao piano, embora tenha durado exatamente o mesmo tempo que a própria canção durava no original (só três minutos e seis segundos), provocou uma incrível tempestade em meio aos *betroiers* presentes, e os intérpretes, atônitos com o próprio sucesso, tiveram que tocar a mesma coisa como bis mais duas vezes seguidas. Para Subbotnik, aqueles foram os primeiros e os últimos quinze minutos de fama de sua vida. Quinze — junto com a ovação e os bis.

O segundo acontecimento merece maior atenção. Chegou à prisão em Z. o ícone do neoacionismo, a neta híbrida dos Socialistas Revolucionários — SRs — de esquerda e de direita, Dacha Etkin-Utkina, mais conhecida como daShootka, "uma melancólica provocadora de contextos tecnológicos e paisagísticos numa pós-identidade transmutada" (como os especialistas a caracterizavam). Na aparência, daShootka era "algo entre uma santa ortodoxa e uma bombardeadora clássica, e era conhecida, em todo o mundo, pela palidez cerosa de sua pele, como a dos velhos opiômanos decadentes, e pelas garras de ferro. Com elas é que daShootka arrancara, da direção prisional do cantão, não só a permissão para seu experimento social-artístico, como também uma considerável soma em dinheiro para apoiá-lo — para usar uma expressão modesta.

Na primavera, ela começou a frequentar a prisão. Quase cento e cinquenta homens adultos e tristes inscreveram-se voluntariamente para o casting. DaShootka tinha que ouvir cada um deles. Ela andava pelo território da instituição correcional — em plena consonância com aquilo que a revista publicara sobre ela — numa *tatchanka*[8] elétrica de fabricação própria. Seu tipo caucasiano (um especialista teria especificado: armênio) combinava muito bem com a palidez cerosa, o que também era enfatizado com frequência pela revista. A piteira de niquelina da bisavó (a única coisa que conseguira salvar dos bolcheviques) e os cigarrinhos de eucalipto indianos — tudo estava em seu devido lugar. Além disso, confirmou-se que ela gostava de chamar a si mesma de "menina complicada" (*complicated babe*), ao mesmo tempo que já ia bem além dos cinquenta.

"Seria mesmo complicada?", perguntava-se Rotsky em pensamento, enquanto se dirigia ao casting dela. Em sua juventude, ele já tinha encarado algumas daquelas. Porém, tudo terminou bem: daShootka tateou só em alguns lugares seu torso macilento e ficou claramente satisfeita com a caixa torácica: "*Good skeleton*", elogiou ela.

O projeto de daShootka deveria se chamar *101 ZoneAngels*. DaShootka estava preparando aquilo para um dos eventos mais prestigiados da Europa — alguma bienal, trienal ou até quinquenal, com um nível extraordinário de publicidade. O objeto final deveria reproduzir o *espaço privado de um prisioneiro*, a moderna cela para um só, *com um conjunto e uma seleção, cuidadosa ao máximo, de objetos, parâmetros e proporções*, em que um fonograma tocaria sem cessar as vozes sobrepostas de cento e um *presentes*. Cada uma das vozes cantaria a sua canção, à escolha do prisioneiro: *o limite de sua liberdade seria cantar a própria canção*. Em decorrência da sobreposição maciça de vozes, melodias, palavras e línguas no espaço, surgiria algo incrivelmente estranho, *a substância imaginária e sonora entre sinfonia e cacofonia*. Cada uma das cento e uma canções poderia ser ouvida separadamente, através de um catálogo interativo especial, que, além disso, permitiria abrir um retrato fotográfico do prisioneiro-intérprete, saber mais de sua vida, descobrir o motivo e o tempo de sua permanência em cativeiro, *aprofundar-se em seus sofrimentos e esperanças*. Ou até lhe escrever uma mensagem pessoal por correio eletrônico; ela seria guardada num servidor separado da prisão, e o prisioneiro poderia lê-la no dia em que sua sentença acabasse e ele deixasse a instituição correcional em Z. — talvez como uma amigável exortação *para um bom início no novo caminho*.

---

8 Espécie de carroça ou carro pequeno com uma metralhadora ou canhão acoplado, muito usada durante a Guerra Civil na Ucrânia e Rússia.

(Certamente as últimas sete palavras, considerando seu idealismo suave demais, não combinavam nem um pouco com o subversivo e áspero daShootka-*style*. Os observadores mais atentos poderiam presumir ali um acordo formal, porém um tanto inevitável, com os desejos da direção cantonal.)

A canção que Rotsky cantou (dizem que foi *Always Look on the Bright Side of Life*, do Monty Python) deveria ser uma entre cento e uma, mas acabou sendo uma entre cem. Ou seja, houve dois deles que, sem combinar, cantaram a mesmíssima canção e, sem querer, reduziram o número de *ZoneAngels* em uma unidade. Jeffrey Subbotnik (pois o outro era ele próprio) não conseguiu deixar de atribuir a isso mais um Sinal enviado pelo Além. Desde então, ele deixou de hesitar na escolha do Guardião.

No meu relógio, logo vai dar uma. Essa é a Rádio Noite. Dou as boas-vindas a todos que se juntaram a nós. No último quarto de hora, o número de vocês aumentou no oeste. Alguns já se conectaram conosco até em Boulder, Colorado. Como estão aí desse lado?

Os que estão mais para o leste diminuíram: estão adormecendo. Uma boa noite, meus amigos e amigas mais para o leste.

Comecei esta noite com umas palavras que muitos certamente já devem ter esquecido. Mas quero voltar a elas.

Se Deus é nosso pai, o diabo é nosso melhor amigo.

Para alguns, isso vai parecer estúpido, para outros, uma impertinência barata, e para outros ainda, um sacrilégio. Preciso comentar um pouco sobre isso. Um comentário sobre uma anedota mata a graça, eu sei. Posso ser desculpado pelo fato de que, até agora, não contei piada nenhuma.

Se Deus é nosso pai, o diabo é nosso amigo inseparável, aquele com quem você cresceu, no mesmo quintal. De idade, ele é um pouco mais velho e, aparentemente, bem mais experiente. Ele ainda é o mesmo metodista: não só ensina, como também dá exemplo em tudo. Apesar do fato de que o Pai proibiu há muito tempo quaisquer relações com ele, elas continuam — ao que nos parece, em segredo. Porém, o Pai não pode não saber delas. No geral, ele não pode não saber de nada. Ele até queria não saber de alguma coisa, mas não pode.

É mais ou menos assim que se dá esse eterno drama, ou, se assim for, essa eterna comédia. Digo isso da infância. A ruptura entre pai e amigo se fez notar numa idade bastante precoce. Meu pai era um deus absoluto. Na verdade, para uma única pessoa no mundo — para mim. Nesse sentido, eu sou o filho de Deus. Cresci em meio a ateus moderados, e a palavra "deus", na minha vida de criança, era ouvida com extrema raridade. A palavra era desprezada, mas o conceito, não. O conceito era idêntico ao de pai. Se existia no mundo alguém que me criou, deu sentido a essa criação e, apesar de toda a sua grandeza, me amou, tão pequeno e nem sequer digno de amor, com seu amor ilimitado, esse alguém foi meu pai.

Meu amigo, mais velho que eu uns três ou quatro anos, vinha à nossa casa. Ele morava no mesmo quintal. Nem vou tentar dizer qual família era a mais pobre — a minha ou a dele. Suponho que nós estivéssemos aproximadamente no mesmo nível de pobreza. Mas os meus conseguiram uma televisão um pouco antes. Então, ele vinha sempre ver televisão, e também para o lanche da tarde e tudo mais. Eu não ficava tanto na casa dele como ele ficava na minha. Analogia com o diabo, por enquanto nenhuma.

Mas tudo estava só começando.

Ele foi pego pelos meus parentes mentindo várias vezes. Eu também fui, embora a minha não fosse pragmática, quer dizer, eu mentia simplesmente pela pura arte da mentira. Eu mentia sem ilusão alguma de que alguém acreditaria nas minhas mentiras. Por exemplo, eu mentia que, no caminho para a escola de música, tinha visto um alienígena chifrudo e coberto de escamas, que escrevia com o rabo palavras feias nas paredes dos prédios e as colocava na pauta musical. Eu tinha aprendido aquelas palavras com o meu amigo, e que elas eram feias, com a minha mãe.

O meu amigo, por sua vez, sempre mentia com um objetivo concreto. Mentia principalmente para mim, pois sua perspicácia inata sugeria uma dose mais comedida de mentiras para os mais velhos. Graças a esse mentir direcionado, ele gradualmente conquistou uma influência perceptível sobre mim. Eu levava de casa algumas coisas que ele adorava e entregava para ele. Por vezes, nem era preciso levar para fora de casa — eu entregava lá mesmo. Quer dizer, eu colocava no bolso dele. Como alguns cartuchos de caça da gaveta do meu pai.

Meu pai via tudo — por isso é que ele era Deus. Talvez não de imediato, não no lugar, não no calor do momento — afinal, ele não estava quando meu amigo vinha à nossa casa. Para ser mais preciso, meu amigo não vinha quando meu pai estava em casa. Mas Deus vê tudo, mesmo de longe. Leva tudo em consideração e não se esquece de nada. Ele até gostaria de deixar passar alguma coisa, ou de se esquecer de alguma coisa, mas não podia. De quando em quando, meu pai ia falar com os pais do meu amigo e exigir que devolvessem tal e tal coisa.

Um anel de prata da família.

Uma caneta-tinteiro com bico de pena chinês.

Cartuchos para javali selvagem.

Algumas coisas ele até conseguiu arrancar deles de volta. Uma vez, pegou de volta a cigarreira de bronze do pai — isso custou uma briga feroz de meia hora e duas garrafas de vinho branco. Infelizmente, meu pai bebia muito, e isso minava a sua autoridade em meio aos vizinhos. Os pais do meu amigo, por vezes, mandavam ele porta afora. Não sei se o pai do meu amigo também era Deus para *seu filho. Se era, então eram guerras de deuses. E, nisso, o meu Deus estava na ofensiva — e perdia na maior parte do tempo.*

Meu amigo adorava rir do meu pai bêbado. Imitava de maneira engraçada o andar vacilante e a língua enrolada dele. Não satisfeito, fazia isso na frente das garotas. Eu não conseguia conceber o que o impelia tanto àquelas tolinhas, com suas eternas picadas de mosquito na batata da perna, que coçavam eternamente. Eu era corroído pelo ciúme, ficava noites sem dormir em sofrimento porque ele me abandonaria. Eu odiava ele por caçoar do meu pai. E odiava meu pai pelo fato de que ele, com frequência cada vez maior, dava pretexto para ser caçoado. Eu também era caçoado — pela cor dos olhos. Pelas duas cores, mais precisamente.

De quando em quando, meu amigo ainda ficava um tempo comigo. A partir de certo momento, a única coisa que ele fazia era dizer como eram estruturadas as garotas e o que se devia fazer com elas para ter prazer. Eu não queria acreditar naquilo, mas meu amigo assegurava que já tinha tocado tudo aquilo, e aquilo era daquele jeito mesmo, agora ele só estava esperando oportunidades melhores. Uma tarde, ele tirou para fora seu pau já meio grandinho e começou a brincar com ele com a mão, insistindo que eu repetisse a mesma coisa com o meu. Aquilo era selvagem e vergonhoso, mas eu não consegui não obedecer. O pau dele, de maneira brusca e impressionante, ia se estendendo e ficando inchado, como levedura de chá numa jarra de três litros. O meu — o que me deixou ainda mais impressionado — também começou a manifestar algo semelhante. Foi durante essa atividade que meu pai nos flagrou. Ele tinha sido despedido uns dias antes (o que se revelou só mais tarde), mas estava escondendo aquilo de nós e, todo dia de manhã, saía de casa — em teoria, como sempre, às oito e meia. Mas agora ele só voltava quando dava na telha. Mais precisamente, quando ficava farto de perambular pelo parque local e de ficar sentado na beira do lago, esperando sabe-se lá o quê. Foi aí que ficou clara a resposta à pergunta: por que é que ele saía levando um livro para o trabalho? Naquele verão, meu pai releu, pela décima segunda vez, as histórias do padre Brown. Ou talvez as histórias daquele único livro de bolso? Antes de começar a releitura, meu pai embrulhava minuciosamente o livro com jornal para que a capa não fosse destruída. Mas eu estava contando de como ele nos flagrou.

É evidente que ele, então, expulsou meu amigo na mesma hora. Fui terminantemente proibido de ter qualquer contato com aquele veadinho. Então, dali em diante, a relação com meu amigo teve que ser totalmente secreta.

Ela terminou no meio do meu décimo quinto ano de vida, quando, de uma só tacada, eu perdi Deus, o diabo e a virgindade. Depois de se divorciar do meu pai, minha mãe me levou para a casa do novo marido, o que significava ir para outra cidade. Gritei na cara dela que não sobreviveria àquilo. Como devem ter percebido, não cumpri aquelas palavras. Na despedida, meu amigo me deu de presente, em troca de um álbum de selos, permissão para passar meia hora com a prima mais velha dele. Ele me deu parte dessa oportunidade. Isso é que é um amigo verdadeiro. Ele gozou depois de mim.

Mais ou menos no mesmo ano, aconteceu uma desgraça para ambos. Quer dizer, duas desgraças diferentes. Meu pai bebeu até cair e foi levado à força para uma clínica, e lá foi morto por acidente, graças a uma injeção errada. Meu amigo, por sua vez, começou do nada a mexer o rosto de um jeito estranho e a piscar para alguém invisível. Todo mundo pensou que ele queria fugir do exército. No fim das contas, não era mesmo coisa boa.

Meu Deus morreu, meu diabo enlouqueceu. Fiquei sozinho comigo mesmo.

Vinte anos depois, tomei coragem de fazer um show na minha cidade natal. Estávamos indo na direção do estádio, por onde antes ficava a minha rua. Os caras pediram para parar perto de um mercadinho. No meu tempo, ele ainda não existia. Nem o grandalhão desmazelado, de camisa emporcalhada e calça de flanela, que recolhia canecas vazias. "Oi, sou eu", eu disse ao pobre diabo. Acho que ele não lembrou. Mas piscou para alguém que ele enxergava em vez de mim. Alguém invisível.

Temos agora uma hora e quatro minutos.

E também temos Soap&Skin, **Spiracle**.

5

A segunda parte da proposta de Subbotnik foi apresentada por ele sob a encosta de um vinhedo. Naquele dia, Rotsky voluntariou-se para a última colheita tardia do ano. Os cachos amarelados já haviam sido submetidos várias vezes ao endurecimento pelas geadas noturnas, e agora precisavam colher as uvas para o vinho adocicado, popular na região. Carregando um grande cesto, Rotsky avançava suavemente entre as fileiras, de cima para baixo. Lá, era aguardado por Subbotnik, com seu cesto menor. Ainda mais desnutrido e consideravelmente mais esgotado do que só uma semana antes, ele recebera uma licença médica categórica, de qualquer tipo de trabalho, mas arrastara-se até o vinhedo por vontade própria. A direção não se opôs àquela manifestação de *positive Handlung*. De Subbotnik não se podia esperar grande ajuda: só muito de vez em quando ele despejava um pouquinho do conteúdo do cestinho pequeno para o cesto maior, que Rotsky trazia para perto. Quando ficava cheio de uva até a borda, Rotsky carregava o cesto, por algumas centenas de passos, até uma tenda com uma máquina debulhadora. Subbotnik, enquanto isso, ficava deitado na grama amarelada e friazinha, olhando longamente para o céu, com sua gema solar igualmente friazinha. O frio e o amarelo foram as duas principais sensações do dia. A dor passeava em algum lugar fora de casa, o dia prometia ser tolerável.

A direção não poderia saber o que Subbotnik lera recentemente de alguns curandeiros duvidosos: sua doença podia ser tratada mediante a permanência em vinhedos. Não pela ingestão da uva, e sim pela simples proximidade dela. Quanto mais tempo na companhia daquelas estranhas semiárvores, maiores as chances de recuo dela — da morte. A direção não sabia disso e, mesmo que soubesse, *por razões humanitárias*, não haveria de proibir ou refutar aquilo.

Estirado na grama, Subbotnik aguardava o retorno de Rotsky com o cesto vazio. Então, erguia-se com esforço, embora ninguém, nem mesmo Rotsky, fosse dizer uma palavra sequer de censura se ele continuasse deitado. Subbotnik não tinha medo de pegar um resfriado ou uma pneumonia por ficar deitado na grama invernal, no fim do outono. O momento da operação decisiva ia chegando cada vez mais perto, e seria ridículo ter medo de qualquer outra coisa além dela.

Subindo outra vez a encosta em meio às fileiras de vinhedos, Rotsky, como que sem querer, sem olhar ao redor, mas como continuação do tema começado ainda pela manhã, perguntou:

"Não entendo de jeito nenhum: no mundo, tem tanta gente desejando acertar as contas com o senhor, e o senhor está sempre desprotegido. Por quê?"

"Eu, desprotegido?", retrucou Subbotnik, com uma careta. "Pois, para sua informação, eu tenho a proteção de uma prisão inteira."

(Cabe aqui uma observação pertinente: o sr. Jeffrey, na verdade, era uns sete ou oito anos mais novo que o sr. Jossyp, mas este preferia dirigir-se ao outro usando "o senhor". Decerto esse era o modo pelo qual a distância subconsciente entre os mais pobres e os mais ricos se expressava. Mas talvez nem fosse isso — talvez fosse uma forma de cortesia em relação à doença? Talvez Rotsky já os visse no dual, uma dupla inseparável — a doença e seu Subbotnik? É difícil compreender como Rotsky conseguia expressar isso: não há dúvida, afinal, de que eles se comunicavam em inglês. Se Rotsky, por vezes, referia-se a seu quase amigo como "Mr. Subbotnik", e este a Rotsky simplesmente como "Joe", o modo da conversa só se esclarece parcialmente. Mas vamos pelo menos presumir que tenha sido assim.)

"Pois eu tenho a impressão de que aqui é um dos lugares mais seguros do mundo", acedeu Rotsky. "Mas mesmo aqui não dá para dizer que é totalmente seguro. Vai saber com que objetos pontiagudos os nossos companheiros de prisão passeiam pela cadeia. E o melhorzinho dos *betroiers* pode muito bem virar um *killer* se os que odeiam o senhor pedirem direitinho."

"Ninguém tem tanto interesse em mim vivo quanto estes últimos", assegurou Subbotnik, de modo até presunçoso.

A propósito, Subbotnik iniciara sua estada na prisão como um VIP absoluto. Era mantido num bloco especial de vigilância reforçada e, por um tempo, só se movimentava acompanhado por guardas — levando em conta a potencial ameaça à sua vida. Não, a cela dele em nada se assemelhava àquelas em que algum criminoso sibarita de épocas passadas, tipo Al Capone, teria contado seus dias e noites. Subbotnik estava mais para um asceta e usufruía debilmente — tanto quanto sua moléstia permitia — daquelas condições simples e espartanas. O único desvio delas talvez tenha sido o roupão de presidiário, encomendado especialmente com o estilista Klaus-Johann Bérenger, no custo de cerca de trezentos mil. Nesse ínterim — aconteceu na prisão uma mudança de gestão —, os esquerdistas chegaram ao poder no cantão, e o novo diretor-anarquista deu ordem de eliminar o status de VIP. Rotsky foi trazido para Z. já depois da reforma, do contrário ele, com seu precedente internacionalmente escandaloso, com certeza teria caído no mesmo bloco de vigilância separada, o que não só acrescentava honra, como também limitava a manobra.

Rotsky estava calado. Não queria gritar das fileiras mais altas do vinhedo. As semiárvores, ainda mais aquelas, também têm ouvidos. Com os próprios ouvidos, ele captava, aqui e acolá, Subbotnik, lá embaixo, delongando-se sobre os milhares de assim chamados seres humanos que de fato poderiam almejar sua morte. "Mas", dizia Subbotnik, certamente já não para Rotsky, que se afastara muito para cima, mas consigo mesmo, "mas, para todos os meus potenciais assassinos, mais importante que a minha morte é alcançar minhas reservas financeiras enquanto eu estiver vivo. Se eu morrer", tentava convencer a si mesmo o sr. Jeffrey, "e ainda mais se eu morrer subitamente, eles não vão conseguir acesso de jeito nenhum. Não dá para quebrar o meu código", repetiu ele pelo menos três vezes. Não dava para quebrar o código dele.

"OK", atendeu Rotsky depois de algum tempo, descendo mais uma vez até um ponto no meio da encosta. "Como vê as ações deles? Quais são os planos deles para o senhor?"

"Em primeiro lugar, eles precisam rezar com todo o zelo pelo sucesso da minha operação", Subbotnik bateu com o dedo na testa. "Para que eu não morra durante ou depois dela. O médico que vai me operar em Zurique deu setenta a trinta por cento de chance que eu vou entregar a alma. Ele na verdade fala algo mais preciso: setenta e três a vinte e sete."

"Ahã. Então pode-se dizer que o senhor está com o pé na cova?"

"Eu aposto nos meus trinta. Para mim, trinta é muita coisa, Joe. E vinte e sete também é muito, afinal."

"Mas reles mortais não pensam assim."

"Reles mortais em geral não pensam. Por isso mesmo é que eles são reles, e mortais. Mas nós somos complexos e imortais, Joe."

"Pensa que eu também sou? Afinal de contas, também só me deram trinta, mas eu ainda existo", acenou Rotsky. E, depois de ficar um pouco em silêncio, continuou: "Bem, a operação foi um sucesso, sua vida foi salva. Seus inimigos sabem disso e...".

"... eles podem me sequestrar para arrancar o código de mim. Na clínica serei bem vigiado, mas tudo é possível. A Mob é uma organização bastante qualificada. Mesmo em outras situações, alguns azarados foram sequestrados por eles. Mas de tortura eles também são excelentes. Não tem segredo que eles não consigam arrancar — pode ser pela boca, pode ser pelo ânus. Não deixo de levar em conta essa possibilidade. Essa é uma possibilidade."

"E tem mais uma?"

"Não só uma, e sim três. Pois são quatro, ao todo."

"Pode compartilhar comigo?"

"Posso. A próxima possibilidade. A Mob não consegue me capturar. Depois da operação, sou transferido com sucesso de volta para a prisão. Aqui eles não vão fazer nada comigo."

"Mas o senhor, afinal, recebe do tribunal uma sentença e começa a cumprir uma pena de vinte anos ou perpétua, por exemplo. A investigação, enquanto isso, continua e, um dia — e que isso seja o mais tarde possível —, chega ao seu depósito. O segredo bancário é decifrado. O dinheiro é confiscado. A Mob fica sem nada, mas o senhor também. Termina em empate."

"Para evitá-lo, preciso justamente de você."

"Era o meu palpite, sr. Jeffrey. As outras possibilidades?"

"A minha favorita é a terceira. De maneira correspondente, ela tem três requisitos. Um: a operação ser bem-sucedida. Dois: o retorno à prisão ser bem-sucedido. Três: o processo judicial ser bem-sucedido. Sou absolvido. Sou posto em liberdade, e me dissolvo nela. Não estou em lugar nenhum. Você devolve meu depósito para uma pessoa completamente diferente. Que sou eu."

"Seria como no cinema. Não acontece assim."

"Acontece, sim. Tem que rezar com muita, muita força, e aí vai ser como no cinema. Afinal, a primeira formação de nosso Senhor misericordioso é de Diretor. Além do mais, ele também é roteirista, e também produtor."

"Eu acho que justamente produtor ele não é", permitiu-se duvidar Rotsky.

"Aqui e agora, isso não é tão importante", contestou Subbotnik. "Mas vamos recordar a quarta possibilidade. A operação é malsucedida, eu morro. Ninguém pode mais me pegar. Mas tem você, e você tem o código. E você age. Você transfere meu depósito para um propósito grandioso e nobre. Ainda vou dizer qual é."

"E a quinta possibilidade?", indagou Rotsky, depois de um breve silêncio. "Por que não pode existir uma quinta, uma sexta, uma décima, uma vigésima?"

"Como por exemplo?", perguntou Subbotnik quase que com a barriga, inclinando-se por cima de seu cestinho pequeno e, com todas as forças (outrora escreveriam — com todo o seu ser), absorvendo a aura dos cachos.

"Por exemplo, o senhor aparentemente morre. Na realidade, não morre, mas todos são informados de que a operação não deu certo, o senhor morreu. E o senhor desaparece, não existe mais. A partir daí, é tudo como na terceira possibilidade."

"Seria um embuste interessante", murmurou Subbotnik, desgarrando-se da aura. "E eu até consegui refletir bem a respeito. Mas sabe por que isso é impossível?"

Rotsky não sabia.

"Porque isso aqui é a Suíça, com sua honestidade patológica. Imagine se eu tivesse que comprar e tornar cúmplice um hospital universitário inteiro? Ou pelo menos um de seus departamentos de maior destaque? Consegue de fato imaginar que eles façam uma operação única, desesperadamente complexa, condenada ao fracasso e, no fim das contas — milagre! —, bem-sucedida, mas que para o público eles digam que deu errado? Operações como essa viram marcos históricos, a medicina do mundo todo haveria de registrá-la nos anais de seu vitorioso avanço, Joe, e você quer que eles mintam e declarem como inútil seu resultado genial? Não existe uma quinta ou uma sexta possibilidade. São só quatro. Eu examinei tudo, e elas, como em Borges, são quatro."

Rotsky não tinha o que dizer. Por sorte, ele precisava arrastar outra vez o cesto cheio de uva para longe. Foi uma pausa muito pertinente.

"E os seus herdeiros?", relembrou ele, retornando da debulhadora. "Por que eu? Por que não seus parentes, pessoas mais próximas? Aquelas que o senhor ama? Que amam o senhor?"

"Pode-se dizer que elas não existem", respondeu Subbotnik. "Embora eu tenha cuidado de algumas delas. Mas de uma distância muito, muito longa. Assim é melhor para todos. Nós temos um entendimento bem razoável. Além disso, eu não gostaria de expor nenhuma delas a uma ameaça mortal."

"E decidiu me expor?", tentou esclarecer Rotsky.

"Bom, e quem mais? Você, Joe. Quem, senão você? Mas não à toa, convenhamos. Nem de longe à toa. Em primeiro lugar, vou tirar você deste lugarzinho paradisíaco e te colocar em liberdade. Em segundo lugar, vou assegurar uma existência plenamente confortável para você durante muitos, muitos anos. O depósito é tamanho que permitiria isso. E, se você estiver de acordo mesmo que com um quinto de um por cento dele, isso ainda vai lhe render trinta ou quarenta mil. Por mês, eu tenho em mente. Quer dizer, perto de quatrocentos mil por ano. Francos suíços, suponhamos. O que não é nada mau. Ou seja, é modesto e refinado. E, se você não cometer nenhuma extravagância, e sim estabelecer o resto de sua vida de maneira sensata e em prol de nós dois, essa quinta parte de um por cento será o bastante para você, para sempre. O que quer que signifique esse termo no seu caso, Joe — para sempre. Você será: a) livre e b) abastado — para sempre, até o fim de seus longos, longos dias. Por algo assim, dá para se expor. Pessoalmente, em seu lugar, eu me exporia de muito boa vontade."

"Tem sua lógica", concordou Rotsky. "Mas, de todo modo — e pode zombar de mim, sr. Jeffrey —, eu tenho um pequeno problema de fundo moral com relação a isso. Não estou acostumado a receber dinheiro a troco de nada. Ainda mais uma quantidade de dinheiro que, na minha visão de mundo relativamente limitada, é brutalmente grande. Fico desconfortável com isso. Não quero viver às custas de ninguém, esse é o tipo de cuzão que eu sou, meu senhor." (No original, o "cuzão" que ele disse foi "*moron*", e não "*asshole*".)

"Às custas de quem?", bufou Subbotnik. "Não é nada disso. Joe, você vai receber essas quantias catastroficamente grandes, como lhe parecem, não por qualquer coisa, e sim por seu trabalho, importante e responsável. Você vai trabalhar para mim como guardião do depósito. Você vai ocultar a parte fundamental de toda a minha fortuna, Joe, e vai tomar conta dela, e também dispor dela de acordo com a minha instrução em caso da minha morte, aqueles setenta por cento. Já no caso dos trinta por cento, uma vida infinitamente longa e feliz, você simplesmente devolve tudo, não mais do que cinco anos mais tarde, e, ao longo desse tempo, tudo necessariamente se resolverá — tanto para você como para mim. Sim, é um pagamento bastante razoável, Joe, e para muitos como você ele pode parecer magnificamente alto, isso sim. Mas, convenhamos, como seu empregador, eu tenho o direito de estipular para você a soma que eu tiver o direito de estipular."

Rotsky, por um instante, imaginou — não, tentou imaginar! — toda a insana infinidade do depósito de Subbotnik. Era uma massa inconcebível, a avalanche das avalanches, uma enorme tempestade tropical de notas de dinheiro, e aquela interminabilidade podia fazê-lo perder a cabeça na mesma hora, como na infância, quando ouviu falar pela primeira vez da infinitude do Cosmos. Ele até perdeu o fôlego, e suas pernas por pouco não amoleceram, e então sentiu vontade de deitar ao lado de Subbotnik naquela mesma grama amarelada e espinhosa. Mas ele resistiu e conseguiu dominar-se. Ainda não era tarde para recusar. E, se não recusasse naquele momento (foi o que sentiu), ou seja, de maneira imediata, irreversível e inequívoca, isso significaria que ele concordava. Até ficar em silêncio significaria concordar. Para não ficar em silêncio, ele começou a espremer as palavras que, de modo até então desconhecido, ficaram presas na garganta, e de toda forma conseguiu empurrá-las para fora:

"Isso é dinheiro ruim, sr. Jeffrey. Sujo. O senhor roubou, não foi? O senhor arruinou a vida de alguém, andou em meio aos cadáveres, atraiu e esmagou gente. Isso é dinheiro com mau karma. O senhor quer que eu engasgue com as suas migalhas?"

"Não quero, Joe. Na verdade, sou um filantropo à minha maneira. Até o Soros me cumprimentou, em Davos. Você não tem motivos para qualquer aversão às minhas economias."

"Aversão, senhor", Rotsky não se curvou, "não exige motivos. Aversão é aversão, e pronto."

"Um quarto", Subbotnik aumentou a oferta e suspirou profundamente. "Não."

"Um terço? Em nome de Deus, Joe, isso é um pouco demais."

"Eu não disse 'não' para regatear. E, por mim, que encontrem esse seu depósito. Que os cães financeiros peguem tudo. Que confisquem do senhor. Que perca tudo, senhor. Isso seria a coisa honesta."

"Mas o que tem honestidade a ver com isso, em geral?", Subbotnik ergueu os braços, de maneira expressiva. "Sua pressão moral é completamente imprópria, Joe. No mundo moderno, as finanças, para sua informação, são uma convenção, acima de tudo. Já faz tempo que o dinheiro não tem nada em comum com a realidade econômica e virou arte pela arte. Eu entrei na grande arte para não brincar com a pequena. Sou só um jogador, Joe, mas um grande jogador."

"O senhor vai explicar isso no tribunal", não se rendeu Rotsky.

"Você é terrível", Subbotnik deu de mão e acrescentou, com ar decepcionado e cansado: "Mas você também não vai escapar do tribunal. Aí vai ser considerado culpado. Vai ganhar de dez a quinze. Não semanas ou meses, mas anos. E vai se esfalfar nestes arbustos paradisíacos. Depois de enxotar o anjo que queria arrancar você deles. Afinal, eu sou seu anjo, Joe, não percebeu?".

Rotsky percebera outra coisa: seu parceiro, em pouquíssimas horas, ficara ainda mais fraco. Dificilmente naquele dia o vinhedo lhe trouxera algum benefício, e o analgésico infinitamente caro em que ele estava muitíssimo viciado a bem da verdade mais tirava as forças que as dores. Perto do fim do dia, ele mal arrastava as pernas, e parecia que logo ele não conseguiria mais se locomover por nada. Enquanto um outro *betroier* chamava os enfermeiros com uma maca, Rotsky jogou o quase amigo nas costas e o carregou, ficando involuntariamente espantado com tão inesperada e triste leveza. Dizem que Subbotnik, nesse momento, sussurrou-lhe alguma coisa — pelo visto foi então que ele encontrou as palavras mais precisas.

O argumento decisivo tornou-se o já citado propósito grandioso e nobre.

Alguns anos antes de seu encontro, ou seja, numa época em que ambos os futuros quase amigos não só ainda não se conheciam, como também — cada um em seu próprio estilo — passeavam em liberdade em mundos completamente diferentes, algumas agências de informação (vale mencionar — não eram de primeira linha, mas também não eram inteiramente suspeitas) começaram a noticiar a atividade de um certo Centro para a Superação das Enfermidades Incuráveis e Fatais. Os fundadores e líderes estipularam como objetivo, no futuro mais próximo possível, privar de qualquer sentido a expressão "a medicina é impotente". De acordo com a convicção deles, no século XXI a medicina perdera o direito à impotência, e a incurabilidade deveria ser completamente eliminada da existência humana. Doenças incuráveis são um mito, e a impotência da medicina é *fake*, declaravam os diretores do Centro em briefings sensacionais. Operando com fantásticos investimentos iniciais (cuja origem os gestores do Centro preferiam não divulgar, apoiando-se na vontade dos doadores e no sigilo médico), o misterioso Centro projetava uma cooperação global com as mais avançadas companhias farmacêuticas do Velho e do Novo Mundo, do Japão e de Israel, e também contratava, para sua pioneira e intrépida atividade, os especialistas mais efetivos e estelares, rodeando-se, através de um cuidado especial e de condições ideais, de brigadas inteiras de gênios de mutações de engenharia genética, displays de bacteriófagos, toxinas de propósitos variados e outros tipos de combinatória biotecnológica.

O próprio Subbotnik era um gênio desta última, e acreditava nisso. Ou talvez não, pois gênio talvez ele não fosse. Mas acreditava, pois foi aproximadamente nessa época que ele recebeu o diagnóstico. E, naquele diagnóstico, estava escrito preto no branco (ou talvez até preto no preto) que *a doença era incurável, e a medicina era impotente*. Portanto, só lhe restava a fé no Centro para a Superação de Enfermidades Incuráveis e Fatais, e assim ele fundou sua própria religião da nova geração. O Centro equivalia a Deus, e Deus, ao Centro. Tendo apoiado reiteradamente o Centro com gigantescas doações financeiras, Subbotnik ficava contente com cada sucesso moderado, que os serviços de relações públicas do Centro jamais tardavam em anunciar, de maneira ruidosa e até um tanto inoportuna, à comunidade internacional. "Dentro de um ano, pode surgir a cura definitiva para a morte", leu ele, certa feita, nas notícias, e aquilo o preencheu com uma potente onda de esperança. Mas o tempo passava, a doença progredia, e os agentes da Interpol, depois de capturá-lo em algum *ashram* do sudeste da Índia, entregaram-no para aqueles que tinham um monte de perguntas para ele — os agentes da lei da Suíça. Detido para investigação na prisão de Z., Subbotnik ficou à espera de notícias do Centro. Mas os relações públicas de lá se lamuriavam, com frequência cada vez maior, da falta de recursos adequados, o que, diziam eles, não permitia desenvolver as pesquisas na velocidade desejada. Aparentemente, eles haviam se precipitado com o anúncio anterior: a cura para a morte não surgia de jeito nenhum, e Subbotnik, finalmente admitindo que ele poderia não chegar a vê-la em absoluto, depois de longa hesitação aceitou a ideia de um médico da prisão muito bem informado e concordou com um exame numa clínica universitária de Zurique, onde ele foi persuadido, de maneira tenaz, a se submeter a uma operação extremamente custosa, porém única, "com uma probabilidade de vinte e sete por cento de resultado positivo".

O propósito grandioso e nobre, de vitória sobre a incurabilidade e a impotência, ia se afastando para um futuro ignoto, no qual poderia não haver um lugar para o próprio Subbotnik — com sua probabilidade de setenta e três por cento. Porém, como todos os adeptos mais fervorosos de todas as religiões, e ainda mais os neófitos, ele se propôs a não perder. Até pensou numa maneira de, com sua própria morte, infligir um golpe mortal na própria morte. Quem sabe ele mesmo tenha concebido essa ideia como uma espirituosa alusão ao cristianismo. De qualquer modo, objetivamente ela era isso mesmo.

De acordo com seus próprios cálculos meticulosos e expectativas analíticas, o Centro para a Superação de Enfermidades Incuráveis e Fatais deveria chegar perto de algo semelhante à anunciada cura em pelo menos cinco ou seis anos. E só então seria entregue ao Centro o auxílio decisivo — todo o multibilionário depósito do dinheiro dele, de Subbotnik. Como último adeus do maior salvador e filantropo da história: "Seres humanos, eu os amei!".

Para isso, ele precisava de alguém assim. De alguém como Rotsky. Um tesoureiro em alguma medida confiável, e que não ousaria tocar ele mesmo no tesouro. Um executor do testamento que, no momento oportuno, providenciaria a transferência do depósito para as necessidades finais do Centro. Um testamenteiro.

A última palavra foi um decalque da língua que anteriormente era chamada de russo. Um decalque inteiramente oportuno. Um testamenteiro deve cuidar da alma do outro.[1]

"Vai me tirar do purgatório?", sussurrou Subbotnik pelas costas. Rotsky não tinha escapatória. Em algum momento, aconteceu: ele respondeu "sim".

Faltava superar dois detalhes.

O primeiro era decorar a chave decodificada de vinte e seis caracteres, com letras minúsculas e maiúsculas, símbolos e dígitos. Ao inseri-lo no campo secreto destinado àquilo, qualquer usuário viraria dono do depósito de Subbotnik. Dono ao ponto de poder transferir, na mesma hora, a quantia inteira, sem quaisquer restrições ou exclusões, para qualquer outra conta de qualquer outro banco em nosso mundo. Considerando o valor universal do código, Subbotnik proibiu terminantemente que ele fosse mantido em qualquer outro suporte (nenhum registro, cópia, papelzinho, disquete, pen drive, servidor remoto, computador pessoal!), à exceção do cérebro pessoal, com sua própria memória.

Foram dedicadas sete semanas à memorização do código. Subbotnik não o revelou por inteiro, e sim por partes. Ao longo da primeira semana, Rotsky teve que decorar os quatro primeiros caracteres. Com isso, não houve nenhum problema, e Rotsky, entediado com a repetição, já no dia seguinte ao início do processo exigiu a continuação. Porém, Subbotnik mandou não ter pressa: "Para cada um dos caracteres, assim como para a sequência deles, você tem que ser preciso, mais que cem por cento. Você conhece a palavra 'automaticamente'?". A piada do "automaticamente um filho da mãe" não caiu bem: quis Deus que nenhum de nós fizesse estrangeiros rirem com as piadas da nossa terra.

Ao longo da segunda semana, foram acrescentados os quatro caracteres seguintes, e agora Rotsky tinha que confirmar *automaticamente* todos

---

1 Testamenteiro, no original, *duchoprykaznik*, análogo ao russo *ducheprikáztchik*, termo que, em tradução literal, seria "administrador de almas".

os oito. Na terceira semana, viraram doze. Na quarta, dezesseis, e Rotsky sentia fisicamente seu crânio rachar, sobrecarregado com as oscilações das abstrações. "A mais fácil vai ser a última semana", tranquilizou Subbotnik, "você só vai ter que decorar dois novos caracteres. Sem se esquecer, nesse meio-tempo, dos vinte e quatro anteriores". A última frase ele proferiu com ar astuto — não, ele não sorriu! —, arreganhando as gengivas mortalmente pálidas.

Ao término da sétima semana, Rotsky recitou em voz alta para Subbotnik, três vezes seguidas, mas sem se confundir, todos os vinte e seis caracteres do código — e, o que não era menos importante, na sequência correta. Naquele mesmo dia, Subbotnik assinou um termo de concordância pessoal para a operação na clínica universitária de Zurique, "com plena e absoluta ciência da alta possibilidade de fracasso".

"Agora eu sou seu filho da mãe automático, senhor", gabou-se Rotsky. "Só não vá desperdiçar nada", rogou Subbotnik. "Repita dia e noite. Não se canse de repetir, e você será grande. O segredo da minha tecnologia é que você não vai ter uma segunda tentativa. Um erro seu, e o acesso é bloqueado para sempre. Lembre-se de que uma merda de uma vírgula trocada de lugar com algum *fucking* apóstrofo vai arruinar não só a questão do meu depósito, mas também a imortalidade do gênero humano."

(E Rotsky lembraria. Rotsky jamais se esqueceria daquele momento, com aquele friozinho acre no fundo das bolas, quando, já fora da cadeia, ele teria a primeira, única e última oportunidade de inserir o código, e rastejar, e arrastar-se pelo campo minado de dígitos, letras e símbolos, até o coração da escuridão — o depósito. Durante exatos três minutos, ele ficaria olhando fixo para o monitor, com todos os vinte e seis pontos, atrás dos quais sabe-se lá o que estava, com cada um deles podendo revelar-se uma catástrofe fatal — pois onde é que estaria o erro! No quarto minuto, ele diria: "Só se morre uma vez!", e apertaria o *enter*.)

Mas, para possibilitar o *enter*, também era necessário superar o segundo detalhe: ganhar a liberdade. E ganhá-la imediatamente, se possível, ou seja, receber a completa absolvição o quanto antes.

Subbotnik não fazia promessas vazias. Um ou dois dias depois de Rotsky ter dito o seu "sim", ele, Rotsky, foi visitado na prisão por um novo advogado, contratado especialmente para ele por algum fundo de caridade do tipo Misericórdia em Confiança. O anterior, concedido de maneira gentil e gratuita pela justiça cantonal, foi dispensado por Rotsky com o coração leve: nem o mais perfeito idealista ousaria chamá-lo de um verdadeiro defensor público.

Assim, às margens desta história emerge um monstro episódico — a ardente estrela da advocacia local Dagobert Schwefelkalk. O sobrenome pareceu um tanto complicado para Rotsky, mas sua segunda metade uniu-se de maneira fácil e natural com certo fantasma do passado. Para Jos, o senhor Dagobert (Rotsky gostava de referir-se a ele como "Dragobrat")[2] tinha, na aparência, uma semelhança impressionante com um showman da televisão, de um passado distante, na pátria distante — daqueles que sempre aparecem na imensa maioria das telas de TV e que são considerados eternamente jovens, contaminando descaradamente a noosfera nacional com seu humor banal e xenófobo. À espantosa semelhança externa, acrescentava-se, então, também a segunda parte do sobrenome do advogado, *kalk*, que significava "cal" — exatamente a mesma coisa que o nome completo do showman. Por isso mesmo, seu programa mais popular se chamava *Cal-TV*.[3] Uma vez (e estamos falando de um período felizmente curto, quando Rotsky e sua banda por pouco não desceram ao nível do mainstream doméstico), o sr. Vapnó até convidou um jovem e promissor grupo para uma apresentação ao vivo, e foi péssimo. Os incontáveis marginaizinhos do estúdio, que tinham que cuidar da qualidade relativamente tolerável de tudo — som, iluminação, maquiagem, enquadramento —, ignoraram e sabotaram abertamente qualquer cooperação, e, por causa disso, a canção desmoronou e se desfez. Acostumado a tocar com monitor, Rotsky sentiu-se péssimo com o fone de ouvido, defeituoso e com chiado, e acabou tocando não se sabe o quê. Terrivelmente satisfeito com o efeito pífio da performance, o apresentador Vapnó acompanhou-os para fora do seu palco com a frase mordaz: "Essas são as estrelas que nós temos hoje em dia!". Tudo o que sobrou daquele vexame, em vez de cinco minutos de fama, foi um vídeo ridículo colocado nas redes — um trecho do número deles, com as caretas repuxadas de Rotsky, e o título "Tocaram tudo errado!" (onze visualizações no total).

Felizmente, toda a semelhança entre o monstro televisivo e seu sósia-advogado limitava-se apenas à aparência e a uma parte do nome. Dagobert Schwefelkalk, em plena oposição a Vapnó, não afundou Rotsky, e sim o salvou. Era uma pantera, que voou para cima da investigação com real

---

2 Trocadilho entre o sufixo "-bert" e *brat*, "irmão".
3 No original, *Vapnó*-TV, palavra ucraniana para "cal". O sobrenome do advogado, *Schwefelkalk*, significa em alemão "enxofre com cal".

intenção de fazer em pedaços tudo que fora acumulado até então. Ele pisou na linha do homicídio doloso com todo o sarcasmo que lhe era característico, apelando, a cada uma de suas aparições na mídia, à "escolha da arma mais letal". Já no momento da primeira comunicação com o grupo da acusação, Dagobert Schwefelkalk, com amigável ar de superioridade, recomendou que eles enfiassem no rabo todas as provas recolhidas e que pedissem a Deus "para não virarem motivo de riso na frente de metade da comunidade democrática mundial". "Pretendem mesmo linchar um autêntico guerreiro, alguém que lutou contra um regime canibal, na prática um herói, que professa valores morais e sociais iguais aos nossos, e não simplesmente os professa, dando ativamente vida a eles, sendo que toda a culpa que tem consiste somente no fato de que teve a infelicidade de nascer um pouco mais a leste de mim e de vocês?", perfurava ele, retoricamente, buracos nas cabeças dos investigadores, congelados como ratos debaixo da vassoura. "É um irmão nosso que vocês não reconhecem!", esbravejava Drago-*brat* bem na cara de seus oponentes, com tanta insistência, que eles começavam a encolher, imaginando o efeito que tudo aquilo decerto surtiria sobre o público na sala do júri.

O explosivo superdefensor não estava simplesmente jogando frases ruidosas para todo lado. Pouco depois de iniciar o caso de Rotsky, os assistentes encontraram para ele uma montanha inteira de evidências claras e nítidas, sobretudo material fotográfico e de vídeo. O tema principal de todos os enredos eram banhos de sangue. Dispersões animalescas, brutais em sua crueldade inexplicável. Espancamentos de transeuntes indefesos, com pauladas e pontapés. Lançamentos de granadas de atordoamento e ataques com gás na direção de multidões pacíficas. Manifestantes detidos sendo completamente despidos num frio congelante e arrastados entre fileiras de policiais. Homens seminus sendo molhados — naquele mesmo frio — com mangueiras de água quase congelada. Corpos dos primeiros protestantes mortos a tiros por *snipers*. Um corpo decapitado sobre a neve coberta de sangue. Olhos, mãos e pés perdidos para sempre. Fuzilamento metódico dos últimos protestantes, armados com bastões e escudos de madeira, acuados para dentro do caldeirão. Tanques que arrastavam troféus pela neve preta e ensanguentada — bandeiras arrancadas das barricadas.

Acontece que, até então, toda aquela crônica muito eloquente ainda podia ser desenterrada das entranhas das redes. E Dagobert Schwefelkalk tinha todas as razões para usá-la.

Meu cliente (teria ele alegado no tribunal, se o caso tivesse chegado ao processo), meu cliente granjeou o direito à fúria, senhoras e senhores do júri. Esse direito lhe foi garantido, da maneira mais brutal, pelo governo de seu país, que eu não teria receio de chamar não só de ditatorial, como também de criminoso. Porém, meu cliente — peço que só prestem atenção! — respondia não com fúria, e sim *com a admissível humilhação* de seu ofensor criminoso. Do ponto de vista da moral pura, ele só zombou do mal. E, do ponto de vista da lei pura, ele só infringiu algumas normas de comportamento em lugares públicos. Suas ações têm indícios evidentes e incontestáveis de espontaneidade, e não — de modo algum! — de deliberação astuciosa. Diante de nós, não está um criminoso, e sim um infrator, que já se redimiu da infração cometida ao permanecer atrás das grades, por quase um ano, numa prisão de nosso Estado tão exemplar juridicamente. Com isso, eu os cumprimento, senhoras e senhores do júri.

Essas palavras e frases inspiradoras e persuasivas, porém, não estavam fadadas a sacudir o ar de qualquer sala do júri. Depois de travar alguma disputa e de tentar, de maneira hesitante e malsucedida, requalificar o artigo de "homicídio doloso e deliberado" para "participação em atos que levaram à morte ou ao infringimento de danos corporais de uma pessoa" (artigo 133 da Seção Especial do código penal), a acusação desistiu. Rotsky teria que voltar para fora dos muros da prisão.

Mais ou menos naquela mesma primavera, veio mais uma decisão havia muito tempo aguardada. Previsivelmente, a Suíça negou seu asilo político e recomendou à direção da prisão em Z. — enquanto se providenciavam todas as devidas formalidades — que Rotsky fosse transferido para o *Ausschaffungshaft*. Depois de receber os papéis e os objetos pessoais (o único relógio suíço de sua vida teve que ser devolvido) e de sair da prisão, Rotsky foi obrigado a deixar a Suíça dentro de setenta e duas horas. Conforme o acordo de readmissão, recomendaram que ele retornasse de maneira independente ao país em que estivera previamente, onde então poderia pedir o asilo.

Por uma estranha coincidência, no mesmo dia em que Rotsky saía pelos antigos portões da prisão, criados, em discreto estilo barroco, por um arquiteto local que lhe era desconhecido, seu companheiro Subbotnik era escoltado até a clínica em Zurique onde começariam os últimos preparativos pré-operatórios.

O diretor da instituição despediu-se de ambos como um hospitaleiro dono da casa, que lamenta sinceramente a partida um tanto precoce de seus melhores amigos. A Rotsky, ele deu, para a viagem, um voluminho da prosa reunida de Robert Walser, incluindo *O passeio*. Para Subbotnik, a tradução inglesa do *Livro tibetano dos mortos*.

6

Um pequeno esclarecimento a respeito da Mob.

Os primeiros dez anos do século XXI finalmente transformaram a civilização humana num choque permanente de grupos criminosos internacionais. A grana — mas não qualquer grana, e sim grana gigantesca, cosmicamente infinita — passou, agora de fato, e não só de maneira operística, a governar o mundo. Todas as plataformas ideológicas, movimentos políticos, coalizões parlamentares e enclaves terroristas, todas as ditaduras e democracias, todos os partidos nacionalistas, populistas, liberais, esquerdistas e conservadores e, ainda mais, todas as religiões e "fanáticos religiosos" revelaram-se tão somente coberturas para transações de bilhões e trilhões. E sujeitavam-se a um único objetivo: a luta pela gigantesca, cosmicamente infinita grana.

Neste pano de fundo, a Mob não era uma estrutura excepcional.

Tendo insiders muito qualificados nos serviços financeiros de diversos países importantes, a Mob cultivava amorosamente seu jardim, monitorando os últimos grandes golpistas-solo deste mundo e engolindo-os. Os dinossauros estavam se extinguindo, porém alguns deles eram gênios. Jeffrey Subbotnik, de quando em quando apagando seus vestígios e passando árduas horas sob o nome paralelo de Jeffrey Sabbatnik, ainda assim não conseguiu não cair no campo de visão da Mob. A Mob apaixonou-se por ele e, à sua maneira, apegou-se a ele. No fim, foi ele que, sem pensar muito, chamou a Mob de Mob.

O jogo estava quase aberto. A Mob sabia: Sabbatnik tinha *muitíssima grana*, que ele ocultava em algum labirinto bancário inacessível, de cuja construção ele, sem dúvida, era um mestre sem igual. Sabbatnik sabia que a Mob sabia, e preferia nunca ter qualquer contato físico com a Mob em sua vida. E a Rotsky aconselhou o mesmo. Cautela e discrição, salientou Subbotnik. Você não vive para si mesmo, e sim para uma ideia. Joe, eu acredito em você, você consegue.

Acima de tudo, era preciso sumir da Suíça e ficar na moita em alguma completa periferia.

Os peritos em conspirações objetariam, dizendo que, se é para ficar na moita, é melhor que seja no centro. A periferia é justamente aquele espaço em que todos ficam visíveis. Principalmente recém-chegados com nove zeros muito estranhos em sua conta bancária. "Como é que eu vou conseguir explicar no banco a origem de uma soma dessas?", perguntou Rotsky. "Vão abrir uma conta para você num banco em que ninguém nunca perguntaria isso", tranquilizou-o Subbotnik. "E, se alguém perguntar, vai ser só para sinalizar que é seu fã. Essa é a nossa Europa Oriental, Joe!"

Os pais dos pais de Sabbatnik tinham vindo ou de Vilnius, ou de Odessa. Para Rotsky, isso era um imperativo categórico.

No fim, ele acabou nem tendo escolha. A Suíça o expulsaria, por via das dúvidas. Só sobrava o país no centro da Europa e dos Cárpatos, despretensioso e, por isso, acolhedor. Mais ainda, era Rinocerontes, como cidade de portões abertos, aonde afluíam *freaks* e ermitões de todo o mundo. Uma cidade em que, ao longo das últimas décadas, as eleições foram vencidas, de maneira estável, por uma coalizão de botânicos e libertários, e o prefeito, já em seu quarto mandato, era um gay, de pele meio preta, separatista, dos Cárpatos.

Numa cidade como aquela, Jossyp Rotsky tinha uma boa chance de não cair na vista de ninguém. Mas, como já sabemos, ele não aproveitou essa chance.

Eu fugi do Império durante sua desintegração.

Uma frase um pouco estranha, não é? Por que fugir de algo que já está se desintegrando?

Na verdade, não tem nada de estranho: acontece que houve uma desintegração, mas o Império se manteve. Só aconteceu que, de repente, fugir dele se tornou possível. Então, pensei em me reunir com minha mãezinha querida. Ela tinha ido embora (é claro que para o Ocidente) antes, junto com seu terceiro marido — como sempre, um guarda-florestal. A peculiaridade do terceiro guarda-florestal era que ele, como mórmon, tinha recebido a luz verde para a emigração com relativa facilidade. Eu só teria que me juntar aos meus pais, ou, como me ensinaram a escrever no requerimento, me reunir com a família da minha mãe. Na verdade, nenhuma reunião aconteceu, graças a Deus: não passei nem uma semana debaixo do teto deles e já dei o fora. Mas isso é outra história.

Aqui na ilha é uma hora, quarenta e dois minutos. Eu sou Jossyp Rotsky. É noite, e eu estou entretendo vocês na minha triste rádio. Fiquem por perto, se não estiverem dormindo.

Uns sete anos depois, quando voltei ao meu país, eu cultivava uma levíssima esperança de que não o reconheceria. Pelo menos, de que não o reconheceria um pouco. Qual nada! Como não reconhecer! Tudo aqui é familiar, tudo me é conhecido, como escreveu um poeta esquecido. A mesma degradação e ruína, por toda parte começos de alguma coisa inacabada e abandonada, transformada em entulho e desolação. A feiura extrema das paisagens. Nem a roupa das pessoas mudou! E ela muda antes dos cérebros! A roupa das pessoas, o cheiro de suas bocas. Não, não mudaram. Mas o que era realmente diferente: nessa tartaruga estirada, viva a muito custo, em algum lugar muito profundo de suas entranhas, ainda não tocado pelo fedor final, ia nascendo uma espécie de drive. Ainda não entendi bem aonde ele chegaria, mas eu lidava com ele como podia quando subia ao palco e me postava junto ao meu teclado. Começou a crescer em nós, eu lhes digo. Em nós como banda. E, ao mesmo tempo, como país.

Foi em algum momento dessa época que comecei a brincar com a ideia de que, na verdade, nada tinha mudado porque eu não estava lá. Aí eu voltei — e agora tudo começaria. Agora, bem agora. E, propriamente falando, já começou. Não porque eu sou assim grande, mas porque eu sou uma gota. Veio uma gota a mais: eu. Uma gota a menos e nada teria acontecido neste país. Perdão, meu país, eu disse para ele. Não vou mais sair de você.

Agora, uma nuance imprescindível. Voltei para casa com uma experiência sexual bastante rica. Isso foi por conta das circunstâncias da minha vida até então. Quando eu digo "bastante rica", não estou exagerando. Mas nada de detalhes. E, afinal, eu não abri esta rádio para elogiar o meu pênis.

Ninguém definiu de maneira definitiva se a experiência sexual precoce é algo bom ou se é algo mau. Afinal de contas, não tenho tanta leitura nas teorias do bem e do mal. Talvez eu até seja um completo ignorante. Para mim, em particular, minha rica experiência acabou sendo algo bom e algo mau ao mesmo tempo. Ainda mais no país para onde eu estava voltando.

Então, se, por um lado, essa exuberância quase infinita de possibilidades de experiência que caiu sobre mim depois do retorno trouxe um monte de emoções e alegremente alimentou aquele mesmo drive, por outro lado, ela bloqueou qualquer relação mais profunda, ou pelo menos qualquer apego, levando, de quando em quando, a um completo entristecimento. Em algum ponto do vigésimo oitavo ano de vida, eu cheguei definitivamente à conclusão de que cada nova adição à soma de parceiras não mudava nada, e cada nova ejaculação sempre provocava as mesmas sensações puramente fisiológicas; então, a décima milésima não diferia em nada da milésima, e só a primeiríssima teve algum valor cognitivo, quando o Eros ardeu de maneira súbita e desconhecida. Foi aquela prima do meu melhor amigo, muito feia. Mas, como foi com ela, nunca mais será. Ou seja, na verdade, tudo é terrivelmente parecido com tudo, para não dizer que é absolutamente igual. Ainda que, como me ensinou na infância aquele meu melhor amigo, existam três tipos diferentes de configuração da vagina. Três tipos ao todo, e ainda assim é tudo igual!

Eu vivia sem amor. E acreditava que ele era uma invenção. Eu me forcei a acreditar. Levava uma vida totalmente poligâmica, experimental, e, com cada novo apaixonar-se, eu tentava me convencer de que ali não existia nada. Ou seja, não havia e não haveria nada além de desejo, atração, sensações táteis, ereções,

posições habituais e confortáveis (ou ao contrário), técnicas mais ou menos treinadas, trabalhos dos músculos, extremidades, dedos, línguas, e assim por diante
— das ejaculações eu já falei, acrescento ainda orgasmos da parte oposta. Além
disso, havia exclusivamente a natureza, sua função nua. Deus não estava naquilo, de jeito nenhum. Fiquei com essa impressão pois, para ser sincero, eu até
o procurei, durante um tempo, em todo aquele estupro mútuo. Mas não, ele não
estava ali. Ao que parece, ele não pode estar num estupro — mesmo se for mútuo.
Porém, eu decidi que ele não pode existir em geral. Eu trouxe meus problemas mais
para baixo, para o grau universal.

O amor é uma ficção, maleficamente imposta ao gênero humano ao longo de
quase toda a sua existência, em decorrência de certa conspiração mundial de mís-
ticos meio insanos e poetas sexualmente impotentes. Por via das dúvidas, anotei
na memória essa definição aproximada, para proferi-la, em algum momento,
numa transmissão noturna da rádio. Embora fosse uma paródia maldosa, ela
trouxe alguma clareza adicional à minha vida.

Quando minha vida passou dos quarenta, eu me tranquilizei com o pensamento de que a viveria sozinho. Ou seja, como single, como dizem no mundo normal.
Não como um vinil de quarenta e cinco rotações, mas como alguém que não pretende compartilhar a vida e que não vai deixar ninguém entrar nela só para ter
a perspectiva de relações sexuais regulares e da organização da rotina doméstica.

Tudo bem, nunca terei alguém que possa ser considerado a pessoa mais próxima. Nem uma verdadeira casa — no sentido daquilo que nossos tediosos pa-
triarcas chamavam de lar familiar. Não terei filhos, isso é óbvio. Nem netos,
nem a continuação da linhagem ou outras idiotices biológicas. Como é belo nem
sequer vir a ser o pai de alguém. Gozar milhões de vezes com mulheres — e, em
detrimento de todas as mortes, não conceber ninguém! Não ser o avô ou o bisavô de ninguém. Não ser ninguém de ninguém. Como é mesmo que dizem? "Não
sei quase nada do meu bisavô." Imaginam essa gratidão? Essa frase genérica,
com sua entonação indiferente, cinquenta anos depois da sua morte? Vejam só
que belo vínculo de gerações. De mim, nenhum sujeitinho vai falar desse jeito.

A solidão é triste? Eu não terei aquele calor que poderia ter?

Em compensação, serei independente. Livre de cintos de fidelidade e livre de
infidelidades conjugais. Não terei que acordar na mesma cama que o corpo de alguém só porque assim determina um costume inventado por alguém para que eu
seja obrigado a cumpri-lo.

De modo geral, foi maravilhoso. Não ser necessário a ninguém — não será
esse o auge da existência, a manifestação perfeita da liberdade? Não ter medo do
choro, dos soluços, dos temores de ninguém, não se preocupar dia e noite com,

por exemplo, a tosse, a diarreia, a brotoeja ou a menstruação de alguém. Não ter medo dos gritos dela durante o sono, das suspeitas, da melancolia ou de que ela vá morrer antes. Ou de que eu vá antes. Ou de que os dois não morram no mesmo dia. Não ter medo de ficar acostumado, de ficar adaptado, de transformar-se numa monstruosa, moribunda e interdependente Unidade.

Assim eu vivi. Quanto tempo isso durou? Parece que para sempre. Mas isso — imaginem só vocês! — de algum modo chegou ao fim.

Quase dez minutos para as duas. Agora tenho aqui Tom Waits. **Poor Edward.**

7

Anita apaixonou-se por Rotsky quando acabara de completar nove anos. Foi um show no inverno, num salão terrivelmente gelado e meio em ruínas — ao que parece, a quadra esportiva de uma guarnição. Estavam amontoados ali uns cento e cinquenta jovens de estranha aparência. Anita nem sequer sabia que, em sua cidade, havia gente tão incomum, e que eram tantas. Por que é que ninguém nunca tinha visto aquela gente? De que bunker tinham saído aquelas peludas e fabulosas personagens?

A amiga mais velha — daquelas que levam pela mão para a vida semiadulta e são as primeiras a contar sobre as borboletas no estômago — era a filha de um oficial. E não de qualquer oficial, e sim justamente a filha do chefe daquela quadra esportiva. Graças a isso, conseguiu de graça um lugar central na primeira fila para Anita, e ela mesma, quase que desde a primeira música, ingressou no círculo dos elfos despenteados. Anita ficou sozinha na sua cadeira, e a parede sonora, marchando adiante, em direção ao público, comprimiu-a contra o espaldar com um de seus contrafortes avançados. Anita não queria de modo algum ser esmagada, então cerrou os punhos e ficou toda tensa. A parede sonora demonstrou benevolência e, sem esmagá-la, começou a acariciá-la, induzindo-a a um estupor cada vez mais adocicado.

O grupo se chamava Doktor Tahabat e era composto de cinco músicos. Anita não sabia quase nada sobre eles, mas, ali, naquele momento, ela podia vê-los e ouvi-los, bem perto, na frente dela. E um pouco acima, certamente. Aqueles cinco nem poderiam adivinhar que, naquele exato instante, estavam se tornando deuses para ela. Anita *pirou* muito — embora ela ainda não tivesse aprendido a utilizar aquela expressão e não conseguisse explicar bem quando você *pira*. Já pelos dez minutos do show, ela tinha jurado tacitamente que aquela era a melhor música do mundo, de todos os tempos.

Esse juramento poderia nem ter acontecido se não fosse por um cara magro e ágil, de baixa estatura, plasticamente móvel, usando óculos escuros, que tocava instrumentos de teclas ora curvando-se sobre eles, ora bruscamente endireitando-se e correndo os dedos por dois teclados ao mesmo tempo, ora sentando-se ao piano, ora novamente ficando de pé e, com um belo rodopio, retornando aos sintetizadores. Ele era extraordinário — tanto nos sons que extraía de todas as suas teclas como na pantomima e nos movimentos. (Pouco depois, Anita ficaria sabendo, pela amiga mais velha, que, de acordo com as palavras dos fãs mais versados, ele tinha o olhar do Viy[1] — daí a proteção ocular.) Entre as canções, ele frequentemente apelava para o pessoal do áudio e, de maneira um tanto ríspida, pedia "mais *rolan* nos monitores". Anita não entendia aquilo. De onde ela poderia saber que *rolan* era na verdade um Roland SH-2000? Que, além dele, o objeto de sua admiração naquela noite estava tocando um ARP Omni e um ARP Soloist e que estava imitando o cravo, amado por ele desde a infância, num Clavinet Hohner C-3 velhinho, mas ainda funcional? Anita não sabia disso, porém quase toda a sua atenção foi absorvida pelo modo como ele gesticulava ativamente, ora indicando as caixas pretas de ambos os lados, ora apontando energicamente com o dedo para o céu. Aquele dedo dele era a própria perfeição. Anita nunca tinha visto dedos tão longos e refinados. E não era nem o médio, era o indicador! Ela quis que ele guiasse continuamente o olhar dela com aquele dedo (e, com o olhar, ela inteira) para cima, para eternamente conjurar o tolo e azarado técnico de som a "aumentar o teclado nos monitores". E de novo, e de novo, e de novo ele apontava o dedo para o céu, lançando para o alto seu rosto emaciado. Anita ficou encantada.

Hipnose com os dedos? Talvez.

Ao fim do primeiro segmento, o *frontman* começou a anunciar a formação do grupo pelo nome, e, em meio a todo o rebuliço, Anita ouviu "Oissyp Torsky". Tanto o nome como o sobrenome eram extraordinários. Oissyp! Torsky! "Nunca vou esquecer você, Oissyp Torsky", prometeu Anita, mas não para ele, não para Oissyp, não para Torsky, e sim para si mesma — sem nenhuma palavra, só em pensamento.

Depois veio o intervalo, e Anita descobriu que tinha um monte de concorrentes. Dezenas de moçoilas mais velhas pularam no palco e voaram para cima dos músicos com suas canetinhas coloridas. Oissyp Torsky até conseguiu desenhar qualquer coisa em algumas delas, nas palmas das mãos, nas testas e nos jeans esfarrapados (mais precisamente, naquilo que assomava por debaixo dos jeans esfarrapados), mas, então, Ianko, um homenzinho

---

1 Monstro do folclore ucraniano cujos olhos eram cobertos por longas pálpebras, que só podiam ser abertas com o auxílio de outras criaturas. Popularizado pela novela homônima de Nikolai Gógol.

mau, semelhante a um pãozinho redondo, veio correndo e enxotou todas do palco, prometendo *uma sessão de autógrafos normal* depois do encerramento do show. Enquanto isso, comprem nossos cassetes, conclamava o pãozinho redondo. Anita ficou ainda mais triste, pois não tinha dinheiro algum. Os pais nunca dariam nem um tostão sequer para uma porcaria musical daquela.

Em algum ponto no meio da segunda parte, Oissyp Torsky ficou no palco sozinho, num círculo de luz tênue, e, cercado de ambos os lados por uma escuridão impenetrável, tocou um longo solo (cerca de seis minutos), no qual Anita ouviu a si mesma por inteiro — sua vazia solidão infantil, a falta de amor dos pais, a maldita escola e o amor desesperado por aquele monstro semi-iluminado nos teclados. Ela saiu correndo para o frio saguão de concreto, coberto com pilhas de tacos de piso arrancados, onde começou a berrar incontrolavelmente. A amiga mais velha, um pouco irritada por ainda ter que correr atrás daquela *buratina*,[2] arrancou-a, de maneira resoluta, de qualquer entorpecimento, levou-a ao já asqueroso banheiro, encharcado de cloro, e lá deu ordem de lavar bem a fuça, enquanto as lágrimas ainda escorriam — só que agora aparentemente por causa do cloro. Depois, a amiga levou Anita pela mão até o lugar ainda livre na primeira fileira e deu ordem de ficar sentada como uma pedra até terminarem de tocar. O show chegava ao fim com hits e bis, de modo a não terminar de fato, e o *frontman* aprontava com o público como queria, que bradava o seu "Mais um! Mais um!", enquanto metade do salão ficava de ouvidos em pé, e a outra metade, de joelhos.

Naquela noite, ao adormecer, em casa, em sua cama dobrável e estreitinha, Anita clamou aos Feiticeiros Narigudos em sua parede para que a trouxessem um sonho em que estivesse Oissyp Torsky.

Já no dia seguinte (ou, quando muito, dois dias depois), a foto dele apareceu na mesma parede dos Narigudos mágicos — em cima da cama dobrável. Anita tinha cortado a foto de uma revista de música contemporânea. A dona de uma banca de jornal, indignada com a crônica falta de liquidez daquela produção impressa, levara para fora uma pilha de exemplares não

---

2 Referência ao Buratino, personagem do conto "A chavinha dourada, ou as aventuras de Buratino", do escritor russo Aleksei Tolstói, baseado no *Pinóquio* de Carlo Collodi. Muito popular em todos os países da antiga URSS.

vendidos e deixara-os num banco perto da banca. Na capa, em meio a diversas outras palavras escritas em grandes letras douradas, Anita viu "conheça o Doktor Tahabat", e em seu estômago as borboletas começaram a se remexer. Se desse para acreditar na revista, Oissyp Torsky era na verdade Jossyp Rotsky. Mas ela não parou de amá-lo por causa disso. E até o fato de que ele tinha trinta e quatro anos não resfriou o amor dela.

Anita consagrou seus anos de adolescência ao Doktor Tahabat. Este, por vezes, desaparecia por um tempo ou mudava o nome ou o estilo, ressurgindo outra vez de algum lugar. Porém, Anita reconhecia toda vez. Ela infalivelmente adivinhava a presença, na formação, de seu querido Rotsky-Torsky. Tinha ouvido absoluto, mas só para um único músico.

É preciso acrescentar que de rock 'n' roll Anita era entendida. Desde aquela noite em que a amiga mais velha a levara ao show com *som ao vivo*, Anita conseguira ouvir, passar a amar e memorizar milhões de bandas e músicas. Era particularmente atraída por aquelas em que os teclados dominavam. Então, o deus dela era, por exemplo, Ray Manzarek. Ou melhor: Ray Manzarek foi, por algum tempo, o pai de todos os deuses dela, dos quais Rotsky era o número um. Tinha também Emerson, Richard Wright, Gary Brooker, e Ron Mael, dos Sparks. Mas eles vinham depois de Rotsky.

Anita não estava só crescendo — ao crescer, ela aprendia a ganhar e a economizar algum dinheiro. Os pais ficavam se perguntando de que maneira ela conseguia constantemente aumentar sua coleção de fitas cassete. Nenhum deles gostava daquele passatempo — afinal de contas, tão típico —, mas Anita seguia estudando bem, e, num aniversário, eles tiveram que arranjar o prometido walkman. A partir de então, o caminho para e da escola adquiriu um sentido elevado para ela, semelhante ao de Ray Manzarek. Naquele caminho, ela era acompanhada por uma multidão de tecladistas de rock 'n' roll, e tudo em que o Número Um encostava com seus dedos fabulosamente longos virava parte dela, uma parte viva, dolorida e doce.

Mas ela era uma fã? Não. Algo maior e mais profundo a dominava. Com agonia e tristeza, mas também com o miraculoso presságio de um milagre. Isso não é uma tautologia, pois foi assim mesmo: o presságio de um milagre que se tornou ele mesmo um milagroso milagre. Anita acreditava num encontro com Rotsky. Ela sonhava em fazer sexo com ele. Pois, como assim viver na mesma época e no mesmo mundo, e ainda mais no mesmo país, e nunca encontrar com ele cara a cara? Ainda que só por uma noite?

Ou pelo menos um único boquete? Em algum camarim, entre as partes de um show qualquer? Ela já tivera namorados e percebera cedo como eram as coisas, embora os pais, absortos em si mesmos e sabe-se lá em que outros assuntos, nem tivessem lhe falado sobre menstruação, de maneira que, quando aquilo aconteceu pela primeira vez, ela ficou terrivelmente assustada e achou que estava morrendo.

Muito bem, todos aqueles pesadelos de doloroso amadurecimento tinham passado, e o inferno da infância, também. Anita escondia-se em sua música antiquada (as pessoas da mesma idade ouviam coisas completamente diferentes), esperava por oportunidades e, em raras ocasiões, ficava sabendo que o Doktor Tahabat tinha sumido outra vez. Com a aproximação do verão, ela estudou com atenção o programa de cada um dos festivais anuais. Isso, no fim das contas, não constituía um trabalho assim tão titânico: os festivais de rock no país deles, naquela época, eram pouco mais de três. E havia verões em que nem se vislumbrava qualquer Rotsky em lugar algum, o que Anita lamentava muito.

Quando a cronologia dos anos alcançou o dois com dois zeros e mais um dois no fim, ela, mantendo sem querer a simetria dos acontecimentos e dos sinais, vagou em direção à maioridade. Pelo caminho, foi perdendo quase todos os seus cassetes, mas juntou uma montanha de CDs, que pouco depois haveriam de revelar-se o mesmo ramo sem saída de melomania. Depois de estudar, de modo desatento e pouco notável, numa faculdade que lhe era indiferente, de uma instituição de ensino superior que lhe era ainda mais indiferente, Anita viu-se cara a cara com a vida adulta. O que fazer com ela, ela não sabia, e três ou quatro rapazes com quem *tivera relações*, como isso então era chamado, não mudaram nada em sua solidão: eles vieram até ela um de cada vez, como turnos de guardas de escolta, e nenhum foi capaz de algo mais que sexo medíocre, e mesmo assim de modo um tanto maquinal. Anita trabalhou como garçonete, ficou no caixa de um supermercado, frequentou, sem saber por quê, uma escola particular de barmen. Em algum momento depois disso, surgiu para ela um elevador social, entreaberto por um segundo, na forma de um jovem e ambicioso político que a seduziu a ser uma de suas assistentes. Anita sucumbiu. Seu novo trabalho previa visitas frequentes a saunas e outras diversões em grupo. Por algum tempo, aquilo pareceu novo e interessante, mas, depois de perder a terceira eleição seguida, o desafortunado chefe teve que desfazer sua jovem equipe e, quando a assustada Anita perguntou "E o que eu faço agora?", prometeu empregá-la como hostess no centro comercial de um amigo. Para lhe dar o devido crédito, ele cumpriu a promessa, demonstrando, com isso, que não é para todos os políticos que as ações necessariamente diferem das palavras.

Na verdade, na vida dela não havia nada.

Nada além do rock 'n' roll. Nos discos, no computador e no telefone. Com Jossyp Rotsky e seus teclados. Que (ela não sabia disso), ao longo de todos aqueles anos, vagava pelos mares e oceanos como pianista de navio. Ou seja, ele se afastara do rock 'n' roll, que não exatamente morrera, mas que também teimosamente não podia ou não queria renascer. E Rotsky foi embora de navio. Se isso foi uma traição ou não, nós não sabemos. Depois da última cagada histórica entre o seu pessoal e mais uma desintegração, quem se sentiu traído foi o próprio Rotsky. Uma circum-navegação era, naquele momento, exatamente aquilo de que ele precisava. Perecer, sumir, ir embora, para bem longe, para o infinito, para os sargaços das Bermudas, para furacões e temporais, foda-se. O único sacrifício que foi preciso fazer em nome daquela ruptura foi a aquisição forçada de um repertório estranho e desinteressante, daqueles temas sempre-verdes, de todo aquele *jazzinho*. Afinal, Rotsky achava que o sacrifício seria um só. Àquele, acrescentou-se pelo menos mais um: ele assinara um contrato tão malogrado que, no meio das águas dos oceanos do mundo, viu-se sem quaisquer direitos de fato e tendo que tocar o número de horas por dia que eles o mandavam tocar — à primeira exigência, sem essa de "não posso" e passando por cima de qualquer "não posso". Tocar, tocar, vomitar e continuar tocando. O enjoo transcorria contra um contínuo pano de fundo de música pop.

Rotsky viu o término do contrato com um alívio equivalente àquele com que seu desconhecido ancestral decerto vira a abolição da servidão. Ao desembarcar no litoral em Gênova, Rotsky ficou feliz em apanhar o primeiríssimo táxi e, com considerável excesso de velocidade, voar para algum lugar distante, na direção daquilo que ele chamava de casa.

Anita jamais se esquecerá do instante em que, folheando à toa as notícias locais, deparou-se com a nota. Era anunciado um show solo de Jossyp Rotsky (piano) no pequeno salão da filarmônica. A entrada era franca: tudo tinha sido pago por um programa de cultura e educação, "Patrióticos e não indiferentes", que, com dinheiro europeu, tentava popularizar a ideia do *som ao vivo* naquele país já totalmente corrompido, viciado e assassinado pelo lixo pop. Para a sorte de alguns bons, porém esquecidos, músicos, o esteticamente tarimbado curador do programa — apesar do esquecimento generalizado — não se esqueceu deles e conseguiu redescobrir alguns. Rotsky concordou — e saiu em turnê.

Na cidade de Anita, ele só fizera show uma vez — uns dez anos antes, ainda com o Doktor Tahabat. Ele se lembrava — não com total clareza — de que, então, aquilo tinha sido um furacão de sucesso e de como eles tinham agitado os *néfors*[3] locais. Afinal, foi o momento do auge deles, e não é de admirar que, na época, todos tivessem achado tão legal. Rotsky só se equivocava quanto ao fato de que dez anos haviam se passado desde aquilo. Não dez, Rotsky, e sim quinze anos ao todo. (E ainda fugira totalmente de sua memória quão mal ele se ouvia nos monitores e como o incompetente técnico de som, como que de propósito, construíra um muro entre ele e a parede de som.)

Ao ficar sabendo do show, Anita imediatamente discou o número indicado no anúncio. Quando, com sua voz trêmula de ovelha, ela baliu o pedido de reservar um lugar (unzinho!), alguém garantiu, com tom não muito respeitoso, que haveria *um monte* de lugares livres. Anita suspirou, decidiu não acreditar naquele bronco rematado e pediu permissão para sair do seu centro comercial uma hora mais cedo a fim de ser uma das primeiras, senão a primeira, a se enfiar no pequeno salão da filarmônica.

Mas ela foi mesmo a primeira. E, por dezenas e dezenas de minutos — longuíssimos, repletos de palpitações do coração e de borboletas no estômago —, permaneceu sozinha. E assim ela ficou ali, sentada naquele veludo puído da época do Antigo Regime, debaixo de um impiedoso lustre. Finalmente, algumas pessoas começaram a aparecer, sobretudo jovens, ou gente se fazendo passar por jovens. Elas falavam entre si em voz alta e gargalhavam, caindo aqui e ali nas cadeiras, em grupos. Anita podia presumir que eram ativistas de todos os tipos de organizações civis e movimentos, que tinham sido enviados ali para atingir o número desejado de público: os organizadores ainda tinham que prestar contas aos doadores europeus. De fato, algumas garotas, de quando em quando, fotografavam o público para documentação futura da *condução bem-sucedida do evento*.

Apesar do atraso de cerca de quinze minutos, o salão continuava só dois terços cheio. A luz do lustre tremeluziu, Anita deu um suspiro profundo. Ela estava terrivelmente preocupada — tanto com o próprio Rotsky como com sua música. Mas, secretamente, também consigo mesma. Ele viria

---

3 Gíria soviética dos anos 1980 (e do espaço pós-soviético dos anos 1990) que designava os grupos de contracultura, que se opunham às convenções formais oficiais da juventude partidária.

logo mais. Como estaria agora? Um velho decrépito andando com pernas rígidas de madeira? Um anão desmazelado com uma pança de cerveja, resfolegando e soltando arrotos? Um playboy amarrotado e enrugado que, tentando esconder a calvície parcial, penteia sobre o alto da cabeça os restos dos cabelos tingidos com hena?

Rotsky entrou e, mal acenando na direção dos escassos aplausos, sentou-se ao instrumento. Anita teve a impressão de que ele era o mesmo. Pelo menos da distância de sua décima oitava fileira. Pelo menos a mesma figura alinhada, emaciada e um tanto juvenil, a leveza seca e plástica, que podia ser apreendida a partir de alguns movimentos. A quase imperceptível inclinação da cabeça, semelhante à de um pássaro — como quem escuta de maneira constante e hiperatenta. Nada de supérfluo. Óculos escuros. As fãs tinham dito a verdade: ele era atemporal.

O programa, que foi concebido por Rotsky, abrangia muita coisa melancólica e estranha. Principalmente *covers* de velhuscas baladas de rock, ainda que, no meio delas, marcassem presença, aqui e ali, ora Einaudi, ora Satie, ora Philip Glass. Tom Waits foi seguido por um set dedicado ao Radiohead, e então Nick Cave e improvisações sobre temas do The Doors — um invisível pai-deus de nome Ray Manzarek protegia cuidadosamente o Número Um de erros e excessos na execução. E teve Peter Gabriel, e *Where Is My Mind*, e *Californication*, e *Smells Like Teen Spirit*, e teve Marianne Faithfull, e teve Janis Joplin, e ainda Kate Bush.

Se não fosse pela sala da filarmônica, Anita teria dançado com certeza. Até sozinha. Porém, com a música.

O que não se poderia dizer do resto do público. Que francamente não se deixou levar e não engrenou. Uns brincavam no telefone, outros continuavam (até em tom audível) as conversas iniciadas antes do show. Outros ainda se esgueiravam para fora, de quando em quando, para fumar um cigarro, outros ainda se esgueiravam para fora para não mais voltar, e, nisso, nem estes nem aqueles davam qualquer atenção ao efeito das poltronas, que, livrando-se daqueles traseiros, batiam, aqui e ali, de maneira ruidosa e engraçada, contra seus espaldares. Alguns nomes mencionados por Rotsky (como, por exemplo, Elton John) fizeram o público rir, por alguma razão. E, quando algum imbecil gritou, entre uma música e outra, "Mande aí a *Murka*!", quase todos explodiram numa alegria tão exuberante que Anita entendeu: aquela seria para eles a experiência mais poderosa da noite. Se os punhozinhos dela soubessem brigar, ela daria, com um deleite fora do normal, em cada uma daquelas fuças grosseiras.

Sem olhar para a sala e sua atmosfera (e, para ser literal, olhando na direção dela com frequência cada vez menor), Rotsky, com perseverança, tocou seu programa até o fim. Aquilo começava a ficar menos fácil para ele, mais difícil a cada música, porém, para lhe fazer honra, ele não deslizou uma única vez, em lugar algum. Ao término da última canção, restavam uns quinze moicanos no salão. Rotsky agradeceu com mais um semiaceno, e eles responderam com aplausos tímidos, ainda mais escassos do que no início. Anita se perguntava *o que viria a seguir*.

Depois de colocar no bolso interno do casaco o envelope com o cachê, Rotsky examinou mais uma vez o camarim: não tinha esquecido nada, mochila nas costas, podia ir embora daquela merda. Bateram à porta de um jeito muito apreensivo, e ele pediu que entrassem. A garota estava não só com alguns CDs, mas também com uma caneta pronta para tudo. Estava nitidamente constrangida e começou com alguma ladainha sobre os seus nove anos e todas as trilhas sonoras de sua vida, e em seus olhos de repente cintilou uma tristeza úmida, a ponto de ela chamá-lo algumas vezes de sr. Torsky. Oissyp enlaçou-a muito rapidamente, só por um segundo — e aquilo surtiu efeito. No mesmo instante ela voltou a si — como se ele, com seu breve abraço, tivesse lhe transmitido um pouco de segurança. No fim, ela tinha o mesmo número de CDs que a quantidade de álbuns lançados por Rotsky e sua banda. Imaginem só: ela tinha até o muito raro *"AlBomba"*! Ele gostou daquela lealdade comprovada e assinou cada disco de maneira especial.

Anita enfiou as relíquias sagradas em sua mochila. E é isso, pensou ela. Ele não tinha os olhos do Viy. Vou embora.

"Não vá", Rotsky lia suas intenções. "Tem um bar aqui. Se você estiver livre."

Para a felicidade de Rotsky (de ambos), ele tinha sido acomodado num hotel de frente para a filarmônica. Não era em toda cidade que isso acontecia. Mas, naquela, foi assim. E aquele hotel, ainda por cima, distinguia-se, na verdade, por um bar bem razoável. Anita simplesmente não podia ir para outro lugar: bastava atravessar a praça, e eles já estariam lá, num espaço quente, não totalmente cheio, onde havia diversas garrafas bonitas com líquidos sedutores. Se aquele bar fosse em algum lugar muito, muito longe, e Rotsky tivesse que pegar um táxi, e pegar Anita, segurá-la pelo cotovelo, e não deixar o táxi ir embora, e não deixar Anita ir embora, e ela tivesse que escapulir, e por aí vai... Ela teria fugido cem vezes. Mas ali era diferente: a mesma praça, uns cinquenta passos pelo pavimento, as portas do hotel abrindo-se hospitaleiramente mediante a aproximação deles, vamos ficar uma meia hora aqui, beber alguma coisa, você é minha convidada.

O tempo num bar passa em outra velocidade. Não sempre, na verdade, mas naquele caso foi exatamente assim. Já ao longo da primeira hora de conversa entre eles, aconteceu tanta coisa, que um observador externo chegaria à conclusão de que aquele era o encontro de duas das criaturas mais próximas do mundo. Música? Bom, sim, mas um pouco mais precisamente: o rock 'n' roll, com seus nomes, títulos, estilos, períodos, tendências, pessoas, bombas, monstros e suicídios, conduziu-os um ao outro na quarta marcha de bar. E parecia já os ter unido. "Se eu não toquei o bastante, pelo menos para isso terei tocado o bastante", Rotsky prometeu a si mesmo. Já fazia tempo que ele segurava a mão dela em suas mãos, avançando constantemente a situação até o momento em que ele proporia que subissem juntos para o quarto dele. Com deleite indisfarçado, ele olhava para os contornos dela (*kákova málitsa!*), tocando-os de leve de quando em quando. Gostou de tudo, mas principalmente do nariz alongado. Rotsky adorava garotas de nariz longo. Talvez fosse consequência de sua juventude, quando ele ganhara seu primeiro dinheiro mais significativo em filmagens de pornôs, desempenhando dignamente, em mais de um filme da categoria "Teen & Milf", o papel de amante menor de idade de matronas maduras. Um jovem pequenino e magricela, muito plástico, com algo estranho nos olhos, e damas luxuriantes, de tamanho grande — isso dava um efeito nada mau, tinha demanda constante. Portanto, a maioria das suas parceiras tinha o nariz justamente daquele comprimento, proeminente e, ao mesmo tempo, não excessivo.

Anita (que não era mais menina!) sabia aonde aquilo estava indo, e não colocava quaisquer empecilhos. Pelo contrário, ela os eliminava. Por exemplo, sem hesitar nem um pouco, ela recusou quatro vezes no telefone as chamadas cada vez mais enervadas de seu então namorado. A vida dela estava atingindo seu antigo objetivo — quem sabe se não era o último. Diga o que quiser, mas, nos sonhos, ela vivera com Rotsky por bem mais da metade de seu tempo de vida. Quinze anos com ele, e nove antes dele. Agora só restava incorporar aquele sonho (ela internamente riu de "corpo", daquela vez embutido em "incorporar" de maneira absolutamente oportuna). Incorporar o sonho — e já podia morrer, Anita deu um sorriso ainda mais largo em seu coração.

Porém, ele mesmo, o corpo, preparara para ela uma catástrofe inoportuna. Naquele dia, indo apressada para o show e passando por uma lojinha de roupas íntimas eróticas, Anita pareceu sentir os primeiros indícios daquilo que, de acordo com o calendário, só deveria começar dali a uns três ou quatro dias. Ela não teve tempo de ouvir a si mesma, mas, naquele instante, pareceu-lhe que a coisa retrocedera, e não havia sentido em alarmar-se. E eis que agora, na segunda hora de lubricidade no bar, em meio a toques e aproximações cada vez mais cálidos, ela se soltou subitamente e, pedindo desculpas às pressas, voou para o banheiro, onde foi trespassada por facas, por dentro e por fora, e todo o seu sangue saiu, quase que pela garganta, e aquilo era tão injusto, cruel, humilhante, que Anita quase esmagou a cabeça na cabine feminina, idealmente recoberta por ladrilhos. Mas por que isso, mas por que isso, repetia ela, e, naquelas palavras, tudo estava contido — dos quinze anos de espera até a roupa íntima febrilmente escolhida antes do show.

Ela saiu voando do bar, como um cometa, e não voltou mais.

Depois de caminhar pra lá e pra cá em frente ao banheiro feminino, Rotsky, abatido e inesperadamente pesado, foi dar uma espiada na recepção em busca dela. A moça que estava com ele, explicou o atendente, com tom polido, já deixara o hotel havia meia hora e pegara imediatamente um táxi.

Essa história inglória teria se encerrado como uma pequena tragicomédia menstrual se não fosse pela mochila de Anita, que ficara na cadeira do bar, ao lado de Rotsky. A manhã seguinte trouxe a Anita novos sofrimentos. Não bastasse o fato de que o segundo dia de menstruação sempre a atormentava com um prazer particularmente sádico, ainda por cima o item esquecido no hotel, caro e com seu inestimável conteúdo de CDs, perversamente perfurava um furo após o outro em sua consciência. Será que ele se dera conta? Será que ele entregaria sua bagagem para a recepção, rabiscando uma nota do tipo: "Para a moça de cachecol verde"?

Às oito da manhã, Anita ligou para o hotel e foi comunicada que eles não informavam o número de telefone dos hóspedes. O sr. Rotsky? Não, ele ainda não tinha partido.

Rotsky tinha uma passagem, fornecida pelos organizadores, para as sete e trinta e cinco e, naquele momento, deveria estar cochilando em seu compartimento no vagão-dormitório. Porém, depois do súbito e traiçoeiro desaparecimento de Anita no dia anterior, ele se sentia o mais infeliz cretino de todos os tempos e povos. Não bastasse ter sido obrigado a padecer aquele show ingrato e sem sentido, ainda teve aquela furona nariguda, que primeiro o seduziu com seu flerte vertiginoso e depois sumiu sem qualquer aviso. É óbvio: depois de uma provação como aquela, Rotsky não saiu assim tão facilmente do bar, mas ficou até gastar ali o cachê inteiro e, na frente do barman, rasgou e, com ar de desafio, queimou o envelope vazio. Desabou na cama entre quatro e cinco, e graças a isso dormiu demais e perdeu a partida. Às nove, ligaram para ele da recepção.

Cinzento, amarfanhado, com olhos de cores diferentes, mas de igual inchaço, com um gosto insuportável na boca e um bafo horrível até de imaginar, Rotsky esgueirou-se para baixo, onde aquela mesma moça estava à espera dele (dele? Ah!, de sua *fucking* mochila) — só que hoje, à luz do dia, de modo algum parecia uma *málitsa*, e sim estava toda franzida e, assim como Rotsky, cinzenta, amarfanhada. Em silêncio, ele entregou para ela a mochila com todos os discos.

"Me escreva", disse ela com uma voz culpada e estendeu um papelzinho com um email. "Pode usar esse endereço."

E, enquanto Rotsky mastigava algo semelhante a palavras como resposta, ela se aproximou e jogou-se em cima dele com tanta força que Oissyp por pouco não começou a chorar com todas as fibras de sua grande e ressacada alma.

Tudo o que apresentei neste capítulo não é nem invenção minha, nem uma interpretação arbitrária. Não fiquei sabendo de tudo isso de qualquer lugar, e sim de primeira mão, como dizem. Da mão de Anita.

Mas sobre isso, mais adiante.

8

Visitei Anita Nasatti em sua nova casa, na costa ocidental da Toscana, nos arredores de Livorno. Anita havia se mudado para aquela região depois de seu recente casamento. Seu marido Fabrizio, dono de uma dezena de olivais e pessoa extremamente agradável, foi muito gentil ao não se opor à minha longa conversa com Anita, cara a cara. Mais do que isso: ele ainda me convidou a pernoitar em sua residência ou até passar ali alguns dias, se houvesse necessidade para a pesquisa. O *signor* Fabrizio seguia o princípio de não sentir de modo algum ciúmes de sua jovem companheira de vida por seu passado desconhecido e pela pátria que ela abandonara para sempre. Arrancá-la de todas aquelas apreensões e perseguições, evacuando-a para a bendita Itália, custou-lhe consideráveis esforços e gastos, e ele apreciava muito o atual e pacífico status conjunto deles.

Fiquei sabendo da existência de Anita, é evidente, pelas redes. Ela mantinha um blog amador, mas bastante simpático, sobre sua música favorita, e, uma vez, postou uma peça para piano — *Für Anita* — do *compositor* Jossyp Rotsky. Não se considerava uma paródia de Beethoven, tudo parecia muito sério. Elogiei o gosto dela e (sem particulares esperanças) perguntei se conhecera o autor pessoalmente e, se sim, se poderia lançar um pouco de luz sobre a figura dele. Eu falei que estava trabalhando numa extensa biografia de Rotsky. Para minha surpresa, Anita respondeu que sim e compartilhou seu endereço italiano. Nem uma semana se passou, e eu, após colocar na mala alguns pertences, me sentei ao volante de um Fiat emprestado e, depois de umas oito horas e meia, venci o caminho entre a província das nozes nos Cárpatos e a província das oliveiras na Toscana.

Pela aparência, Anita tinha pouco mais de trinta, quando muito trinta e cinco anos. Dava para sentir que, ao relatar sua história com Jossyp Rotsky, ela se autoafirmava de maneira particular e crescia aos próprios olhos, tendo, com isso, a esperança de crescer não só aos próprios. Também dava para sentir que ela esperava por aquela oportunidade fazia um bom tempo. Eu logo captei o estilo de resposta dela: às vezes, era extremamente detalhada, atravessando alguns episódios com particular emoção. Ela queria voltar para lá. A fome emocional que a acompanhara desde o início de seu feliz casamento a impelia a uma franqueza aventuresca nas recordações.

Hora da continuação.

Depois de despedir-se de Rotsky no saguão do hotel, de modo desajeitado e meio bobo, Anita amargou um dia bastante torturante, que foi coroado com um email. Rotsky escreveu que só pensava nela, que estava triste ao ponto de lágrimas, mas que isso não era ressaca, e sim — agora ele estava convicto — algo mais. Ele pedia um encontro — "a qualquer hora e em qualquer lugar". Anita respondeu em tom reservado, fingindo certa desconfiança. Porém, depois das palavras dele, dizendo que, apesar das quase cinco décadas que vivera, nunca estivera naquele estado, ela começou a perder a cautela. "Cheguei a outra cidade, você não pode estar aqui, mas para mim só existe você em toda parte", descreveu Rotsky. "Fiz outro show, e fiquei com a impressão de que você estava na sala, sentada na décima oitava fileira. Depois de mandar todos para o inferno com o *afterparty* deles, entrei no hotel, me aquartelei no quarto e, agora, estou escrevendo para você."

Ficaram trocando mensagens até as três da manhã, e a última de Anita acabou com a frase: "Eu te amo, Ois".

Uns oito dias depois, ela achou um momento para encontrar-se com ele na capital, onde ele estava terminando a turnê. Ali, viraram amantes. A primeira cama deles acabou sendo um vertiginoso balanço de parquinho, e Rotsky, um incansável e insone (e desavergonhado) serviçal balançador. E, além disso, como bônus, aquele mesmo dedo indicador que, nos intervalos, brincava de maneira insuperável no meio de suas pernas. "Parece o céu", confessava Anita. "Mas lá não fazem amor", objetou Rotsky.

As *relações* deles adquiriram constância. Anita pedia encontros pelo menos duas vezes ao mês. Largou seu namorado da época e, a partir de então, foi fiel a Ois. É improvável que Rotsky respondesse a isso com reciprocidade. Porém, também não dava razões indubitáveis para qualquer uma das reprimendas dela. Toda vez sacava criminosamente da manga a piada de sua quase inata poligamia e, com isso, não podia deixar de chateá-la. Mas como e por que aquela tristeza deveria ser exibida, se eles, apesar da proximidade, viviam duas vidas diferentes? A competência dela não se estendia para o resto dos dias e das noites dele. Dos seus vínculos *paralelos*, ela nem queria saber — como se nem existissem.

Rotsky apreciava aquela abordagem de Anita — e elevou-a à patente de sua primeira amante. Ele ainda não sabia que, ao longo de quinze anos, também tinha sido o Número Um dela. O primeiro encontrou a primeira, as prioridades se estipularam por conta própria, da devida maneira. A igualdade foi restaurada.

Mas não só a igualdade.

Os negócios de Rotsky subitamente ganharam mais uma renovação. Os fãs da banda suplicavam por um *comeback*. Uns suplicavam, outros exigiam — tudo levava ao fato de que os Tahabat tinham que se reunir novamente. Enquanto Rotsky vagava pelos oceanos, e portanto se dedicava à assim chamada atividade de apresentações solo e outras bobagens, cresceram alguns grupos, ambientes, estranhos fã-clubes de outsiders, nasceu e espalhou-se a tendência de ouvir rock 'n' roll no estilo "quando nossos pais dançavam". Nas redes, brotavam links para gravações antigas, classificadas com a atraente palavra *remastered*. Algumas delas receberam milhares de *likes*. Os fundadores do novo mas já fenomenalmente incensado festival Juventude Hipster arriscaram um convite ao *lendário e eternamente atual* Tahabat: alegrar o festival com uma *reunion* de uma hora e experimentar o papel de *headliners* no show de sábado-domingo (quando se esperava a maior onda de presentes).

O festival foi realizado no meio do verão, numa localidade quase extinta e, por conta disso, cercada por uma natureza renovada, selvagem e incontrolável. Outrora, ali empilharam-se unidades militares, uma depois da outra, e todo o terreno era zona estritamente proibida. Agora, porém, uma vez por ano, durante pouco menos de uma semana, a música ribombava, e incontáveis moças faziam cirandas junto ao palco, arrancando, de maneira resoluta, a parte de cima do biquíni.

Dizer que os Tahabat se saíram bem na apresentação, em meio àquele alvoroço, seria não dizer nada. Não à toa, os velhos cavalos tinham ensaiado o dia inteiro ao longo das últimas semanas antes do festival. E não à toa eles se entregaram por inteiro desde o primeiríssimo minuto. Foram recebidos com êxtase e gratidão. O público foi à loucura com eles, e eles, com o público. Essas correntes mútuas não podiam deixar de se juntar, de ressoar num único drive ilimitado. Ah, nem tem como descrever.

Ao me recontar aquele sonho de uma noite de verão, Anita só despejava superlativos. Pela segunda vez na vida, ela os ouvia ao vivo — e pela segunda vez os reconhecia como deuses. (Falando cá entre nós, tenho a impressão de que ela teve mais sorte que qualquer um: das centenas de shows que aquela banda fizera em sua carreira bem pouco invejável, Anita esteve nos dois melhores.) "Seis bis!", pôs-se a relembrar Anita. "Seis bis! Uma hora inteira a mais!"

Depois, quando tudo se acabou, e o público — não de imediato, não! — se dispersou pelos cantos mais escuros da paisagem ao redor, atrás do palco começou uma bebedeira com os organizadores, que acabou durando até o nascer do sol e depois. Rotsky, moderadamente bêbado e alegremente chapado com mais de um baseado, estreitou Anita com tanta força, que tudo nela ficou dormente. Mas também começou a cantar: ele a amava.

E, então, alguma coisa aconteceu com a iluminação: alguma faísca momentânea, clarões, alguma coisa estalou, deu curto — e a festa inteira, *tipo uma bacia de cobre*, recobriu-se de escuridão. Não, não absoluta — ainda queimavam ali algumas últimas fogueiras. Já o resto estava escuro como breu, e as estrelas e a lua, de maneira sinistra, estavam envoltas num pegajoso feltro celeste. Todos gargalhavam e zoavam, a mulherada guinchava e berrava, a guitarra já não obedecia aos dedos de ninguém, prenunciava-se uma orgia ou algo semelhante, uma delas (talvez a mina do diretor do festival?) já tinha levado o grisalho *frontman* para uma samambaia, o baixista e o baterista (uma dupla inseparável, impecavelmente tocada!) já tiravam a camisa de alguém, enquanto Rotsky, com seu olho cada vez mais interessado (ambos, diferentes) tentava discernir alguma coisa em todo aquele tumulto. Anita segurava a mão dele com toda a força, mas ele se soltou. Hora de mijar, ele disse uma mentira para ela. E vagou em direção à escuridão, já invisível dois ou três metros depois. "Estou indo com os vaga-lumes!", ele gritou de longe.

Foi então que lhe aconteceu um incidente. Movendo-se em direção às nuvens de vaga-lumes adiante, Rotsky não deu muita atenção ao leve aclive. Quer dizer, talvez até tenha dado, mas e daí — era um aclive, um morro, e seria ainda mais bonito dissolver-se em algum lugar lá em cima. Na verdade, era o telhado de um velho abrigo militar, um objeto implantado em meio à natureza e outrora secreto, recoberto, nos velhos tempos, com um monte de máscaras de gás, por exemplo, ou projéteis químicos, mísseis de cruzeiro e sabe deus o que mais. Cuidadosamente escondido da aviação do inimigo debaixo de mais de uma camada de turfa e todo encoberto por arbustos e todo tipo de erva, o telhado realmente podia passar por uma suave encosta de uma elevação natural. Ele pairava sobre um fosso artificial, pavimentado com lajes de concreto. Rotsky dirigia-se para o limiar, sem saber nada dele. Os vaga-lumes que ele observava lampejavam uns dez passos adiante.

E depois eles cintilaram no céu, enquanto Rotsky jazia no fundo do fosso, extremamente surpreso com aquela queda tão intracraniana, tão trituradora de dentes, e o sangue não parava de brotar, preenchendo a bocarra, por mais que ele cuspisse.

Assim, o principal acontecimento do festival Juventude Hipster acabou sendo não o show da *lendária porém sempre atual* banda Tahabat, e sim a queda esmagadora, num abismo de concreto, de um dos líderes da referida formação. Bem, não exatamente esmagadora, pois ele não se esmagou de verdade, mas mesmo assim.

Dizer que foi ela quem arrancou Rotsky do outro mundo talvez seja exagero. Porém, só Anita reconheceu plenamente o absoluto desespero que significa salvar a vida de alguém naquele cafundó, fora da zona de alcance, e ainda numa manhã de domingo, e ainda sem os devidos estimulantes em dinheiro vivo ou simplesmente conexões e telefones. Ao arrastar Rotsky, que estava cada vez pior, para um hospital *regional,* num sacolejante ônibus do festival, pelas áreas sem estradas de sua terra natal, Anita foi se transformando em outra pessoa, jogando por cima dele o seu manto e recobrindo-se de garras e de asas de fogo — e ai daquele que ficasse em seu caminho.

Rotsky foi diagnosticado com politraumatismo, e ainda por cima combinado. Não só concussão cerebral e algumas fraturas. Não só hemorragia, mas também inúmeros danos aos pulmões e ao fígado. Isso sem falar das contusões nos ossos da bacia e da coluna. E assim por diante. Anos se passaram, e Anita ainda conseguia enumerar de cor, sem se confundir por nem um momento sequer, toda aquela lista de traumas. Consideradas certas repetições em sua narrativa, eu tive a oportunidade de ouvi-la duas vezes, e, a cada vez, ela não cometeu nenhum erro: os dados dela coincidiam cem por cento com os meus.

Felizmente (para ela e para Rotsky), nenhum dos traumas naquele sinistro buquê alcançou níveis críticos. Verificou-se que não havia ameaça à vida. Não havia risco de incapacitação. "Onde é que te ensinaram a pousar tão bem?", disse o médico regional, dando uma piscadela, grande apreciador dos Tahabat, o que ele se tornara depois de ganhar de presente todos os álbuns deles e alguns pôsteres.

Uma semana depois, Rotsky foi transferido para uma clínica grande e excepcionalmente bem equipada na capital (os contatos polpudos dos chefes do festival tinham funcionado), e Anita voltou das férias e imediatamente entregou seu pedido de demissão. Ela não podia não estar perto e, para isso, depois de raspar todas as suas economias e de pegar emprestado um monte de dinheiro, ainda maior que as economias, mudou-se para uma cidade que, para ser sincero, normalmente não a espantaria, mas também não a atraía muito. Na verdade, foi justamente ali que ela e Rotsky se apaixonaram pela primeira vez, e isso mudou para melhor a velha imagem da desprezada capital. Especialmente agora, quando eles passavam tantas horas quanto possível tão perto um do outro.

O paradoxo é que nunca mais eles passariam tanto tempo juntos. Rotsky amou a presença dela em seu quarto do hospital, o resumo das notícias, a leitura em voz alta e a execução da seleção musical feita especialmente por ela para ele, com seus comentários apropriados e sempre originais, e também as primeiras saídas, com o apoio dela, extremamente dolorosas — para o corredor, para o saguão —, depois passeios cada vez mais frequentes e longos pelo parque do hospital. Ele era como um cão: surrado impiedosamente e grato. Uma vez, observando do leito a silhueta do longo nariz que ela tinha, ele propôs, sem mais nem menos, que ficassem juntos para sempre. "Nunca pedi isso para mais ninguém", disse Rotsky, com dificuldade. Como se tivesse revelado algum mérito secreto seu. Anita não ousou perguntar se ele estava falando de casamento. Bastava-lhe o próprio sonho, que ela temia muito interromper.

Mais tarde, ela lamentaria aquela sua indecisão.

Quando ele recebeu alta, eles se afastaram outra vez. Parecia que a versão mais fiel de Rotsky era o Rotsky com os braços e as pernas quebradas.

Anita não o relembrou. Não ousava relembrar. Mais precisamente, ousava não relembrar. Talvez, então, ele estivesse só delirando no leito do hospital? Talvez ele tivesse visto a silhueta de uma pessoa completamente diferente?

Eles continuaram separados, encontravam-se uma ou duas vezes ao mês. Rotsky decidiu não apressar — nem Anita, nem a situação. Ele já encontrara algumas explicações do motivo pelo qual assim seria melhor. O primeiríssimo deles estava bem evidente: seus traumas. Era preciso observar como se comportariam, para não pegar uma hábil e jovem amante e requalificá-la como enfermeira vitalícia. Sua macilência e leveza fizeram sua parte: tudo voltou ao seu lugar, endireitou-se e curou-se. Não à toa, o médico assegurou que, com excesso de peso, ele não teria sobrevivido. Mas, assim, ele só voou para baixo, tipo uma pena, uma folha seca ou uma borboleta, ou ainda, digamos, uma rolha sacada da garrafa da vida por um potente jorro de champanhe. O que acontece com uma rolha depois de uma queda numa laje de concreto? Em mais ou menos seis meses, Rotsky se restabelecera muito bem. O sexo entre eles já ia adquirindo aquela "beleza pornográfica" de antes, nas palavras de Anita.

Eles nem pensaram direito em como comemorar o primeiro ano de relação. Quer dizer, de todo modo comemoraram, mas com grande atraso, pois não tinham se dado conta. Os quinze anos anteriores de Anita entravam num cômputo separado, próprio dela.

Em algum ponto no meio do outono, Anita ficou sabendo por Rotsky que, no país deles, não havia um governo, e sim, um regime. Não, não que as relações entre eles tivessem ido longe a ponto de até a política ter começado a penetrar nelas. Pelo contrário: a política é que tinha ido longe demais. Ela tinha se esgueirado para dentro do privado e interferido no trivial, infringindo brutalmente os limites da área que lhe fora destinada. Na internet, começavam a pipocar fórmulas subversivas sobre *o ponto de não retorno, o ponto de bifurcação e o ponto de ebulição*. A televisão lançou ainda mais programas de entretenimento, transformando quase todos os canais em correntes infinitas de show de comédia e lixo pop. Não dá para imaginar sinal mais concreto de um aumento abrupto de tensão.

Mais algumas semanas... Bom, aí começou.

Já era quase inverno quando algumas figuras notórias da oposição foram levadas sob custódia — não daquela oposição que oficialmente era considerada como tal, e sim a verdadeira. Além disso, o completo desaparecimento do líder dos chamados Piratas Verdes, um movimento informal anarcoecologista, provocou uma onda adicional de protestos. Ia ficando mais claro do que nunca que, antes das próximas eleições, o regime eliminaria os opositores incômodos e deixaria o presidente em exercício sozinho com agentes fictícios do Ocidente e uma série de palhaços meio loucos. O sujeito que, graças à vitória nas últimas eleições, utilizara como pudera a ainda insípida e em formação "democracia feminina" que o levara ao topo do poder, agora recusava cinicamente seus serviços e, incitado por um incontável bando de articuladores e agentes de segurança fabulosamente bem pagos, seguia, de maneira resoluta, em direção à ditadura, através de uma fajuta *manifestação da vontade do povo*.

Anita nem teria notado nada daquilo. Ela teria simplesmente virado as costas e olhado para outra direção. Mas Rotsky sabia explicar. Isso não significava, repito, que ele mesmo tivesse começado a viver só de política. Isso só significava que não apenas de sexo e de música eram preenchidas as horas dos encontros, mas também de conversas — sobre toda e qualquer coisa.

À capital afluíram os primeiros e pequenos grupos de manifestantes. A televisão debochava deles e insinuava fontes estrangeiras de financiamento, com as quais, diziam, tinham sido pagas todas aquelas tendas, roupas quentes, preservativos e narcóticos leves. Tudo apontava na direção de uma tentativa bem-sucedida de desacreditar o protesto, que seria abafado de maneira tão impopular quanto começara. Porém, devido aos excessos do executor — a polícia exagerou consideravelmente nas surras de alguns ativistas do interior perdidos na capital —, a indiferença geral foi mudando, a olhos vistos, para um engajamento cada vez mais massivo. O motim estava se espalhando. Todos começaram a falar, em toda parte, e de modo cada vez mais ardente e agudo, da injustiça e da mentira. A gota d'água — não, não uma gota, e sim uma poça, e de sangue — foi uma descoberta feita por acaso por uma dupla de ladrões: o corpo do mencionado líder dos Piratas Verdes, terrivelmente mutilado por torturas, encontrado no porta-malas da Mercedes arrombada pelos ladrões, e que pertencia a um dos altos oficiais do serviço secreto.

No dia seguinte, no centro da capital, aconteceu uma marcha de meio milhão e, uma semana depois, de um milhão. A libertação de figuras da oposição que estavam em cárcere para investigação já não ajudou o regime: depois de ganhar a liberdade, sem pensar muito, elas encabeçaram as colunas e apelaram para que barricadas fossem montadas no centro e para que edifícios governamentais fossem bloqueados. O correspondente especial da CNN foi o primeiro — ainda que durante uma reportagem toda entrecortada e transmitida para o mundo todo — a chamar aquilo usando a palavra *revolution*.

Rotsky, relatou Anita, correu para a capital pouco depois da primeira marcha de um milhão. Ele disse que lá, na "cidadezinha dos rebeldes", tomada por barricadas de ambos os lados, havia uma grande demanda por música. "Por acaso estão para música agora?", não acreditou Anita. "Quando, senão agora?", citou Rotsky um dos slogans daquele momento.

Anita, como acontecia frequentemente, deixou passar um assunto das redes, que então vinha ganhando popularidade. No território controlado pelos manifestantes, começaram a aparecer, aqui e acolá, velhos pianos. Comprados com recursos da revolução e trazidos das residências dos antigos proprietários, agora eles estavam ali, a céu aberto, na esperança de novos concertos. Os iniciadores daquele *flash mob sem data para acabar* fizeram um apelo a todos que tivessem "habilidades para tocar em instrumentos de tecla", para que viessem e começassem. "Os canalhas que estão no poder", escreveram eles, "estão fazendo tudo para, de maneira vil, provocar, com sua violência inaudita e selvagem, a nossa violência como resposta. Mas eles não vão conseguir isso! Responderemos com canções e violões, mas também com enxurradas de música de piano. Construiremos, com os sons, um muro através do qual nenhum bando de policiais passará, com seus cassetetes e bombas de gás! Com eles, está a violência e a cleptocracia! Conosco, a música clássica, o jazz e o prog!"

O vocabulário da luta, como vemos, estava bruscamente se preenchendo com sentidos cada vez mais agudos. Cinco lexemas extremos em cinco frases de modo algum pareciam ser o limite. Os porta-vozes do regime, porém, não perderam a oportunidade, queixando-se em coro *à opinião mundial* dos "incitadores do ódio, desencadeados pela irresponsabilidade e pela impunidade".

Anita só ficou sabendo dos pianos de rua quando na maioria das comunidades visitadas por ela brotavam vídeos virais com o Agressor. Eram gravados com telefones e câmera, na maioria das vezes amadoras, de maneira que a qualidade técnica era horrível. Porém, nem se dava mais atenção a isso. Ou talvez não fosse o caso: era justamente a qualidade horrível que causava a publicidade viral.

Ninguém sabia como era seu rosto e quem ele era: o Agressor aparecia para o mundo de balaclava e óculos escuros. Manejava o instrumento de maneira bastante profissional e sempre reunia ao seu redor uma multidão de manifestantes e de incautos transeuntes. Seu repertório era um tanto eclético, mas escolhido não sem uma bela bravata. As mais lentas de Tom Waits, digamos, viravam naturalmente um pot-pourri do Radiohead, *As Time Goes By* virava *As Tears Go By*. Anita não tinha dúvida alguma de quem era ele, o Agressor.

Devagarinho, ela passou a se orgulhar dele e até — aí já estava sendo excêntrica! — começou a rezar por ele, embora seus pais nunca tivessem mostrado como fazer aquilo da maneira correta para que a reza ajudasse.

O centro da capital ia ficando cada vez mais perigoso.

Durante as primeiras semanas de resistência nas barricadas, o governo despejou na cidade uma quantidade sem precedentes de agentes à paisana. Não só espiões e integrantes das forças especiais ou infiltrados, não somente agentes da procuradoria, fiscais ou de situações extraordinárias, mas também todo tipo de membro totalmente obscuro das até então desconhecidas organizações de *segurança pública* inundaram a principal arena de protesto, por vezes disfarçados, e por vezes inserindo-se na situação de maneira totalmente franca e arrebanhando os líderes. Pelos últimos, entendiam-se tanto oposicionistas havia muito cadastrados nos registros punitivos, como também todas as figuras mais ou menos notáveis da multidão revolucionária. Elas já chegavam ao número das centenas e dos milhares, e isso exigia uma sistematização e uma classificação. Cada uma das categorias deveria ser neutralizada com o emprego de táticas híbridas, mas, ao mesmo tempo, baseando-se em peculiaridades pessoais. Então, elas deveriam ser estudadas, farejadas, espiadas e ouvidas às escondidas: rotas de movimento, contatos, tendências, fraquezas, pontos sensíveis. Para uns, bastava espremer e intimidar, para outros, raptar e colocar de joelhos por meio de torturas, para outros ainda, remexer na lama com todo o cuidado atrás de algo comprometedor, para outros, liquidar fisicamente. Mas o governo, de maneira sensata, evitou a prática maciça desta última medida. Àquela altura, ainda evitava. Então, só uns poucos, muito raros, ganharam deles o privilégio de uma potencial eliminação definitiva. Esses eram, evidentemente, a menor parte.

Porém, não — ainda menos eram aqueles para quem matar ainda era pouco.

Uma das categorias mais numerosas não podia deixar de ser "pessoas ligadas às artes, jornalistas, blogueiros, figuras públicas e agitadores". E, nessa lista, Rotsky não podia ficar de fora.

Sua máscara (incluindo-se aí os óculos) não era uma real proteção conspiratória, e sim uma imagem bastante cênica, que atuou com bastante êxito para a popularidade, e, com ela, para a influência, do misterioso Agressor. Porém — e disso Rotsky não tinha dúvida alguma —, nenhuma máscara poderia protegê-lo dos oniscientes serviços. Naquelas multidões que se reuniam para os concertos a céu aberto, mais de um agente infiltrado já o filmara de alto a baixo, já lançara luz sobre ele inteiro e já o dissecara até a medula. Os serviços sabiam seu nome, sabiam seu sobrenome. Sabiam seu número de telefone, e de modo algum era por acaso que o telefone começara a ficar sem bateria bem mais rápido que o normal. Para evitar raptos (e Rotsky por alguma razão tinha certeza de que existia essa ameaça contra ele) e todas as subsequentes adversidades, ele quase não ligava aquele seu telefone. Alguns especialistas recém-formados aconselharam a não só mantê-lo constantemente desligado, recorrendo a seu auxílio só em extrema necessidade — não, desligá-lo era pouco, deveria arrancar dele não só o cartão SIM, como também a bateria, desfazê-lo em partículas, em átomos originais.

E, ainda assim, sempre tê-los à mão, assim como o próprio telefone. Aprender a montar tudo de novo o mais depressa possível. Se começassem a matar você, o telefone ainda poderia vir a calhar, escreveram nas redes.

Aquilo parecia absurdo. Mas o que não parecia? A paranoia dominava em tudo e em toda parte. Como milhares de outros revolucionários, Rotsky vivia num sonho ruim e pegajoso, do qual não havia maneira de acordar. As sessões de música tornaram-se a única chance de acordar — atrás das barricadas, nas ruas e praças, no conservatório em que Rotsky às vezes passava a noite.

Aqui eu teria que explicar aquilo que Anita não conhecia muito bem. O edifício do conservatório localizava-se no meio da área dos revolucionários, e a reitoria subitamente permitiu que *os moradores das tendas* usassem suas instalações para aquecer-se e descansar. Hoje em dia, é até difícil conceber as razões por trás de tamanha audácia da reitoria, daquele dedo do meio na direção do governo. Talvez na reitoria predominassem os "vendidos ao Ocidente" ou ainda outros fazedores de intrigas. Mas, graças àquela circunstância, Rotsky conseguiu uma opção de emergência. Era sempre perigoso atravessar de madrugada o perímetro das barricadas e arrastar-se, sabe-se lá depois de quanto tempo, até a região mais próxima, até os conhecidos mais próximos. Rotsky, na verdade, era acompanhado, com certa frequência, por alguns novos fãs ou simplesmente por guarda-costas fortões, silenciosos e, por isso mesmo, convincentes a seu modo.

Mas, às vezes, calhava de nenhum deles estar por perto, e Rotsky dava um jeito de passar sozinho. Ele começou a ter a impressão de que já conseguia dissolver-se completamente na escuridão. Se, ao sair do território da resistência, você não se esquecesse de tirar a máscara, viraria um transeunte. Um dos cidadãos eternamente indefinidos daquela cidade e do mundo, alguém que não devia nada a ninguém.

Não dava para confiar nos taxistas. Nas redes, escreviam que não era raro taxistas da capital, recrutados pela polícia, entregarem para ela, em troca do prêmio correspondente, determinados passageiros "com evidentes sinais de atividade contra o Estado". O cheiro de fumaça das fogueiras era indício de crime.

Em seus emails, Rotsky advertiu Anita para que não telefonasse. Também rejeitou quaisquer meios de comunicação mais modernos que o email. Nada de canais, *messengers*, idiotices do tipo Viber, nada. Só o velho email, com seus velhos servidores verificados, "enfadonhos e mais protegidos", quando toda as demais diversidades de blá-blá-blá acabavam de aparecer. "Serei o último da terra a continuar usando esse correio", Rotsky divertiu Anita. "Venha comigo!"

Porém, mesmo isso acabou não sendo o suficiente. Ele exigiu que não se correspondessem a partir de seus endereços publicamente conhecidos, e sim a partir de outros, criados especialmente para isso, e de cuja existência ninguém poderia saber. De Rotsky para Anita, de Anita para Rotsky, e só. Duas pessoas, dois endereços. Face a face, fora do mar de muitos milhões de contatos intimamente conectados entre si e, por isso mesmo, muito vulneráveis a invasões. Uma vez ao dia, principalmente nas horas da madrugada.

Anita tinha que aceitar. Para ela, aquilo parecia um jogo. Primeiro foi assim, mas depois não mais.

Aos olhos dela, aquilo deixou de ser um jogo em algum momento depois do Ano-Novo. Não, na verdade tudo começou uma ou duas semanas antes. Foi então que eles foram atrás dela. Anita nunca entraria num automóvel com dois desconhecidos — ainda mais vestidos de maneira tão insossa e como que emporcalhados. Talvez aquela porquice pertencesse a algum método conspiratório: para não diferir da multidão de concidadãos que, na média, estavam igualmente emporcalhados. Mas, para Anita, isso parecia inato. Rotsky teria dito que era até genético.

Os sujeitos imundos revelaram-se oficiais de segurança pública. Um deles, o mais rotundo, falava, enquanto o outro, mais comprido, ficava em silêncio. Mandaram Anita entrar no carro. Ela se submeteu. Ficou simplesmente sem ar, ficou assustada. Aquilo não poderia acontecer em sua vida — como assim? (Em algum lugar de suas profundezas, ela já lera a explicação: Rotsky. O que era ainda pior, ainda mais terrível.)

Eles a levaram até um apartamento e crivaram-na de perguntas. "Só não venha dizer que não sabe quem ele é", o rotundo cortou o caminho de retirada. "É melhor dizer onde ele está." Anita negou. Sim, nós nos encontramos, ela acenou quando eles mostraram umas fotos dela com Rotsky. Mas isso foi no passado, sabem? Nem lembro quando foi. Quando foi a última vez. Nós nos separamos — e acabou.

O comprido olhou de soslaio, enquanto o rotundo abrandou o tom: "Não pense que desejamos o mal. Nem o da senhora, nem o dele. Pelo contrário. Nós fomos informados de que ele está em perigo. Um perigo muito grande. Ajude-nos a chegar até ele, e nós vamos tirá-lo de lá".

Anita quase deixou escapar. Mais um pouco, e ela teria cedido. Toda a angústia, todos os medos teriam acabado por despi-la, e ela teria se aberto. Mas não. Alguma coisa lhe dizia: não. Não, disse Anita. Eu não sei de nada. Nada.

Daquela vez, eles não conseguiram. Mais precisamente, conseguiram só uma coisa: intimidá-la com um acordo de sigilo. Ela não escreveu a Rotsky sobre seu incidente. Foi um erro ficar sozinha. Pensar que eles tinham parado de atormentá-la.

Ainda mais que, no email secreto, Rotsky avisou: "Acabaram invadindo a minha caixa de entrada. ☺ Imagina, não é paranoia! Mesmo assim, é bom ainda ter esses endereços de email só para nós dois. Obrigado por estar aqui. ☺".

Na segunda vez, ela foi soterrada com o email hackeado de Rotsky. Mostraram para ela uma seleção: cartas dele e cartas para ele, todas suas as histórias e casinhos secretos, flertes e romances, confissões íntimas dele e para ele, todas as coisas picantes e indecentes acumuladas em anexos e uma franqueza para sempre digitalizada, do tipo "outro beijo para você, na sua bunda". Foi como se a golpeassem com um martelo. Não, Anita sabia que Rotsky tinha algumas mulheres, namoradas, amantes — é claro, de todo modo, como não teria? Mais de uma, mais de duas, e talvez mais de dez. Isso sem falar daqueles filmes pornô da juventude, quando ela nem existia no mundo! (Embora desses ela nem mesmo suspeitasse.) Durante tantos anos, por todo aquele tempo, ela é que estivera à espera dele, e não o contrário. O que realmente desabou sobre ela como um martelo foram as datas daquela correspondência selecionada (e selecionada de maneira muito precisa). Quer dizer, *tudo aquilo* não acontecera em algum momento, não antes, mas durante a relação deles. Durante! Todo o harém itinerante do seu Oissyp não encerrara por nem um momento sequer as suas turnês secretas (para ela). Meu Deus, e ele nem mesmo usava preservativo!

"Não quero saber disso", disse Anita aos oficiais. "Agora a senhora já sabe", responderam-lhe. E recomendaram que ela pensasse durante um ou dois dias na proposta deles. "Não vão chegar a nada", cortou ela.

Poderiam eles ter simplesmente falsificado? Ter escrito outras datas, mudado os endereços? Mudado os anexos, mudado tudo? Ninguém pode ter certeza de nada. Os tempos eram aqueles, a tecnologia era aquela.

Ou não, não podiam?

Na terceira vez, quem mais falou com ela foi o comprido, enquanto o corpulento observava os efeitos. Prometeram soltar "alguns vídeos interessantes com a sua participação" — cenas numa sauna, por exemplo. A senhora sabe bem, disseram-lhe, que vai ser bem quente. Como naquela mesma sauna. Visualizações, *likes*, comentários. A senhora nem sonha quantos podem ser. Quantos admiradores vão aparecer. E os amigos, os conhecidos? Sua mãe e seu pai? Como é que ele está depois do segundo derrame, a propósito?

Isso é sujeira, disse Anita, isso é vil, é baixo. Disse isso para si mesma, mas para eles, ela disse: "O que é que vocês querem?".

Ela teve a impressão de que eles proporiam sexo — bem ali, naquela mesma hora. E, depois disso, iriam parar de atormentá-la. Em troca disso, ela daria — até para eles.

Porém, eles a decepcionaram: "A senhora sabe o que nós queremos. Que nos coloque em contato com o ilustre senhor Rotsky".

"Não tenho contato algum com ele", Anita nem cortou mais; ela bradou em resposta.

O próprio Rotsky lembrou-a de que não era bem assim. Um ou dois dias depois do último encontro com os infiltrados, ela recebeu dele só três palavras: "Curte bastante, garota". Isso significava que a sauna *plus* tinha entrado em funcionamento. Depois de recolher os pedaços em meio a todo aquele desespero, misturado com confusão e vergonha, ela escreveu: "Não é o que você pensou. Precisamos nos encontrar, vou explicar tudo". Umas duas horas depois, Rotsky retrucou: "Mas PRECISAMOS nos encontrar?". A ênfase lógica caía na segunda palavra, digitada em caixa-alta.

"Quer que eu vá até você?", apressou-se Anita. "Faz tempo que quero ver como é aí. Ver de perto. Bom, e eu quero muito estar perto de você. Tenho tanta coisa para dizer para você. Isso que eu tive, nunca tinha acontecido comigo antes, preciso do seu conselho, não sei mais o que fazer, é uma zona completa. Posso ir até aí?"

Rotsky respondeu que não era contra. "Faz tempo que eu não gozo na sua barriga", ele pareceu explicar para ela a sua concordância. Anita sentiu algo cortante por dentro: aquela frase aparecera para ela mais de uma vez nas outras cartas dele. Aquelas que tinham sido *falsificadas*.

Faltavam alguns dias para o Ano-Novo. A busca por apartamentos livres na capital parecia mais e mais impossível, os preços subiam como baratas enlouquecidas, e nenhuma solidariedade revolucionária podia deter os especuladores imobiliários com sua ganância. Porém, Anita, por milagre, conseguiu encontrar uma acomodação pequenina e não tão degradada, na verdade bastante decente, nos arredores das Alamedas Botânicas. Ela entendeu aquilo como o primeiro bom sinal em todo aquele obscurecimento da época. E logo ela começou a sonhar com a noite do velho Ano-Novo,[1] que eles passariam juntos como nunca antes.

Recontar a narrativa de Anita não é coisa fácil para mim. Sim, sou muito grato por sua sinceridade e franqueza, mas ainda assim não consigo me livrar, de jeito nenhum, de certas dúvidas.

Às vezes ela se confundia, como se perdesse o fio da meada ou como se buscasse, conforme o andar da carruagem, a versão mais vantajosa para si mesma. Vejamos, por exemplo, o último episódio, o de como combinaram o encontro. Pareceu importante perguntar com que endereços de email afinal eles se comunicavam. Se Anita tinha certeza de que era pelo canal secreto deles. Ela respondeu que tinha certeza absoluta, sim: Rotsky, afinal, depois da invasão do seu email publicamente conhecido, nunca mais o usara. Mais tarde, depois de pensar um pouco, Anita declarou que nada daquilo importava. Ela poderia talvez ter escrito de algum outro endereço, pois sempre tivera diversos.

Eu objetei, dizendo que importava, sim, pois podia lançar alguma luz sobre o desenrolar posterior das coisas. "Não, não me lembro", ela disse, dessa vez com ar mais resoluto. Agora, além do mais, já é impossível verificar como realmente foi, acrescentou Anita. Na sua versão, ela apagara todas as suas velhas caixas de email logo depois de dar o consentimento para casar-se com seu futuro marido.

"Isso significa que a senhora não tem uma resposta para como eles descobriram?", indaguei eu. "Não, não tenho", decidiu Anita, depois de pensar um pouco. "Até hoje não tenho. Com certeza eles estavam me vigiando.

---

1 Em alguns países ortodoxos, o calendário litúrgico ainda segue o calendário juliano, também chamado de "antigo calendário", e atrasado aproximadamente duas semanas em relação ao calendário gregoriano. Assim, o Natal ocorre ao fim da primeira semana de janeiro, e o "antigo" Ano-Novo, ao fim da segunda semana de janeiro.

Ou simplesmente rastrearam meu telefone naquele lugar. Afinal, eu ligava o telefone de quando em quando. Hoje em dia, os recursos tecnológicos são tais, que..."

Eu queria ouvir o que ela diria a seguir. E ela disse, depois de um breve silêncio: "O senhor não acha que já estamos aqui há muito tempo? Sou a favor de continuar amanhã".

No entanto, esse amanhã nunca chegou. Pelo menos no sentido da continuação do relato de Anita. Pela manhã, de acordo com o combinado de continuar às oito, eu desci para a sala de estar, onde o *signor* Nasatti esperava por mim. Dessa vez, ele me pareceu uma pessoa um tanto diferente. De todo modo, não tão hospitaleiro como antes. "Anita", disse ele, entre dentes, "manda seus cumprimentos. Infelizmente, ela se queixa de uma má noite de sono e de um leve mal-estar. Ela será obrigada a cancelar suas conversas com o senhor. Não só por hoje, mas para sempre. De minha parte, já providenciei que a empregada prepare um leve café da manhã para o senhor, e não me oporei se deixar a nossa casa dentro da próxima hora."

Aquilo era mais do que claro, e eu não tive chance alguma. Para não parecer um completo imbecil, recusei de maneira cortês tanto o café da manhã quanto a hora concedida. Pouco depois, fui embora.

Diante de meus olhos está Anita.

Ela está falando outra vez da roupa de baixo erótica. De como ela, esperando Rotsky naquele apartamento perto do Parque Central, depilara minuciosamente a virilha, escolhera o perfume e vestira a roupa de baixo erótica. De todos os detalhes daquela roupa de baixo.

A troco de que eu precisava saber disso? Por que isso era tão importante para ela?

Fico pensando que Anita queria me convencer (e a si mesma?) de que ela estava realmente esperando. Ela tinha certeza de que Rotsky, superando todos os perigos daquela megalópole animalesca, já estava vindo, se aproximando, já estava a caminho dela. Que ele entraria às escondidas, se arrastaria para dentro, abriria caminho, e eles se encontrariam ali e ficariam naquele lugar idealizado só para eles, protegidos de todos os horrores por suas paredes. E que ficariam juntos — nem dava para acreditar! — até o dia 15 de janeiro.

Aproximando-se da janela mais uma vez, ela já o vê da altura do terceiro andar. Aquele andar saltitante e a inclinação da cabeça, aquelas mãos nos bolsos e o colarinho erguido. Ele, e só ele, pois ninguém mais sabe andar daquele jeito. E logo mais ele estará aqui. Ela vai com pressa até a porta e fica estática, à espera do sinal do interfone. Aí está ele, o sinal. Ela aperta o botão necessário e até ouve claramente, lá embaixo, a batida das maciças portas da entrada. Ele entrou.

Tudo que vem depois ela não escuta tão claramente assim.

Vozes nas escadas? Por que ele não chama o elevador? Uma espécie de movimentação, gritos abafados? Essa voz não é a dele?

Ela se aperta contra a porta, mas não ouve mais nada atrás dela. Então, corre de novo para a janela. Bem a tempo de ver três grandalhões indefinidos, usando chapéus de esqui, casacões e calças esportivas, empurrando-o para dentro de um carro. Este se põe em movimento.

Anita dá um passo para trás, deita-se no chão com o rosto para baixo e começa a chorar aos berros, de um jeito que ela só chorou uma vez na vida, quando sua amiga mais velha a levou, ainda muito pequena, a um show.

Na verdade, o nosso inverno era composto basicamente de degelo. Agora é que a gente se lembra dele como um frio intenso. E esse é um erro da memória, embora eu entenda de onde ele vem. O frio estava dentro de nós. Nós ficávamos ao redor das fogueiras, impregnados de fumaça, para, através de nossa roupa defumada, aquecer a nós mesmos por dentro.

Mas todos estavam vestindo roupas demais. Coisas velhas e surradas foram postas em uso: agasalhos grossos, cachecóis esticados, enrolados diversas vezes ao redor do pescoço, casacos, roupa de baixo quente, duas camisas de flanela, dois pares de calças e dois pares de meias grossas. Tudo era dobrado, e isso tinha um duplo sentido, pois considerava-se que aquilo protegeria não só do frio. Aqueles que, nos primeiros dias, já tinham levado cacetadas do Esquadrão B, recomendavam embrulhar-se em diversas camadas de roupa, o mais grossas e pesadas possível. Outros, na verdade, criticavam essa abordagem: o excesso de roupas tolhia os movimentos e fazia da pessoa um pinguim. Não dava para correr, não dava para se atirar, não dava para se virar. Enquanto isso, os membros do Esquadrão manejavam os cassetetes de tal forma, que, de qualquer casaco, o estofo saía voando. Principalmente se você já estivesse deitado, e fossem quatro deles em cima de você, e todos te surrassem de maneira a transformá-lo numa massa de sangue e carne o mais rápido possível.

Os membros do Esquadrão corriam mais rápido que nós. À primeira vista, superalimentados e desastrados, usando equipamento completo, eles mal conseguiam mover suas pernas, acometidas por elefantíase. Mas, no momento do ataque, verificava-se que suas pernas ainda estavam bem funcionais. Ao que parece, tinham sido muito bem treinados. Tinham recebido nas cadeias instruções em espancamento até a morte. A força das surras era testada nos presos. O Esquadrão B odiava todos, e todos odiavam o Esquadrão B. O sistema tinha se empenhado muito nele, e o esquadrão era talvez a única cria sua em que realmente tivera êxito.

Eu também tive êxito. Três vezes, eu toquei para barricadas que foram atacadas por eles. Meu fim chegou, pensei eu, e continuei tocando. Mas, nenhum deles nunca encostou o cassetete em mim. Foram detidos na aproximação. Não fui espancado com cassetetes. Admito minha inferioridade revolucionária.

Virei para o lado errado.

Como estamos de horas?

Logo serão duas e meia, vocês estão ouvindo a Rádio Noite. A noite está ao nosso redor. Eu sou Jossyp Rotsky.

E eu não consigo chegar ao tema de jeito nenhum. Eu tinha que estar falando do frio do nosso inverno. Da alternativa — usar roupas quentes e apertadas, mas perder velocidade, ou usar roupas leves e passar frio, mas ser esquivo. Eu escolhi a segunda. Aquele inverno foi composto principalmente de degelos, mas nele havia uma espécie de frio imóvel, onipresente. Àquela altura, tinham tirado da sala de concertos do conservatório todos os assentos para o público, e eles foram usados para preencher algumas salas de aula e corredores, enquanto a sala de concertos foi transformada num imenso quarto de dormir, ou, melhor dizendo, num dormitório. Passei algumas noites ali. Não em sequência, mas ocasionalmente. Durante o dia, meu colchão era tutelado por certo professor de instrumentos tradicionais africanos, um conhecido de conhecidos. Eu não falei para ele que eu era o Agressor. Talvez ele já soubesse, sem que eu dissesse. Mas ele ficava de olho no colchão.

Ah, sim, o frio. Voltando ao tema do frio. É uma situação totalmente incomum — estar deitado, de madrugada, no chão de uma sala de concertos, debaixo de um lustre a meia-luz, perto de milhares de outros como você, mas sem conhecer nenhum deles. A temperatura na sala parecia só alguns graus mais alta que do lado de fora. Nós exalávamos vapor. Mas, quando me deitava, eu tirava tanto a roupa externa como os sapatos. Eu não ousava bater os dentes para não incomodar ninguém. Não, nós conversávamos um com o outro e, às vezes, passávamos a nos conhecer. Alguns de fato conseguiram ficar mais próximos. Ficavam simplesmente deitados perto um do outro e se beijavam. As mulheres mais velhas e solitárias colocavam-se mais perto dos rapazes que cheiravam a fumaça e hormônios. Trabalhadores surrados e calejados de remotas províncias agrárias dividiam o leito com estudantes de programas pós-coloniais. Todos dormiam com todos, e o calor aumentava um pouco mais. Lá fora, nossos gloriosos guardas nos protegiam da cleptocracia policialesca. Eles vigiavam as barricadas ao longo de todo o perímetro.

A propósito, o degelo prejudicava as barricadas. A neve derretia, e elas cediam, escorrendo em correntes imundas para os bueiros do esgoto. Eram metade neve e metade areia. Graças à areia, à sua viscosidade, elas aderiam a todo tipo de moldura metálica e formavam montes. Mas, durante o degelo, elas diminuíam e se espalhavam aos poucos. Quando as geadas chegavam, essa lenta desintegração parava. Elas eram reerigidas e reforçadas por provisões frescas de neve. *Regadas com água, elas até se recobriam com uma crosta de gelo. Nós ficávamos felizes com as nevascas e geadas, aliados naturais das nossas fortificações.*

Eu disse "nós", mas não disse "eu". Tocar música ao piano em temperaturas negativas, quando os dedos, mesmo de luvas, ficam adormecidos, e mesmo ocultos nas luvas, no calor dos bolsos, eles ainda assim ficam adormecidos — não, é melhor não fazer isso.

Eu sei que, em meio a vocês, existem algumas pessoas que não só sabem de música, como também são músicos. E, ainda assim, tenho a impressão de que tem mais pessoas aqui que não são músicos. É por isso que eu evito de propósito expressões puramente musicais. Quero muito ser compreensível. Na medida do possível, nada de jargões, nada de termos — foi o que eu combinei comigo mesmo de antemão.

Bom, mas de arpejo certamente todo mundo já ouviu falar. Arpejo é... Imaginem uma harpa, e vão entender. Você toca as teclas, mas é uma harpa. Para tocar bem, é preciso que os dedos também estejam bem. Isso é evidente, já estou me delongando demais nisso. Resumindo: havia noites e madrugadas em que eu não tinha chance alguma. Mas eu conseguia! Quer dizer, eu me sentava àquele velho piano e começava a tocar, e a coisa saía. Saía alguma coisa. Eu não tocava como um Jeroen van Veen ou como um Lubomyr Melnyk — isso seria me gabar além da conta. Eu não estou me gabando, estou assombrado. Porém, eu tive mesmo essa honra — de tocar para as barricadas.

Mas eu ainda queria contar dos sapatos. Na época, escreviam sobre eles tanto quanto escreviam sobre as roupas. Ou até mais. Revelou-se que o mundo estava cheio de especialistas pedantes na escolha correta dos sapatos para a revolução no inverno. Os materiais, a sola, os tipos de cadarço e de bico — tudo passava por uma análise mais do que meticulosa. Só se escrevia de maneira mais detalhada, talvez, a respeito das joelheiras. Protetores de peito, de abdômen, de costas. O corpo tinha que ser protegido. Para a virilha, existiam protetores de virilha.

Mas eu estava falando de sapatos. "Se você estiver calçado de maneira indevida, é melhor nem ir para a praça Pochtova", alguém escreveu em uma instrução. Não deixar os pés congelarem. Não deixar os pés ficarem molhados. Não cair onde for escorregadio — muito menos aos pés do pessoal do Esquadrão. Não tropeçar ao correr. Não ficar parado no lugar.

Os sapatos tinham muitas funções, e cada uma delas, decisiva. Era um pouco assustador ler esses memorandos sobre sapatos, porque eu cheguei ao ponto de, a cada avaliação, tudo ser o oposto do desejado. Pus uns calçados finos de outono e peguei um trem para a capital. O bom é que eu tenho um tamanho de pé bem comum. Durante a primeira semana, quando me hospedei com a Klara e o

Holger, eles estenderam na antessala toda a sua inumerável coleção masculina. Finalmente, eu escolhi uma coisa parecida com um coturno militar, já meio velho, e o Holger, também já um tanto velho, um bom amigo dinamarquês, cedeu generosamente o par para mim. Às vezes, notavam que eu estava usando aquilo. É bem legal, eles diziam. Eu inventava que eles eram mesmo da Otan. A partir de então, eu virei o Agressor.

O próximo tema das instruções revolucionárias nas redes eram as meias. A demiurgia não conhecia limites.

Para ser sincero, meias não são exatamente roupas e não são bem sapatos. Elas são alguma coisa intermediária entre roupas e sapatos. Também escreviam delas com frequência e de maneira absolutamente persuasiva. É claro: quanto mais grossa, melhor. Mas, se começar a fazer um frio muito forte, é melhor ter dois pares, que um. Nesse caso, um par tem que ser mais fino. Só que eu já esqueci qual tem que vir em cima do outro — se é o mais fino ou o mais grosso. Porque isso também continha um sentido prático particular. Prático, mas ainda assim incompreensível.

Toda a quintessência mística das meias revelou-se para mim uma noite em que corri para o banheiro no andar menos um do conservatório. Nos meus fones, estava aquilo que vocês vão ouvir agora. O banheiro tinha sido reformado recentemente, e o reitor estava pessoalmente orgulhoso de seu estilo novo e, como ele dizia, europeu. O lavabo reluzia com uma palidez agradavelmente halogênica. Eu vi ali um rapaz muito exausto, com cabelos molhados de suor e gotas em seu rosto pálido. Ele estava lavando as meias na pia. Não era tarefa fácil: a torneira era de sensor e esguichava jatos de água curtos só mediante o movimento adequado. A julgar pelo fato de que o menino estava descalço no chão ladrilhado, ele não tinha outro par de meias. Eu observei tudo que pude: o aspecto forasteiro e rústico, a pele enfermiça e esgotada. Os pés descalços. A solidão. Nunca tinha visto tristeza maior que aquela.

Faltavam dez dias para o Natal.

Como hoje, na verdade.

São duas e quarenta e cinco. Vocês estão ouvindo a rádio.

E, se é assim, vão ouvir agora uma voz muito estranha nos meus fones de então: Klaus Nomi. **The Cold Song**.

9

O caminho de Rotsky, na maior parte das vezes tortuoso e forçado, me levou a uma cidadezinha suíça cujo nome eu prefiro não citar aqui. Certamente isso tem sua razão, que, porém, não possui qualquer relação com minha investigação biográfica. Se pegarmos do alfabeto qualquer série arbitrária de letras e nomearmos a cidade com ela, nada mudará. Abecê? Pois não, por que não?

Levando em conta que eu precisaria passar pelo menos uma semana em Abecê, e talvez até dez dias, iniciei uma busca por uma acomodação não muito cara, nos parâmetros suíços. Logo me certifiquei de que não encontraria nada melhor que a Gewürzschule, a Escola de Condimentos. E não só porque o nome podia ser uma alusão a uma atmosfera exótica e opulenta. O preço também não excedia os limites da aceitável moderação. Reservei um quarto espartano com chuveiro e janela para a geleira e para a cordilheira Bernina.

Era um centro cultural público, aberto por certa associação no terreno de uma velha fábrica em que, antigamente, temperos eram de fato classificados e empacotados. Mais tarde, foram adicionados à Escola de Condimentos um pequeno teatro, algumas galerias, um estúdio de salsa, uma ou duas estranhas oficinas, uma fileira de banheiros unissex e uma iniciativa de culinária vegana.

Mas eu não cheguei a ver o teatro. Alguns meses antes da minha chegada, aconteceu um conflito, não inteiramente compreensível para mim, entre os fundadores e o diretor-geral. Acompanhada de dois ou três escândalos de mídia, a confrontação arrastou-se até o tribunal e acabou não só em despejo, como também na mudança do teatro para outra cidade. O andar da velha fábrica desocupado pelo teatro começou a ser reconfigurado em quartos de hóspedes, num dos quais eu me instalei.

Saltava aos olhos que a etapa de transição no antigo andar do teatro ainda não fora concluída. Na maioria dos quartos, continuavam os trabalhos de acabamento. Os corredores estavam abarrotados de adereços, que ou estavam esperando na fila da mudança, ou simplesmente tinham ficado sem supervisão, agora que eram desnecessários e supérfluos. De baús de épocas, estilos e calibres diversos, pendiam chaves igualmente diversas, como que convidando a inspeções e expropriações espontâneas. Nos momentos livres, eu adorava revirar o interior daquele enrolado e oculto legado de pulgas: vestidos e meias, perucas e uniformes, flores artificiais, grinaldas, vasos, candelabros, o crânio de Yorick, um rifle que não disparara uma única vez, punhais, máscaras, chapéus, ovos e maçãs laqueados, narizes fálicos e barbas postiças... Só o diabo sabe de que época era tudo aquilo!

Por detrás de todos aqueles bens, presumia-se uma trupe itinerante bem pouco numerosa, propensa a um repertório clássico bem experimentado, cuja arte dramática inteira havia muito fora devorada por uma falta de alma típica de artesão e causada pela autorrepetição, e cujo único tema de discussões internas deve ter virado as características comparativas dos *schnitzels* e das cantinas dos teatros das diferentes cidades e lugarejos. Revirando só por revirar aquela barafunda de objetos banais, senti um tédio e um enfado cada vez mais insuportáveis.

O sentido daquele meu reviramento ganhou alguma luz quando eu abri o outro baú. Tinha uns papéis ali. Brochuras, recibos, pastas, livros de inventário. Seria o arquivo do teatro? Pelo menos uma parte dele? Bem na parte de baixo, deparei com um exemplar, impresso numa impressora comum e com uma encadernação leve, de uma peça de autor desconhecido. Devo especificar: desconhecido para mim. Afinal, ele não estava indicado nem no título, nem em qualquer outro lugar. Depois de folhear o volume aqui e ali e de passar os olhos ao acaso por algumas páginas em locais selecionados, tomei a decisão de copiar tudo e estudar aquilo da maneira devida.

Atentar contra o atentado

Peça em um ato, com prólogo, música e epílogo

Personagens

TEODOR
pianista, emigrado foragido

TEOFIL
oficial dos serviços especiais, chefe da guarda pessoal do ditador

VERA E WOLF
músicos do hotel, do dueto VerWolf

ANITA (ANIA)
noiva de Teodor, só aparece como uma figura distante na tela

CHMOCH
o ditador, só aparece na tela

A ação (à exceção do prólogo e do epílogo) se passa em nossos dias, em algum lugar da Suíça, no hotel de cinco estrelas Paradise, localizado em meio às montanhas (aproximadamente dois mil metros acima do nível do mar) e ainda não privado de seu charme um tanto antiquado da "bela época" (também chamada de *fin de siècle*).

Prólogo no teatro

MC TEOFIL Estimados amigos! Senhoras e senhores do público! Dear ladies and gentlemen! Mesdames et messieurs! Signore e signori! (*Ele repete a saudação em mais algumas línguas* — Szanowni Państwo! Meine lieben Damen und Herren! Уважаемые дамы и господа! *E então também, por exemplo, em grego, romeno e albanês...*)[1]

Dou-lhes as boas-vindas ao nosso espetáculo absolutamente único! Finalmente! Finalmente estamos aqui! Finalmente isso vai acontecer em sua incomparável cidade! Viemos até vocês por um caminho longo e sinuoso, *long and winding road*. Agora, os sonhos que nós e vocês temos em comum hão de realizar-se, então fico incrivelmente contente, *that's absolutely amazing, yes*! Para mim, é uma alegria e uma honra gigantesca anunciar a vocês que hoje não é só um espetáculo, não é mais um show rotineiro, e sim um show de aniversário! Hoje é a apresentação de número 150 de nossa turnê mundial! Passamos por Nova York e Los Angeles, Abu Dhabi e Rio de Janeiro. Também passamos por metade da velha Europa: Milão, Turim, Marselha, Manchester, Liverpool, Paris, Lisboa, Berlim, Belfast, Belgrado, Bucareste, Budapeste, Barcelona, Bellinzona e muitas, muitas cidades que começam com B. Mas também Sargans, Malans, Aarau e Vaduz!

Como empresário, curador e, ao mesmo tempo, melhor amigo, como o mais próximo e inseparável amigo da nossa estrela, sempre insisti que nós não poderíamos nos atrever a passar batidos pelo abençoado centro geográfico de vocês. Pois esta história ocorreu bem pertinho de sua adorável e aconchegante cidade. Menos de cinquenta quilômetros, em linha reta!... E agora nós finalmente estamos aqui, e o sonho está se realizando!

Nesta noite, hei de guiá-los através de uma história extraordinariamente sensacional, que até hoje, depois de muitos anos terem se passado desde o dia da ação real, não me dá descanso e me deixa terrivelmente agitado. Não um monte de boatos ou diz que diz, nada de coisa requentada, e sim fatos e o relato de uma testemunha ocular — que nada, de um participante imediato! Em primeiríssima mão. Pois eu estive lá, eu em pessoa!

Caros amigos! Deem as boas-vindas à mundialmente famosa estrela

---

1 A saudação é repetida, respectivamente, em inglês, francês, italiano, polonês, alemão e russo.

do piano e também — o que não é menos importante — à pessoa que, com um único arremesso, mudou este mundo para melhor!...

Aplausos estrondosos iniciam-se, e o pano sobe.

Os antigos proprietários do hotel Paradise tinham uma evidente queda por instrumentos de teclas e os compravam com bastante frequência. Agora, nos diversos recintos do gigantesco edifício do hotel, muito semelhante a um navio oceânico que, no caminho do mar Mediterrâneo para o mar do Norte, encalhou nos Alpes Suíços, podemos sempre nos deparar com um instrumento pronto para ser tocado. Ninguém poderia dizer a quantidade exata de pianos dentro das paredes do Paradise, embora ambos os administradores concordem que, ao todo, sejam entre quinze e vinte. Na

Primeira cena

nós chegamos a um dos recantos mais afastados do hotel (a sala dos fumantes, ou, ainda, Smokers' Lounge) e ouvimos a improvisação musical do dueto do hotel, VerWolf: Vera toca violoncelo, Wolf, bateria. Improvisando ao redor de certo tema musical, eles nem sequer percebem o surgimento de Teodor. Ele fica rodeando ali por perto durante um tempo, deslizando através de uma porta e saindo do mesmo jeito por outra, como se estivesse espiando e ouvindo às escondidas. Finalmente, no momento em que o número musical aproxima-se da culminação, Teodor, de maneira totalmente inesperada, dá um salto em direção ao piano e, inserindo-se de modo irrepreensível, encerra a música com alguns acordes turbulentos.

TEODOR A partir do momento em que eu entrei, foi três vezes mais rápido e barulhento.

VERA (*depois de um tempo, começa a tocar outro tema e, enquanto isso, toma parte na conversa*) Quer fazer o maldito hotel desmoronar?

TEODOR Do contrário, a nossa revolução não vai sair.

WOLF Chega de revoluções. Já são duas da madrugada. Os hóspedes estão dormindo.

TEODOR Hóspedes? Desde o dia de ontem, não sobrou ninguém aqui. Bom, não sobrou quase ninguém. Foi uma saída em massa, mais parecida com uma psicose, uma evacuação em pânico! Milhares de saídas num só dia, valises, bolsas de viagem, carrinhos de bagagem, *uproar, disorder, goodbye Sir Francis, hope to see you next year, merci bien,* cara condessa von Potokki, muito obrigado pela visita, *cher monsieur* Adorno, boa viagem para casa, *signore* Dappertutto, *hasta la vista baby*! Fim da temporada, finalmente! A partir de amanhã, por uns bons dois meses, dá para esquecer *Continental, The Shadow of Your Smile, Stranger in the Night* e outros *shitty listening* sinantrópicos do mesmo tipo!

WOLF *Easy, easy.* Não tudo de uma vez, cara. Uns foram embora, outros vão chegar.

TEODOR Como assim, vão chegar? A partir de amanhã, vão fechar tudo isso aqui por dois meses! É a nossa intertemporada, lobinho![2]

WOLF Em teoria é assim, mas não é bem por aí. Na verdade, por esses dias devem chegar voando uns passarinhos bem importantes. Quer dizer, peixes graúdos. Embora peixes não voem. Vão fazer uma reunião de cúpula, um *sum-mit, some meet, some eat,* por acaso você não ouviu falar de nada?

VERA Ele nunca ouve nada, na onda dele.

WOLF (*sacando uma carta do bolso interno do casaco e desdobrando-a*) Tenho certeza de que, no seu escaninho, tem um bilhete como este aqui, da parte de ambos os senhores administradores. Faz tempo que você não confere o seu escaninho?

TEODOR Não me lembro... Deve fazer um tempo... Larguei a chave dele em algum lugar. O que é que está escrito?

WOLF (*lê a carta, de certa forma parodiando um tom oficial*) Aos honorabilíssimos senhores músicos do hotel, um comunicado especial referente a

---

2 No original, *vovtchyk.* O personagem faz um trocadilho como o nome do outro personagem, Wolf ("lobo", em alemão).

um evento de extraordinário calibre... Sim. Blá-blá-blá. Um longo prefácio, pouco interessante... Ah, escute só isso: à nossa casa, com sua impecável história de mais de um século e como referência em qualidade no setor hoteleiro, foi conferida a merecida honra e a incomparável confiança... pela decisão de vasta gama de líderes europeus e mundiais, que comparecerão em pessoa, ou pelo menos representados por outras pessoas... é particularmente gratificante, para nós, que as mais destacadas figuras e os arquitetos da segurança do mundo moderno tenham escolhido, sem hesitar, a nossa lendária casa... Ah, aqui está: o evento central da cúpula será a conversa oficial e quiçá também amigável dos eminentes mestres do diálogo democrático com o penúltimo ditador da Europa, de nossa parceira oriental...

TEODOR Com quem?!

WOLF Está escrito aqui: com o penúltimo ditador da...

TEODOR Está dizendo o quê, ele vai estar aqui?

WOLF Bom, é o que se entende, pelo visto (*continua lendo*). Os princípios de nosso convívio, blá-blá-blá... em nome da paz, da segurança, da estabilidade e da prosperidade, do movimento ininterrupto de mercadorias e de capitais, da garantia do trânsito de vetores energéticos...

TEODOR Quem poderia duvidar? Mais gás!

WOLF Ahã... E eis que, finalmente, sobre nós: pedimos aos honorabilíssimos senhores músicos que preparem e executem um programa especial e fora do comum, para convidados especiais... com duração total de pelo menos uma hora e cinco minutos (sessenta e cinco minutos), em estilo musical leve e divertido... porém, dado o caráter elitista do público, de modo algum primitivo... Para a seleção dos números musicais, seria muito bem-vindo algo na direção das *Top 50 Love Songs of All Time* (ver Anexo). Em homenagem ao convidado especial, o senhor penúltimo ditador blá-blá-blá *whatever*... recomendamos incluir no programa sua peça musical favorita, a *Murka*. As partituras estão anexas...

Teodor começa a tocar baixinho.

WOLF (*depois de ouvir um pouco*) Estou vendo que você entendeu.

TEODOR (*pensativo*) Você não está brincando?

WOLF (*estende-lhe a carta*) Assinaturas originais e de próprio punho de ambos os administradores.

Teodor começa a tocar a Murka *cada vez mais alto e com cada vez mais entusiasmo. Vera e Wolf saem, um de cada vez.*

Segunda cena

Teodor continua a tocar a mesma Murka*, mas aos poucos a música vai ficando em segundo plano. Nós nos vemos em algum outro recinto do mesmo hotel. Talvez seja a recepção, onde está caminhando um homem recém-chegado, com movimentos tensos e, ao mesmo tempo, desenvoltos — Teofil.*

TEOFIL Eu entrei como Belmondo — opa! Mas que Belmondo é esse, um cogumelo francês, velho e embolorado? Não é Belmondo nenhum, eu sou eu, o chefe da guarda pessoal do Próprio! Hm-m-m-m, bom, não exatamente o mais alto chefe, mas, aqui e agora, o principal, isso sim. Comigo, tem uma unidade inteira dos meus idiotas — parados! De pé! Deitados! Cara no asfalto! Com medo!... (*um pouco mais calmo, em tom conspiratório*) Se vocês tivessem visto como todos aqui ficaram chocados quando nós invadimos o salão, uma brigada inteira... Que operação selvagem de desembarque foi aquela? Não tem como esconder a verdade — os modos e o semblante dos rapazes ainda é o mesmo, é exemplar... É a seleção natural — cada zigoma, cada maxilar, cada cartilagem era como a de um Atlas, Lombroso ficaria sossegado. E Lavater, também.[3] E as testas, e as narinas? E aqueles ternos Armani, e os adereços e abotoaduras! E ainda aquelas anomalias dos crânios! Por não estar acostumado, você pode até se mijar, se for um verdadeiro europeu!... Aqui, justamente todas essas senhoras e senhores, todas essas elites — tão meigas, laicas, refinadas, positivas, politicamente corretas — quase

---

3 Cesare Lombroso (1835-1909): médico italiano, adepto da eugenia e da frenologia. Johann Kaspar Lavater (1741-1801): escritor e teólogo suíço, um dos fundadores da fisiognomonia.

que fogem correndo de medo!... Família inteiras, clãs, corporações: é o fim da temporada, é o fim da temporada!... Para você é o fim, mas, para nós, é o começo — de uma atividade de combate, de importância nacional. A proteção da figura de mais alta patente, nosso querido Chmoch, que está chegando por esses dias! E não é qualquer merda, não, é o líder da nação!

Durante alguns segundos, Teofil fica congelado, com o dedo médio erguido, ao mesmo tempo que Teodor interrompe a Murka. *Depois dessa pausa, de fato inicia-se a*

Terceira cena

em que Teofil se movimenta pelo hotel durante a madrugada (uma espécie de reconhecimento do terreno). Ele pode ter alguns atributos de agente, mas são um tanto cômicos: uma lanterna especial, óculos escuros, uma câmera em miniatura, um tablet, um monte de outros gadgets de tudo quanto é tipo. Enquanto isso, Teofil não precisa mais causar aquela impressão chargística e caricatural da cena anterior: agora ele não está interpretando para o público, e sim, executando suas obrigações profissionais. Sua fala é majoritariamente semelhante a um informe, estipulado em estatuto, para a chefia, embora não desprovido de desvios e inserções.

TEOFIL Objeto 90YZwur66gM — hotel Paradise, cinco estrelas, ano de abertura, 1907. Uma grande casa com uma história, como escrevem nos anúncios e romances. 150 quartos, 240 camas — de solteiro, de casado e mistas ou francesas —, equipe permanente de 157 pessoas, entre elas, um grupo especial de cozinha e culinária, com 77 pessoas. Como é que eu vou vasculhar todas elas, cacete!... (*coça a nuca*) Inflaram o pessoal, dizendo que é uma indecência, então para mim é um *family affair*. São dois restaurantes, um grande e, he-he, um de câmara, quantidade total de lugares: até 360. Arre... Uma adega de vinhos com 35 mil garrafas e, para combinar, mais de 500 tipos de vinho. Não seria ruim ficar ali de tocaia, he-he. Ou, ainda melhor, naquele bar. Que bar, *mamma mia*! Que antiguidade nobre! Que luxuosa seleção de bebidas alcoólicas de alta qualidade, uísques *single malt* e outras raridades! Ali eu gostaria de morar (*com as narinas, puxa o ar, sensorialmente*). Que mais temos?

O Grand Salon, local de encontros, para beber chá, ou de mergulhar meditativa e melancolicamente no piano (um bem construído Steinway de cem anos) ou nos instrumentos de cordas. O espaço central, a zona de atenção especial: é bem ali que vai acontecer o nosso encontro no Elba, he-he... Estudar todas as *loggias*, sacadas e cornijas do mezanino como objeto de uso de *snipers*... Quantidade total de elevadores: doze; deles, totalmente de serviço, só para a equipe: quatro. Verificar a possibilidade de bloqueio e de parada total. Câmeras de vigilância! Assegurar desligamento simultâneo! Escadaria com até sete andares de altura, com torre de observação e terraços inclusos — investigar a perspectiva de queda de um corpo humano, calcular o tempo aproximado de queda livre. Próximo. Academia de ginástica: *Entspannung für Leib, Geist und Seele* [Relaxamento para o corpo, a mente e a alma]... Piscina de natação, vinte por oito metros (nada mal!), temperatura da água, vinte e oito graus Celsius. Br-r-r... Informação histórica: no momento da abertura do hotel, três a cada quatro quartos já tinham água encanada, mas ainda sem saída de esgoto. Amostras de autênticos penicos noturnos podem ser vistos até hoje no museu do hotel... Ah, quem será que tirava esses penicos e quem os lavava? Aposto que as camareiras!... Pobres, infelizes camareiras!... Pobre proletariado!...

Teofil fica estático ao subitamente ouvir os sons abafados do piano. Como se reconhece, os sons ecoam daquela mesma pequena sala para fumantes (Smokers' Lounge) da primeira cena. Teofil, com andar furtivo, sai em direção aos sons e, em silêncio, espia o Smokers' Lounge. Teodor está ao piano, tocando uma de suas melodias. Depois de algum tempo, Teofil começa a falar — e, mais uma vez, com entonações novas, ainda não características dele.

TEOFIL Aquilo que de repente ouvi antes não me deixava em paz. Por várias semanas seguidas. Isso faz tempo, faz muito tempo. Ou não faz tanto tempo assim? Não, faz coisa de um ano. Só um ano, mesmo? Não faz vinte ou até mesmo dez? Não, só um ano — tudo bem, tudo bem, não um ano, e sim um ano e dois meses, digamos. Um pouco mais ou um pouco menos. Um ano e dois meses, e duas semanas e meia, e mais alguma coisa... Mas como tudo volta de uma vez — as noites, os dias! Pelo menos de dia eu dormia. Quer dizer, à noite. Neve, frio e fogo. Quer dizer, fumaça. Eles queimavam pneus, para que a fumaça fosse corrosiva e preta. Quanto mais corrosiva, mais preta. Uma cortina de fumaça, para não nos deixar chegar. Nem às barricadas, nem às tendas. De modo que a praça Pochtova inteira, o centro inteiro e, depois, a cidade inteira foram envoltos por um veneno preto. Um inferno na terra! E este, onde quer que começasse...

TEODOR (*para alguém imaginário, sem olhar para Teofil*) ... eles nos mostravam o dedo do meio, imagina? E atiravam de volta contra nós os nossos próprios coquetéis — antes de começarem a pegar fogo. Consegue imaginar isso, Ania? A polícia!... Os policiais mostrando o dedo do meio para o povo!... Ou aquele menino que eles arrancaram das nossas fileiras e depois despiram, no frio de vinte e quatro graus negativos, e molharam o menino com mangueiras, e filmaram tudo isso para ganhar *likes* nas redes. Milhares, dezenas de milhares de *likes*!... Isso é polícia? Isso é um bando, e não polícia...

TEOFIL Pois lá está — ele diz "bando". Tem mais alguém que não sabe direito quem ele é?

TEODOR Criminosos e monstros!

TEOFIL Aí está a sua cultura da fala. O discurso da classe instruída. Chegamos lá! Agora, agora. Quando foi que isso começou para ele? Que alguém arrastou para a rua o primeiro piano? Quando? Parece que foi ainda em dezembro, perto do Natal. O Esquadrão estava lá, eles bloqueavam os acessos ao palácio, eram mantidos com psicotrópicos, eu mesmo ouvi as ordens dadas verbalmente, uma parte ficava na Liuteranska; outra, na Pravoslavna.[4]

TEODOR ... e eles mostravam o dedo do meio para nós! E rasparam com uma lâmina cega o moicano daquele menino, daquele que eles tinham despido no frio de vinte e quatro graus negativos, e filmaram tudo, para mostrar ao mundo inteiro a sua façanha...

TEOFIL ... em algum momento de dezembro, eles trouxeram para a Liuteranska um velho piano, já pintado com as cores da bandeira deles. Os soldados do Esquadrão ficaram paralisados com seus escudos em suas

---

4 O nome das ruas significa "Luterana" e "Ortodoxa".

fraldas, hehe. Os comandantes não os liberavam para mijar, às vezes por dez horas! Eu sei o que estou dizendo. Por causa disso, eles ficavam ainda mais furiosos. E, então, este aí apareceu lá pela primeira vez: ele simplesmente se sentou ao piano, bem na frente deles, na frente da fileira deles, a uns trinta metros, não mais que isso, e começou a tocar para eles, para aqueles idiotas, a *Valsa op. 64 n° 2* de Frédéric Chopin — eu reconheci, fui atormentado por ela na escola, eu me dei mal no concerto acadêmico por causa dela (*cantarola o motivo da valsa, Teodor continua*)... E, depois, ele tocou John Lennon, *Imagine*, claro, pois o que mais poderia tocar do Lennon? É claro que *Imagine*, o pessoal deles soltou tudo aquilo nas redes naquele mesmo dia, no YouTube e tudo mais... E até o Sean, o Sean filho do Lennon, repostou aquela imagem — eu mesmo vi, ele é meu amigo nas redes. Milhões de visualizações ao redor do mundo! Milhões! Eu não podia deixar de relatar às instâncias superiores: vamos fazer alguma coisa a respeito?!...

TEODOR (*com ar pensativo e distraído*) Tinha que se fazer alguma coisa a respeito...

TEOFIL Nós tentávamos convencer a opinião internacional de que eles eram fascistas, e eles tocavam *Imagine*? Era preciso fazer alguma coisa a respeito daquele objeto-piano...

TEODOR Mas o quê? O que eu posso fazer, eu pessoalmente?

TEOFIL ... alguma coisa, eu disse. Alguma coisa tinha que ser feita. Porém, só me escutaram quando todos aqueles pianos de rua viraram *trendy*, quando uma avalanche de pianos tomou a capital: eles brotavam nas ruas e praças às dezenas, especialmente nos lugares mais quentes, umas galochas rangentes velhas e usadas, na maioria das vezes — eca! — de produção caseira, seria melhor deixar aquela madeira infeliz para fazer caixões!... Alguns deles eram simplesmente arrastados até as barricadas, e a única coisa que ele fazia, este aqui, era andar de uma galocha para a outra, para continuar tocando em todo lugar, tocando, tocando... Einaudi, Chopin, Satie, o *Canto Ostinato*...

TEODOR Nesta vida, querida Anita, não sei fazer quase nada. Você sabe muito bem o imprestável que eu sou; quem, além de você, sofreu mais com isso? Os problemas que eu não causei a você, do nada... Mas eu toco um pouco, bem pouquinho, alguns instrumentos, principalmente de teclas...

TEOFIL E, então, depois do meu informe, ele foi incluído no topo da lista para neutralização operacional. Então, ainda não era liquidação — era neutralização. Foi assim que eu virei o tutor permanente dele. E o curador artístico. Eu o perdia de vista só por algumas horas, quando ele se enfiava na tenda de alguém. Depois, eu o encontrava com facilidade — e até quando ele começou a esconder o rostinho debaixo da balaclava, eu o reconhecia em dois tempos. É por isso que eu sei o que estou dizendo: durante semanas, a única coisa que ele fazia era ficar naquelas barricadas e tocar aquele piano, tudo o que podia e tanto quando podia, na maioria das vezes não muito claramente, os instrumentos estavam desafinados, mas para eles isso não tinha lá muita importância, eles estavam em euforia, eles...

TEODOR Um dia, eu toquei alguma coisa, e acabou saindo um tema, não sei de quem. Bom, quer dizer, era meu. Quer dizer, eu poderia ter dado a ele um nome — *Für Anita*. Para você.

TEOFIL ... eles ficaram atordoados com a fumaça preta deles, dos pneus queimados, nós prensamos com tudo, fomos caçando um por um, ou em pequenos grupos, assim que eles iam para fora do perímetro das barricadas deles, nós os arrastamos para a floresta, no inverno, e largamos lá para morrer, estuprados com garrafas e nus, e, no meio de janeiro, Chmoch não exatamente deu a ordem, mas — isso é cá entre nós — tacitamente permitiu que fossem fuzilados...

TEODOR ... ainda que, naquele inverno, a música de rua pareça ter sumido por causa do frio intenso, e a razão pela qual os meus dedos não caíram é até agora uma coisa incompreensível para mim, mas, naquela época, muitos milagres aconteciam.

TEOFIL Ele era um alvo ideal, especialmente ali, na décima terceira barricada da travessa Fortétchnyi, aquela que mais avançara, um tiro, não necessariamente de um *sniper* — e, do Agressor, como eles o chamavam, sobraria só um morto azulado de frio —, essa seria a *coda* da breve música da revolução. Mas eu proibi tiros nele... A morte dele, daquele jeito, era mais necessária para eles do que para nós. Eu tinha uma ideia mais interessante, como o senhor já sabe, senhor major-general...

TEODOR Muitos, muitíssimos milagres, Ania. Um deles foi que nenhuma bala me acertou. Por acaso não é um milagre? No fim, foi estúpido usar um colete à prova de balas?... Eu não queria aquilo, ele incomodava, não esquentava e, para ser sincero, dificilmente me protegeria, mas os meninos exigiam que eu andasse com ele: "Precisamos de você vivo, tudo está atrelado a você! Deus queira que não atirem em você". Eeeeh. Se fosse possível voltar no tempo e tocar de novo naquelas barricadas!... Assim que eu saí, a polícia passou ao ataque... A polícia? O exército? E, então, veio aquela última semana, quando todos foram simplesmente trespassados. Por balas, sim. E que coletes à prova de balas, o quê, que capacetes, o quê! A semana vermelha... A calçada ficou escorregadia por causa do sangue. Uma pista de patinação, de um vermelho sujo. O degelo. As bocas do esgoto entupidas com uma massa sangrenta preta. Se você tivesse visto a neve derretendo, misturada com sangue e fuligem! Se bem que eu também não vi. Não pude ver — mas eu sonho com isso!...

TEOFIL (*com ar caricato*) Não uma morte heroica, e sim uma vergonhosa, foi o que eu inventei para ele! (*depois de um breve silêncio*) Mas, com mil diabos, que encontro, senhores generais, que encontro fantástico! E onde... nas montanhas da Suíça, *mamma mia!* Bingo, é o que eu lhes digo! Uma fera para o caçador, um peixe para o anzol. Mas como não aproveitar isso, senhor presidente?! Sempre leal ao senhor e ao Estado!

Teofil presta continência a alguém invisível e sai, parodiando um passo de marcha. Teodor para de tocar. Na outra ponta do palco, uma tela se ilumina, surge algo como uma chamada de vídeo. Aparece uma moça, quase só o rosto (embora a imagem possa ser tanto instável quanto desfocada).

TEODOR Mas eu fiquei vivo, Ania. Estou mesmo vivo? Pois talvez não esteja. Não à toa estou no hotel Paradise. Talvez seja um sinal? Um sonho de morte comigo, há muito tempo morto? É a Suíça, você pode imaginar? A natureza daqui: montanhas, florestas, lagos, dá para enlouquecer por causa desses acúmulos antinaturais de beleza natural!... Se você pelo menos pudesse ver!... Nós também temos montanhas, mas, aqui, elas são cobertas de neve, enquanto, no nosso país, de lodo. Montanhas, montanhas. Aqui tem montanha para todo lado. Uma localidade montanhosa é uma armadilha para o tempo, como dizia uma poeta conhecida minha. E eu estou agora nessa armadilha dourada. Neste hotel de uma época dourada. Neste conto de fadas dourado, num sonho dourado. Aqui se hospedaram o dourado Rilke e o dourado Hesse, imagina? Neste piano dourado, tocou o dourado Schoenberg. Ou foi Gustav Mahler? Ou talvez Alban Berg? O que eu almejava da vida, Anita? Pode me lembrar?

ANITA-ANIA Tocar.

TEODOR Tocar música. Mas a minha música! Aquela que é minha. E aqui? É só mecânica, peças infinitas para um piano mecânico. Todo dia a mesma coisa, os mesmos *evergreens*, clássicos do jazz. Credo, música para gordos! Nós criamos o pano de fundo, Ania, nós somos o fundo musical para o conforto vespertino, e eles tilintam suas joias mais alto do que o Wolf com seus pratos de cobre na bateria. Eles nos dão ordem de tocar da maneira mais cuidadosa possível, para não espantar o estimado público! Cui-da-do-sa, tssss! Cuidado com sua música, senhores músicos! Tenham noção do lugar — tanto o seu como o deles!

ANITA-ANIA Em compensação, você está ganhando dinheiro. Nunca tinham pagado tanto para você tocar.

TEODOR E isso lá é tocar? Não, é claro, eu já juntei algumas esmolas. Para o caso de você conseguir fugir. E de nós começarmos uma vida livre. Em algum lugar da Alemanha. É mais barato lá. Ou na Itália. Lá é mais quente. Sabe quanto dinheiro eu já juntei? O equivalente a um mês, mas também que mês! Quando você chega, Anita? Logo vou começar a gemer sem o seu corpo eternamente adolescente.

ANITA-ANIA (*depois de uma pausa*) Eles continuam me escutando. O telefone e tudo mais. Hoje, pela quarta vez em quinze dias, invadiram a caixa de mensagem.

TEODOR Melhor eu parar? Não ligar?

ANITA-ANIA E o que isso mudaria? Naquela época é que você deveria ter parado. Eles escutaram cada soluço meu, sabiam tudo dos nossos lugares, rotas, "deslocamentos", como eles chamavam. Afinal, eles pegaram você assim que você veio até mim. Então, agora isso não tem mais importância.

TEODOR E, neste momento, eles estão escutando?

ANITA-ANIA Acho que sim. Tenho certeza de que sim.

TEODOR Alôôô, ouvintes! Queridos amigos, sejam bem-vindos à transmissão da nossa rádio noturna! Deem pelo menos algum sinal de vida! Talvez uma tosse?! (*Fica parado, esperando. Anita-Ania também fica em silêncio, só se ouvem alguns ruídos técnicos.*) Estão calados. Nenhum som. Parabéns para eles. Ania, você ainda está aqui?

Mas a tela se apaga antes mesmo daquelas suas palavras. Por sua vez, entram Vera e Wolf.

TEODOR Ela sumiu. Eles nos desconectaram. Ei, vocês!... Você que nos desconectou. Você que não dorme na calada da noite. Especialmente para o seu chefe — para ele dormir mais tranquilamente: a canção de ninar *Sniper*! Fiquem conosco!

Teodor acena com os braços, de maneira um pouco semelhante a um regente de orquestra, saindo suavemente, conforme a música. Vera e Wolf começam a tocar. O número ainda não está totalmente pronto, eles ainda estão trabalhando nele, mas logo mais vão concluí-lo.

Quarta cena

Logo vem a academia de ginástica. Teodor vai correr numa esteira. De quando em quando, o fugitivo acorda dentro dele, e ele corre. Desde que deixou seu país, ele está correndo. Só que essa fuga dele é ilusória — como correr numa esteira. Uma corrida ilusória, uma fuga ilusória.

Depois, na academia aparece Teofil, já com luvas de boxe. Ele começa a socar o saco de boxe — de modo cada vez mais feroz, conferindo aos golpes mais e mais emoção. Diante dele, está um inimigo invisível, que precisa necessariamente ser abatido e destruído. Porém, o saco é um saco — ele não pode ser derrubado.

Teofil finalmente se desvencilha dele e, com andar vagaroso, aproxima-se pelo lado de Teodor, que continua correndo e correndo. Mas, quando presta atenção em Teofil, que o observa bem de perto, Teodor diminui a corrida e acaba pulando para fora da esteira. Durante algum tempo, eles ficam olhando um para o outro, respirando ruidosamente.

TEOFIL Olá. Eu sou o Teo.

TEODOR Olá. Eu sou o Teo.

TEOFIL Eu sei, Teo, que você é o Teo.

TEODOR Que encontro agradável!

TEOFIL É simplesmente fatídico! Quem é que pensaria que em algum lugar aqui, nas montanhas da Suíça, neste buraco, neste cu...

TEODOR E o que você está fazendo aqui?

TEOFIL Gosto da sua franqueza. E, observe, eu não vou lhe perguntar a mesma coisa.

TEODOR Pois a troco de quê? O senhor sabe tudo sobre mim.

TEOFIL Ah, não, não exagere, colega! Ao longo do último ano, nós não vigiamos tanto as suas rotas. Se desaparecer, desapareceu. Não exagere a sua importância para nós, eu queria dizer. Porém, nos próximos dias, você terá todas as chances de crescer extraordinariamente aos nossos olhos. Mas isso agora depende só de você.

TEODOR Explique.

TEOFIL Uma abordagem resoluta e profissional — aprovo com entusiasmo! A experiência de atividade subversiva não aconteceu em vão. Diante de nós, senhores, não está mais um genial sujeito excêntrico e simplório, e sim um rígido e destemido revolucionário, concentrado na luta concreta!...

TEODOR Estou vendo que você também cresceu.

TEOFIL E, acima de tudo, no serviço. Minha patente atual é tão alta que dá até medo de dizê-la em voz alta. E você por acaso sabe que a sua neutralização foi o meu trampolim absoluto?

TEODOR A minha neutralização... Isso foi naquele bunker no meio da floresta, quando você ameaçou quebrar um dedo meu por dia?

TEOFIL E foi assim? Fazer o quê? Desculpe, colega, mas os seus dedos são, de fato, tudo que você tem. Uma vez que você ainda não aprendeu a tocar com seu pênis, podemos dizer que cada um dos seus dedos é como um órgão reprodutivo. Foi preciso espremê-los um pouco com um torno. Mas veja que eu nunca cheguei a cumprir a ameaça até o fim: todos os seus dez estão no lugar.

TEODOR Mas os seus — como chamá-los? — assistentes também tinham lá outros métodos. Nem preciso lhe contar como é que são as surras deles, de grau médio.

TEOFIL (*rindo*) Não mesmo! E, mais uma vez, observe que o grau era médio!... Eu tentei com todas as forças proteger você!

TEODOR De onde vem a grana, quem paga toda essa música, perguntaram eles. Toda aquela revolução é o que eles tinham em mente. Quem está financiando? Quem está pagando pelos concertos? Eles tinham que arrancar de mim que eram os norte-americanos. Foi você quem deu essa tarefa para eles?

TEOFIL Não fui eu. Foi gente um pouco acima de mim. E você? Os seus ianques ajudaram você? O que você respondeu?

TEODOR Na medida do possível, eu confundi a cabeça deles. Disse que eram os suíços, que eram os suíços que nos financiavam. Os gnomos suíços. Não com dinheiro, e sim com ouro genuíno, com lingotes de ouro.

TEOFIL (*deixando uma risada escapar*) Então compartilhe com o colega, jogue aí algumas barrinhas!...

TEODOR E depois ficou mais fácil — eu não conseguia mais falar. E, quando me tiraram do avião na Lituânia, não era mais um corpo. Eram pedaços de carne dolorida que mal se seguravam nos ossos.

TEOFIL Bom trabalho, que qualidade! Sempre soube que eu tinha sorte com meus subordinados! Mas isso é uma digressão involuntária. Quer dizer que você foi trocado passando pela Lituânia?

TEODOR Lituânia, Polônia, Alemanha. Seis meses e pouco. O tempo todo em hospitais de campanha. Eu sobrevivi, embora os médicos tenham me dado setenta a trinta por cento de chance de que não sobreviveria. Não todos os médicos, e sim os mais otimistas deles. Agora, estou aqui.

TEOFIL Agora, eu também estou aqui. Escute com atenção, eu tenho uma questão. (*Teodor ouve, mas é um jogo um tanto mímico entre desconfiança e atenção.*) O Próprio está vindo para cá, quer dizer, Chmoch, e eu não estou aqui por estar, aqui eu sou o chefe da segurança dele. Entendeu? Eu sou o chefe da segurança dele, a segurança inteira. O mais alto. Isso ficou claro, não é?

TEODOR (*acenando*) A posição deve ser de general, não?

TEOFIL Atualmente, de coronel. Agora, a respeito de uma coisa que pode brotar. Eu tenho aqui certa motivação, você não precisa saber qual. Pois bem. Você por acaso não ousaria — sob a minha cobertura operacional — cumprir o seu dever revolucionário e... digamos assim, livrar o mundo desse peso?

TEODOR Não estou entendendo.

TEOFIL Mas como apresentar isso a você de maneira mais acessível? Você não vai mais ter essa oportunidade em sua vida. De estar tão perto, tão perto fisicamente deste que, em sua visão, é um ditador! À distância, falando em termos relativos, de um braço armado com uma pistola! É simplesmente uma dádiva do destino que você e ele de repente estejam no mesmo salão!... Você vai tocar um concerto para ele, não vai? Pois então, como não matá-lo, hein?

TEODOR Ah! E quem diz isso é o chefe da segurança dele!

TEOFIL Sim, eu sou o chefe da segurança dele, isso é verdade. Mas existem ainda muitas outras questões. Repito: você não precisa saber delas. É um grande jogo, entende? Esse jogo é consideravelmente maior do que é dado a você compreender. É um grande tabuleiro de xadrez, assim fica mais claro para você? Um tabuleiro de xadrez muito grande, o maior de todos.

TEODOR Quer dizer que você está numa conspiração contra o atual presidente e, ao mesmo tempo, é o chefe dos serviços especiais dele?

TEOFIL Aaaah, mas não exatamente... Não, considere isso uma improvisação. Eu e você estamos improvisando. A quatro mãos. Só nós, e ninguém mais.

TEODOR Mas por que eu deveria acreditar em você?

TEOFIL E o que resta a você? OK, não precisa acreditar em mim. E depois? Escute: por acaso nós dois já não ficamos próximos, de certa maneira?

TEODOR De certa maneira bem específica. Ficamos próximos como o carrasco e a vítima. E é até possível que, de nós dois, o carrasco seja eu. E você tem síndrome de Estocolmo.

TEOFIL Console-se, Teo, console-se. Mas diga lá: quando você foi encontrado como que por acaso naquela floresta, amarrado e quase morto, isso deixou você um pouquinho surpreso? Debaixo justamente daquela árvore, entre milhões de outras árvores, perto justamente daquela trilha, entre milhares de outras? Não ficou surpreso? E, se você tivesse ficado ali deitado por mais meia hora, teria morrido congelado até os ossos. Mas você foi encontrado a tempo. Não ficou surpreso?

TEODOR Quem está quase morto não se surpreende com mais nada.

TEOFIL Quer dizer que você nunca se perguntou por que milagre você foi parar naquele carro diplomático? Pois, na verdade, você estava prestes a conhecer seu fim naquela floresta — mais um herói anônimo, uma pessoa não identificada com numerosos traços de violência no corpo. Mas, para a sua sorte, você tinha a mim — aquele que salvou sua vida com uma ligação telefônica, com vinte e sete segundos de duração!

Teofil dá as costas e começa novamente a esmurrar o saco com toda a força. E, depois, sai bruscamente de cena. Teodor, enquanto isso, começa a desmontar a esteira e a desmanchá-la parte por parte, e depois a leva embora. Nessa hora, em algum momento, ele começa a falar.

Quinta cena

TEODOR Digam o que for, mas é uma proposta digna de atenção. Matar Chmoch! Liquidar o ditador! Com estas mãos. Uma ideia nada má. Uma grande e histórica chance. Eu, Teodor, pianista fracassado e muito longe de ser um herói, libertar a nação de um tirano! Um tiro — e *here we go*, bem-vindos a um novo país! Mas não se apresse, meu amigo, não se apresse. Você não é uma criança, embora seja músico. Você precisa entender que não é um tiro que vai fazer um país ser diferente, *right*? Ele simplesmente vai ter uma chance — uma chancezinha beeeem pequena. E, agora (*olha para o saco de boxe*), ele está tão nocauteado que até essa chancezinha é muito para ele. *Einverstanden? Ja, sicher.* (*Fica em silêncio por um tempo.*) É isso mesmo. Mas, para ser honesto, matar não é a minha profissão. Estas mãos não mataram ninguém. Mesmo nas barricadas eu nunca peguei uma arma. A minha arma, eu dizia ao nosso pessoal, é o *Étude révolutionnaire*. E, no mais, que arma nós tínhamos? Porretes, bastões de hóquei, capacetes de motocicletas. Armas não letais, para ser sincero. Bom, e os coquetéis molotov, é verdade. Eu enchia as garrafas com as minhas próprias mãos. Mas eles nem sempre explodiam, embora causassem algum efeito: deixavam-lhes nervosos. (*um pouco confuso*) Quer dizer que, no fim das contas, estas mãos talvez já tenham matado alguém...

No fundo do palco, aparece Teofil. Ele está estirado confortavelmente numa poltrona, segurando uma garrafinha e um charuto. Coloca lentamente os fones de ouvido e bafora a fumaça.

TEODOR Anita, diga-me, devo concordar? Eu sei que é uma coisa um pouco infantil atirar com uma pistola no peito de alguém. Pá-pá! E um jorrinho de sangue, como se fosse suco de framboesa. Não é aquele sujo, e sim um suculento, puro, irreal. Eu nunca atirei com uma pistola antes. Uma vez, fiz uma foto com uma AK, perto da 13ª barricada. A foto teve 190 mil *likes* nas redes. Aquela AK não disparava, de qualquer maneira, tinham trazido de algum museu militar. Foi bem nesse momento que o nosso pessoal arranjou umas AKs velhas e uns rifles de caça. Todos começaram a tirar fotos em massa com elas, diziam que a revolução conseguiria se defender!... Era um ataque psicológico. Um fotoataque. Um contra-ataque... Bom, não era disso que eu estava falando. Preciso urgentemente ir em algum lugar para atirar, Anita. Algum clube de tiro. Algumas sessões de treino. Por que não tem uma sala de tiro no hotel? Porque, se é para matar logo de primeira, logo de cara...

Ilumina-se aquela mesma tela, com o mesmo rosto de mulher. Teofil, de fones, reage de um modo que deixa claro: ele está escutando.

TEODOR Afinal, por que é que eu falei tanto de uma pistola? Porque também existem outras maneiras. Dá para atirar uma faca nele. Mas para isso eu também nunca treinei. Ou estrangular? Uma gravata seria suficiente. Ou cordas, de náilon ou bronze, como a de um baixo. Ou de aço, com revestimento de bronze. Cordas são a verdadeira arma de um músico!... Que mais? Uma flecha com curare? Gás? Água? Fogo? Tem que perfurar buracos, abrir canais, escavar trincheiras, túneis. Demora muito, ninguém daria tanto tempo assim. Anita, dê alguma sugestão, algum modo elegante e relativamente limpo de assassinato. Um buquê de flores envenenadas? Uma alfinetada? Infrassom?

Na tela, Anita tenta dizer alguma coisa, mas não há som, e a imagem pisca o tempo todo, como se estivesse acontecendo alguma luta. Finalmente, a tela também se apaga. A exibição é cortada.

TEODOR Pois bem. Agora estão nos desconectando com mais frequência. Não vou mais ligar para você, Anita. É minha culpa. Sou eu de novo. E eles hackearam sua senha de novo. Quando é que você vai aprender finalmente a criar alguma coisa mais original que 111222333? Como estão as coisas, dê pelo menos um sinal!

Teodor começa a mover-se pelo cômodo com agitação, de maneira irritada e desesperada — nós nem sequer podíamos esperar dele movimentos tão agressivos. Teofil, de sua posição invisível, observa-o com ar satisfeito.

TEODOR Vou acabar com ele, vou mesmo acabar com ele...

TEOFIL (*colocando-se de pé, num salto*) Sim! Ele disse! Aconteceu a declaração! Vou mesmo acabar com ele! Bravo, Teo! O peixe foi fisgado! Yesss! (*Depois, num tom alterado, oficial, talvez falando com um radiotransmissor ou algo semelhante.*) Atenção, todas as unidades do Terceiro Setor de Informação! Comunicado extraordinário para o Centro. Ameaça de ato terrorista, com atentado contra a vida da Primeira Pessoa, indicativo "Pai". Nível vermelho de ameaça, infra. Estou colocando sob o meu controle, fico pessoalmente responsável, fim do comunicado. (*Desliga o dispositivo de comunicação, de novo em tom alterado.*) Salvar o Próprio do atentado! Salvar a vida da Primeira Pessoa! Que felicidade, que grande sucesso do fiel chefe da segurança! E eu tombarei com meu próprio corpo sobre sua carcaça eternamente apavorada, de modo a cobri-la!... E depois serei o primeiro a apanhar o terrorista — desse jeito, rrrá! Tantos anos de serviço irrepreensível, e agora mais essa façanha! Dessa altura, já dá para vislumbrar com total clareza alguma cadeira acima das nuvens, no Ministério da Segurança. Ah!...

Teofil, enlevado, não sai, e sim voa para fora. De ambos os lados,

Sexta cena

no palco, aparecem Vera e Wolf, que se sentam junto a seus instrumentos.

WOLF Esse não é você. E isso não é seu. Você não tem que fazer.

TEODOR Tínhamos um belo lema: se não eu, quem?

WOLF Tinham. Tinham, e não têm. Vocês perderam.

TEODOR Vou provar o contrário.

VERA Você já provou. Você não perdeu, você está vivo, você está aqui.

WOLF Você luta com música, não com balas.

TEODOR Meus queridos amigos suíços! Vocês não entendem nada. Em vocês, foi extinto o órgão que se usa para entender os outros. Não são dignos de serem descendentes de Guilherme Tell.

VERA Que delírio!

WOLF Nós não somos indiferentes, você sabe. Simpatizamos com a revolução de vocês. Com o seu país, que está sendo sufocado por um monstro. Mas nada de violência! Você entende? Tolerância zero com violência! Por isso é que vocês foram embebidos com sangue, por terem sucumbido e respondido — também com violência. Não ouse fazer isso.

TEODOR Ah, estão todos ouvindo?! Eles conhecem melhor que eu não só as causas, como as consequências! Eles estavam sentados aqui, lendo de vez em quando sobre isso nos jornais ou indo ver online como lá nós éramos embebidos em sangue. E agora eles me explicam o que aconteceu conosco! Mas será que os seus jornais sabem o que é correr em meio às balas na zona de fogo, atrás das barricadas, cobertos só com um ridículo escudo de madeira nada resistente a balas? E tudo isso para arrastar de lá o corpo de um companheiro aleatório e até desconhecido? Apenas porque ele ainda pode estar vivo? E morrer bem ali? Do lado dele? E ficar deitado na mesma poça de sangue que ele? Vocês menosprezam o heroísmo e têm medo dele — OK. Mas o que fazer com o que há de humano nos seres humanos? Salvar a vida alheia pelo preço da sua própria — para vocês isso realmente não é mais um tema?

VERA Chega. Se alguém esqueceu, temos um ensaio.

Por um momento, os amigos ficam em silêncio, como que pairando sobre uma extremidade abrupta. Então, Vera e Wolf começam a tocar aquilo que eles chamam de Flusslied. *E isso muda o ambiente.*

TEODOR Amigos. Perdão, falei um pouco alto demais. Bom, quer dizer, o tom das palavras que eu disse foi alto demais. Mas, na verdade, tudo o que eu tenho que dizer está nessa canção. Ela tem trezentos anos, ou mesmo quatrocentos, que diferença faz. Eu tinha Anita. Vocês conhecem esse nome. O problema é que ela me traiu. Não em qualquer sentido sexual, e sim no pior sentido. Vocês entendem. Agora, ela está nas mãos deles. E isso graças a mim. E ainda, para vocês saberem: um mês atrás, no nosso país, a pena de morte foi reinstaurada. E eu tenho o direito de ser o primeiro a aplicá-la. Obrigado por terem me ouvido. Assim como pela música. Vocês são ótimos músicos e pessoas de alta moral. É uma rara combinação.

Teodor sai, e VerWolf tocam até o fim.

Sétima cena

Vemos um bar. Madrugada no bar do hotel. Uma madrugada bastante ébria. Teofil se vê no papel de barman, do outro lado do balcão. E ele serve com generosidade, para Teodor e para si mesmo. Eles fumam muito, fica evidente que também já beberam bem.

TEOFIL Milhares de bebidas, e tudo disponível de graça, colega! Só de uísques tem dezenas, e são centenas de tipos! E que tal calvados, armanhaque? Ou tequila e cachaça? E aguardente? É sem precedentes!

TEODOR Como é que você chamou?

TEOFIL Medidas de segurança sem precedentes. Isso sempre acontece com o nosso querido Chmoch. Temos um presidente sem precedentes: ele tem uma fixação pela própria segurança. Mais precisamente, pelos perigos que o rodeiam. Ele é paranoico e insanamente guiado por profecias. Uma vez, quando ainda não era presidente, ele foi até o Santo Monte para rezar com os padres gregos. Ou monges. Em suma, religiosos. Lá, algum dos superiores deles, o *Don* deles, quer dizer, o chefão, enfim, algum arquimandrião, hiero-esquimo-heresiarca ou coisa do gênero, veio com uma conversa de que ele tinha que tomar cuidado com granadas, porque estava escrito isso para ele nos livros sagrados. Imagine só — granadas! E morte por uma granada! Ha-ha! É paranoico. Como é que eu não saberia disso?!

TEODOR Você vive disso.

TEOFIL Uns dez anos atrás — você está lembrado —, algum moleque, um estudante de nariz escorrendo, enfim, você está lembrado, atirou um ovo de galinha nele, he-he, do meio da multidão...

TEODOR ... com um gritinho em falsete "Não à ditadura!".

TEOFIL ... isso mesmo. Pois o outro por pouco não morreu de um ataque do coração! Pensou que lá vinha ela na direção dele — a tal granada, a granada vem vindo! A profecia está se cumprindo! (*gargalha*) Que imbecil, que idiota! Demorou três dias até alguém conseguir trazê-lo de volta do outro mundo!

TEODOR Pena que conseguiram.

TEOFIL Pois é. Estou dizendo para você tudo como é. Nós, da segurança, somos quarenta e oito caras aqui. Imagine só: quarenta e oito oficiais especiais da mais alta classe vão proteger a carcaça inútil de um paranoico semioligofrênico! E essa ainda é a versão de campanha, minimalista. Em condições domésticas, somos um pouco mais de duzentos. E ainda tem os perímetros. Controle absoluto. Ninguém, nem mesmo os músicos, pode entrar no Grand Salon de outro modo — só pelo perímetro. Conclusão?

TEODOR Mais fita adesiva. Algo em torno de cento e cinquenta.

TEOFIL (*servindo*) Conclusão correta, mas incompleta. A conclusão completa é a seguinte: não tem mais como trazer uma arma ao Salon depois que os perímetros forem instalados. Desse crivo nada consegue mais passar. Esqueça isso.

TEODOR Então não pode apagar o cara no Salon. É melhor no apartamento dele.

TEOFIL Você não vai conseguir nem chegar perto de lá. Ali o andar inteiro vai estar bloqueado.

TEODOR Então temos que beber mais. (*bebe*) Já sei. Tem que mandar para o apartamento dele algo como um presente. Alguma garrafa de champanhe, por exemplo, de cem mil francos. Eu sei que ele gosta dessas coisas, aquele mesquinho. Ele corre para desarrolhar a garrafa, e ela, pá-pá! Ele é feito em cem mil pedacinhos de ditador.

TEOFIL Um pensamento produtivo. Eu apoio. Só que, para esse tipo de presente, ele tem verificadores especiais. Eles é que serão feitos em pedaços, e não ele. Você não tem pena?

TEODOR (*pensando e entornando*) Não tenho pena. Mas então temos que admitir que é impossível pegá-lo no apartamento. Nem mesmo com gás venenoso.

TEOFIL É verdade. E nem com polônio, como aconteceu com alguns. Não, no apartamento não vai dar.

WOLF (*que está cochilando em cima do piano e, de repente, ergue a cabeça*) Só no Salon! (*depois disso, pega no sono outra vez*)

TEODOR (*entornando*) Então tem que trazer tudo e esconder no Salon antes mesmo de montarem os perímetros.

TEOFIL Ótimo! Gosto dessa direção.

TEODOR Mas você mesmo sabe: o Grand Salon vai ser vasculhado antecipadamente.

TEOFIL Sim! Está progredindo, Teo!

TEODOR Então só tem uma saída: esconder onde eles não vão encontrar.

TEOFIL É lógico.

TEODOR E onde não vão encontrar?

TEOFIL Eu sei onde não vão encontrar.

TEODOR E onde é que não vão encontrar?

TEOFIL Não vão encontrar onde eu não encontrar (*ri*).

TEODOR Então, onde?

TEOFIL Pois na minha zona pessoal. A que fica sob o meu controle pessoal. Aquela em que eu não vou encontrar nada. De propósito. Tem três chances para adivinhar onde.

Eles bebem, e, enquanto isso, Wolf ergue de novo a cabeça.

WOLF Adivinho na primeira. No Steinway. Dentro do instrumento. Entre o tampo e o cepo.

TEOFIL Bravo, suíço! (*Wolf, depois de chacoalhar a cabeça, pega no sono outra vez.*) E ainda dizem que eles só conhecem de queijo. Sim, quem vai vasculhar o piano serei eu. E só eu! Você ouviu, colega, que eu também sou pianista, não ouviu? Somos da mesma escola.

TEODOR A sua é bem especial.

TEOFIL Ora, ora. Cuidado com isso.

TEODOR Cuidado com a minha granada.

TEOFIL (*muito interessado*) Você tem uma granada?

TEODOR Talvez tenha uma granada. (*depois, com ar sério e sóbrio*) Vocês levaram minha namorada. Mande soltar.

TEOFIL Isso já vai depender de como você se sair. Liquide o "Pai", e todos serão felizes. Desde que a sua granada não nos exploda também.

TEODOR A minha granada não é para todos. A minha granada é para o garante.

Eles riem, enquanto Wolf aos poucos acorda outra vez e, ainda meio dormindo, começa a bater nos pratos da bateria, fazendo muito barulho. Depois aparece Vera, e Teodor une-se a eles — e finalmente executam seu "número revolucionário" em seu aspecto final. Teofil, depois de apanhar uma garrafa aberta, de virá--la uma vez ou outra e de dar uma olhada para os músicos, sai devagar. Mas, na

Oitava cena

depois da conclusão do número musical, ele aparece outra vez, já sóbrio e fresco, e vira o narrador principal do resto da história.

TEOFIL Naquele dia decisivo... He-he, um início magnífico, dá até vontade de continuar de um jeito meio patético — eu nunca na minha vida vou esquecer. Nunca na minha vida vou esquecer aquele dia decisivo! Pois bem, para vocês saberem. Ou também pode ser assim: aquele dia decisivo mudou para sempre e de maneira irreversível não só o meu destino, como também... Como também.

Ele pensa um pouco naquele seu "como também".

TEOFIL Como também o seguinte: naquele dia decisivo, aconteceram, de uma só vez, vários eventos que... Que. Ou melhor, digamos: com aquele dia decisivo, iniciou-se uma nova página que... Com aquele dia decisivo, começou uma nova época, em que... Ah, assim fica certo: uma nova época! Não acreditam?

Às costas dele, ilumina-se a tela, na qual brotam cenas com as imagens correspondentes.

TEOFIL Naquele dia decisivo, desde o início da manhã — houve uma cúpula, discursos, imprensa, câmeras, acúmulo de jornalistas, de agentes, uma correria de secretários e aquela coisa toda, *you know what I mean*. O hotel ficou de pernas para o ar. Chmoch apareceu diante das pessoas usando novos sapatos, feitos com o couro de um antílope órix branco extremamente raro. Esse é o mais novo exibicionismo dele — sapatos feitos de unicórnio, ao custo de alguns milhões de dólares. Ele estava suando muito dentro do seu colete à prova de balas reforçado.

Que ficava aparecendo de quando em quando por debaixo do terno. Até a gravata coberta de diamantes suava. Vocês tinham que ver a repulsa com que todos aqueles primeiros-ministros-chanceleres apertavam a mão dele! Suspeito até que alguns deles tinham uma prótese especial para aquela ocasião...

Teodor entra, senta-se ao piano e começa a Murka.

TEOFIL Depois, discursos, falas, consultas. Chmoch, como sempre, falava suas bobagens. Confundiu Síria com Sirius, Líbia com Líbano, chamou *"start-up"* — *nomen omen!* — de "sátrapa", depois trocou por *"fart-up"*, e, em vez de "consenso", disse "coito". Nessas questões muito complexas, ele disse, todos nós precisamos de ponderação e de... Ficou claro que a palavra tinha fugido. Titubeou um pouco, durante um ou dois minutos. Ninguém sabia o que lhe soprar, pois existe um monte de coisas necessárias juntamente com a ponderação, e ele finalmente diz — ponderação e coito!... Todo mundo quase se arrastou para debaixo das mesas. Na verdade, embaixo das mesas estava o meu pessoal da segurança... Eles é que teriam que se arrastar!...

Aparecem Vera e Wolf, juntam-se a Teodor na Murka.

TEOFIL No intervalo, Chmoch teve que correr para o banheiro, meus dez assassinos foram atrás dele, escoltando. Por via das dúvidas, colocamos ali no chão — com o rosto virado para os ladrilhos — um ou dois visitantes aleatórios. Enquanto Chmoch fazia suas necessidades, eles ficaram ali deitados, he-he! Depois, verificou-se o seguinte: entre eles, estava o Chefe do Congresso Unido da Europa! Ora, se você é esse figurão todo, como é que está zanzando por aí sem segurança?! Arre, que dia! O almoço também não ficou sem seus momentos da verdade. Chmoch tem seu próprio cozinheiro, sua própria louça e seus próprios provadores. Então ele ficava o tempo todo tentando despejar sua comida no prato da Comissária Suprema — prove isso, dizia ele, estimada madame europeia. Seria perfeitamente cortês, não fosse pelos testículos de touro. Quem lhe recomendou aquilo foram os padres gregos — para ereções mais duradouras. *Horror*, eu lhes digo, *horror!*...

A Murka *soa cada vez mais caricaturesca, Teofil faz quase que um rap com ela.*

TEOFIL Depois do almoço — assim mandava o protocolo —
uma troca final de ideias
com mais assinaturas
de um memorando conjunto.
Mas o Chmoch foi ficando com sono!...
Um sono saudável depois do almoço,
que mais trocas, o quê,
o que é que se poderia trocar,
que ideias o Chmoch poderia ter?
A ideia dele é sempre a mesma,
e nós sabemos que ideia é essa.
Mas ele ainda tem flatulência.
E ele já ia tentando ir embora —
para libertar os gases acumulados lá dentro.
E eles insistindo nos tais memorandos!...
O Chmoch, a propósito, no discurso final
(conseguiram convencê-lo, afinal)
em vez de "memorando" disse "reverendo",
nosso reverendo final —
mas tudo bem, todo mundo entendeu do que ele estava falando.
E depois, depois, quando o tal
reverendo já tinha sido assinado,
e serviram café com licor,
e sobremesa, e tudo mais,
começou o programa cultural, o concerto.
E aí o meu plano quase foi arruinado,
porque Chmoch não desejava concerto coisa nenhuma:
vejam só, ele preferia caça!
Por acaso ele tinha trazido para cá à toa
o seu rifle sueco exclusivo
e feito a mão para os *Big Five*?!
Ele não captava de jeito nenhum
que a temporada tinha passado, agora era proibido.
"Para quem? Proibido para mim?!" —
repetia Chmoch e fazia uma careta feia.
Toda a elite da Europa
implorando para que ele não fosse!
Convenceram. Ameaçaram com sanções.

E deram para ele um assento supercentral
e — atenção! — bem visível.
Porque, afinal, como é que poderiam saber?...
Como é que eles iriam saber que...

A fala de Teofil vai virando um palavrório cada vez mais rápido.

TEOFIL E, então, o concerto. E logo de cara —
o *Estudo de Chopin op. 10 nº 12*
em Dó menor, o *Étude révolutionnaire.*
Um ataque psicológico. (*cantarola o motivo do estudo*)
Caramba, como ele tocou!...
Como se fosse a última vez na vida.
Toda a alta assembleia:
uma explosão, uma ovação.
Enquanto isso, o Chmoch dizia: toca a *Murka*!
A *Murka*!

Teodor, já de balaclava, subitamente vem para a frente do palco e para, com o rosto voltado para os espectadores. Ao mesmo tempo, Teofil comenta e, em seguida, apresenta isso da seguinte maneira:

TEOFIL E eis que de repente ele se levanta
e vira na direção do Chmoch,
e dá alguns passos...
Com um rolo nas mãos.
Eu ainda não vi o que tem ali,
mas, se é uma granada,
é muito pequena,
uma minigranada,
e talvez caseira.
Eu vi no YouTube, tem dessas.
Eu falei: "Chukher!" —
uma palavra combinada,
um sinal para o meu pessoal, significa
"atentado em curso, a coisa é real, plano A"...
Eu mesmo ia entrar no caminho, mas ele...

Teodor segura na mão estendida um ovo de galinha. Ele pode simplesmente esmagá-lo, ou pode jogá-lo ou só deixá-lo cair no chão.

... consegue jogar alguma coisa...
que estava no rolo...
ela voa...

TEODOR Ela voa por um tempo consideravelmente menor que a duração de um segundo. Mas quanta coisa aconteceu! Como ele ficou branco, levantou num pulo!... Eu tinha mirado na testa dele. Eu queria que a gema do ovo escorresse pela fuça enorme e maldosa dele... Não queria mais nada. Que assassinato, que nada! Mas ela já ia se levantando, e o ovo, voando. E atingiu o peito dele e quebrou-se contra a dureza do colete à prova de balas, e escorreu pela gravata, pela camisa... Ele caiu. Eu não esperava aquilo. Por causa de um ovo?

VERA Ele caiu!

WOLF Como um saco de merda!

Teofil dispara diversas vezes para o ar.

TEOFIL Deixem comigo!... Parados, eu disse! Médicos! Ambulância! Tirá-lo daqui! Vamos tirá-lo! Deixem comigo! Eu cubro com o meu corpo!

Ele aponta a pistola para Teodor. Este ergue as mãos — com ar um pouco confuso.

O palco fica escuro. Da tela, ouvem-se as notícias do dia:

Funcionários da polícia cantonal detiveram hoje à tarde, no Grand Salon do hotel Paradise, dois participantes do atentado contra o penúltimo ditador da Europa, Chmoch. Um dos detidos diz ser chefe da segurança do ditador, enquanto o segundo é um pianista estrangeiro, que tem contrato de trabalho no mencionado hotel. Relembramos que hoje mesmo, na parte da tarde, o penúltimo ditador da Europa, Chmoch, teve insuficiência cardíaca aguda, associada a um derrame no cérebro, e morreu na ambulância, a caminho da clínica mais próxima, em St. Moritz. De acordo com a análise de especialistas independentes, o ditador Chmoch, abre aspas, "morreu de medo permanente, e também de uso indevido de poder e de Viagra", fecha aspas.

Depois, na tela, com a música do dueto VerWolf, aparecem os créditos. A última coisa parece ser FIM, mas bem nesse momento isso é substituído por mais uma coisa — P. S. ALGUNS ANOS DEPOIS.

Epílogo no teatro

No palco, a luz é acesa. Em meio a seus raios, Teofil está em pé, brilhando.

MC TEOFIL Estimados amigos! Dear ladies and gentlemen! Mesdames et messieurs! Signore e signori! (*Ele repete essa saudação na maior quantidade possível de línguas — inclusive reto-românico.*)

Eu lhes dou as boas-vindas à nossa apresentação inteiramente única! Finalmente! Finalmente estamos aqui, em... onde?... (*Por um instante, fica a impressão de que ele esqueceu o texto.*) Pois bem, estamos aqui, nós finalmente estamos aqui... Finalmente! Finalmente nosso espetáculo acontece também no incomparável cantinho de vocês! (*para o lado*) Vai lá saber se já estivemos aqui ou não. Nós percorremos um longo e sinuoso caminho — ou, melhor dizendo, *a long and winding road* — para chegar até aqui, até vocês. Agora, os sonhos que nós e vocês temos em comum hão de realizar-se, sim, e eu fico feliz, incrivelmente feliz, eeeeh, incrivelmente, sim... (*para o lado*) Neste ponto, eu tinha que dizer alguma coisa ainda mais bonita... Em inglês, não era? Agora, agora... — Oh! *That's absolutely amazing, yes!* Para mim, é uma grande alegria e uma enorme honra anunciar a vocês que hoje se trata de uma... de uma espécie de apresentação de pré-aniversário! Hoje é a nossa... (*para o lado*) Qual? Qual é a conta atual? Qual número? OK, não dá na mesma? — Hoje é a 749ª apresentação da nossa turnê mundial! Já passamos por — só vamos mencionar os últimos anos — Walchwil e Metzingen, Ober- e Unterägeri, Oberwil im Simmental, Oberwil perto de Zug e simplesmente Oberwil, e também Bipp, Niederbipp e Oberbipp, Rotzloch, Haßloch e Alp Arsch, Moskau perto de Ramsen, Paradiso perto de Lugano, Küssnacht, Wolfenschiessen (cantão de Nidwalden), e ontem vieram nos ver vinte e três espectadores em Gräslikon!... É sem precedentes, é simplesmente sem precedentes, minhas queridas senhoras e senhores!

Como empresário, agente, curador e, ao mesmo tempo, melhor amigo e anjo da guarda de nossa estrela, eu sempre insisti que nós não poderíamos nos atrever, não tínhamos o direito de passar batidos pelo abençoado centro geográfico de vocês! (*para o lado*) Nós já estivemos aqui algumas vezes, não foi? Pois nossa presente apresentação será apresentada... Como isso soa bonito: será apresentada nossa presente apresentação... será apresentada como um presente... com presença, que representa... Muito bem, nossa história aconteceu... aqui nos arredores, bem perto de seu aconchegante povoado. Nem cinquenta quilômetros em linha reta! (*para o lado*) Eu digo isso sempre e em todo lugar, as pessoas gostam, é uma fala de sucesso...

E agora a nossa apresentação se faz presente. Estamos aqui, estamos com vocês!

Bom. O que mais? Falamos, tagarelamos. Dá para falar ainda mais tempo. Que o espetáculo comece! *The show must go on!* Hoje à noite, eu vou conduzi-los por uma história sensacional que, mesmo agora, dezenas de anos depois, faz perder o fôlego. Nada de boatos ou diz que diz, nada de... eeeeeeeh... Neste ponto, eu dizia algo meio que... meio que de comida, gastronômico... nada de... do quê? — ah, lembrei! — nada de coisa requentada! Só fatos, fatos e testemunhos... daqueles, como é que é? Como é que nós dizemos *witness*?... — OK: testemunhos de um participante imediato! Em primeiríssima mão, já que devo lhes dizer com toda a sinceridade: eu estive lá!

Caros amigos! Estimado público! Deem as boas-vindas à estrela mundial do piano e — o que não é menos importante — à pessoa que, com um único arremesso... o que era, mesmo?... Um único arremesso do quê?... Quem lembra do quê? Mas, também, não importa do quê — vocês vão ver tudo agora... Um herói que, com um único arremesso, decidiu o destino do mundo para melhor! O grande Teodor! Com seus aplausos!

Em cena, com um andar muito incerto e instável, entra um homem, maquiado de maneira bastante negligente e até desleixada e vestido à la Teodor, uma espécie de pseudossósia. Enrolando-se e errando impiedosamente a melodia, ele começa a tocar a Murka.

•

Neste ponto, faz sentido um conciso comentário meu. Mais precisamente, algumas reflexões esparsas que me ocorreram tanto durante, como depois da leitura. Não há nada que eu possa fazer: o status de biógrafo exige uma atitude crítica em relação às fontes, uma das quais é, sem sombra de dúvida, a peça inserida acima, de autor desconhecido (para mim, pelo menos).

Começo pelos nomes.

Por que é que, em vez dos nomes autênticos do herói e de seu adversário, o autor usa nomes inventados? Para evitar comparações diretas e possíveis acusações? Ou talvez com um propósito puramente simbólico?

O nome Teodor significa "dádiva de Deus".

Teofil, por sua vez, é "o favorito de Deus". No caso de um oficial de alta patente dos serviços especiais, isso pode de algum modo passar por sarcasmo. Isso é uma alusão ou a uma carreira espantosa, patrocinada por Alguém Lá de Cima, ou, no mínimo, ao ditador, que poderia ser considerado, conforme a vontade de alguém, um Deus, ou pelo menos um ídolo, ainda que só para seus próprios súditos.

No que se refere ao primeiro nome, não há ali, por sua vez, nenhum sarcasmo. Em compensação, há um páthos plenamente perceptível. Diante de nós, temos realmente alguém que foi dotado pelo alto. Que tem uma magia totalmente particular: tocar instrumentos musicais possibilita deter qualquer ação violenta do regime e, desse modo, proteger o curso pacífico da revolução. A eliminação de Teodor da arena das ações revolucionárias inevitavelmente torna-se o início do fim. A dádiva de Deus é perdida, e, a partir de então, nada mais de bom deve ser esperado.

Porém, não descartemos também a versão mais simples. Por exemplo, que os nomes Teodor e Teofil eram necessários ao autor só pela piadinha bastante superficial ("Olá, eu sou o Teo." "Olá, eu sou o Teo." "Eu sei que você é o Teo, Teo.") na Quarta cena. Certa artificialidade, daquele e de momentos semelhantes da peça, deixa em geral a impressão de que o autor recebera a encomenda de uma comédia, algo que ele não conseguiu exatamente fazer.

Essa impressão é sensivelmente reforçada por um outro nome — o do ditador. Exemplarmente satírico e relaxadamente brutal, ele traz à memória toda uma série de "achados" semelhantes e há muito tempo repisados, em que os autores, sem sustentar um alto nível de cultura cômica, recaem em suas formas mais primitivas e, por assim dizer, infantis.

Sente-se a mesma banalidade, infelizmente, no nome do hotel usado na peça — o Paradise. O autor não foi detido pelo fato de que, com essa palavra, em todo o mundo, são chamados não só milhares de hotéis, como também cinemas, salões, casas de prostituição, canais de televisão e estações de rádio. E, mesmo que, devido a compreensíveis receios de ações legais, o autor tenha precisado renunciar ao nome autêntico, Waldheim, ele tinha inúmeras possibilidades de encontrar algo incomum, fresco e, ao mesmo tempo, expressivo. Mas não, não encontrou.

A última impressão geral é a de que o autor da peça, embora tivesse todas as informações a respeito do real transcorrer das ações no hotel, assim como da história política que a antecedeu, ainda assim não conseguiu abster-se de deliberadas distorções e enfeites, que só com a enorme boa vontade de prováveis fãs seus poderiam ser considerados criativos.

É justamente a essa categoria de descobertas autorais que possivelmente pode ser atribuída a criação musical que é mencionada como *Flusslied, ou canção fluvial.* No entanto, qual exatamente das trinta e nove canções fluviais o autor tinha em mente, isso eu não consegui determinar.

Nesse pano de fundo, não podemos deixar de estranhar o único caso em que o nome real foi mantido — Anita. Concordo, ele corresponde à realidade. O que não corresponde inteiramente é a linha das relações do herói com Anita. O autor mostra essa linha como se ela não tivesse sido rompida no momento do rapto do herói pelos serviços especiais, e sim continuado, mesmo durante sua estada na Suíça. Esse motivo me parece mais do que duvidoso: Jossyp Rotsky, àquela época, já queimara dentro de si, definitivamente, a traidora, sem deixar sobrar nada dela. De outro modo, afinal, o lugar interno em que o fogo estivera de modo algum estaria pronto para... para quê?

Bem, digamos assim: para a semeadura de grama nova, elástica e alta.

De tudo o que foi dito no Sermão da Montanha, só enxergo sentido numa coisa: não jogar pérolas aos porcos. Até Nietzsche concordaria comigo nisso. Afinal, é necessário conferir: será que eu não tirei isso dele mesmo? Hoje em dia, dá para saber em dois segundos — colocamos na busca "Nietzsche pérolas porcos" e... Não, parece que não foi Nietzsche, não. Mas ele concordaria mesmo que o raciocínio é correto.

Eu não sei se existem porcos entre vocês que estão comigo hoje à noite. Pelo que estou vendo, na minha transmissão, vocês diminuíram um pouco em quantidade, mas ainda assim é até bastante gente. Por que é que não haveria porcos entre vocês? Mas acho que a probabilidade é pequena: de noite, os porcos preferem dormir, e não mergulhar numa rádio triste. Então, vou continuar jogando as minhas pérolas.

Na minha infância, as férias de verão voavam, era como se fosse um só dia. Você acorda em junho, e, quando chega a hora de se arrumar para dormir de novo, percebe: nossa, amanhã é dia 1º de setembro, dia dos meus infortúnios.

Naquela época, morávamos numa casa velha e nada imponente, quase totalmente coberta de pó. As férias de verão se passavam sobretudo em meio ao pó. Ele era carregado pelos ventos, de campos próximos dali, e se acumulava em todas as frestas possíveis, escurecia as janelas, formava camadas cada vez mais grossas nos peitoris, se amontoava nos ouvidos e nas narinas. As minhas primeiras anotações eu escrevi com o dedo no pó. Minha mãe lavava o chão três vezes ao dia. Os indomáveis arbustos de leiteiras e de urtiga em que a casa afundava cada vez mais não eram propriamente verdes, e sim de uma cor cinzenta, de cimento.

Não tinha como escapar do pó. Não tinha aonde ir nas férias. Eu ficava horrorizado com a maneira frenética com que elas passavam, voavam — como se fosse um único dia, cheio exclusivamente de pó. Nele, nada acontecia. Nada além dos sussurros secretos do meu amigo inseparável a respeito de como ele tinha ido às escondidas até uma frestinha na parede e espiado as peludas abluções *do vestiário feminino. As descrições apressadas dele faziam cócegas nos meus pavilhões auriculares, como pó, e penetravam em mim como um tremolo elétrico.*

Um dia, meu pai me chamou para ir até a floresta com ele. Ele estava de partida para um lote florestal nas montanhas, com o objetivo de fazer uma inspeção. Vamos passear juntos pelos arbustos, disse o meu pai, escalar as nossas montanhas. De alegria, eu mal pude esperar a manhã chegar. O primeiro dia de expedição não trouxe nenhum incidente. Nós passamos o dia numa espécie de cantina, quer dizer, num barzinho, em que os guardas-florestais entornavam no copo do meu pai, com cada vez mais frequência, schnaps, então na moda. Eles mesmos, de acordo com o costume local, tragavam uma mistura de cerveja com smetana, uma espécie de creme de leite, e tiravam a espuma branca dos bigodes. Fiquei extremamente entediado e, de quando em quando, corria para fora, para ver como estavam as montanhas. Elas estavam lá, de pé, mas terrivelmente esfumaçadas, quase invisíveis. Alguém explicou que estávamos cercados por chuvas, não devíamos ir para lugar nenhum. Meu pai ia ficando embriagado e praguejava, prometendo aos guardas-florestais ao redor dele julgamentos e fuzilamentos. Os guardas-florestais riam às escondidas e completavam os copos. Fiquei farto das piadas deles com as duas cores. Eles se referiam aos meus olhos. Corri para fora.

Perto do fim do dia, apareceu uma jovem loira, de coxas bem grossas, e eu pensei que ela tinha sido trazida ali para o meu pai. Mas ele não conseguia mais parar em pé. Durante meia hora, a loira andou pra cá e pra lá pelo saguão em frente ao bar da cantina. Como se estivesse à espera de novas ordens. Por um momento, até ousei presumir que aquela era, como dizia meu melhor amigo, a minha oportunidade. A primeira. A primeiríssima. E, mesmo que ela tivesse sido arranjada para o meu pai, eu poderia entrar no lugar dele. Mas, nas primeiras manifestações de uma ereção, tive que dizer adeus, assim que, lá fora, chegou uma motocicleta, jogando lama para todos os lados — e a loira, fazendo reluzir as coxas, pulou para dentro do sidecar. A moto saiu rasgando e sumiu de vista.

Se é que aconteceu um incidente naquele dia, foi exclusivamente aquele. Um quase incidente.

Meu pai, já quase inconsciente, e eu junto com ele, fomos escoltados para dormir num hotelzinho encharcado com lisol e velhas camas de soldado. Talvez fossem os restos de alguma outrora renomada casa de repouso nas montanhas, não sei. Mas sei que, enquanto eu caía num sono ruim e desesperado, dei a mim mesmo a palavra de que, no dia seguinte, sem falta, escalaria as montanhas. Mesmo sem o meu pai, sozinho.

No dia seguinte, ficou sensivelmente mais claro, aquele esfumaçar contínuo das montanhas virou um esfumaçar esparso, e tudo no mundo me impelia a uma expedição montanhística. Em pensamento, eu já caminhava pelos dorsos, desenrolando com as mãos o feltro nebuloso e olhando lá do alto para a terra de brinquedo lá embaixo. "Mas, primeiro, tomar café da manhã", disse o meu pai. "Eu prometi para sua mãe que você não ficaria com fome em momento algum."

Alguns guardas-florestais, diferentes daqueles primeiros, nos levaram, numa caminhonete sacolejante, até o quilômetro dezessete, onde éramos esperados outra vez pela suposta cantina. Meu pai começou o café da manhã com cerveja, que, por alguma razão, chamavam de tcheca.

Umas oito horas depois, eu entendi que, naquele dia, nós também não iríamos a lugar nenhum, apesar do tempo cada vez mais favorável. Meu pai ficou chamando de ladrões todos que estavam presentes à mesa e, dizendo-se oficial de contraespionagem, ameaçou todos com um revólver que ele não tinha. Os guardas-florestais, também diferentes daqueles primeiros, rachavam de rir e colocavam mais schnaps na tcheca do meu pai.

Colocavam para mim também. A algum deles ocorreu que vinho branco natural, como eles o chamavam, só poderia fazer bem a um rapaz como aquele. Quando eu fui para fora, o sol já se escondera e a Luz Única reinava sobre tudo. Pelo ar, flutuava a graça, e as montanhas circulantes, na verdade coros, esticavam uma infinita nota cavernosa, na verdade montanhosa, com todos os seus baixos e barítonos. Eu estava debaixo delas e no meio delas, minha cabeça viu-se no meio de uma centrífuga, tudo fazia barulho, ressoava e rodopiava naquela harmonia de esferas. Não sei se foi bonito. Mas deve ter sido.

Naquela noite, eu e meu deus outra vez inconsciente passamos a noite naquele mesmo quilômetro dezessete. Durante a noite, o deus se mijou e, de manhã, não conseguia abrir o olho. Eu o sacudi pelo braço que pendia da cama metálica de soldado e relembrei que estava na hora de ir embora.

No fim daquele mesmo dia, tínhamos que voltar para casa. A expedição montanhística ia chegando ao fim. Sem nem começar, pelo menos para nós.

Chegamos o mais perto possível da nossa casa, submersa até a metade na urtiga e no pó, e o motorista do furgãozinho de serviço buzinou três vezes. Minha mãe o conhecia. Ele era, por assim dizer, conhecedor de algumas circunstâncias domésticas, aquele motorista de nome Bentsyk. Sr. Bentsyk, quase que um amigo da família.

A buzina tripla era combinada. Se Bentsyk buzinasse três vezes perto da nossa casa, significava que meu pai não conseguiria de jeito nenhum ir sozinho até a soleira da porta. "Corra lá e chame a sra. Rotsky", disse Bentsyk, buzinando de novo três vezes. Minha mãe não saía. Meu pai estava largado no banco de trás, murmurando alguma coisa com voz roufenha e os olhos cerrados. "Eu não vou arrastar sozinho", acrescentou Bentsyk.

Era tarde da noite, mas minha mãe não estava em casa.

Eu voltei até o veículo com os olhos arregalados de desespero.

"Vamos colocá-lo ali na grama", decidiu Bentsyk. "Eu não posso esperar: está na hora de levar o furgão para a garagem."

Meu pai ficou imóvel e não quis dar nem um passo sequer. Ele exalava um forte hálito de schnaps e cerveja (mais o tabaco daquela época). Bentsyk segurou a massa dele quase que inteira, eu ia apoiando do outro lado o melhor que podia. Não dá para saber aonde teríamos ido parar se não fosse pelo diabo.

Meu amigo mais próximo viu tudo, pois ele mesmo estava sentado numa cerejeira, comendo cereja. A cerejeira era propriedade comum de todos os vizinhos, e havia um acordo de que meu amigo faria toda a colheita para dividir por igual entre todos. Na verdade, ele comia uma quantidade muito maior de cerejas do que jogava no jarro.

Meu amigo desceu da árvore no mesmo instante e, lambuzado do violeta da cereja, correu para nos ajudar. Maior que eu e mais forte, ele era exatamente o que faltava. Deitamos o meu pai de costas na grama cinzenta como cimento, debaixo de um freixo. Meu pai por um instante abriu bem os olhos e, apontando com o dedo para o ar, disse: "Você está preso". Não sei para quem ele disse isso, mas acho que pressentiu a proximidade dele, do diabo. Eu sentia vontade de enfiar a cabeça no chão: em todas as janelas, foram aparecendo os rostos maldosos dos vizinhos, da sra. Jukovska, que tanto lembrava o rei francês Luís Filipe. Bentsyk deu um tapinha compassivo no meu ombro e foi dar partida no seu furgãozinho.

Meu melhor amigo cuspiu um carocinho e acertou sem querer a testa do meu pai. O rosto do meu pai se contorceu; meu amigo, satisfeito com o efeito, gargalhou alto e, abanando a cauda com ar vitorioso, trepou de volta na cerejeira empoeirada.

No meridiano zero, são três e trinta e dois. Acho que está na hora de Procol Harum. **Beyond The Pale**.

10

A falcoaria, em nossa época, é um passatempo bastante raro, para não dizer esnobe. Portanto, seu atributo imprescindível — uma luva especial de camurça — não pode ser encontrado em qualquer casa, nem de longe. Rotsky, no fim das contas, tinha uma dessas. Um dia, eu a achei naquele apartamento em Rinocerontes, no meio da poeira de um armário vazio, aquele mesmo.

Depois de organizar, de algum modo, os períodos pré-revolucionário e revolucionário, e também o suíço, e de continuar o trabalho na biografia do senhor Jos, eu novamente me concentrei em Rinocerontes. Para isso, precisei saltar um pouco no tempo e ir parar mais uma vez no lugar de que Rotsky outrora quase gostara.

O desabrochar da primavera (e, em Rinocerontes, ela chega mais para o meio de abril, quando, na cidade, florescem as cerejeiras, as sakuras) encontrou Rotsky no auge de sua popularidade. A Khata Morgana continuava indo à loucura com seus programas das quintas-feiras, e, sentindo a demanda do público cada vez mais exigente, Rotsky ia aumentando a turma, com entusiasmo. Seus dias eram repletos de música, mas as noites... Elas iam se tornando sobretudo solitárias, pois as visitas foram se afastando dele uma a uma. Não exatamente se afastando, mas como que se esgueirando para longe ou se dispersando. Era como se, com a primavera, cada uma delas fosse esperada em outro lugar, e o antigo sonho de sempre, o de suas mães, de "casar-se com um estrangeiro", tivesse ganhado sinais de uma possível concretização. Era assim, pelo menos, que Rotsky estava propenso a explicar para si mesmo a desaparição delas.

Em compensação, ele saía para passeios com frequência ainda maior, alternando as rotas habituais com outras desconhecidas. Estão lembrados do livro de Walser, dado a ele como despedida pelo amável diretor da prisão em Z.? Uma das partes se chamava *O passeio*, e Rotsky leu-a com um dicionário e um lápis. Além disso, ele comprou casualmente, num sebo, uma edição em tradução para a língua local, que, embora não fosse oficialmente considerada eslava, continha uma quantidade de palavras eslavas, com o perdão da tautologia, criticamente suficiente para entendê-la. Em suas vigílias com *O passeio*, Rotsky chegou a comparar o original com a tradução e constatou, atônito, que estava absorto naquilo.

O suíço escrevia de um modo como que errado, quer dizer, tanto meticuloso, como, ao mesmo tempo, desleixado, e o grau de aborrecimento palavroso conscientemente alcançado suplantava qualquer parâmetro mais elevado de ambição narrativa, e, graças a isso, esse mesmo aborrecimento tornava-se um entusiasmo sem precedentes. Foi ele mesmo, Walser, embora talvez em parte também Voltaire, quem infundiu em Jos a ideia de que nós viemos a este mundo para observações e passeios. Aliás, os primeiros podem nos ocorrer sem os segundos, mas os segundos inevitavelmente levam aos primeiros.

A cidade, com seus relevos tectônicos, suas encostas onduladas, os prados verdes do outrora denso parque baronal, as margens pitorescamente intocadas do Oslava e o velho e repisado pavimento do centro histórico, era como que feita para andar a pé. Afinal, não só o centro, mas também os arredores históricos, com seus moinhos de água, velhas fábricas, agora transformadas em viveiros de cultura alternativa e de venda de drogas, vilas luxuosas, embora na maior parte das vezes arruinadas, o hipódromo, o depósito de bondes e riachos prateados de trutas, eram igualmente atraentes por sua possibilidade de matar o tempo ilimitadamente livre. Em especial se, empoleirado de modo seguro em seu ombro esquerdo, seguisse um irmão de armas, alado e preto. Rotsky até passou a gostar daquela companhia. Tinha a impressão de que Edgar desfrutava daquelas caminhadas conjuntas com devoção equiparável à sua própria. Porém, a maior parte do passeio era feita por ele num voo de acompanhamento. Mas ele voltava para o ombro de Jos em todas as situações que o exigissem. Por exemplo, se Rotsky encontrasse um lugar ao sol num dos recém-abertos terraços de cafeterias. Ou num dos bancos de granito em frente à fonte biedermeieriana dos Quatro Regatos (Dourado, Negro, do Moinho e Selvagem — todos corriam para o Oslava).

Sem falar dos incontáveis recantos da Colina do Castelo.

Edgar gostava da atenção e sabia que Jos, assim como ele, não se opunha a posar em lugares muito frequentados. Tudo bem, era o que ele, Edgar, achava.

O desabrochar da primavera, no entanto, exigia despimento. Capas e casacos, acenando seu último adeus da temporada, caíam dos ombros e penduravam-se, até tempos melhores, em guarda-roupas escuros, e, atrás dele, suéteres, blusões e jaquetas. As garras de Edgar no ombro de Jos iam ficando cada vez mais duras e afiadas, ou seja, mais perceptíveis, e então — não na imaginação de Jos, e sim na de Edgar — brotou a ideia da luva de falcão. Rotsky agradeceu pela pista e, logo que se sentou ao computador, inseriu na busca o que era necessário. O primeiro anúncio já lhe pareceu plenamente conveniente: *Vendo luva de falcoaria — luva esquerda feita de camurça (NOVA) LIGAR ESCREVER E TAMBÉM VER AS MINHAS OUTRAS OFERTAS.*

Rotsky não se interessou pelas outras ofertas. Mas a luva ele adquiriu.

Assim, ele e Edgar mudaram um pouco a configuração. Entretanto, verificou-se que carregar um pássaro tão grande no braço estendido não era assim tão fácil. O esquerdo, sobretudo nas primeiras vezes, sofreu muito, e Edgar sentiu-se desconfortável pela pressão que causava. Pouco depois, ele concebeu uma nova ideia, de que Rotsky também gostou. Então, ele prendeu a luva de falcoaria, usando principalmente tiras de velcro, àquele mesmo ombro esquerdo. Edgar voltou para seu lugar favorito, perto da cabeça de Rotsky. Duas pensam melhor que uma.

Naquele dia, eles subiram até o Castelo através do Portão dos Centauros, chamado, entre os piadistas locais, de Grande Vagina. Ao cruzar o território uniformemente restaurado e até um pouco alisado demais do Castelo Novo, Rotsky não percebeu nada de interessante. Como sempre naquela época do ano, havia um ou outro bando de turistas e um vozerio penetrante, e reforçado por megafones, dos guias, que, no estilo habitual, tentavam manter a oscilante atenção da clientela ora com banalidades poéticas, ora com piadas contadas de um jeito nada engraçado. Rotsky reconheceu um dos idiomas — aquele que, antes, era chamado de russo.

Em compensação, no Castelo Velho, cujo terreno, três vezes mais extenso, jazia em ruínas, a situação parecia incomparavelmente mais vivaz. Não era a primeira vez que, ao vagar por aqueles lugares afastados, Rotsky, com o canto do olho (um deles) observara a chamada Colônia. Rinocerontes recebia todos que necessitassem de refúgio temporário ou duradouro, e a Colônia, com seus corredores e salões subterrâneos, sempre pululava não só de magros e enfraquecidos eritreus ou alemães da Dobruja e de Kherson, como também turcomanos da Síria e caraítas da Crimeia. A elite da cidade não podia deixar de gabar-se de sua hospitalidade e reiterava, de maneira insistente e iâmbica, a partir de todas as suas plataformas: "Todos os nossos portões estão escancarados, estamos sempre dispostos a recebê-los!".

Dessa vez, a Colônia pululava de toda espécie de criançada. Tinha-se a impressão de que a escolha dos refugiados recém-chegados não fora organizada por características étnico-tribais ou talvez religiosas, e sim, sobretudo, etária. Centenas de crianças com idade para estarem no ensino fundamental ou adolescentes perambulavam com ar excitado pelas ruínas do castelo, ora assomando à superfície, ora novamente sumindo nas catacumbas. Fazia um dia não apenas ensolarado, mas também finalmente quente de verdade — com botões frescos, cucos, grama e, nela, os primeiros dentes-de-leão. A Colônia aproveitava ao máximo a graça concedida pelo clima e — uns descalços, outros ainda usando os pesados sapatos de inverno que tinham sido distribuídos no abrigo de alguma missão de caridade — enlouquecia com a primavera e os hormônios. Rotsky foi notado: ele ouviu algumas vozes pelas costas, dizendo, de maneira aguda e gargalhante, *o mano do corvo*. Em algum momento, Rotsky, que, por todos os lados, eles já se preparavam para provocar, empurrar e puxar, sentiu Edgar como sua única proteção. Do contrário, eles sem dúvida teriam atacado — não, talvez não por mal, mas por atacar, por diversão. Tudo bem, Rotsky não teria se entregado tão facilmente. Mas, mesmo se conseguisse derrubar dez deles, vinte ele não teria derrotado. Então, o amigo vigilante que espreitava do ombro de Jos como um falcão de batalha era o que os mantinha afastados. E, para ser sincero, ele também mantinha o próprio Rotsky à distância, com sua sabedoria e ponderação.

Neste ponto, não é demais mencionar que o governo da cidade de Rinocerontes, numa sessão do ano anterior, antes do Natal, decidira abolir totalmente as patrulhas policiais no terreno da Colônia. O principal motivo para isso era não oprimir ou humilhar de modo algum os moradores dos subterrâneos, já bastante golpeados pelo destino. Em vez disso, quem deveria observar a ordem, em turnos, eram uns voluntários meio obscuros, que calhavam de estar naquele lugar com pouquíssima frequência. Naquele dia, não se via nem sinal deles ali.

Não se pode afirmar, porém, que as hordas de crianças eram deixadas por sua conta. Entre eles, havia também adultos — homens e mulheres igualmente ruidosos, com um quê de falta de asseio e de jocosidade. Eram justamente eles que, como se poderia imaginar, desempenhavam os papéis sociais de mais velhos, ou seja, de guias e mentores e, em parte, também de pais.

Uma delas, uma mulher mais velha, usando roupa esportiva desbotada e, por conta disso, com aspecto sujo e cinzento, e uma boina preta por cima das madeixas esparsas e grisalhas, cruzou o caminho de Rotsky. Depois, ele descobriria que a Colônia inteira a chamava de Lady Gaga. Eu também a chamarei assim, uma vez que, até hoje, não descobri o nome e o sobrenome.

Lady Gaga moveu-se na direção de Rotsky com uma objetividade tão inequívoca (e, além disso, meio que manquitolando), que ele não teve a menor dúvida: ela de cara ofereceria drogas. A Colônia era conhecida pelos preços baixos e pela variedade totalmente exótica de determinadas psicomercadorias. As línguas soltas e más da oposição local espalharam por Rinocerontes o boato de que certos traficantes das catacumbas eram fornecedores de muitos representantes da maioria do governo da cidade — e de maneira bastante estável. Supostamente, era nesse sentido que se devia entender o belo lema da coalizão, "Estabilidade e tolerância".

Rotsky nem teve tempo de se lembrar disso. Em primeiro lugar, foi desagradavelmente surpreso por Edgar, que, mediante a aproximação de Lady Gaga, bateu as asas e saiu de seu ombro. Em segundo lugar, Lady Gaga cravou todas as garras da mão esquerda na luva no ombro de Jos. Ainda bem que a luva estava lá.

Edgar voou numa direção desconhecida — Jos pensou na palavra "traição" e, como veremos, estava enganado. Com relação às drogas, ele também estava enganado. De toda a santa trindade da geração rebelde dos anos sessenta, Lady Gaga — ela mesma um exemplar especial daquela geração — decidiu empurrar para ele não o segundo, e sim o primeiro elemento.

"Massagem erótica. Boquete profundo", ela falou, numa voz como que arenosa e solta.

Rotsky perdeu o fôlego. Em casos como aquele, sua imaginação funcionava não só com a rapidez de um raio, mas também de maneira profusa. Ele já vira (ainda que, por incrível que pareça, de dentro) uma bocarra decrépita que devorava, de maneira implacável, como um píton, seu pau imobilizado pelo terror.

"Seu idiota", Lady Gaga adivinhou o estado dele. "Não eu, não tenha medo."

Ela acenou na direção do bando de crianças que estava atrás.

"Uma menina legal, daquelas ali. A que quiser. Todas são limpas, não infectadas. Pode escolher."

Rotsky finalmente conseguiu tirar a pata dela de seu ombro.

Lady Gaga, porém, aferrou-se novamente — dessa vez, na articulação do ombro.

"Preço a combinar. Não passa de dez euros, bom, talvez uns doze, no máximo, sem a gorjeta."

"Isso, não", pensou uma metade de Rotsky, enquanto sua outra metade concordava que o preço era bom. Porém, serviços sexuais de menores não entravam fundamentalmente em suas prioridades. Mas que prioridades, que nada — não entravam em geral. Não entravam em sua vida sob qualquer aspecto, e categoricamente. Ele era desse tipo — um sexista antiquado, patriarcal e melancólico.

Por isso, Rotsky tirou outra vez de seu ombro a mão espalmada de Lady Gaga e, para não enrolar muito tempo naquele teatro do absurdo, tentou dar as costas e ir embora, disposto a deixar não só a luva, na qual outra vez a mulher se aferrara, mas também a mão dentro dela. Em sua cabeça, durante todo aquele tempo, pulsava uma única frase, que parecia brotar de seu inconsciente, dos distantes anos de juventude, ou, mais precisamente, um fragmento daquela frase: "É melhor cair fora daqui ou...".

"Aaah!", sacudiu a cabeça Lady Gaga, com ar de compreensão. "Agora entendi. Para você, é mais interessante um menino? Boa, tio. Não é bobo, nem nada, beleza. Só que os nossos meninos são mais caros. Tem de quinze, e tem de..."

Rotsky saiu de perto dela depressa; Lady Gaga, manquitolando, correu atrás dele. No Castelo Novo, Rotsky respirou com certo alívio, mas em vão: agora, tinha que sentir sobre si os olhares cada vez mais desaprovadores dos turistas. Alguns deles, em grupos inteiros, simplesmente pararam e viraram na direção dele. Isso fez a mulher pensar em um novo truque.

"Gente!", berrou ela, erguendo as mãos para o céu. "Esse cara veio atrás das crianças, o filho da puta! Atrás das meninas, atrás dos meninos!"

O círculo de turistas, que, por alguma razão, incluía exclusivamente homens de meia-idade com corte de cabelo idêntico, começou a estreitar-se, com ar ameaçador. Ou talvez nem fossem turistas — eles falavam o idioma anteriormente conhecido como russo. Os rostos pareciam como que tensos, oficiais. Com essa cara, as pessoas não vão para uma excursão turística, e sim para uma guerra híbrida.

E quem sabe como terminaria esse incidente idiota, e ainda mais para Rotsky, que, devo admitir, também ainda não sabia como se safar daquilo, se, do Portão dos Ventos de Sudeste, Edgar não tivesse chegado voando — e, ainda por cima, não sozinho, e sim à frente de todo um bando de gralhas, talvez aquelas mesmas com que ele por pouco não se atracara naquele mesmo Castelo, no outono anterior. Agora, elas pareciam estar junto com ele. Assim, Edgar, como um ás, direcionou sua esquadrilha negra contra a mulher gritalhona e rodeou-a por inteiro, envolveu-a, recobriu-a com um enxame negro de gralhas. Hitchcock invejaria aquele espetáculo!

Naquele momento, ficou claro que ela não era bruxa nenhuma, como Rotsky poderia ter pensado. Por que, afinal, uma bruxa fugiria de maneira tão vergonhosa de um mero monte de pássaros? Cobrindo a boina com as mãos, encolhendo a cabeça entre os ombros e, por alguma razão, deixando de mancar?

Em compensação, na vez seguinte ela apareceria para Rotsky num estilo um tanto diferente. E numa luz completamente diferente. E em outro lugar.

Mas isso em seu devido momento.

A cena desenrolou-se no popular (os proprietários diriam cultuado) café-restaurante Velhice não é Ledice, na praça da Etiópia, 19. Não se pode dizer que Jos o frequentava. Pelo contrário, ele nunca fora até lá e nem sequer tivera a intenção.

Mas eis que ele recebeu um SMS de Myromyr-Slavoiar. "Caro amigo Jos", escreveu Servus, "tenho grande necessidade de encontrá-lo em território neutro. Umas pessoas bondosas estão tentando me convencer a comprar mais um estabelecimento. Financeiramente, eu arriscaria, mas quero seu julgamento. Ele é importante, Jos! Vamos ver o que está lá dentro e discutir. À espera de nosso ECT, sempre seu." Depois, indicou o dia e a hora.

Rotsky não ficou exatamente surpreso com aquilo, mas, por via das dúvidas, arregalou os olhos. Que diabos? Poderia ele por acaso oferecer um conselho de especialista num assunto tão específico? Porém, também não queria desprezar o convite, pensando que uma visita a um lugar diferente, que ele até então não conhecia, talvez não fizesse mal.

Ele se atrasou seis minutos, mas Servus ainda não tinha chegado. Já me adiantando, devo notar que ele não chegaria. E, no mais, em pouco tempo ficaria claro que Servus não escrevera SMS algum para Rotsky e, evidentemente, não o enviara. Em vez disso, o que aconteceu na realidade foi: certas pessoas, na definição de Servus, *vocês sabem muito bem quem*, sem mais nem menos hackearam seu telefone, e ele teve até que trocar de número.

Enquanto isso, ainda sem saber de nada daquilo, Rotsky dava uma espiada na cafeteria. Esta, como se verificou, não se restringia a um único espaço: no início do século passado, havia sido a grande residência de uma rica dinastia burguesa, onde cômodos gigantescos estendiam-se, um atrás do outro, num enfileirado suntuosamente decorado. Os primeiros proprietários novos, do início dos anos noventa, depois de arrancar do Estado o outrora nacionalizado e ainda sedutor *bem imóvel*, chamaram o que então era uma loja de "artigos antigos e de antiquário" de Enfileirado.

Porém, naquele momento, o lugar se chamava (o que já sabemos) Velhice não é Ledice e, como diziam em sua página na web, "convidava a um mergulho no tempo". Cada um dos quatro cômodos do Enfileirado concentrava uma das quatro últimas décadas do século XX. Procurando por Servus, que, naquele momento, não fazia a menor ideia de que ele tinha um ECT, Rotsky foi avançando cada vez mais fundo. Àquela hora, por alguma razão, quase não havia fregueses, e os cômodos pareciam não só vazios, como também mais espaçosos. Não eram mais cômodos, e sim, salões.

Primeiro, atravessou os anos noventa: móveis de vime, minimalismo total à la Escandinávia, muitas flores falsas e louça da Ikea, o fundo musical era um mix contínuo de um acumulado de *samples*. No segundo salão (Rotsky desacelerou um pouco o passo), dominavam os anos oitenta: neofuturismo misturado com exotismo tropical, papel de parede com cipós, palmeiras e mulatas, *elfotrolls* de fantasia — como passar sem eles? —, e também *post-noir*, tanto *post* como *cyberpunk*. O terceiro convidava aos anos setenta, e Rotsky teria preferido ficar ali, pois estava tocando um progressivo muito bom, algo do tipo King Crimson, Genesis ou Banco Del Mutuo Soccorso em uma só garrafa, como diziam naquela época. Além do mais, tudo lembrava o incomparável glamour hippie daqueles tempos boêmios: jeans puídos, filtros de sonhos, velas aromáticas, outras bugigangas e badulaques do tipo, coisas indígenas e indianas, braceletes, medalhões, gongos tibetanos, saias largas, as obras completas de Castañeda e refinados e graciosos vaporizadores. Tudo vinha de lá, daqueles anos setenta, mas Servus não estava ali, e Rotsky avançou ainda mais.

Porém, na passagem para o cômodo mais afastado, ele foi recebido e detido por um garçom que, embora ainda jovem, o olhava do alto. Ele não conseguia não olhar do alto, afinal, considerada sua altura de um e noventa.

"O senhor tem certeza de que quer entrar aqui?", olhou ele lá de cima para Rotsky. "Agora está acontecendo um almoço social."

"Qual?", perguntou Jos.

"Nosso estabelecimento oferece regularmente almoço àqueles que estão em necessidade. O senhor está em necessidade?"

"Estamos todos em necessidade", generalizou Rotsky. "Eu só queria conferir se um conhecido meu não está ali dentro. Se tem alguém que está em necessidade, é justamente ele."

"Pode olhar", disse o compridão, num tom que poderia passar por uma ameaça.

Mas ele saiu do caminho de Rotsky.

Adiante, eram os anos sessenta, ou seja, totalmente sua infância: na penumbra que se derramava pelo salão, reluziam lâmpadas de lava de parafina, graças às quais também era possível divisar umas cadeiras de polipropileno, fragmentos de mobília da Romênia, foguetes espaciais e satélites artificiais de vários tamanhos, nas paredes também se notavam tapetes da Alemanha Oriental, e, junto às paredes, uma ou duas mobiletes tchecoslovacas Jawa Stadion. De uma monumental radiola de Riga, chiavam e estalavam num velho vinil canções dos partisans iugoslavos, ou a criança-prodígio italiana Robertino.

Notava-se que Myromyr-Slavoiar também não estava ali. Mas Rotsky, lamentando-se por aquilo, também lamentou — e até em maior medida — outra coisa: Edgar não estava com ele. Os caminhos dos amigos, naquele dia, haviam se separado. O que deveria ter sido frisado desde o início, receio eu.

Rotsky não notou almoço nenhum — no sentido de consumo de comida. Sim, no recanto mais distante daquele espaço de democracias populares, uma companhia de cinco pessoas estava reunida, mas, além de uma garrafa começada e de uns copinhos, eles não tinham nada para o almoço. À frente da companhia, estava aquela mesma Lady Gaga. Rotsky não pôde deixar de reconhecê-la — a despeito de sua aparência (ou até *look*!) radicalmente diferente naquele dia. Por exemplo, ela usava um chapéu de abas indizivelmente largas — senão de palha, talvez de algas marítimas secas, e era bem possível que fosse do próprio Yokomushi! Chapéus como aquele não eram simplesmente vendidos em brechós: só era possível ganhá-los de presente, de fundações filantrópicas particularmente ambiciosas.

Mais o quê, além do chapéu?

Não vou começar a inventar nada, porém posso imaginar: por exemplo, um *trench coat* de tenente, cor de café com leite, à la Colombo, de Luigi Galvani, possivelmente encontrado numa lixeira de materiais da Velha Europa, coberto de manchas de cerveja e das impressões digitais dos dedos engordurados de alguém. Abaixo do joelho, leggings inteiramente lúdicas, de um marrom claro, da KravtsłoFF!, que combinavam bem com os Crocs pretos e violeta, já bem surrados, e que permitiam ver os calcanhares igualmente pretos e violeta.

Dá para se vestir de maneira criativa e estilosa com coisas da lixeira! Lady Gaga não lembrava aquela mesma de antes, e sim, por exemplo, uma velha e excêntrica artista, uma lenda local de importância em toda a Europa, uma esquerdista convicta e a última amante de Picasso. Só sem os pincéis e o cavalete, por alguma razão.

Não vamos nos esquecer das esparsas madeixas grisalhas, dessa vez unidas numa trança, o que tornava aquela dama vagamente semelhante a uma líder dos seminoles.

Porém, Rotsky, no geral, só viu o chapéu. E, também que, debaixo dele, estava a *fuça* dela.

A última palavra combinaria igualmente bem com os circundantes — pelo menos três dos quatro. Rotsky não conseguiu encontrar outra palavra para eles, a não ser broncos. Todos os três tinham um aspecto bastante ridículo: como se tivessem em pessoa se arrastado para a realidade, vindos de alguma animação em que tinham que representar um estágio misto, um estágio de transição entre o mundo animal e o dos humanoides. Além disso, na maior parte do tempo eles se divertiam com seus smartphones, sem se esquecer de, vez por outra, atormentar em voz alta a quinta pessoa à mesa daquela companhia.

Dela, Rotsky poderia falar ainda menos. Uma moça? Uma menina? Pela idade, parecia jovem, mas uma definição mais precisa não era possível através de toda aquela penumbra, adensada, para Rotsky, por seus próprios óculos de proteção. E, também, pela distância. No entanto, sem se esquecer por um instante da oferta com que a Lady Gaga voara até ele da vez anterior, Rotsky fatalmente chegou à conclusão de que a Pequena (foi esse o nome provisório que deu a ela) estava em perigo. Ele decidiu que esperaria por Servus ali. Na verdade, sentou-se à melhor mesa possível para poder observar.

Para um objeto de uso sexual, a Pequena — pelo que Rotsky podia ver de seu ponto de observação — servia muito bem. Talvez até servisse de maneira ideal, por mais dissonante que fosse, naquela situação, a palavra "ideal". Vestida só com roupas curtas e abertas, ela passaria até muito bem por uma daquelas ninfetas na direção das quais sempre assobiavam e berravam grupos de jovens árabes que, na maior parte do tempo, vadiavam nas proximidades do Bazar Podre. Acontece que, em Rinocerontes, naquela época, já se estabelecera de maneira quase definitiva uma nova cultura de gênero, e os homens locais não ousavam (ou fingiam que não ousavam) olhar na direção de mulheres vestidas de modo cada vez mais ousado, ou, mais precisamente, numa analogia com o copo meio cheio ou meio vazio, despidas de modo cada vez mais ousado. Fazia algum tempo que os homens de Rinocerontes tinham aprendido a simular plena indiferença e simplesmente não olhar na direção de todas aquelas zonas abertamente depiladas, virando a cabeça de modo acentuadamente resoluto, desviando os olhares e, assim, evitando o fenômeno extremamente vergonhoso do *staring*. E só os jovens refugiados do Sul, reunidos em grupos, reagiam àquela abertura de maneira turbulenta, todos juntos, acompanhando, a cada vez, todos aqueles decotes, shorts e bundas com mais um ruidoso rompante de emoções. É assim que os motoristas de caminhão, em suas longas viagens, buzinam, num coro obrigatório, numa estrada ao longo da qual passeia uma desavisada pesquisadora.

Esse era o contexto geral daquela cena, e Rotsky não teria se permitido não guardá-la na memória.

Porém, ele não conseguiu perceber mais coisas da Pequena também pelo fato de que ela apoiara a cabeça na mesa e escondera o rosto. Ao que parecia, ela estava se sentindo muito mal. Ou seja, se alguém perguntasse se ela mesma estava gostando de tudo aquilo, Rotsky teria respondido com uma negativa. Não, era mais do que claro que ela tinha sido caçada por eles, de que ela era a presa deles. A suposição mais simples era o álcool de má qualidade (da garrafa começada?), porém não era o caso de descartar nem remédios, nem seringas. Rotsky nem tentou julgar se ela era uma *málitsa* ou não, mas aquilo não o preocupava tanto.

Por vezes, parecia que ela estava se forçando para, quem sabe, opor algum tipo de resistência. Diversas vezes, ela até fez menção de se levantar e ir embora, mas em todas os broncos a seguravam pelo ombro e pelo pulso e a colocavam de novo sentada na cadeira e, depois disso, ficavam um tempo acariciando-a e afagando-a, um depois do outro, e dando risadinhas maliciosas. Ela, então, caía outra vez com o rosto na mesa e, durante um tempo, ficava imóvel, não reagindo de modo algum aos toques e apalpadelas impudicos.

Lady Gaga, por sua vez, já vinha perfurando com os olhos, havia algum tempo, o pedaço de espaço no centro do qual encontrava-se Rotsky. Não era algo semelhante a um desafio. Era um desafio puro e simples.

Rotsky não tinha uma migalha de dúvida: ela o reconhecera. E se, da vez anterior, o desenlace não fora a seu favor (ah, onde é que ele está agora, o querido Edgar com seus amigos lutadores?), naquele momento ela exigiria revanche. Mas não era disso que Jos estava com medo — era de outra coisa. Por exemplo, de que ele não encontraria um pretexto para intervir e dar um basta àquela evidente baderna.

Preferiu nem considerar a ideia de chamar a polícia. Ele mesmo sempre se mantivera bem longe da polícia, ainda mais agora que tinha uma quantidade astronômica de dinheiro guardada numa filial local de um banco. Dar na cara outra vez, em mais um país? Depois de todas as coisas de que ele tinha sido acusado na Suíça? Com aquele status terrivelmente instável de pessoa eternamente à espera de um status? Qualquer que fosse?

Não dava nem para falar em polícia, não. Mas na equipe de um estabelecimento em que um crime totalmente óbvio estava acontecendo, isso sim. Isso com certeza faz sentido, pensou Rotsky. Afinal, eles estavam interessados em manter a lei e a ordem em seu campo. Não seriam idiotas de permitir coisas ilícitas com garotas ali dentro!

Assim que ele pensou aquilo, perto dele surgiu um garçom (do chão ou do céu?) — não aquele de dois metros e antipático, pelo contrário. Ou seja, um baixinho com bochechinhas rosadas como as de uma criança e um nariz de porquinho. "Seria melhor aquele primeiro", avaliou Rotsky, mas não em voz alta.

"O que vai ser, senhor?", quase cantou o garçom, com sua educada voz de tenor.

"Preciso falar com seu gerente", respondeu Rotsky. "Ou quem quer que seja o chefe aqui."

"Tem alguma queixa?", as bochechinhas do garçom estenderam-se num sorriso infantil.

"Queixa?", retrucou Rotsky. "Não, mas tenho perguntas. Não acha estranho aquele grupo?"

O garçom olhou com cuidado na direção da mesa dos malfeitores. Onde, depois de algum tempo em silêncio, como que estudando a situação, ele não viu absolutamente nada de estranho. Voltando seu olhar para Rotsky, o garçom, mais uma vez sorrindo, perguntou:

"O que exatamente está incomodando o senhor?"

"Chame o gerente", insistiu Rotsky.

"Nosso supervisor está fazendo uma visita ao banco neste exato momento. Em que mais posso ajudá-lo?"

"Com uma cerveja pequena!", Rotsky mostrou o punho cerrado.

"A política corporativa do nosso estabelecimento é de tolerância zero com qualquer tipo de agressão", escandiu o garçom, com ar subitamente severo. "Somos contra a violência em todas as suas formas, senhor."

Com aquelas palavras, ele deu meia-volta e foi embora.

O coro dos partisans iugoslavos acabara de cantar sobre o "herói Tito" e, depois disso, emendou a lendária "Metralheira". Rotsky mais uma vez tentou e não conseguiu falar com Servus: é claro que ele não atenderia. "Só se morre uma vez", decidiu Rotsky e, tirando da base do nariz, por via das dúvidas, os óculos de proteção, aproximou-se do grupo maldoso com um passo mais duro que o normal.

Eles já estavam à espera, como ficou claro.

"E aí, olho colorido! Vai levar a nossa garota?", um dos broncos cumprimentou Rotsky.

"Vou levar", no mesmo instante concordou Rotsky. "E quanto estão cobrando?"

Os broncos se remexeram e deram quase que um salto em suas cadeiras: "Depende do tempo!"

"Do lugar!"

"Do serviço!"

"Dos desejos!"

"Dos seus", acrescentou Lady Gaga com sua voz arenosa. "Dos seus desejos e fantasias. Porque, se você for um velho pervertido e narcisista, vai sair mais caro."

"E se for para sempre?", perguntou Rotsky.

Lady Gaga fez um gesto desdenhoso:

"Você não tem tanto assim para levar para sempre. A menos que seja um milionário."

Os broncos gargalharam, e um deles baliu:

"E ele é mesmo um milionário!"

"É melhor você se sentar aqui conosco e beber", Lady Gaga apontou para uma cadeira livre. "Quem sabe em troca disso nós não decidimos entregá-la para você!"

"Bebo", concordou Rotsky. "Mas não sozinho. Você também vai beber."

"Vamos todos beber", garantiu a mulher, servindo os copinhos. "E você também vai beber!"

As últimas palavras foram claramente dirigidas à Pequena, que eles outra vez começaram a cutucar e a sacudir. Ela arrancou a cabeça da mesa, e Rotsky, pela primeira vez, viu seu rosto bem de perto. A "Metralheira" partisan disparava seu "traca-traca-trac!" final — e, em seu lugar, na voz infantil de Robertino, irrompeu, de maneira previsível, a canção *Romantica*, em que *bambina bella* rimava, de maneira igualmente previsível, com *stella*. Se a *bambina* local, cujo rosto finalmente se revelara a ele, era de fato *bella* e *stella*, Rotsky ainda não podia afirmar. Envolto num total alheamento e imóvel como uma máscara, aquele rosto não expressava e não almejava nada. E todo o corpo pequenino parecia prestes a rastejar da cadeira para algum lugar lá embaixo — ou diretamente para o inferno, ou então simplesmente para debaixo da mesa.

O líquido do copo revelou ser dotado de um pantanoso sabor da Amazônia. Ao tragar aquilo, Rotsky teve tempo de presumir que era um dos piores tipos de cachaça brasileira. Porém, ele não queria deter-se por muito tempo na classificação da bebida, e ficou trabalhando mentalmente em seus próximos atos (pegá-la pelo braço e levá-la embora? Ela conseguiria andar? Carregá-la nos ombros? Carregá-la pela cintura?).

O álcool (se é que havia álcool ali) agiu com a rapidez de um raio, e a cabeça, sem hesitar, começou a rodopiar. "É melhor cair fora daqui ou...", Rotsky ordenou a si mesmo da maneira habitual e logo estendeu a mão na direção da garota e dos semblantes retorcidos por uma gargalhada zombeteira. Rotsky não sabia como dissociá-los — a garota e os semblantes retorcidos. Tudo ao seu redor começou a se desfazer de um modo ou de outro, o tempo e o espaço foram despedaçados em inúmeros fragmentos, na grande maioria dos quais reinava o Nada. "Se pelo menos eu não tivesse esse zumbido nos ouvidos", estridulou Rotsky, "se pelo menos não tivesse começado."

No momento seguinte, ele se viu de saída dos anos sessenta. O corpo inteiro da Pequena estava pendurado nele, que se esforçava para carregá-la de alguma maneira, apoiando-a pelo cotovelo. A sensação de perseguição não passava, não se via o fim dos salões, eles continuavam a atravessar um depois do outro, como se não fossem mais quatro décadas, e sim pelo menos quarenta e duas. Os perseguidores iam se aproximando, e Rotsky, ao olhar para trás, viu seus narizes ensanguentados, os olhos inchados e a cabeça despenteada da Lady Gaga, por alguma razão agora sem o chapéu, porém coberta de pinturas de guerra dos seminoles. A julgar pela dor intensa que sentia nas falanges, Rotsky tivera que usar bastante os punhos não muito tempo antes.

Eles só ficaram para trás depois que Rotsky atirou na direção deles a carteira com diversas notas de considerável valor nominal. Em algum lugar ali, nas profundezas do tempo, eles ficaram presos, depois de se atirarem em cima de todo aquele dinheiro e de começarem a reparti-lo com excitação.

Então, de novo não aconteceu nada.

Entretanto, Rotsky voltou a si num carrinho de dois lugares, e a moça, ainda inerte e talvez inconsciente, balançava e chacoalhava ao seu lado. Estavam sendo levados por uma bicicleta-riquixá de passeio, chamada para eles sabe-se lá por quem — a menos que ela mesma tenha ido parar naquela praça da Etiópia, onde tinha seu ponto permanente. Pois ela não fora trazida até ali por Edgar, que, aliás, já estava pousado em seu amado ombro esquerdo, vindo sabe-se lá de onde. O condutor girava os pedais para a frente com inspiração e sem olhar para trás nem uma vez sequer, embora, considerando aquelas costas recobertas por um justo casaco xadrez feito sob medida, Rotsky por algum motivo tenha chegado à conclusão de que Myromyr-Slavoiar em pessoa era o seu salvador secreto.

Aquela noite no apartamento de Rotsky em cima da Khata Morgana foi repleta de vômitos, e também entrecortada e fragmentária.

Depois de conceder à moça a única cama, embora de casal (*não vou, não vou despir você, deite, durma*), Jos forçosamente notou que a camiseta dela estava erguida, desnudando uma barriga bastante musculosa. Mas ele não tinha cabeça para isso. O terceiro olho, inteiramente escancarado, continuou invisível, Rotsky ainda chegaria lá.

Depois, ele arrancou dela, com esforço, os pesados sapatos de roqueiro e, de maneira involuntária, estimou em 37 o tamanho do pé. Pensando no dever paracristão de salvação do próximo (ou, neste caso, da próxima) que fora quase totalmente cumprido, Jos transferiu-se para o segundo quarto — ele o chamava de estúdio — e, desabando numa poltrona de ratã entrelaçada, caiu num torpor semelhante a uma lagoa pantanosa de cachaça. Naquela poltrona, ele geralmente escutava música. Agora, porém, em vez de música, em seus pavilhões auriculares havia um zumbido e um apito — não, ainda não eram fortes, mas daqueles que poderiam perfeitamente evoluir para uma crise. Jos tentou espantar aquela modorra sonolenta. Edgar apareceu ao lado dele diversas vezes para acordá-lo — sempre por causa da moça.

Embora a experiência de Jos ditasse que ele colocasse a hóspede de lado (*onde está seu coração, aqui? deite em cima do lado direito!*), aquilo causava, no entanto, o inevitável efeito de fazê-la sentir-se mal e de virar-se inconscientemente, ficando deitada mais frequentemente de costas — uma posição mortalmente arriscada para qualquer um que precise vomitar. Edgar percebeu aquela perspectiva de modo consideravelmente mais claro. Naquela noite, ele não fechou os olhos e não os tirou da cama, como um exemplar enfermeiro-vigia. Assim que ele via que ela lançaria outro jorro, imediatamente vinha para perto do doutor Rotsky.

Ela expelia jatos de algo horrivelmente marrom, como o Amazonas, e sujo — na privada e na banheira, algumas vezes num balde que afinal fora colocado perto da cama, e depois mais uma vez no peitoril da janela (isso foi quando o enevoado Rotsky levou-a na direção oposta à correta). Ela vomitava como se estivesse se livrando de tudo que tinha sido despejado ali dentro. Então, Rotsky a levava de volta para a cama e, colocando-a ali, na mesma hora encontrava a sua poltrona, para que, depois de um tempo, pudesse voar outra vez ao auxílio dela, debaixo da asa de Edgar. Ela golfou pela última vez por volta das sete, quando, das janelas, já começava a vir uma luz cinzenta.

"Parece que não tem mais nada", constatou Rotsky, e Edgar concordou.

Depois daquilo, todos os três finalmente caíram no sono — uma na cama, outro na poltrona, e o terceiro na caixa de papelão da Norddeutsche Kaffeewerke.

Perto do meio-dia, Rotsky, com dificuldade, abriu os olhos. A primeira coisa que o reconfortou: a crise de todo modo tinha recuado sem exatamente avançar, mas ameaçando de longe com seu dedo estrídulo. A segunda, por sua vez, não podia reconfortá-lo: ela. Uma ferinha vomitada menor de idade em sua casa. E se, por exemplo, ela tivesse batido as botas na cama dele por conta de tudo aquilo, que fazer então com o cadáver?

Que ela não tinha virado um cadáver nesse meio-tempo, Rotsky percebeu um minuto depois. Alguém estava limpando o quarto ao lado, esfregando uma esponja no peitoril. E esse alguém claramente não era Edgar.

Jos levantou-se e espreguiçou-se — de maneira abrupta, até os ossos estalarem —, e então caminhou para a cozinha, para quem sabe fazer um chá. Ao passar pelo quarto ao lado, ele lançou naquela direção:

"Eu sou o Jossyp. E você por acaso não é a Maria?"

11

O que Rotsky ouviu em resposta não soou de maneira clara — era uma espécie de balbucio, e não de fala. Então, ao preparar o chá de jasmim, habitual para aquela hora do dia, mas dessa vez para dois, Rotsky ficou pensando se ela dissera mesmo "Anima". Era possível um nome desses? Rotsky lembrou que, muitos anos antes, na cidade em que então morava, umas ativistas de gênero fundaram um "festival da cultura e da beleza da mulher" com aquele nome. Falando francamente, aquilo não fazia a garota ganhar pontos aos olhos dele.

Anima? Era pretensioso e afetado. Se você é Anna, por exemplo, diga isso, não venha inventar pseudônimos tipicamente junguianos. Dava para pensar que *O Eu e o inconsciente* era o seu livro de cabeceira! Talvez, ainda por cima, a edição original de 1928, de Darmstadt?

Então, Rotsky ficou surpreso com o próprio sarcasmo. Por que importunar a pobre moça, ele se perguntou. Afinal, o que ele ouviu como "Anima" não necessariamente era Anima. Amina? Considerando seu tipo um tanto sulista e o bronzeado, ela podia mesmo ter um nome muçulmano. E, se ela não usava *hijab*, era porque simplesmente largara mão e se perdera na companhia de pagãos.

Amina, Rotsky concordou consigo mesmo. O mais provável é que seja Amina, não Anima.

Adiantando as coisas, já acrescento aqui e agora mesmo que Rotsky continuaria a brincar com aquele nome de tudo quanto é jeito. Por exemplo, ele afirmaria que ela se chamava Anomia, abreviado para Anoma, e que essa forma abreviada de modo algum vinha de "adenoma", e sim de "anomalia". Nesta última, Rotsky ouvia também Amalia, embora uma dessas tivesse outrora figurado em suas histórias.

No entanto, pouco depois ele bolaria para ela algo que combinaria de maneira simplesmente ideal: Anime. É assim que ele se dirigiria a ela. Mas esse dia ainda não chegara.

Naquele dia, ele só serviria para ela seu chá de jasmim. A garota beberia e ficaria em silêncio, desviando o olhar para o lado a cada tentativa de

Rotsky de capturá-lo. Abatida, terrivelmente hesitante e um tanto feia, mas já não tão pálida e esverdeada quanto nas horas noturnas, ela só murmuraria algo a respeito de como se sentia mal e desconfortável pelo dia anterior. Porém, todas as sondagens de Rotsky (*como é que você foi parar naquela enrascada? Quem eram aqueles broncos de cara feia? O que é que você sabe da chefe?*), lançadas, a propósito, no espírito de um detetive habilidoso e experiente, ela apenas respondia com um aceno negativo de cabeça ou balbuciando naquele mesmo estilo vago. Ela só elogiou Edgar, de passagem: é um belo pássaro, disse. Ele ficou até envaidecido e, muito satisfeito consigo mesmo, saiu voando em direção ao parque, a negócios.

Do mesmo jeito abatido, com os braços enregelados cruzados sobre o peito, ela foi embora meia horinha depois. O dia estava consideravelmente mais frio que na véspera. As roupas que ela vestia pareciam agora leves demais, mas ela recusou o casaco de Jos. Como se lhe bastassem aqueles braços cruzados. Debruçado na janela e acompanhando-a com o olhar, Rotsky não disse "*kákova málitsa*".

O mais sensato que ele podia fazer então era compensar o sonho daquela noite arruinada. Depois de pensar por um minuto se devia trocar os lençóis, ele acabou não fazendo isso, na vã esperança de capturar quem sabe um cheiro. "Além do vômito", ele teve forças para uma malograda piada antes de mergulhar numa cova em que não havia cheiro nenhum, nem sonhos. Perto do fim do dia, acordou indescritivelmente triste e arrasado.

Ainda naquela semana, Jos teve que ir até Okrukh por algumas horas. Assim se chamava uma cidade a algumas centenas de quilômetros dali, o centro administrativo do distrito. Tratava-se de mais uma entrevista (aparentemente a quinta, talvez a sexta) na seção de imigração. Rotsky ainda aguardava uma decisão acerca de seu próprio status e esperava finalmente receber a permissão de residência definitiva. Porém, também não foi daquela vez que ele a recebeu. Como se explicou ali, ele fora convidado exclusivamente para uma série de novos esclarecimentos. A funcionária de Okrukh, uma rigorosa bomba sexual usando um uniforme francamente apertado (Rotsky sem querer lembrou-se de sua juventude na profissão pornográfica), perguntou particularmente por que razão ele não tinha nenhuma página em nenhuma rede social. Rotsky explicou que não havia segredo algum por trás daquilo e que considerava seu direito não ter nada do tipo. Embora, em geral, acrescentou ele, ocorra de escreverem alguma coisa sobre mim nas redes. A funcionária tinha se preparado bem para o encontro, de maneira que, no mesmo instante, ela começou a levá-lo para uma armadilha. Como é que ele explicaria o fato de que existiam *hashtags* em que ele era denominado um "herói". De que tipo de heroísmo se tratava? Isso é brincadeira deles, respondeu Rotsky. Por me conhecerem e por saberem que eu não consigo digerir palavras elevadas, ele acrescentou. E, para maior verossimilhança, lançou ainda que, no país do qual ele emigrara, isso se chamava *trollagem*. A funcionária deu um sorriso torto: no nosso país isso também se chama assim. A camisa cáqui, desabotoada até o quarto botão, provocava certo tremor e sugava o olhar. Rotsky conseguiu constatar, de maneira não totalmente consciente, a cor preta do sutiã.

Depois de mais um empate no impiedosamente arrastado e burocrático *processo de obtenção de status*, Rotsky pôde retornar a Rinocerontes. Já não dava mais tempo de pegar o trem noturno, então ele comprou um bilhete para o *intercity* Tremarium das 20h45, com chegada em Rinocerontes às 22h51. No fim das contas, o trem estava cheio pra cacete: dava a impressão de que todo mundo tinha marcado entrevista no mesmo dia. Ele não se sentia muito atraído pela possibilidade de comunicação com seus compatriotas, como sempre repletos de uma sensação de total injustiça e corrupção, e, depois de colocar os fones de ouvido e de aumentar o som até o limite do volume, passou a transitar com frequência entre os vagões. No restaurante, onde ele parecia afinal ter se isolado em segurança com uma tacinha, sentou-se ao lado dele um conhecido das noites revolucionárias, um bobalhão cujo pseudônimo era Natsyk. Outrora, os dois tinham passado coisa de uma hora enchendo as garrafas com os coquetéis incendiários e discutindo um pouco a respeito do futuro: principalmente o sistema político do país *depois da derrubada do usurpador*. Natsyk originalmente não era Natsyk, e sim Patsyk, porém, nas barricadas, o apelido com o início trocado acabou pegando. Agora, quando o trem *intercity* Tremarium deslizava com ímpeto além da planície de Mala Bastar e alcançava os Despenhadeiros Vulcânicos, com sua cascata de túneis mais longos e mais curtos, Natsyk tentava ativamente convencê-lo (ainda se dirigindo a Rotsky pelo nome revolucionário — Agressor) de que "tudo teria sido diferente se a Vanguarda não tivesse se cagado e tivesse nos dado os lançadores de granada — aqueles que os nossos caras levaram do quartel de Santo André, eu mesmo vi, era um depósito inteiro ali".

Natsyk-Patsyk estava viajando para algum lugar nos Bálcãs e ficou muito decepcionado ao ouvir que o Agressor logo teria que desembarcar. Estava contando com uma longa cordialidade noturna, e aí foi interrompido no meio da palavra: faltavam só dois minutos para a parada em Rinocerontes.

Da estação ferroviária até o apartamento próximo à Colina do Castelo, não era tão longe para Rotsky. Ele não pegou um táxi, embora uma curta fila de bicicletas-riquixá e de carros elétricos estivesse padecendo em sua expectativa na área de espera da estação. Quanto mais perto do centro, mais deserto ia ficando. Os últimos estabelecimentos iam fechando — daqueles que ficam *até o último cliente*, e mesmo o extremo DecemBar apagava sua última luminária. Rotsky chegou a pensar que a fama de Rinocerontes como *cidade que nunca dorme* era descaradamente imerecida.

Depois de atravessar o Mercado da Cerveja e de percorrer toda a rua do Ilusionista e, depois dela, a um tanto mais curta rua do Látego (desde pouco tempo antes, rua Greta Thunberg), ele virou na travessa do Circo. Até sua casa, faltavam menos de cinco minutos no seu passo contado, quando Rotsky viu uma van de chassi largo, que ocupava quase toda a largura da travessa e subitamente o cegou com seus faróis dianteiros.

Mas não era bem a van o que prometia ser um obstáculo (talvez até desse para se esgueirar por ela de lado, mesmo com toda a estreiteza da travessa), não, não exatamente aquela van e não a rude e súbita luz de seus faróis, e sim os tipos que estavam ali plantados. Rotsky avançou na direção deles relembrando o primeiro mandamento das brigas de rua com desconhecidos: não demonstrar medo. E ele nem teve tempo de ficar assustado: seguiu adiante com as mãos nos bolsos e o colarinho erguido. E quando, ao se aproximar, ele observou que ambos os diabos estavam usando balaclava, a primeira coisa que pensou foi algo do tipo: "Eu mesmo usava uma dessas". A segunda foi que, pelo que ele se lembrava, na última vez em que não tivera nada para fazer, ao espiar o site da Liga dos Purificadores da Unidade Nacional, ele notara uma diminuição de oito posições na Lista dos 44. E, embora ainda faltassem umas cinco ou sete até a sua linha pessoal, Rotsky de todo modo chegou à conclusão: eram eles. Agora, deveriam atirar nele — na cabeça, no coração ou, o que era bem indesejável, no meio das pernas —; certamente atirariam em algum lugar, pois a lista, de qualquer maneira, era uma lista de fuzilamento.

Em vez disso, bateram com força na cabeça. Por trás. De maneira indescritivelmente forte — tão forte, que ele cambaleou e quase caiu de cara na guia daquela rua medieval, e seu único pensamento foi: "Mais uma lesão para levar para a velhice".

Então, havia ali pelo menos mais um — o que bateu. À frente, dois, e por trás, um terceiro. Ele não esteve por um momento sequer no campo de visão de Jos, como se fosse o chefe da operação ou talvez seu inspetor. E os dois de balaclava começaram, com bons conhecimentos no assunto, a amassar Jos, que estava caído — é claro que faziam isso com os pés. Embora o golpe na cabeça tenha feito sua parte, causando uma desorientação parcial, Rotsky reagiu também com conhecimento, protegendo bem a cabeça com as mãos e encolhendo as pernas para cobrir a barriga, assim como o que estava debaixo dela. Mais do que isso: ele ainda conseguiu espremer, de não se sabe qual recanto da memória, uma paráfrase de Elton John, "*Don't beat me, I'm only the piano player*".

Isso o salvou, por alguma razão. Os homens que o atacaram, silenciosos e calados, ainda pisaram nele algumas vezes com vontade, chutando ora as costelas, ora o cotovelo, ou ainda o traseiro, mas nada mortal, embora fosse dolorido. A violência toda não durou nem meio minuto, no total. Tudo bem, quarenta segundos. Somente quarenta segundos de uma vida tão longa.

Não levaram nada, não procuraram nada, não roubaram nada. Não queriam nada, além da surra.

Depois, Rotsky os ouviu indo embora, pulando para dentro da van, batendo as portas. De maneira resoluta, deram partida no veículo, que voou na direção do que estava caído, mais uma vez colocando-o à prova: já que não o espancaram até a morte, então o esmagariam. Rotsky, no entanto, estava destinado a sobreviver. Ou não exatamente destinado — simplesmente não era isso que eles tinham em mente. Depois de frear com imprudência a meio metro do corpo estirado, o motorista deu ré bruscamente, e a van começou a se afastar ou — vai saber? — a pegar novo impulso para mais uma investida.

A segunda opção por sorte não se concretizou. Rastejando de costas, da travessa do Circo para a rua da Égua Marrom, a van deu meia-volta e foi embora.

Passando a delegacia de polícia (onde as luzes estavam previsivelmente desligadas) e a coluna de João Paulo.

Mais uma vez, aquele mesmo caminho.

Só que, dessa vez, mal podendo arrastar as pernas e sentando-se pelo caminho nos bancos, para esperar a tontura passar.

Em casa, Rotsky, pela primeira vez, acordou Edgar. Mais precisamente, ele mesmo espiou de dentro da caixa e, sem piscar, ficou observando seu amigo moído.

"Mas que merda, irmãozinho", disse Rotsky do banheiro, onde, depois de se despir diante do espelho, ele se lavou e examinou os novos roxos e as feridas. Desinfecção, pensou Rotsky. Desinfecção máxima, antes que comece. Pois, mais tarde, não daria mais.

Edgar não atendeu, embora o filho da mãe pudesse ter lançado algo encorajador. Por exemplo, algo como "que merda fizeram com você". Sua coroa corvídea não teria caído, passarinho. Ou talvez ele não tivesse ficado calado e já tivesse crocitado *nevermore* pela décima vez? E Rotsky simplesmente não ouvira? Ele não ouvia mais, pois já começara?

O ruído nos ouvidos ganhou força — não era uma concha do mar, era mais alto. Rotsky chamava aquilo de "cataratas do diabo". Aquilo começara a acometê-lo depois daquela queda estúpida no festival, quando ele quase morrera por causa do chamado de uns vaga-lumes. Rotsky havia lido que aquilo se chamava *tinnitus* e que atormentava o ouvido de maneira hábil e refinada, gradualmente destruindo-o. Ainda mais se o ouvido fosse absoluto. Então, ele, o *tinnitus*, também era absoluto. Então, ele era o Senhor Tinnitus, usando uma capa cinza-escura, cachecol e cartola, um demônio orelhudo, uma alucinação auditiva vinda de uma tenda circense para os que perderam a audição.

Sininhos, guizos, buzinas, matracas, ruídos telefônicos, o chiado de estações de rádio abafadas, o rumor do rastejar de cobras, a cerrada monotonia de divisões de mosquitos, o estrídulo massivo do gafanhoto na grama veranil, o cri-cri dos grilos, o ruído branco dos fios de alta voltagem, o canto das cigarras, flautas e gaitas falsas, simples campainhas, apitos e assovios, mais algum piano infantil insuportavelmente desafinado, incentivado por gaitas de boca amadoras — foi assim que tudo começou. Por vezes, na verdade, com um pedal, entoado senão por algumas centenas de coristas georgianos, quiçá por algumas dezenas de baixos operísticos de fama mundial. Ou simplesmente demônios.

O estágio seguinte trouxe a Grande Onda: numa parede de chuvas, aguaceiros, num estremecer de rios e correntes, corredeiras, correntezas, regatos e, num crescente — das menores até as maiores — de cataratas (das malditas cataratas do Niágara até as de Vitória), com o martelar de moinhos de água, o assobio de milhares de conchas e o canto de milhares de baleias, gaivotas, albatrozes, sirênios e *maelstroms*, a fúria de ressacas e cheias, o rugido de tempestades perfeitas e os derradeiros tsunâmis do oceano mundial que se erguia para arrancar sua cabeça.

Mas tudo o que foi relacionado (exceto pelo tsunâmi) ainda podia ser suportado segurando a cabeça com as mãos e sacudindo-a, como numa dor de dente. Ou tentando cravar uma cunha de música real, descarregando em si mesmo, através dos fones de ouvido, todos os decibéis e dissipando a infecção com metal pesado.

O pior estágio era o mais elevado (*Tinnitus Perfectus*, como Rotsky o chamava). Era o que vinha depois do tsunâmi. Não, seria melhor dizer que vinha juntamente com ele e depois ainda durava muito tempo. Um rangido, descreveu Rotsky para um dos médicos. O mais penetrante e o mais alto possível. Bem, e que mais dizer? Rangido e fúria. Mas não era mais terrestre. Era um *industrial* cósmico. Um audioinferno. Ou não. Duas granadas sonoras que explodem dentro dos ouvidos, uma ou duas para cada ouvido — não dava para saber. Além disso, a explosão não se aquietava, ela ribombava por muitas horas seguidas, fazendo em pedaços a caixa craniana. Um dia, ela não acabaria mais.

Rotsky proferia a última frase com plena compreensão de seu caráter absurdo. Mas ela lhe parecia importante. Então, ele se corrigia e explicava de forma mais acessível.

Você não consegue andar, ficar sentado, ficar em pé. Você cai na cama e cobre a cabeça com travesseiros. Quando isso já dura vários dias, você está disposto a tirar a própria vida de algum jeito, só para que aquilo pare. E a única coisa que impede o suicídio é o medo de que nem desse jeito o rangido da fúria vá acabar. Pelo contrário — do outro lado, ele vai durar ininterruptamente e para sempre. Conseguem imaginar, ininterruptamente e para sempre?

Cuide-se, recomendou o médico. Principalmente a cabeça. Dá para viver com a sua lesão, não vejo aqui mudanças fatais. Seus sofrimentos periódicos são mais da sua psique, do corpo mental, e não do físico. O senhor ouviu música alta demais. Isso prejudicou sua saúde.

Ouvir música é a única coisa que eu sei fazer agora. Antes, eu mesmo tocava. Agora só escuto, esse é o sentido da minha existência. Não posso deixar de ouvir.

Então pelo menos não tão alto. No geral, a coisa não está tão ruim para o senhor. Nenhuma ameaça à sua vida. Mas lembre-se: uma pequena mudança... Então, diminua o volume e cuide-se.

Pela sensação de Rotsky, o tsunâmi final dessa vez deveria atingi-lo em uma ou duas horas, em algum momento próximo do amanhecer. As cataratas do diabo se preparavam para vir com força total, e ele, a despeito da tontura e da indisposição, encontrou Edgar. Deveria ter cuidado dele antecipadamente. Se, dessa vez, Rotsky não voltasse do rangido, o pássaro não deveria morrer ali trancado. Ao soltá-lo noite adentro, Rotsky falou numa voz inaudível até para si mesmo, como se ela fizesse força para atravessá-lo, vinda de algum lugar nas profundezas do Niágara:

"Fique sozinho. Voe por nós dois."

O corvo entendeu tudo o que lhe foi pedido (e até mais), olhou para trás só uma vez e voou do peitoril, para, num instante, dissolver o preto no preto.

Remédios? Sim, Rotsky lembrou-se de que tinha remédios. Tudo que tinha sido receitado em diferentes momentos por diferentes médicos. Embora eles não trouxessem benefício algum. Para ser mais preciso, traziam um benefício muito duvidoso: não conseguiam enfraquecer ou afastar o rangido, mas faziam Rotsky mergulhar num estado insone, porém semi-inconsciente, entre realidade e alucinação, que talvez permitisse suportar as piores horas sem a consciência plena de que elas eram as piores. O único benefício — frases intermináveis e incompreensíveis, ditas por vozes desconhecidas. Rotsky até jogou na privada todas aquelas pílulas coloridas. Embora, de qualquer maneira, tenha tragado algumas delas antes disso.

Agora ele ia submergindo, a cabeça enterrada debaixo dos travesseiros ia se transformando num receptor de barulho, e o Alguém Invisível, perfurando a casa, do teto até os alicerces, com uma resoluta torrente de som alto, deleitava-se com as ilimitadas possibilidades de seu universal console de mixagem.

Aquilo durou muitas horas. Em algum lugar do lado de fora, naquele mundo do qual Rotsky desabara, a noite se fizera manhã, e esta se fizera dia.

Depois, sua alucinação terrivelmente fragmentada, reduzida a algo semelhante às mais elementares partículas, adquiriu um aspecto antropomórfico coeso. Em sua cama, Anima-Amina estava sentada. E não só sentada — estava segurando sua mão, esfregando a fossa cubital com algo úmido e invernal. Depois, apareceu uma seringa em sua mão, e ela, com habilidade, injetou na veia de Rotsky. Que absurdo, pensou ele. Mas, depois de um ou dois minutos, ele sentiu que — ah, que maravilha! — aparentemente conseguiria pegar no sono. Depois disso, ele pegou mesmo no sono. Aquilo ainda não tinha acontecido durante uma crise. E o rangido? Será que dava mesmo para pegar no sono durante o rangido?

Na verdade, por alguma razão ele estava recuando. Quando Rotsky abriu os olhos outra vez, o rangido dentro da cabeça tinha diminuído sensivelmente. A alucinação Anima-Amina continuava sentada do mesmo jeito na cama, perto dele. Rotsky quis desmascará-la, e perguntou, com voz ainda bastante abafada:

"De onde você vem?"

Ele fez mais um esforço e espremeu:

"Como você está aqui?"

Em resposta, a visão não derreteu, não se transformou numa nuvem de poeira ou num punhado de areia, não saiu voando por um buraco na parede na forma de uma manticora, não se desfez em milhares de ratos ou em milhões de baratas, e sim respondeu brevemente, com aquela mesma voz murmurante de garota real:

"Fui trazida aqui. Você tem um amigo muito fiel."

Rotsky não se deu ao trabalho de refletir sobre o que aquilo significava, pois outra vez caiu no sono.

E, assim, ele dormiu até o término do dia, e, quando acordou outra vez, foi uma noite de dupla felicidade. Em primeiro lugar, era inegável que a crise o estava deixando, ainda ressoando em algum lugar dentro dos ouvidos, mas agora de maneira plenamente suportável — justamente ressoando, e não soando. Portanto, o senhor Tinnitus estava francamente se retirando, entrando em declínio e, reduzido ao tamanho de um verme de ouvido, tamborilando, de modo insatisfeito e monótono, o tímpano, o martelo e a bigorna.

Em segundo lugar, a garota. Ela estava deitada ao lado de Rotsky. À distância de um braço meio estendido. Ao que parece, estava dormindo. De qualquer maneira, estava respirando de modo regular e limpo. E não importava quantas vezes Rotsky acordasse naquela noite, ela não ia a lugar nenhum, continuava respirando do mesmo modo regular e quase inaudível em seu sono. Mas, por alguma razão, ele não ousou tocá-la.

De manhã, ou, melhor dizendo, pouco antes do meio-dia, quando Rotsky finalmente acordou, ela não estava mais ali. Ele chegou à conclusão de que ela nunca estivera. Que, das duas felicidades, tinha sobrado só uma: a interrupção quase completa da crise. Porém, na mesma hora ele ouviu (sim, ele conseguia ouvir — e muito claramente!) sons familiares de cozinha e, como que treinando seu ouvido restabelecido, constatou que o conjunto deles resultava na preparação daquele mesmo chá de jasmim.

Quinze minutos depois, eles já estavam sorvendo o chá, cada um com sua xícara, e o bravo Edgar caminhava junto aos pés deles.

"1 a 1", anunciou Rotsky.

A garota respondeu com um olhar de interrogação.

"Estou dizendo que o placar da partida está 1 a 1", explicou Jos. "Primeiro eu com você, depois você comigo."

Ela deu um leve sorriso. Nenhuma intimidade.

"Você é toda tatuada assim?", Rotsky apontou para o braço direito dela, do pulso até o cotovelo.

"Um pouco", replicou ela.

"Agora eu sei duas coisas sobre você: é tatuada e taciturna."

A garota meneou a cabeça. "Vocês são todas tatuadas agora", pensou Rotsky. "Onde é que eu encontro pelo menos uma de vocês que não seja rabiscada?" Mas, em voz alta, mudou de assunto:

"O que você injetou em mim?"

Ela só fez um gesto com a mão — não foi nada.

"Não estou perguntando por simples curiosidade."

"Não sei. Esqueci."

"Será que isso poderia acontecer? Você pegou muito bem a veia. Por acaso é enfermeira?"

"Que nada."

"Então é uma maga. Uma maga da enfermagem."

"Que nada. Lembrei: diazepam. Ou hidazepam. Alguma coisa assim."

"OK."

Terminaram o chá em silêncio. Quando ela estava saindo, Rotsky esticou-se para abraçá-la. Não que ele quisesse — não, foi mais por obrigação. Porém, Ani-Ami evitou-o (nem isso, nem aquilo!) e deslizou para a rua. Depois de se afastar um pouco, ela olhou para trás e murmurou seu *tchau*. Rotsky até o ouviu. Os ouvidos de Rotsky ganhavam vida plena novamente, e um ou dois sininhos coceguentos lá dentro não incomodavam tanto, eram até agradáveis.

Ao voltar para a cozinha, Rotsky flagrou Edgar no ato de bicar as passas do último biscoito.

"Mas por que é que você a trouxe aqui?", pressionou Jos.

Edgar não se ofendeu, pois conhecia aquele tom.

Rotsky não frustrou suas expectativas, jogou da mesa mais algumas passas e acrescentou:

"Mas eu acho que o meu não levantaria com aquela ali."

Edgar fez um delicado silêncio, simulando concentração total nas passas.

Os dias seguintes se passaram em esparsa preparação para o próximo programa de quinta-feira. A audição ainda estava indo até que bem, enquanto que as combinações, mixagens e transições não davam liga — no sentido literal — de jeito nenhum. Rotsky distraiu-se, imaginando, quase que a cada tentativa, o que ela acharia daquilo. Será que ela iria gostar ou não, Rotsky se perguntava em pensamento. Eu deveria tê-la convidado para essa quinta-feira, ele repreendeu-se e recriminou-se: mas que tonto.

Ele se flagrou não só escolhendo músicas de acordo com um critério fictício "para ela". Ele também se flagrou em outra coisa: mas você não sabe nada dos gostos dela (dos antigostos dela, dos desgostos dela). Por que diabos está se esforçando tanto, Jossyp, seu idiota? O que é que uma garota tão limitada e inexpressiva como aquela pode ouvir? Ah, com certeza é alguma merda! A rádio Merda FM, eu poderia dizer. O que todos eles ouvem agora, essa geração imbecil de platitudes e de mediocridade. Alguma Beyoncé ou, na melhor das hipóteses, Ariana Grande.

Na verdade — Rotsky ainda ficaria sabendo disso através dela mesma —, ela adorava três Johnnies, não Johns, e sim justamente Johnnies: Johnny Cash, Johnny Rotten e Johnny Walker. O último não era a bebida, e sim um DJ. Rotsky (não Rotten) nunca teria adivinhado aquilo. E, se tivesse adivinhado, pensaria na garota com profundo respeito e uma ternura secreta. No entanto, ele ainda não pusera em suas playlists nem o velho prisioneiro de Folsom com seu violão recheado de heroína, nem os igualmente heroinômanos Sex Pistols.

Existia mais um motivo para distrações. Rotsky estava extremamente incomodado com a sensação de que alguém entrava em seu apartamento durante sua ausência. Bastava sair por algumas horas, levando Edgar, seu constante guardião, e logo voltar, para aquela impressão ruim e, acima de tudo, inexplicável fazer-se sentir com força renovada. Isso mesmo — inexplicável. Rotsky não encontrava quaisquer evidências materiais de uma invasão. Pois, antes de sair de casa, ele começara a fazer ardis, espalhando todo tipo de microarmadilha para visitantes desconhecidos: palitos de fósforo quebrados, camadas de pó intocadas, jornais velhos e outros papéis espalhados pela escrivaninha aparentemente em completa desordem (mas, na verdade, numa ordem estrita, compreensível só para ele) — sobretudo cifras e códigos fictícios.

Os visitantes, porém, não caíram nenhuma vez em suas armadilhas. Isso, por um lado, tranquilizava (não tinha visitante nenhum!), mas, por outro, alarmava ainda mais, só que de um jeito diferente (*welcome*, paranoia?).

As chaves, pensou Rotsky. Quem poderia tê-las falsificado, e quando? Pois, se eram os perseguidores do Regime, onde é que ele poderia ter cometido algum erro, fazendo com que eles copiassem as chaves? E a troco de quê o pessoal do Regime faria aquelas visitas reiteradas e sem propósito? Bastaria uma. Tendo a chave, era entrar e atirar, de preferência à noite. Eles meteriam bala na cama — e a questão de qual camisa escolher sumiria por conta própria.

Não, Rotsky não podia descartar que fosse ela. Da última vez, afinal de contas, ela conseguira entrar ali de algum jeito! Você abre os olhos, e ela já está sentada na sua cama. Edgar, com o devido respeito, não abriria a porta. Se não é, não é. A menos que ele mesmo, Rotsky, depois de conseguir se arrastar até sua casa após a surra, tivesse se esquecido de virar a chave na fechadura. E depois começara toda aquela crise e... As portas ficaram abertas por um dia, pelo menos.

Rotsky nunca tinha coçado a nuca. Por alguma razão, esse costume não tinha se desenvolvido nele. Se tivesse, sua nuca já estaria coberta de crostas.

Quando estava se preparando, na quinta-feira à noite, para ir à Khata Morgana, Rotsky se aproximou do armário e bateu nele como combinado. Edgar espiou de dentro da caixa. Olhando para ele de alto a baixo, Rotsky deu a ordem:

"Hoje você fica aqui. Vai vigiar os hóspedes indesejados. Volto em três horinhas, você sabe."

Edgar sabia. Mas ele não revelou o segredo, para que tudo amadurecesse por conta própria.

Quão surpreso ficou Rotsky quando, bem no auge do seu programa (ele acabara de soltar *Arrival of the Birds*, de *A teoria de tudo*), seu amigo, como que confirmando o título da música, embora no singular, entrou voando no clube e começou a rodear sua cabine transparente! Mas que diabo, constatou Rotsky, por algum milagre ele escapou de novo do apartamento fechado. Esperando que Edgar logo pousaria, como acontecia com frequência, em seu ombro ou em mais um de seus lugares habituais, entre o gigantesco monitor do computador do clube e o microfone, Rotsky não se abalou no primeiro momento. Ficou apenas observando, fingindo diante do público que tudo aquilo era mais ou menos previsto. Edgar, no entanto, não pousou em momento algum, e foi além: começou a crocitar de maneira penetrante, o que acontecia com extrema raridade. Rotsky parou a música no décimo nono minuto.

Sem dizer palavra, ele correu para a saída, embora a incompreensão do público estivesse se tornando sensivelmente mais densa e o tivesse envolvido num invólucro cada vez mais pegajoso. Só então Edgar pousou em seu ombro. Daquele modo, ele confirmava que alcançara seu objetivo: Rotsky estava fazendo o que ele queria.

Teve ainda Mef, confuso e de rosto bastante retorcido, que teve que agarrar com urgência o microfone e explicar *à honorável comunidade* que a situação estava sob controle, mas que surgira uma súbita NPT (necessidade de pausa técnica). Porém, Rotsky nem ouviu suas desculpas. Ele já subia correndo para sua residência.

Edgar tinha razão em sua persistência: o momento exigia. Ocupando a escrivaninha, estava ela, revirando o computador com ar ocupado e insolente. Ela e mais ninguém, ainda que, vai saber por quê, usando um manto com capuz (seu look de trabalho?) e de costas para Rotsky. Mesmo assim, ele a reconheceu imediatamente, depois de ficar, por um brevíssimo instante, parado na soleira do estúdio, em choque.

"Você, mas como é que você...", deixou escapar Jos. "O que é que você..."

A garota girou na poltrona e fixou o olhar não no rosto dele, e sim em algum lugar perto do pomo de adão. Ela não estava preparada para um cenário em que tivesse que se explicar e não tinha o que dizer. E que explicação poderia haver? Em compensação, o pomo estava logo ali, a dois braços estendidos de distância, era só avançar e espremê-lo.

"Entregue o que você escondeu", exigiu Jos em tom regular.

"Eu?"

"Você. Entregue o pen drive."

"Não tem pen drive nenhum."

"No bolso esquerdo. Vou ter que procurar em você?"

"Não tem nada", repetiu a garota e, como uma loba acuada, avançou.

Ela deu sorte: Rotsky não estava esperando aquilo. Depois de dar uma cotovelada na barriga dele, ela abriu caminho para a fuga. Edgar, embora estivesse de patrulha no corredor, dificilmente seria um obstáculo. Porém, o manto virou um obstáculo. Rotsky agarrou-a pela borda e puxou-a em sua direção. A garota deu meia-volta e tentou dar-lhe um pontapé na virilha, mas ele conseguiu se proteger — o pé dela só passou raspando pela coxa. Aquilo deu ímpeto a ambos. Eles se atracaram.

Que ele teria que lutar de maneira tão ardente com uma bruaca daquelas era algo que, um minuto antes, Rotsky nem teria cogitado. Agora, eles estavam rolando pelo chão e quase se mordendo. As perdas de ambos os lados foram um manto rasgado e jogado longe e também uma camisa talhada no peito sem alguns botões. Debaixo da clavícula de Rotsky, apareceu uma listra fresca de sangue. Que nada, eram três listras, pois a lobinha tinha três garras de combate em cada pata.

Atingindo, de quando em quando, as mãos, a cabeça e os joelhos em diversos pontos imprevisíveis daquele corpo ágil e, não se pode negar, forte, Rotsky, com adicional e nem um pouco menor surpresa, sentiu que estava se excitando. Aquilo era, ao mesmo tempo, impróprio e maravilhoso. Fazia tempo que ele não era sufocado por tanta intimidade. Aquela respiração entrecortada queimava os ouvidos. Os lábios, com súbita ternura, passaram por todos os três arranhões, enquanto a língua passava pelo sangue. Quando a camiseta totalmente rasgada voou por conta própria do corpo dela, Rotsky, ensandecido, encostou no peito. Ele nunca tocara em nada melhor em sua longa vida, nada mais desejável. Foi então que se abriu o terceiro olho tatuado dela. E ele olhou para Rotsky com uma curiosidade explícita.

Eles novamente rodaram pelo chão, estreitando-se em abraços. Depois de algumas rotações, eles se detiveram. Rotsky sentiu um frio na espinha. Para ser sincero, fazia tempo que ele queria aquilo. Os joelhos dela cravaram-se nos flancos dele, e as costelas cederam dolorosamente. Porém, Rotsky de modo algum resistia. Tê-la agora em cima dele, inteira e tão próxima — quem é que resistiria? As palmas da mão informaram Rotsky a respeito da aproximação dos hemisférios das nádegas, consideravelmente mais arredondadas ao toque do que poderiam parecer ao olhar. Ela estendeu a mão livre das carícias caóticas até o pau exemplarmente rígido e, sem as supérfluas preliminares manuais e orais, e também sem desvios ou imprecisões, fez com que ele entrasse entre suas pernas. Ambos suspiravam de maneira tensa, em plena excitação. Ou, então, ainda só no prenúncio da plena excitação.

"Sem camisinha?", relembrou Rotsky o quarto ponto obrigatório do consentimento para o coito.

Para as três primeiras, foi tarde demais. Para a quarta, afinal, também: ela já começara a subir e a descer em cima dele, e não tinha nem como falar em parar e depois dar uma escapada, procurar um preservativo e colocá-lo com o devido cuidado. A pergunta de Rotsky ficou sem resposta. Camisinha ao fazer amor é como censura na poesia, escreveu um distante conhecido, cujos versos Rotsky por vezes citava.

Tudo transcorreu sem censura e terminou num grande sucesso criativo. Mas custou um trabalho prolongado e meticuloso.

Depois, ainda ficaram muito tempo deitados juntos, furiosamente extenuados, tocando o rosto e a genitália um do outro. Foi justamente nesse instante que, pela primeira vez, Rotsky a viu mais bela do que tudo. Aquilo foi inesperado.

"2 a 1", sorriu a garota.

"A favor de quem?", perguntou Rotsky, lembrando, em particular, o sêmen que acabara de injetar nela.

A pergunta ficou pendendo no silêncio. Ambiguidades demais iam se amontoando.

A resposta fica por minha conta: a favor de Edgar. Seu plano de cafetão concretizou-se de maneira impecável — essa é a primeira coisa. E, em segundo lugar, o pen drive que caiu de algum bolso na hora de todo aquele engalfinhamento entre eles. Depois de caminhar ao seu redor e de examiná-lo por todos os lados, Edgar pegou-o cuidadosamente com o bico.

Para onde ele o levou é algo que nem Rotsky, nem a dona do pen drive jamais descobrirão. E eu mesmo toparia com ele mais tarde plenamente por acaso — em cima do armário, minuciosamente envolto nos jornais amarelados que eram usados para cobrir a caixa de papelão da Norddeutsche Kaffeewerke, em que o amigo corvo tinha sua residência.

Três horas, quarenta e dois minutos. Jossyp Rotsky ainda está com vocês, olá. Menos gente agora, mas vocês estão aí.

Vocês estão ouvindo a minha tristeza.

O que eu certamente gostaria de mencionar aqui são aquelas noites, novamente. Uma delas, na verdade, mas aquele inverno bem ou mal é indivisível. Uma noite contínua, com a duração de um inverno. Quer dizer, um inverno como uma noite — e nada além dela.

Restavam dez dias para mim. Eu disse "dias", mas isso é uma convenção — era pouquíssima luz do dia naqueles dias.

Pois então, dez dias. O calendário tinha acabado de entrar em um novo ano. Dez dias — e eles me pegariam. Eu me veria numa situação muito indesejada, em que quebrariam um dedo meu por dia. Mas agora não é disso que eu estou falando.

Estou falando do que precedeu aquilo. Quer dizer, àquela altura eles ainda não tinham me capturado, e eu tinha — como chamar aquilo? — um grande sucesso público. Eu ficava sempre na praça Pochtova e adjacências — em todos os lugares em que tivesse um piano de rua. Eram cada vez mais deles, e eu tocava dezenas de horas por dia, porque nada estava acontecendo: uma espécie de vazio sem saída, uma estagnação, um deserto e uma viscosidade.

O regime estava paralisado. Todos nós temos o direito de celebrar, diziam: Ano-Novo, Natal, a porra toda. A polícia, o presidente, o governo, até os membros do Esquadrão — somos todos humanos. Vocês, cambada piolhenta das tendas e dos prédios ocupados, também. Vocês também são humanos. Nós temos uma trégua com vocês, está claro?

Foi a época mais podre. E, junto com ela, o clima. Degelo e mais degelo. As chuvas fustigavam com chicotes cálidos, como em abril, o lamaçal mastigava com ruído os restos do drive pisoteado. As barricadas derretiam, diminuíam e se espalhavam, ficando miseravelmente ridículas. As pessoas também iam se espalhando. Metade dos manifestantes partiu para o Oeste, pois era Natal. Em nosso país, à época, considerava-se que o Natal tinha que ser celebrado só nas partes mais afastados do Oeste. Em qualquer outra região, ele era inválido.

As tendas se esvaziaram, e já fazia tempo que não dava para preencher o pe-

rímetro com a quantidade devida de guardas. Nas redes, alguém escreveu sobre uns líderes recentemente anistiados: eles supostamente foram vistos no aeroporto, de onde voaram, por alguma razão sem serem impedidos, ou para as Canárias, ou para as Seychelles. A palavra "acordo" foi promovida a uma das mais utilizadas. Que outras evidências eram necessárias? O regime não estava atacando porque os líderes tinham nos traído e também traído o protesto. A chamada anistia pré-feriado era um sinal mais que eloquente de apostasia e de capitulação de nossos superiores.

Nós poderíamos ter sido apanhados só com as mãos. Mas não fomos. O regime estava imóvel, como uma jiboia.

Porém, o degelo também trouxe um evidente ponto positivo. Estou me referindo à temperatura, na qual dava para tocar com muito mais facilidade e, do que eu tenho plena certeza, muito melhor. Por isso, eu ia e tocava. Os dedos obedeciam de novo, pela última vez na minha vida. Eu tocava por horas, em todas as banduras[1] quebradas e decrépitas da cidade. Pelo menos alguma coisa tinha que soar naquele buraco de acontecimentos dentro da revolução cada vez mais apodrecido. Fui reconhecido e ouvido. Decidi tocar até o fim.

Faltam dez para as quatro, e a noite não tem fim.

Mais uma coisa, sobre os bêbados. Desde o início, essa foi uma das gags preferidas do regime — mandar para lá infiltrados que se passavam por bêbados. Na Pochtova, e também em outras áreas, vigorava dentro do perímetro a lei seca. Não estou mentindo — ela foi mesmo observada, e de maneira bem severa. Conhecendo o caráter alcoólico do nosso país, é de apreciar. Por isso, todo aquele bando de oficiais, ensopados e emporcalhados, que pareceriam estar trançando as pernas, segurando-se nas paredes e tentando se apoiar nos transeuntes, não obtinha particular êxito. A gente percebia logo de cara qual era a deles — e das suas ciladas. O regime não conseguia acreditar que o nosso pessoal não estava mesmo bebendo. Mas como não?! Cidadãos daquele país embebido em todos os tipos possíveis e impossíveis de aguardente caseira, dessa cultura de alta graduação etílica, poderiam não beber?! Por semanas inteiras?!

O regime não conseguia, mas nós, sim. Naquela época, até os alcoólatras estavam se segurando. Até para uma criancinha era óbvio que todos os bêbados da Pochtova não eram bêbados de verdade, e sim funcionários. O nosso pessoal geralmente pegava cada um deles pelo cangote e jogava para fora do perímetro. Em-

---

1 Tradicional instrumento de cordas ucraniano, semelhante à cítara e ao alaúde.

bora alguns, para matar o tédio, fossem forçados a passar — às vezes arrastados como gado — pelos corredores da vergonha. Dizem que, nesses momentos, escreviam na testa deles todo tipo de coisa humilhante. Eu mesmo vi um desses sendo levado pela multidão, meio envergado, os braços torcidos atrás das costas, e na testa dele tinha uma inscrição, feita à tinta, *EU SOU UM VERME E UM RATO.*

Então, naquela noite (aqui estou falando da noite no sentido habitual), eu fiquei muito surpreso de ver que eles eram muitos. Alguém até diria que eles estavam se multiplicando. E não em qualquer lugar, mas no nosso meio, na praça Pochtova: um bêbado atrás do outro, por todo lado, trepando e se segurando nas coisas, e ninguém os enxotava, ninguém quebrava o braço deles, ninguém dava um pontapé neles para fora do perímetro — era um festival. Como se todos eles tivessem saído de algum cavalo de Troia, dentro do qual alguém enchia o copo deles sem parar.

Daquela vez, eu tinha combinado um pernoite na casa da irmã da Albina. Isso significava que eu caminharia menos de meia hora: a irmã da Albina morava na Kantorivka, que nem era tão longe do centro.

Mas por que raios vocês precisam desses detalhes? Da Kantorivka, da Velyka Virmenka, do Parque dos Inválidos? Que bom que eu sabia como ir. Mas vocês não precisam saber disso.

A garota escreveu que esperaria no máximo até as duas, duas e meia. Depois, ela dormiria, e eu teria que acordar o porteiro. Eu fui com pressa.

A continuação vem às quatro em ponto, fiquem comigo.

Mas, por ora, eu e vocês seremos um pouco assustados por Karbido. **Колискова для Перкалаби**. *Canção de ninar para Perkalaba.*

Da praça Pochtova, fui pela rua Democratas e, uns dez minutos depois, cruzei o perímetro. Uns guardas, já bem enegrecidos pela fumaça e pela sujeira, me reconheceram — não fui eu que eles reconheceram, e sim meu coturno. Ouvi eles falando pelas minhas costas, num tom levemente respeitoso: "O Agressor, olha, mano, lá vem o Agressor!". Eu acenei para eles. O mais baixo gritou na minha direção: "Respeito ao Agressor". Eu olhei para os lados mais uma vez. Cada aceno nosso era como o último.

A balaclava eu tirei já na rua Starokolonialna. O território defendido pela revolução ficara para trás. Agora eu era só um transeunte. Um vagabundo noturno apolítico. Um sujeito calejado, um cão vadio, uma raposa sábia, um lobo cinzento. Meu negócio era atravessar a noite até a casa de uma garota desconhecida, até uma cama quente.

E, então, ele desabou em cima de mim. Simplesmente saiu de algum portão pouco iluminado, quase que por detrás de uns contêineres com lixo. Duas vezes maior, além das patas esticadas, como que prontas para um abraço. Ele veio e cortou meu caminho e — eu não podia estar errado — bradou: "Joooooos!".

Eu pensei: "Então assim é que vai ser a minha prisão". E eu estava errado. Ou talvez não, quem é que sabe.

Não dava para contorná-lo. Cambaleando, ele caiu no meu peito (ele! No meu peito!) e exalou em mim todo o hálito daquele dia — cáustico e acre, tóxico e profundo, mas não só isso, pois ali também havia podridão, a imundície absoluta das vísceras, o eflúvio do Juízo Final. "Teo", balbuciou ele, "eu amo você, deixe-me dar um beijo em você, meu amigo!"

É claro que eu poderia ter derrubado aquele mala sem alça com um só pontapé. Mas isso não era do meu feitio. E o terreno não era o meu — era do inimigo.

Ele babou nas minhas bochechas com aqueles lábios pastosos de uísque: "Teo, que alegria encontrar você assim! Nós dois somos músicos, né? Piano, cara, piano!".

Em situações como aquela, no meu lugar, a maioria das pessoas diria: "Eu não conheço o senhor. Siga o seu caminho". Bom, ou, sem muita conversa, derrubariam o chato, como eu já disse, com um pontapé.

Mas eu fiquei curioso: "Você é quem mesmo?".

"Ah, Teo, querido amigo Teo", ele exalou em mim mais uma porção mortal de fedor, "se você soubesse! Se ao menos vocês soubesse…" E, enchendo os pulmões com aquele mesmo ar podre, repleto de camaleões, acrescentou: "Estou a serviço. Sou oficial. Da segurança do Estado, Teo. Nós vamos levar você".

A irmã da Albina vai dormir sozinha, pensei. Podia virar uma bonita canção, aliás: "A irmã da Albina vai dormir sozinha".

Ele fez um aceno: "Que nada, vamos lá, eu sou pianista, Teo. Pianista a vida toda. Não tenha medo, tudo bem? Nós dois somos pianistas, eu e você. E eu escuto você todos os dias. Imagine — todos os dias! Só que eu estou a serviço. Sou do serviço de segurança. Hoje é feriado, Teo, nosso feriado profissional — Dia dos Órgãos Especiais da República. Almoço presidencial e tudo mais, entrega de condecorações e promoções. Teo, vamos passear. Estou te convidando! Vamos encher a cara, Teo! Vamos ficar bêbados como porcos!".

Teria sido mais difícil desvencilhar-se. Além do mais, eu de repente pensei que aquilo talvez fosse uma rara atração — um infiltrado chumbadaço. E nós saímos pelos cafés noturnos. Tem um monte deles na Starokolonialna, e nas travessas dela, então, nas ruas Chapovalska e Riznytska, nem se fala! Não deixamos de lado nenhum estabelecimento daquela zona do álcool. E assim foi a noite. A noite dos triângulos das Bermudas.

E, em todo lugar, ele bebia o dobro do que eu bebia, e a voz dele ia ficando cada vez mais penetrante: "Jos, eu amo você, escute! Logo vai começar, Jos! Não vá para a Pochtova, nunca mais vá lá, estou pedindo!".

E, coisa de meia hora depois, já em tom mais abafado: "Vão queimar tudo ali, Jos. Fuja, fuja da cidade. Ela vai queimar, Jos".

E isso muitas vezes. Ora Teo, ora Jos. E foi de um jeito que, primeiro, ele pendeu mais para Teo, e depois para Jos.

Às quatro — foi como agora, às quatro —, ele berrou para o bar inteiro ouvir, tanto que os garçons sonolentos estremeceram em seus cantinhos: "Os russos já estão aqui, entendeu? A gente teria botado um freio nisso tudo, é gente nossa. Mas já é tarde, porque tem os russos. A gente não tem mais onde se enfiar. E vocês, também não. Jos, vai ter tanques lá, entendeu?".

"Nós vamos detê-los", eu garanti, não totalmente a sério. "Deus vai detê-los. No pasarán". E ele disse, em resposta: "Deus? Mas Ele não existe. Se as filhas dos padres não pegassem gonorreia, daria para acreditar em Deus, mas desse jeito… Não existe Deus, mas existem tanques. Entendeu, Jos?".

Eu não queria entender. Às cinco, chamei um táxi — para ele, é claro, e não para mim. Ainda teve que esperar durante uma hora na travessa vizinha, enquanto ele pedia uma dose após a outra e berrava sobre "tripas em lagartas".

Ou sobre "sindicatos queimados". Ele já conseguia ver como seria: o sangue na neve, as granadas, os miolos estourados, o fogo.

Finalmente, eu consegui de algum modo levá-lo até o carro e quase o empurrei no assento. O motorista estava prestes a se irritar, mas meu recém-adquirido companheiro de garrafa usou seu distintivo para fazê-lo calar a boca. Foi num instante — balançou o distintivo na frente do nariz, e o inflado motorista murchou, cagou nas calças, colou no assento.

E foi então que eu vi que ele não estava bêbado coisa nenhuma. "Jos, suma daqui", falou ele com uma ênfase sóbria e séria. "Para fora do país, para a América, para a Europa, para onde você quiser. Suma daqui, que eu cubro para você. Antes que seja tarde, Jos".

Com aquelas palavras, o táxi pôs-se em movimento — não, não escuridão adentro, e sim por uma nova e cinzenta manhã. Só me restava voltar para a praça Pochtova. Para a minha gente.

Fico por aqui, por ora. Em algum momento, eu haveria de cruzar com ele — sabem onde? Nos Alpes Suíços. Se der tempo, eu conto mais sobre isso. Mas temos cada vez menos tempo, porque faltam sete para as quatro.

Agora, vamos ouvir Archive. **Fuck U.**

E, se Deus é nosso juiz, o diabo é nosso advogado.

12

O consentimento para o coito (CPC), mencionado de passagem anteriormente, foi desenvolvido e aprovado mediante complicadas concessões entre a administração municipal de Rinocerontes e determinados líderes da sociedade civil. Para muitos verdadeiros patriotas da cidade, esse avanço radical das fronteiras entre o íntimo e o social marcava o início de uma era comportamental essencialmente nova. Depois de obter o reconhecimento geral do consentimento para o coito como uma espécie de memorando ético-jurídico, seus criadores passaram a trabalhar arduamente na implementação de um programa máximo — a introdução de diversos graus de responsabilidade (chegando até o criminal) para cada violação. De acordo com os rumores, em Rinocerontes já vinha sendo testada gradualmente certa versão *demo* do modelo punitivo — por enquanto, na forma da Vara Experimental Tutelar (a VET), formada por artistas controversos de todos os matizes, autoridades morais da chamada segunda onda e funcionários carreiristas locais a elas associados.

O CPC propunha-se a atingir o mais nobre dos objetivos: a erradicação total da desigualdade de gênero e do assédio sexual diretamente ligado a ela, e, com isso, também do abuso — principalmente do chamado "sexo forte" (vulgo violento) em relação ao chamado "belo sexo". Além disso, as exigências do consentimento para o coito não se estendiam fundamentalmente aos representantes das minorias sexuais, que, diziam eles, já eram oprimidas o bastante pela exclusão tradicional-conservadora, de modo que tinham pleno direito a todo tipo de discriminação positiva.

Em seu conteúdo e essência, o CPC era certo tipo de algoritmo de esclarecimento, que deveria ser seguido passo a passo por possíveis parceiros sexuais, antes que deixassem de ser possíveis e se tornassem efetivos. A palavra "esclarecimento", ou seja, uma aproximação gradual da clareza — até seu estabelecimento absoluto —, é, nesse sentido, a chave. O consentimento para o coito deveria ser atingido como consequência de uma série de perguntas francas e inequívocas ao máximo e de respostas na única sequência possível. A formulação final de cada uma das perguntas dependia inteiramente do parceiro que as fazia, embora ela não pudesse afastar-se demais do modelo interrogativo único (MIU). No que se refere às respostas, tudo tinha um aspecto consideravelmente mais rígido: era exclusivamente "sim" ou "não". Além disso, "não" só podia significar "não". Com relação ao "sim", não existia inequivocidade.

De acordo com o modelo, a primeira pergunta tinha que ser: compreende de maneira suficientemente clara que a situação na qual estamos pode levar a um contato sexual entre nós? Uma resposta "não" significaria a interdição de qualquer aproximação ulterior, com bloqueio simultâneo do tema como tal. Uma resposta "sim" provocaria necessariamente uma segunda pergunta — algo do tipo: está suficientemente segura de que gostaria disso, ou seja, de ter contato sexual comigo — repito, comigo especificamente? Uma resposta "não" deteria automaticamente o processo. Uma resposta "sim" deveria ter continuação na pergunta número três: se você quiser isso, ou seja, se quiser ter contato sexual comigo — repito, comigo especificamente —, você me dá seu consentimento para tal numa perspectiva temporal futura? No estágio da terceira pergunta, uma resposta "não" era avaliada como pouco provável, mas mesmo assim possível e, por essência, como tal, mais uma vez bloquearia e deteria tudo. Uma resposta "sim" deveria provocar — a depender das circunstâncias — uma quarta pergunta, opcional: você dá seu consentimento para contato sexual entre nós, mesmo no caso de eu acidentalmente não ter nenhum meio de prevenção, como um preservativo? Nesse ponto, a possibilidade de uma resposta "não" aumentava abruptamente, embora uma resposta "sim" tampouco parecesse fantástica. Depois dela, deveria vir uma quinta pergunta, quase fadada ao "sim", mas, mesmo assim, obrigatória: você compreende (e, caso sim, compreende plenamente) que o contato sexual entre nós pode evoluir para um ato sexual pleno? Ao ouvir "sim" também para aquela pergunta, o parceiro obrigava-se a fazer a próxima, a sexta: você está suficientemente ciente das possíveis consequências, na forma de uma infecção por HIV? Ao ouvir um "não", seria necessário parar categoricamente, assim como anteriormente, após cada "não". Após um "sim" incerto e exaurido, complementar a sexta pergunta com uma sétima: e quanto às possíveis consequências na forma de doenças venéreas, infecciosas ou hereditárias, algumas das quais podem ser mortais? E, logo depois de receber um "sim" também a essa pergunta quase desesperada, coroar o processo de averiguação com uma oitava pergunta: compreende de maneira suficientemente clara que, como consequência de minha ejaculação espontânea, você pode, por exemplo, engravidar? Uma resposta "não" arruinaria todo o caminho precedente e vetaria o que viesse a seguir. Já uma resposta "sim", ao contrário, abriria esse caminho e traria consigo uma frase numa forma não mais interrogativa, e sim afirmativa. Por exemplo: portanto, agora vou colocar a palma da minha mão no seu joelho.

Nos comentários ao modelo interrogativo único, indicava-se que a ausência de qualquer resposta deveria ser considera a priori como uma resposta "não". Além disso, que, da última pergunta, a oitava, estavam automaticamente liberadas "as pessoas submetidas a esterilização". O consentimento para o coito não podia deixar de impressionar por seu caráter sucinto, lógico e coerente.

Os autores e desenvolvedores do CPC não haviam ainda sossegado com os primeiros sucessos estrondosos de sua cria, uma de cujas manifestações foi o planejamento de vida bastante danificado de algumas figuras proeminentes, até então respeitadas, populares, mas nem por isso menos indefesas. A sede de aprimoramento não conhecia limites. Na ordem do dia, ia amadurecendo uma discussão a respeito de uma continuação do modelo interrogativo único e da inclusão nele de mais um ponto — a respeito da disposição de interrupção da gestação (aborto). Mas havia também pessoas contrárias a essa visão — em meio àqueles que necessariamente contrapunham o *post factum* ao *pre factum*. Todas as oito perguntas aprovadas até aquele momento pertenciam, em sua avaliação, às do tipo *pre factum*, e isso era considerado oportuno, dado o caráter preventivo (de advertência) do consentimento, o que era atestado, de maneira nada casual, no título, pelo prefixo apropriado.

Porém, independentemente de como aquilo fosse chamado, Rotsky era um transgressor. Das oito perguntas obrigatórias, ele mal e mal conseguiu arrancar só a quarta. E, em resposta a ela, não ouviu nada — não propriamente um "não", muito menos um "sim". E isso, de acordo com os comentários ao MIU, exigia que ele "parasse imediatamente o processo e bloqueasse ulteriormente o tema como tal".

De modo geral, Rotsky agora deveria ir a tribunal. E ele podia esperar não só julgamento público, não. Algo muito mais doloroso — por exemplo, banimento da cidade e, relacionado a isso, um informe aos órgãos de imigração, escrito sem o menor indício de indulgência. Mais que isso: até extradição para sua pátria indescritivelmente saudosa era algo que não parecia tão impossível assim. Assim como castração química, Rotsky brincava consigo mesmo, secreta e amargamente.

Tudo o que ele poderia murmurar em sua defesa, de pé perante o VET, com os braços esticados ao longo do corpo, certamente se encaixaria numa versão nem um pouco convincente de uma "intimidade súbita e imotivada" ou de "atração mútua incontrolável e aguda". "O coito entre os seres humanos é um processo deveras complexo", citaria Rotsky das fontes disponíveis para ele, "e consiste em uma série de reflexos psicológicos e fisiológicos conscientemente inconscientes..." Nesse momento, alguma das juízas certamente o interromperia, exigindo que ele elucidasse o conceito que acabara de utilizar, "conscientemente inconscientes". "A atração sexual", Rotsky perderia a linha, colocando-se numa enrascada, "sem a qual não pode ocorrer uma ereção, sem a qual não são possíveis as fricções, sem as quais não é possível a ejaculação, sem a qual não é possível o orgasmo." Outrora, em sua pornojuventude meio esquecida, meio extinta de sua memória, ele havia sido cuidadosamente instruído sobre esses temas por suas parceiras mais velhas e avançadas (à época, ainda falavam "adiantadas").

Então, mais uma integrante do tribunal cravaria nele os dentes: "O senhor está querendo afirmar que não domina seus próprios reflexos?". Castram mesmo, e vai saber se é quimicamente, Rotsky ficaria horrorizado em pensamento; mas, em voz alta, só balbuciaria mais alguma coisa sobre "o fundamento sexual de todas as funções do organismo" e sobre "a somatória dos estímulos" — olfativos, auditivos, visuais, táteis (sim! Táteis também — sim, táteis!) e, também, talvez os mais essenciais, neuro-humorais. "Minha respiração ficou entrecortada", Rotsky testemunharia contra si mesmo, "a pressão arterial aumentou em algumas dezenas de unidades, e o pulso chegou a cento e oitenta batimentos por minuto. Fazia tempo que eu não sentia um influxo tão quente — de sangue em circulação, mas também de amor e de paixão, com o perdão da rima involuntária, caras senhoras e senhores."

"Foi mais forte que eu", confessaria ele, afinal, e, diante do tribunal, abaixaria sua cabeça culpada, mas mesmo assim não arrependida.

Quando AnimAmina, já pela terceira vez, estava saindo de sua casa — como sempre, de manhã —, Rotsky, de maneira inesperada para si mesmo, disparou na direção dela:

"Agora você pode declarar que eu estuprei você. A central de polícia, aliás, é aqui do lado."

"Fui eu que estuprei você", respondeu a garota. "Eu estuprei você, e você me estuprou. Nós dois somos um casal — a estupradora e o estuprador."

Rotsky flagrou-se sentindo-se sensivelmente mais acalentado com aquele "nós dois somos um casal". E, por alguma razão, até com "a estupradora e o estuprador". O calor em seu peito ia ficando incontrolável.

Quem é ela, ele se perguntava, e as rugas em sua testa iam ficando mais tensas e expressivas, lembrando cada vez mais pássaros esquemáticos de asas abertas.

"Quem é ela, você não sabe?", dirigiu-se ele a Edgar. "Afinal, você estava aqui e viu tudo!"

Mas Edgar preferiu não explicar nada e só virou eloquentemente a cabeça para o outro lado.

Rotsky não insistiu. Sua relação com o corvo não previa qualquer pressão. Duas autonomias mutuamente reconhecidas — isso é o que era a relação entre eles.

Em compensação, Rotsky encontrou um pouco de tempo para reflexão, acompanhada por duas citações poéticas que viraram o refrão do dia: "Três vezes me aconteceu o amor" (mais raramente) e "Você não sai da minha cabeça" (mais frequentemente).

Anime era como *Spiracle*, do Soap&Skin — essa era Anime.

Ela entrou na minha casa, analisou Rotsky. Ela copiou a chave e esperou pelo exato momento em que eu não estaria em casa. Para quê? Para revirar o meu computador com calma. Que gentil da parte dela — mexer no meu caro computador sem a minha permissão. A palavra "caro", aliás, correspondia da maneira mais precisa possível ao atual estado das coisas: ao valor do próprio computador deveria ser acrescentado o valor do depósito de Subbotnik, com todos os seus incontáveis zeros.

Namoradas não fazem isso, ponderou Rotsky. E não só elas: de modo geral, ninguém que deseje o seu bem. Não, não fazem isso. Ela é uma troiana, que colou em mim sabe-se lá há quanto tempo. É uma espiã, mas de quem? Será que do Regime? Eles já estão aqui?

Uma espiã, repetiu Rotsky. Uma troiana. A terceira aparição dela foi o cúmulo da falta de escrúpulos. Entrar, sem meu conhecimento, na minha casa, no meu computador, no meu Windows? No meu mundo? Controlar as minhas pastas e arquivos, diretrizes e diretórios, as minhas listas e menus, os meus blocos e aglomerados, os meus segmentos e fragmentos, a minha memória, BIOS e RAM, com todos os seus periféricos, linhas quebradas e bancos de dados mortos — isso não é uma coisa baixa?

Sua segunda aparição — sim, certamente ela estava ligada àquela surra noturna. Era parte de um cenário mais amplo: você é surrado como um cão, e lá está sua salvadora — aparece bem no instante em que você está prestes a apagar, e não por causa da dor, e sim por causa do rangido. Coincidência? Rá! Um sardônico "rá!". Rotsky escreveu aquilo diversas vezes, onde pôde — com uma caneta num bloco de notas, com o dedo no pó em cima da mesa, com a pasta de dente na superfície do espelho.

Sua primeira aparição foi, de maneira geral, uma maluquice, uma fantasmagoria. Ela foi forçada para cima de mim. Foi empurrada de lá — do mundo subterrâneo de Lady Gaga e de todos os outros monstros que se alimentam das lixeiras. E ela também se alimenta, sim. Ela é uma criatura ctônica, na forma de uma pobre garota com dois morangos simétricos nos peitos. Ela foi plantada. As forças do mal, da noite e da escuridão enviaram-na até mim para sugar meu sangue.

Então ela é perigosa? Rotsky deixou sem resposta aquela pergunta direta demais. Dessa maneira, ele se esquivou da inevitável continuação lógica: sim, ela é perigosa, muito perigosa e — sabe o que mais? — ardilosa e, não duvide, impiedosa, cruel de um modo excepcional e inaudito, e, portanto — fuja dela, para longe, imediatamente, troque todas as fechaduras de todas as portas, encomende um sistema de alarme e, se encontrá-la na rua, dê meia-volta, atravesse para o outro lado, berre o mais alto que puder: "Gente, uma troianaaaaa!".

Mas e o que dizer de todos aqueles gemidos e do trabalho desesperado das coxas, do encontro das línguas e dos palatos, da luxúria entre as pernas, da troca entre virilha e vagina, da excitação mútua, da natureza indefesa e categórica dos orgasmos? E que dizer dos *montes* (Rotsky tinha vergonha da palavra "tetas" e não gostava muito da palavra "peitos"), trepidantes e ideais ao toque e que ela, por alguma razão, achava pequenos demais? E que dizer do terceiro olho, debaixo deles, no meio? E que dizer de todas as outras superfícies tatuadas de sua pele incrível e tão bronzeada? E de todos os lábios, frestas e fendas não tatuados dela? Que dizer deles agora?

Não perca a cabeça, Rotsky implorou a si mesmo. Concentre-se naquilo que realmente aconteceu. Vocês fizeram amor? Tem certeza disso? Não era uma miragem? Não era um fantasma?

O que não foi mesmo uma miragem foi a manipulação do computador. Ela estava sentada bem ali, naquela cadeira em frente a ele, a bundinha dela (!!) estava perfeitamente encaixada naquele assento de couro artificial, com toda a sua naturalidade. O *pen drive*! Ela estava copiando alguma coisa para o pen drive. Só faltava coisa de um minuto, mais um pouco, e ela teria desaparecido, teria levado todos os seus dados. Imagina?

Jossyp Rotsky tratava com um cuidado muito zeloso e simplesmente paranoico a chamada cibersegurança — ainda mais desde que ele enterrara, soterrara, ocultara e sepultara, nas mais recônditas profundezas da base, no mais secreto dos arquivos ocultos e fechados num contêiner, o *acesso para o acesso*, dessa vez não de vinte e seis caracteres, como aquele original de Subbotnik, que, imediatamente após o primeiro uso, deveria ser mudado para outro, mas agora de trinta e dois caracteres. Reiterados ataques, ou seja, tentativas totalmente inequívocas de estabelecer controle remoto sobre seu computador (de que os sistemas de segurança informaram, todas as vezes, de maneira apropriada) por golpistas, de que as redes estavam cheias, não tinham dado em nada. Por isso, concluiu Rotsky, os golpistas tinham enviado uma golpista. Mas que coisa estúpida, lamuriou-se em pensamento, que coisa infinitamente estúpida. Porém, efetiva: invadir a minha casa, colocar as mãos no meu computador, roubar toda a memória dele, levá-lo embora. Estúpido e forte como ferro, talvez até forte como ferro-gusa e estúpido de sua parte, heróis-hackers.

Assim, Rotsky foi mais além em sua lógica — ela é a executora de certo plano, o elo de certa corrente, uma membra (que palavra digna de um pesadelo!) de certo grupo. Se era ou não do Regime, isso nem tinha importância. A única coisa que tinha importância era que ela estava entre os inimigos. Uma espécie de inimiga. Minha inimiga, Rotsky pôs o ponto-final. Membra e inimiga.

Assim era sua versão principal.

No entanto, havia ainda uma adicional. E foi justamente nela que Rotsky se aferrava com uma paixão tal, com a qual nem um homem se afogando, agarrado a sua tábua, poderia sonhar. Rotsky inventou de presumir que a garota... agora segurem-se: estava simplesmente copiando sua música! Ela poderia ter imaginado a quantidade de música acumulada, armazenada, formatada e arquivada naquele computador, os incontáveis gigabytes de beleza, de tremor e de tristeza que havia nele. Se você pegasse só Johnny Cash: de suas obras completas, ou seja, de seus setenta e um álbuns, Rotsky tinha ao todo vinte e três! Isso, de fato, não é nem um terço, mas mesmo assim seria um bocado bastante apetitoso para ser copiado.

Dessa versão adicional, Rotsky, por alguma razão, gostou muito mais que da principal. E Johnny Cash, no mais, fortaleceu-a incrivelmente. Assim, foi justo na noite anterior, depois do primeiro e em algum momento entre o segundo e o último *ato sexual* entre eles ("o púbis ama a trindade", foi bem essa a piada da garota, pois, em geral, eles faziam muitas piadas entre si), que Rotsky, entre outras coisas, ficou sabendo por ela do lugar e da importância que Johnny Cash tinha em sua jovem vida. E que tanto o lugar, como a importância eram imensos.

Os vinte e três álbuns de Johnny Cash — era nisso que ela estava interessada, Rotsky tentava convencer a si mesmo. Embora fosse fácil assegurar-se: bastava encontrar o pen drive e espiar o que tinha sido copiado nele. Porém, como eu e vocês sabemos, Rotsky nunca encontraria o pen drive. Será que ele, por via das dúvidas, nem se esforçou tanto assim para encontrá-lo?

Naquela sexta-feira, ele nem saiu para lugar nenhum. Tinha dias assim, e sextas-feiras assim, ainda mais — não havia nada de estranho naquilo. Só que ele nunca tivera uma sexta-feira tão excepcionalmente melancólica antes. Por hábito, Rotsky se escondia na música, na visualização de alguns vídeos virais, no YouTube, no Vevo, no Vimeo, no MySpace, no My Cloud, nos fones de ouvido, na tristeza — aquilo não exatamente ajudou, mas, de qualquer forma, deu pelo menos um pouco de significado para um dia tão vazio. Dava para julgar seu estado de espírito pela impressão absolutamente espantosa que o brilhante álbum *"Ghosteen"*, de Nick Cave, causou nele, e que Rotsky, de alguma forma, deixara passar na época. Assim, ele não pôde deixar de passar para as *"Drinking Songs"*, de Matt Elliott, durante as quais ele secou, de maneira imperceptível para si mesmo, quatro ou cinco taças de vinho tinto. Ele foi arrancado de seu atordoamento elliottiano pelo tradicional rugido vespertino vindo lá de baixo: na Khata Morgana, havia a promessa de um show, começava a passagem de som.

Quem tocou lá depois, e o quê? Rotsky não seria Rotsky se, naquela sexta-feira, o subterrâneo tivesse escolhido outra coisa para ele. Ele não conseguiu identificar o nome da banda, talvez nunca tivesse ouvido falar dela antes. Mas a natureza francamente pré-suicida de todas as composições, sem exceção (cada uma com duração de quinze a vinte minutos), não deixava dúvidas: os visitantes da Khata, naquela noite, tiveram a oportunidade de serem as primeiras testemunhas de um novo projeto gótico-trance-pós-rock-psicodélico. A banda era claramente feminina (pelo menos no que dizia respeito aos ouvidos empolgados e — não faz mal dizer a verdade — embolados de Rotsky), o único instrumento masculino nela parecia ser a mangueira enrugada de um aspirador, que, de quando em quando, despedaçava a composição com um urro plenamente digno daqueles de Jericó. Rotsky submergiu por muito tempo.

Quando voltou a si (era *Round Midnight*, por volta da meia-noite, e as estreantes desconhecidas abaixo dele tocavam o bis pela oitava vez), ele se flagrou com seu telefone, do qual acabara de enviar a mensagem de texto: "Os seus são grandes mesmo". Depois disso, Rotsky olhou fixamente para a tela do telefone por mais uma hora, esperando em vão pela notificação de que seu SMS fora recebido.

Edgar ficou ao redor de seus pés com ar compassivo e, suspirando, voou até o guarda-roupa.

À noite, Rotsky era envolto em uma espécie de insônia atípica: ele não conseguia de modo algum entender se estava ou não dormindo. Aquele desfocamento absurdo, característico do sonhar, ficava exatamente no mesmo nível de seu oposto — a realidade. "Mas não, eu não estou dormindo", por vezes repetia Rotsky, indizivelmente surpreso com a clareza e a nitidez de tudo o que ele conseguia alcançar com seus receptores. Sim, este é o seu quarto, em seu apartamento, ainda que temporário, tudo é reconhecível e palpável: a borda da cama, os contornos da luminária, o travesseiro dobrado em dois debaixo de sua cabeça, a taça vazia no chão ao seu lado, e é correto que está vazio — o vinho, afinal, foi bebido inteiro, até o finzinho, e, se fosse um sonho, o vinho estaria na taça, mas não está, porque a última garrafa foi esvaziada. Então, não. Estou acordado, concluiu Rotsky. Depois disso, para consolidação de seu sucesso, ele puxou da memória o atual dia, mês e ano, sem se esquecer nem mesmo de que a sexta-feira já havia se transformado em sábado.

Mas, bem naquele momento — bastou virar a cabeça para ver a outra beirada da cama —, ele notou uma mulher que, aparentemente, estava dormindo ao seu lado. Estava dormindo — e só isso. E aquilo já não podia ser realidade. Ainda mais porque a mulher parecia ser Anita. O mais provável era que fosse Anita. Não, não Anima ou Amina — Anita. Ela estava deitada muito perto, na mesma cama, mas Rotsky não se atreveu a tocá-la — fosse por relutância em acordá-la, fosse por alguma outra lógica interna do sonho. "Não, estou mesmo dormindo", pensou Rotsky, "porque, como ela poderia ter vindo parar aqui?" Se fosse Anima-Amina, talvez sim: ela entrava ali sempre que tinha vontade. Mas Anita?!

Rotsky tinha medo de se mexer, para que ela não desaparecesse. Para que não se movesse, se levantasse, para que não fosse embora. Ficou ali deitado, tentando ficar imóvel — de olhos abertos, de costas para ela, surpreso com a concretude factual ao seu redor e com sua própria clareza mental, praticando a memória inflada pelo êxito de conseguir listar todos os setenta álbuns de Johnny Cash — embora o fato de que, de repente, eles viraram setenta, e não setenta e um, sugerissem justamente um erro admissível em um sonho e como que dispensável.

Rotsky tinha medo não só de se mexer. Ele tinha medo até de chamá-la. Possivelmente por causa da dicção. Para ser mais preciso, por causa de um possível erro nela. Porém, como músico, ele preferiu não chamar aquilo de dicção, e sim de acentuação dinâmica.

No sábado de manhã, Rotsky emergiu de sua cama impiedosamente desarrumada ("nem dormi, fiquei me revirando a noite toda!") preocupado com um só pensamento: enxotá-la. Afastá-la de perto dele, afastá-la imediatamente, destruí-la e queimá-la por completo, como a Santa Inquisição com qualquer heresia.

Com ar resoluto, ele ofereceu a Edgar seu ombro e foi ao encontro das necessidades que, dados os penúltimos e últimos incidentes, haviam se tornado um emaranhado e *catastrófico* (como parecia a ele, propenso aos exageros) novelo.

Ao sair do prédio, Rotsky notou certo rebuliço nas escadarias e em frente ao portão. Uns dias antes, aparecera no andar de cima um novo vizinho, e agora o pessoal dele, andando para cima e para baixo, carregava ativamente pacotes de todos os tipos e tamanhos: a mudança tinha que ser concluída naquele dia. Dois ou três outros sujeitos, com macacões ensebados ou muito desgastados, lutavam, com ar enérgico, para fixar na fachada uma novíssima plaquinha de latão, a partir da qual se concluía que, doravante, "JACHIM HÜBSCHRÄUBER, doutor em psiquiatria", residiria e atenderia naquele prédio. A julgar pela aparência um tanto excêntrica e, por vezes, não muito cônscia da maioria dos carregadores, o benfeitor mencionado na plaquinha tinha o controverso hábito de envolver seus próprios pacientes em trabalhos particulares, em benefício próprio. É bem possível que todos eles estivessem agora se acotovelando pelas escadas de maneira tão altruísta apenas para serem os primeiros a entrar na fila de tão brilhante autoridade. "Se for o caso, nem precisa procurar muito longe", observou Rotsky com ar semissatisfeito, olhando para o brilho do latão.

Ele tinha pela frente justamente uma visita ao médico, mas ainda não a um psiquiatra. Ainda seria levado diversas vezes a um psiquiatra, mas muito, muito mais tarde.

A lista atual de Rotsky começava com uma ida ao traumatologista. Aquela decisiva surra noturna na travessa do Circo fazia-se notar, de quando em quando, não só com uma leve tontura, mas também com uma dor bem aguda nas costelas. Esta, embora um pouco menos sensível, ainda incomodava — especialmente quando joelhos relativamente afiados de garotas tinham se apoiado em seus flancos. Então, o primeiro ponto da lista daquele dia era:

costelas! raio-X

E, em seguida, o seguinte:

catacumbas, escritório de permissões

correio — recibos velhos

truta

relógio, conserto

lavanderia

farmácia

Fine-Wine Market

fechaduras novas? sistema de alarme?! a partir de segunda-feira?...

Vou esclarecer. O quarto ponto não se tratava de comprar peixes, e sim de alimentá-los: Rotsky não perdia a oportunidade de admirar o movimento tensamente elástico das trutas nas águas velozes e de um verde lindo do Oslava. Ele tinha dois ou três pontos de observação preferidos na decrépita ponte de Pedra (do século XV), de cuja construção ele fora, aliás, testemunha, naquela época, em sua vida passada.

O oitavo ponto se tratava da necessidade de encher mais uma vez os estoques do *vránac* montenegrino. Já o relógio do quinto ponto referia-se, assim como as costelas surradas, ao desagradável incidente na travessa do Circo. O relógio, com o vidro rachado, parara inconvenientemente naquele dia, fixando, sem particular necessidade, a hora exata do ataque.

Os demais itens não exigem quaisquer comentários.

Nesse aspecto, eu e vocês não vemos nada de místico. Esse misticismo pode, talvez, ter sido inspirado pela primavera, que, justamente naquele dia, decidiu entrar em sua envaidecida fase de pico: uma grande explosão de parques, jardins e hortas, calor e viscosidade, uma mistura de atrações naturais e artificiais, aplicações, secreções e cheiros, florescências selvagens e rosadas da sakura, cachoeiras, pombos, galerias, terraços, axilas depiladas, todos os tipos e estágios de nudez, o bondoso desleixo dos cafés e o total relaxamento das multidões, a transparência atípica, posto que quase impecável, do ar, graças à qual os contornos dos morros próximos à cidade e dos picos das montanhas, aquecidos pelo brilho do sol, adquiriam uma clareza quase digital, como a de um computador, e, com isso, certa irrealidade.

Rotsky adentrou essa mistura irreal e paradisíaca, aceitando-a ou como um desafio, ou como um convite. Edgar não ficou pousado em seu ombro: ele ora voava para algum lugar acima das árvores, ora desaparecia completamente, ora voltava ao campo de visão, mantendo a distância apropriada, como ele queria, e demonstrando não só lealdade, mas também autonomia.

Livre de cuidados com seu parceiro, Rotsky concentrou-se em suas visões. Era como num filme — esticado, viscoso, superaquecido, pegajoso, *arthouse*. Um filme sem ação, mais precisamente um filme em que a ação se limitava aos próprios deslocamentos. E, em toda parte, Anime. Foi justamente esse o nome que, então, na primeira vez, ele dera para ela em sua mente, alegrando-se, em silêncio, com o fato de que a última letra finalmente não era "a". Nem o último som era "a"! Cuidando, a todo momento, com esforço, para não dar de cara com ela, Rotsky acabava justamente dando de cara com ela.

Na clínica (ponto número um), ela se revelou como a assistente, quer dizer, como uma guia de curta duração, de um minuto e meio, por aquele corredor deveras escuro, outrora de um mosteiro. Ela caminhava alguns passos à frente dele, indicando o caminho para a sala de raio-X, e Rotsky não conseguia ver seu rosto, embora todo o resto correspondesse: a altura, os cabelos pretos que brotavam por debaixo da touca médica, ou seja, a cor dele, que não deixava dúvidas quanto ao bronzeado da pele, incrível ao toque, a mobilidade do traseiro e das coxas, o atraente ar simiesco deles, as inevitáveis, ainda que invisíveis, tatuagens debaixo do roupão. Ah! A coisa mais importante: os braços cruzados sobre o peito. Ela caminhava assim, com os braços cruzados sobre o peito, aquela esquisitona.

Na pequena praça em frente à agência dos correios, ela estava andando de patins, com shorts um pouco curtos demais.

Na sala de espera do escritório de permissões, num display de plasma fixo à parede, ela instruía os visitantes sobre como se preparar adequadamente (roupas e apetrechos) para a descida às catacumbas. No vídeo seguinte, de maneira não menos erótica, ela ensinava, ou mais propriamente mostrava, as regras de segurança e técnicas de primeiros socorros.

Ela estava nas propagandas de sabão em pó nos outdoors.

Ela era a terceira na fila da farmácia. Quando chegou sua vez, revelou-se ela que estava atrás de seringas.

Ela corria entre as líderes do grupo principal da tradicional meia maratona anual. "Os dela são mesmo bem grandes", convenceu-se Rotsky.

Ela posava, para sua própria página, naquela mesma ponte de Pedra (do século xv).

Ela estava sentada (ao mesmo tempo!) na cabine do motorista e no último vagão de todos os bondes que deslizavam por Rotsky. Além disso, a do último vagão estava sempre segurando um gato nos braços e sempre virava a cabeça na direção de Rotsky, e então o observava fixamente por um longo tempo — até que o bonde, ou, mais precisamente, o último vagão, desaparecesse por completo atrás da esquina, ora da rua do Mandrião, ora da rua do Velho Bordel. É improvável que Edgar, que por acaso estava pousado, bem naquele instante, no outro ombro, fosse o motivo da observação.

E ela ainda:

Acelerava o passo, cruzando com mais força os braços sobre o peito ao atingir o assobio dos árabes no Bazar Podre, e então, de maneira abrupta, atravessava-o (tanto o assobio, como o Bazar).

Comia uma lasanha promocional paquistanesa, presenteada por um bistrô, debaixo de uma sakura quase em flor no Jardim Botânico. De forma mais precisa, ela não exatamente a comia, e sim a repartia e atirava, em pedaços minúsculos, nas águas espumantes do riacho do Moinho, alimentando com eles as trutas (que assim tiveram um dia feliz!).

Andava pela passarela de biquíni e, depois, recebia, das mãos de um homem barrigudo e cadeirudo, o prêmio de preferência do público num concurso de garotas tatuadas no parque da cidade.

Bem, e assim por diante.

Ela estava em todo lugar!

Anime?

Mas não.

Na verdade, não era ela. Na verdade, era Rotsky com suas visões. Porque ele estava fixado nela — e só.

Então, a rainha tatuada da preferência do barrigudo não tinha terceiro olho nenhum debaixo dos montes — e nem poderia, nem ousaria ter: era um sinal secreto dos escolhidos. E não era de modo algum por amor aos peixes que a ágil comedora de lasanha paquistanesa gratuita poluía o protegido riacho do Moinho com aquele produto promocional gratuito, e sim com um objetivo cognitivo: para ter certeza de que aquilo não faria mal aos peixes. E aquela que cortou (e levou abaixo) o Bazar Podre só com sua presença era, na verdade, uma travesti popular na cidade. Já os condutores de bonde, assim como seus passageiros, não desejavam saber nada desse tal Rotsky — e por que é que eles haveriam de ficar olhando para ele? Por sua vez, naquela que posava para o Instagram brotaram de manhã espinhas — no pescoço e em outros *lugares interessantes,* como ela os chamava. Já das líderes da meia maratona, no dia seguinte foi descoberto o doping, e tudo foi anulado. A moça das seringas foi internada *à força* naquela mesma noite, depois de arrombarem a porta da cabine do cagatório e de induzi-la a um coma artificial. A apresentadora dos anúncios de sabão em pó se mudara havia muito tempo para a Noruega. Já fazia um ano que a instrutora para as visitas às catacumbas morrera ali mesmo, devido ao não cumprimento das regras de segurança, negligência e más intenções, ou seja, mais uma bebedeira com os colegas. E a jovem patinadora habitualmente pulava para dentro da primeiríssima *land cruiser* que encostava ali, pois era assim que ela ganhava a vida.

Restava ainda a assistente (e guia) da sala de raio-X. Mas verificou-se que sua boca estava repleta de um denso alho de anteontem. Qualquer intimidade foi descartada. E não havia o que fazer.

Em nenhuma delas estava Anime.

Exausto pelo corre-corre de um dia inteiro e pela primavera, Jossyp Rotsky de repente sentiu que a coisa se clareava: era justamente o contrário. Ele estava ansioso para dar de cara com ela! Ele tentava encontrá-la com os olhos como quem tenta encontrar Deus. Bom, tudo bem, como quem tenta encontrar a namorada. Mais para o fim da noite, começou a vasculhar os lugares que ele conhecera recentemente: o Castelo, o restaurante Batalha das Nações, onde, de maneira incauta e rápida demais para um vinho tão valioso, ele entornara duas taças. Finalmente, o Velhice não é Ledice, com todas as suas décadas decadentes. Neste último, como se podia esperar, outro *jantar social* estava acontecendo, mas dessa vez sem ela, sem Anime, com a participação de uns monstros completamente diferentes.

Depois de arrastar-se até sua casa, já em meio à escuridão, Rotsky, com o canto do olho, notou na escadaria dois ou três loucos que, desde a madrugada, inquietos, estavam à espera da consulta matinal do doutor Hübschräuber e que, com ar tenso, se esconderam assim que ele apareceu. Ao girar a chave na fechadura, Rotsky sentiu, com seu corpo inteiro, como eles fixavam e cravavam nele seus pares de olhos inflamados. Mas ele estava preocupado com outra coisa. Implorava para que ela estivesse lá dentro, esperando por ele. "Afinal, você sabe muito bem entrar aqui", relembrou Jos.

Mas, lá dentro, só Edgar estava esperando — ele que, recentemente, tornara-se um mestre em entrar em salas trancadas através de canais conhecidos apenas por ele. Foi mais ou menos nesse momento que chegou um SMS para Rotsky: "Os seus também".

O número era *aquele mesmo*, então isso tinha que ser uma resposta. Menos de um dia depois de "Os seus são grandes mesmo", Rotsky recebeu "Os seus também". O sentido daquela mensagem não ficou claro. Principalmente por causa da concisão excessiva, que causava evidente confusão. Se o sujeito pelo menos tivesse um substantivo, torturou-se Rotsky. Ele mesmo usara como sujeito "os seus", misterioso só à primeira vista: evidentemente se tratava dos *montes*, e Anime não podia deixar de entender isso. Agora, ela respondia: "Os seus também" — e isso deveria significar que o sujeito, silenciado e solto em direção ao nada, continuava o mesmo: os seus são grandes — e os seus também.

Mas Rotsky não tinha monte *nenhum*! Pelo menos não no sentido que ele mesmo dera àquela palavra. Não, se ela tivesse substituído o plural pelo singular, ainda no gênero masculino, se estivesse ali um "o seu", então tudo bem. Mas não era "o seu" coisa nenhuma — Rotsky olhou para o telefone dezenas de vezes e, no mesmo número de vezes, certificou-se de que não deixara passar nada: "Os seus também". Um artigo, um pronome, um advérbio — três palavras juntas, e só, seja sábio.

Rotsky ficou muito tempo sem saber o que escrever em resposta àquilo. Depois do estúpido e afobado "Finalmente!!!" que lhe escapou logo no primeiro instante e que não provocou nenhuma continuação do outro lado, ele travou. Agora, ele estava constrangido por aquela impaciência espontânea, com os três pontos de exclamação vergonhosamente púberes. Ele já conseguia ver em algum lugar, do outro lado da linha, um bando de zombeteiros repugnantes, quase se mijando de rir, teclando no telefone de uma pequena, simiesca e bastante satisfeita consigo mesma *kúrvitsa*.[1] (É bem possível que, em sérvio, exista mesmo essa palavra.)

Só depois de algumas horas (já passava muito da meia-noite) é que Jos conseguiu espremer alguma coisa com mais sentido: "Os meus também? Você se referia...?" — depois disso, adormeceu de maneira súbita e profunda. Não, não simplesmente adormeceu — ele submergiu até o fundo, mergulhou de cabeça, desapareceu e apagou. Já de manhã, não sem a benéfica

---

1 Diminutivo de *kurva*, palavra que em diversas línguas da Europa Central significa "puta".

trepidação de todas as válvulas cardíacas, foi atrás de sua resposta — e a encontrou: "Seus dedos. Seus dedos são de pianista. Mas é uma pena que estejam nos pés".

"Meu erro foi nunca ter tocado com os pés", Rotsky escreveu de volta, sem levantar da cama. É domingo, constatou ele. Por que não convidá-la para vir aqui?

Aquela troca irregular e entrecortada de SMS entre eles durou mais alguns dias (as noites entravam igualmente na conta). "Como você está?", perguntava Jos. "O mesmo de sempre", parecia responder Anime. Depois disso, tudo se interrompia por muitas horas.

Às vezes, a coisa parecia mais ágil. Ela: "Agora eu sei por que você tem dois braços". Ele: "E se fossem seis, como Shiva?". Ela: "Seria ideal: dois em cada lugar". Ele: "E isso é pouco?". Ela: "Para masturbação, não". Ele: "A questão não são as mãos, e sim a imaginação". Ela: "Isso é. E quem é que você imagina?". Ele: "Não quem, mas o quê". Ela: "?????". Ele: "São um par, e eles são grandes mesmo". Embora Rotsky tivesse escrito a última frase, ele não a enviou; não se pode esconder a verdade. Assim, os pontos de interrogação dela ficaram no ar, numa longa indefinição. A sessão se estendeu com pausas e interrupções.

Às vezes, ela explodia com uma sensualidade totalmente inesperada e suspeita: "Como eu quero ver você". Ao que Rotsky dizia, tentando não perder a cabeça: "E qual é o problema? Precisa de dinheiro?". Ela: "Como você pode? Eu preciso de você". Ele: "Tem certeza?". Ela: "Eu quase não consigo dormir". Ele: "Venha — eu vou ninar você". Ela: "Ainda não é a hora, querido, ainda não é a hora". Ele: "Se não é agora, é quando?". Ela: "Adeus. Um beijo carinhoso para você". Ele: "No meio das pernas? Não seria nada mau".

Ela sumia. Embora aparecesse outra vez.

Uma vez, Rotsky deixou de lado as elipses e a concisão, assim como todas as outras figuras e jogos de linguagem cultivados com tanto zelo naquela correspondência, e enviou para ela um texto consideravelmente mais longo, de setecentos a oitocentos caracteres, em que, de maneira ponderada, porém ardente, propunha que ficassem juntos, que ela morasse com ele, ou que pelo menos *passasse* mais tempo ali com ele, se, digamos (e isso ele entenderia), ela não estivesse satisfeita com o modo de vida monogâmico.

Em resposta àquilo, ele leu que ela não podia mais *passar tempo* na casa dele.

"Mas por quê?", ele não perdeu o rumo.

A resposta dela mudou categoricamente o assunto: "Porque nem você deveria passar mais tempo na sua casa. Você deveria sumir". "Quantos dias eu tenho?", perguntou Rotsky, mas, naquela noite, não recebeu mais nada dela.

Uma inimiga estranha, pensou Rotsky.

Nesse ponto, é hora de contar um pouco mais sobre ela.

Aquela que Jossyp Rotsky chamou de Anime veio ao mundo e cresceu em favelas — só que não nas verdadeiras, nas brasileiras, e sim nas chamadas favelas subcarpáticas. Eram, em sua maioria, restos não digeridos de algumas cooperativas agrícolas, fragmentos do antigo sistema econômico, dos tempos do "socialismo vitorioso", espalhados pelas elevações e pelos vales mais afastados do Norte lamacento, saqueados, empobrecidos, estultos, famintos e frios. Os subsídios do governo, concedidos aos habitantes desses lugares sem nenhuma perspectiva de maneira mais ou menos regular e independentemente do perfil político de cada governo, bastavam, em geral, pelo menos para o cigarro e para o álcool. As pessoas com muitos filhos (ou seja, a maioria delas), através do manuseio habilidoso dos benefícios sociais adicionais, permitiam-se também drogas leves. Eles chamavam de leves as mais baratas — as caseiras, as falsas — como eles mesmos definiam, as *não certificadas*. As drogas leves, na realidade, não eram leves. Embora a verdadeira felicidade se ocultasse nos cogumelos, com os quais a natureza carpática, geralmente tão mesquinha com todas aquelas pessoas, premiava-as carinhosamente.

Anime provinha justamente de uma família com muitos filhos, mas todos os seus irmãos e irmãs (quantos eram ao todo, isso não importa) não são só inúteis para vocês e para mim: para ela também eram. Todos eles tinham se dispersado, desaparecido e se dissolvido, e mortos também não faltavam — para os mais novos, ninguém nem ligava. Aos oito anos, Anime adquiriu uma família adicional e consideravelmente mais numerosa — a do internato. Afinal, naquela região, isso de modo algum significava um destino especial. É claro que ela odiava o internato com toda a sua pequena alma, embora tenha sido graças a ele e às suas torturas que ela ganhou tenacidade e persistência, e aprendeu a cravar as unhas, quando necessário, com tanta devoção, que ai das futuras vítimas de sua autodefesa. Além disso, foi justamente no internato que ela passou a dominar a verdade universal (como lhe parecia) de que o mal pode ser derrotado única e exclusivamente pelo mal. Do contrário, seria necessário admitir que o mal vence tudo.

Seu pai (ela dizia *painho*) estava cumprindo uma desesperançosa pena de seiscentos e vinte anos em uma prisão grega, generosamente imposta a ele pela justiça grega pela participação no transporte, através de barcas marítimas, de imigrantes ilegais da costa oeste da Ásia Menor. Sua mãe (ela dizia *mainha*) arranjara emprego de camareira de hotel em algum lugar da Groenlândia e não nutria quaisquer planos de voltar para casa. Certa vez, enquanto folheava um puído atlas geográfico da biblioteca do internato, Anime traçou com uma régua uma linha reta da Groenlândia até a Grécia. Parecia que seu local de residência ficava bem no meio. Entre o painho e a mainha.

Pouco depois, ela foi estuprada por dois policiais e um caminhoneiro. Aquilo significava um convite para o clube regional dos perdedores, muito popular naquela área: acostamentos, motéis, bares, cabines de beira de estrada, pernoites, resfriados, ovários, tricômonas e espiroquetas.

Anime não aceitou o convite. Ela era motivada pela vingança. Nenhum dos três abusadores podia imaginar a desgraça que haviam trazido para a própria cabeça estúpida deles com aquele súbito desejo de divertir-se com mais uma *menor*. Além de tudo, eles entraram num frenesi e deram no rosto dela. Aquilo foi uma sentença de morte para eles.

Alguns anos se passaram, e Anime, àquela época já trabalhando para a Mob e tendo conseguido cumprir uma série de missões cada vez mais prestigiosas, ganhou mais que o suficiente para que seu caminhoneiro fosse casualmente esfaqueado num maciço de florestas nos arredores de Moscou. Por sua vez, ambos os policiais, quase ao mesmo tempo, foram infectados pelo mesmo parasita africano e, com sucessos variados, foram se aproximando da queda final num coma profundo e perpétuo, cuja saída só podia ser uma: desligar e parar absolutamente tudo.

Não é todo mundo que tem a sorte de alcançar o maior objetivo de vida antes de viver os primeiros vinte anos. Anime teve essa sorte, a vingança se realizou. Era preciso inventar um novo objetivo maior. A Mob abria possibilidades ilimitadas e não só não proibia sonhar, como encorajava sonhar.

Não teria sido por isso que ela definiu esse objetivo como a destruição total e definitiva da Mob?

Por sua própria natureza, a Mob era carnavalesca e, ao mesmo tempo, hierárquica. Essas características em geral incompatíveis só se mantinham juntas graças ao gênio criativo dos fundadores. Sua hierarquia se formou ao longo de diversas temporadas e era fixada por práticas disciplinares de uma severidade sem precedentes. Por esse carnaval, respondiam arte-tecnólogos generosamente premiados de cima, a grande maioria dos quais nem fazia ideia do verdadeiro objetivo de seus trabalhos. Para o planejamento passo a passo da maioria das operações, a Mob contratava os mais caros e, por conseguinte, mais bem-sucedidos roteiristas de seriados de TV — sobretudo aqueles que lidavam com os gêneros crime, gótico, terror e paródia. "Não trabalhamos com as banalidades da razão humana", compartilhou a metodologia um dos Maiorais, numa entrevista escandalosamente barulhenta. "Apelamos para as aberrações da imaginação, em especial para aquelas que chamam de ilusões."

Os últimos dois anos da infância de Anime caíram num período específico, quando a Mob, de maneira resoluta, recrutava, para seu quadro de agentes, jovens talentosos da Europa Centro-Oriental, organizando, principalmente, castings e shows de talentos de diversos tipos. Nessa conta, entravam não só aptidões especiais em matemática (leia-se, habilidades de hacker), como também excelentes habilidades físicas, além de uma notável veia comunicativa — a capacidade de encontrar e estabelecer contatos, inspirar confiança, encantar, atrair e cativar. Além disso, tratava-se de aptidão com línguas (o domínio do chinês e do japonês dava uma enorme vantagem), assim como de sensibilidade e de agilidade, inatas ou treinadas, das mãos, que deveriam estar prontas para tudo — de aplicações indolores e imperceptíveis de injeções a arrombamentos delicados e semi-intuitivos de cofres, do uso minucioso de minúsculos gadgets de espião à condução precisa do jogo da tampinha, em sua mais nova versão cibernética.

Anime recebera as notas mais altas na segunda, na terceira, na quarta e na quinta categorias (habilidades físicas, veia comunicativa, aptidão com línguas, agilidade das mãos) e demonstrou aptidões satisfatórias na primeira (habilidades de hacker). Eles a incorporaram, e ela lentamente pegou gosto por operações cada vez mais complexas e secretas, ao mesmo tempo que amadurecia a consciência de seu novo maior objetivo de vida.

O caso Rotsky tornou-se, para ela, mais um passo ambicioso. Mais precisamente, deveria ter se tornado.

Rastreando cada uma das possíveis versões para o depósito oculto de Subbotnik, a Mob, já havia algum tempo, não tirava os olhos de Rotsky. A situação era de observação estável, mas, então, a alta cúpula recebeu o informe da aproximação cada vez mais rápida dos agentes do Regime. Estes de modo algum eram concorrentes: que podiam eles contra a Mob, com suas hierarquias verdadeiras, e não fictícias?! Assim, a Mob e os agentes do Regime teriam existido em seus mundos paralelos — no alto e embaixo —, não fosse pela pessoa chamada Rotsky. Ele, para dizer o mínimo, interessava tanto aos primeiros como aos segundos. Interessava, é claro, de maneiras diferentes. Os agentes do Regime se aproximavam com o objetivo de matar Rotsky, nada mais se passava em suas mentes. A Mob, por sua vez, enxergava Rotsky como um possível acesso ao segredo bancário. E, se os agentes do Regime o eliminassem de súbito, o acesso muito provavelmente seria vedado. Ou, melhor dizendo, eliminado. Para sempre.

Da alta cúpula da Mob, após reuniões meio longas, desceu uma equipe para resolver Rotsky da maneira mais rápida possível. Porém, a executora (Anime), uma estagiária até então plenamente bem-sucedida e promissora, perdera não só uma, mas duas oportunidades. Em primeiro lugar, ela não deixara Rotsky viciado em certa substância de ação muito forte, por injetar nele um sedativo completamente errado. Em segundo lugar, não tomou posse da base de dados dele, perdendo a cópia de maneira vergonhosa. Na cúpula, aquilo não pegou nada bem.

Agora, coberta de lágrimas e de ranho, ela suplicava uma última chance à sua chefia imediata.

"Sim", respondeu Rotsky quando ela perguntou se "o doutor já tinha se fixado ali". "Então poucos, muito poucos. Quase nenhum", escreveu Anime.

Ela retornara depois de um intervalo de alguns dias. A frase "Quantos dias eu tenho?" ficara no ar durante todo aquele tempo. E então, finalmente: "poucos, muito poucos. Quase nenhum".

No último SMS, Rotsky pedira que mudassem para o email e criassem para isso uma caixa nova — exclusivamente para a correspondência entre eles, de preferência num daqueles serviços decrépitos, quase esquecidos e relativamente lentos, pois eram mais confiáveis. "Serei o último no mundo a ainda usar emails", concluiu Rotsky com uma frase comprovada: "Esteja comigo!". Anime não compartilhava daquela confiança em emails, mas deu ouvidos a ele e mandou, de um endereço recentemente criado, o seu "Já estou aqui, escreva".

Só então Jos permitiu-se total franqueza: "Bom. Vamos começar pelo principal. Você está comigo ou com eles?".

Ela não se delongou: "Primeiro, com eles. Agora, com você".

Rotsky: "E por isso quer que eu suma?".

Anime: "Do contrário, você já era".

Rotsky ficou em silêncio, e levou quase um dia para escrever o seguinte: "Aliás, você com certeza sabe: aquele depósito tem um proprietário, e não sou eu. O dinheiro não é meu". Daquele modo, que, em seu entendimento, era bem ardiloso, ele tentava arrancar dela o que acontecera com Subbotnik: se ainda estava vivo ou se tinha morrido. Nos *feeds* de notícias internacionais, não se encontrava menção alguma — como se nunca tivesse existido no mundo aquele homem tão digno de nota. Porém, Anime também ficou em silêncio. Mais precisamente, à pergunta de Rotsky: "O que aconteceu com Jeffrey?", ela respondeu: "Nem sei quem é".

A hierarquia, concluiu Rotsky oportunamente. O que ela faz é coisa miúda: é uma das agentes do patamar mais baixo. Estranhamente, aquela conclusão o reconfortou.

"Diga aonde devo ir para desaparecer", dirigiu-se a ela Rotsky, na noite seguinte.

Ela levou uma hora para responder. Depois disso, ele leu: "Na verdade, eles estão em todo lugar. Nem haveria sentido em desaparecer, mas a chance está em mudar de lugar o tempo todo. Quer dizer, desaparecer constantemente e de qualquer lugar. Então, talvez eles não consigam manter a pista. Isso não é um fato, é só uma esperança minha".

Rotsky mal e mal conseguiu conviver com aquilo até a manhã. Ao meio-dia, ele se sentiu quase inteiramente disposto a render-se e escreveu: "E se eu simplesmente entregar o código? Quer dizer, não para eles. Para você. E você, para eles. Você receberia pontos, seria promovida ☺. Se eles pegarem toda essa grana, vão parar de atormentar?".

Anime pareceu um pouco decepcionada: "Ah, e essa agora? Aaaaah ☹". E logo mandou o próximo email para ele: "Agora já é mais provável que não. Não vão parar de atormentar. Você entrega o código para eles, e eles pegam você mesmo assim. Como um *loser*, como alguém que perdeu. Como algo descartável, como carniça. Por compaixão e por dó. E, simplesmente, como um personagem agora supérfluo. O roteiro não tolera tramas inacabadas. Necessariamente vão querer fazer a limpa".

Então, Rotsky fechou o email, parou o YouTube, onde estava tocando o grupo Godspeed You! Black Emperor de uma lista, e, a despeito de todo o indescritível respeito provocado nele pelos referidos músicos, desligou a porra do computador.

"Essa é a situação", disse Rotsky em voz alta. "Nada me ameaça além da morte."

"Nem ela ameaça você", protestou Edgar e pousou em seu ombro favorito.

E, depois que mais um dia se passara, quando a escadaria já estava abarrotada de pacientes de Hübschräuber, doutor em psiquiatria, e eles começaram explicitamente a assediar a porta do apartamento de Jos, ora batendo nela, ora fuçando na fechadura, ora tentando soltar as dobradiças, o salvador Mef ligou:

"Jos, eu não guardo rancor, mesmo você tendo me deixado na merda na quinta-feira passada."

"O que passou, passou", respondeu Rotsky. "Qual é a sua agora?"

"A minha é a minha. Mas e a sua? Ouvi falar que você está com problemas, Jos, é isso? Dizem que você deseja desaparecer?"

"Dizem?", Rotsky fez uma pausa. "Quem?"

"Isso é só uma figura de linguagem, não ligue. E saiba de uma coisa: lamento muito liberá-lo de suas quintas-feiras, mas que seja. Se for o caso, estou disposto a contribuir para sua DP."

Rotsky imaginou que se tratasse da desaparição perfeita.

Não sei como está o tempo aí onde vocês estão, mas imagino que seja diferente. Aleluia a todos que não pararam de me ouvir e, com isso, de me surpreender. Por exemplo, até em Aleluia, no estado de Nebraska, onde, neste momento, ainda é dia 12 de dezembro, domingo. Como vocês estão bem. Se soubessem como estão bem! Eu olho para as suas luzinhas verdes e, por dentro, vou ficando com inveja.

Aqui, são quatro e meia, segunda-feira. A data nem vou mencionar. E ali, atrás das paredes, não é uma simples tempestade — é um verdadeiro armagedom. Este edifício, podem acreditar em mim, não é instável, mas até ele está balançando. Até eu estou balançando, isso sem falar do edifício. Onze Beaufort, como brincavam no nosso navio.[1]

Mas sem exagero. Na verdade, em todas as minhas navegações, eu me deparei no máximo com cinco pontos.

Eu espero mesmo que esse rugido seja lá, do lado de fora. Espero que ainda não seja em mim. O grandioso encontro de dois mares e de dois oceanos — não de dois com dois, e sim de todos contra todos. Pobres baleias. Pobres baleeiros. Como é que vão sobreviver hoje em meio a quatro furacões? E ainda por cima sobreviver de um modo que convenha tanto às baleias, como aos baleeiros. Eu amo igualmente tantos estes como aqueles.

Relembrando: eu sou Jossyp Rotsky, esta é a Rádio Noite. Primeiro, eu pretendia chamá-la de Rádio Tristeza, mas quem é que escutaria isso?

Aos que acabaram de começar a me escutar, explico brevemente: estou tentando refletir em voz alta sobre a escolha entre pai e amigo. Por enquanto, isso não deu em nada. Talvez, só em algumas recordações.

Como alguns já ouviram aqui, tanto meu pai como meu amigo me deixaram quase que ao mesmo tempo. Desde então, vivi sozinho mais três quartos da

---

1 A escala Beaufort, criada pelo almirante inglês Francis Beaufort (1774-1857), é usada para medir a velocidade e a força dos ventos. Vai de zero (calmaria) a doze (furacão), sendo onze uma tempestade violenta.

minha vida até agora. Devo observar que isso nem é tão ruim assim, não estou reclamando e não estou chorando. O pai, se ele é Deus, não pode ser substituído por absolutamente ninguém. Morreu, morreu, não vai existir outro. Afinal, não podemos nos desesperar eternamente com o fato de que Deus morreu! No que se refere ao diabo, quer dizer, ao amigo, nós meio que sabemos que ele tem muitas faces e que pode fingir que volta de quando em quando. A minha história é mais ou menos sobre isso.

Se você toca num grupo musical, e ainda por cima toca rock, e ainda por cima durante anos, não vai conseguir fugir de relações e hábitos ruins. Quer dizer, de uma multidão de amigos. O que mais mudava no nosso caso era o baterista, na minha memória foi pelo menos uma dúzia deles. Nem consigo me lembrar de todos. Em segundo lugar, vêm os vocalistas e as vocalistas. Com esses, é sempre uma desgraça, porque eles não ouvem ninguém além de si mesmos. Também acontecia todo tipo de acréscimo temporário: violoncelo, sax barítono, acordeão, gaita, e por aí vai. Baixistas foram dois, sendo que o primeiro era um gênio, mas chegado em heroína. Acho que já está pastando em algum lugar dos campos celestiais. O segundo era relativamente técnico e bem reservado, totalmente ausente, simplesmente um robô — e só isso. Com ele, não dava nem para brigar.

O Makhatch era aquele com quem eu mais brigava. Ele, na guitarra eletroacústica; eu, no teclado. Foi conosco que tudo começou. Nós criamos o Doktor Tahabat e atravessamos juntos todas as mudanças, todas as minas, todos os períodos, todos os estilos, todos os nomes. Eu amava o Makhatch como a mim mesmo. Cruzei com ele pela primeira vez quando estava voltando para o país, jovem e confiante. Por que não virar uma estrela do rock? Pelo menos num país tão pobre como aquele, isso era possível. Pobre em dinheiro, pobre em música, pobre em gente. E aí eu dou de cara com esse otário, na rua, no meio da cidade. Ele veio vindo na minha direção, todo desabotoado e despenteado, com um violão a tiracolo, o braço do violão virado para a frente, disparando caretas, com ar desafiador, e sorrindo para as garotas que passavam. Tínhamos a mesma idade. Ouvíamos os mesmos ídolos. "Você tem a mesma coisa nos olhos que o Bowie", ele constatou. Para ele, aquilo foi decisivo. Uma semana depois, nós já nos reunimos para o primeiro ensaio, naquilo que havia sido a estação de empacotamento daquilo que havia sido uma fábrica de embalagens. Ou então era o contrário — a estação era de embalagens, e a fábrica era de pacotes. Um dos dois. E então nós começamos a puxar um ao outro com toda a força — pelos cabelos, pela borda das capas e por outros órgãos — para que ambos virassem músicos. Eu acho que nós competíamos em pé de igualdade, mas um dos dois sempre ficava à frente do outro. Às vezes, com as garotas, às vezes, na erva ou no absinto, às vezes, nas composições.

Nós entrávamos seriamente em conflito, discutíamos e nos separávamos para sempre quatro vezes ao mês, em média. Só nos ensaios, saímos na mão quarenta vezes, e, dessas quarenta, tiramos sangue um do outro umas quinze vezes. Eu era mais baixo, e ele, com seus longos braços simiescos, me derrubava em nove a cada dez lutas. Mas, mesmo assim, eu começava nove em cada dez lutas. Nesse ponto, gostaria de repetir: eu amava o Makhatch como a mim mesmo. Se um dia tive um amigo que odiei tanto, esse amigo era ele.

O nosso último show juntos nós tocamos com um nome um pouco abreviado, Tahabat, em um festival desproporcionalmente polpudo para o nosso país, no meio de umas bases militares abandonadas e cobertas por florestas impenetráveis. Fomos chamados, sem mais nem menos, para sermos os headliners. Já adultos, meio velhuscos e quase esquecidos. Imaginem só: os técnicos de som e de luz mais caros da Europa na época trabalharam conosco!

Não quero entrar em detalhes supérfluos para vocês. Só vou mencionar que o controle da iluminação era feito por dois consoles — o Avolite Pearl 2004 Expert e o Pearl 2004, sendo que o segundo, numa plataforma de backup móvel separada! O sistema consistia em dezesseis peças do Martin Mac 550, seis luminárias de preenchimento Martin Mac 600 e seis Coemar Infinity Wash! A iluminação padrão contava com doze treliças ACL, *vinte* DWES *de duas lâmpadas, doze* DWES *de quatro lâmpadas, doze luminárias* PC *com potência de mil watts e seis luminárias de lente Fresnel, com potência de dois mil watts. Além disso, eram seis estroboscópios Martin Atomic Strobe! Portanto, o setup do dimmer Electron era de quarenta e oito canais de três quilowatts.*

Imaginam?

E, agora, o som. Em primeiro lugar, alugaram para nós um sistema de som estacionário de algum teatro italiano, que era composto de oito elementos de matriz linear Ala 3 em cada lado do palco e quatro subwoofers. Foram adicionados a eles seis subwoofers S218 *do sistema básico da Martin Audio, quatro gabinetes* LM W8 *para cobertura lateral e mais um par de gabinetes* F12, F10, F215 *e* S18 *para cobertura do campo próximo! E o sistema de monitores no palco? Catorze gabinetes Martin Audio* LE12J, *dois Martin Audio* LE 2100s, *e também um bloco de amplificação Lab Gruppen, que incluía um rack com dois amplificadores* FP *3400, um* FP *6400 (mais processador* XTA DPA *226) para os gabinetes* W8LM, *dois racks* FP *3400 e um rack* LAB *1600! E o principal: um console de mixagem digital Yamaha* PM5D-RH! *Além disso, um outro desses garantia a mixagem do monitor.*

Não é um sonho, não é um conto de fadas? Quem conhece, vai concordar: é não só um conto de fadas, como também um sonho.

Naquela noite e naquela madrugada, nós viramos deuses. O Makhatch e eu, e, junto conosco, todos os outros membros do Tahabat, que nós fomos reunindo de diferentes épocas e formações e conseguimos arrastar para aquelas florestas. Até hoje, nos meios culturais, aquele nosso show é mencionado. Nem antes, nem depois nós tocamos de maneira tão bombástica.

Afinal, não houve nenhum depois daquele. Para mim, aquela noite acabou sendo... Bom, aconteceu uma coisa ali comigo, certo incidente. Eu estava tão feliz, que consegui voar. E voei mesmo, um pouco. Por cima da morte.

E o Makhatch? Na mesma hora, eu peguei ódio dele outra vez. Simplesmente ir embora, ir dormir depois de um show daqueles?! Simplesmente sair e me deixar na mão, deixar a gente na mão, e toda aquela euforia, e os irmãos e, principalmente, as irmãs? Ele mesmo colou naquele festival debaixo de escolta: a esposa, duas filhas e um filho. O mais velho tinha dezessete. "Por que é que você é um amigo, mas se comporta como um pai?", eu gritei para ele, já bem fumado, quando ele estava saindo. Ele só olhou para trás, enquanto fugia daquela desordem à frente de sua longa ninhada. Ele olhou para trás e me mostrou a língua dos Rolling Stones (e, talvez, um pouco a do Einstein) — do mesmo jeito que naquela época, quando cruzei com ele no meio da cidade, com o violão a tiracolo. Makhatch, exemplar pai de família — um cavalo velho, grisalho e há muito tempo enlaçado. Do cavalo verdadeiro, só o rabo abaixo do ombro. Ainda que, no palco, fosse um demônio, um gênio, um diabo. Como isso podia acontecer? Ser tanto um como o outro? Tanto o cavalo como o diabo?

Aqui são quatro e quarenta, amigos. Hora de Rolling Stones. **This Place Is Empty.**

This place is empty. *Esse lugar é vazio. Sem você.*

Agora, vou continuar a falar um pouco do Makhatch, e vocês vão entender por que isso é importante. Vocês estão ouvindo a Rádio Noite.

Lá estava ele, abandonando as nossas fogueiras noturnas, o velho cavalo cevado, com seu rabo grisalho abaixo do ombro. Atrás dele, caminhavam, a passos curtos e de maneira disciplinada, seus dependants *— a esposa, para quem eu nunca fui apresentado, e três filhos. Especialmente para mim: o Makhatch olha para trás e faz uma careta na minha direção — a mesma, acreditam? A mesma. Nós tínhamos coisa de vinte e dois anos, e ele veio ao meu encontro com um violão a tiracolo. Eu fechei o caminho dele e, sem tirar as mãos dos bolsos, empurrei de leve o peito dele com o ombro. Foi assim que viramos amigos.*

E então nós nos separamos. Numa porcaria de uma floresta, trinta anos depois.

Chega, Makhatch, eu pensei. Nós nos separamos pela última vez. Tchau, traidor.

Mais para o fim do inverno, começou a revolução. Muitos de vocês podem ter se esquecido disso. Mas vocês não podem não ter visto todas aquelas imagens, repletas de neve suja e de olhos arrancados. Eu estava lá dentro, naquelas imagens.

Mas, no começo, não foi nada daquilo: ainda não tinha olhos arrancados, e a neve era mais limpa. Na praça Pochtova, construíram um palco para discursos e shows. A música deveria ser a nossa resposta à máquina repressiva. Como era mesmo, literalmente? "Vamos parar os esquadrões da morte com uma parede de música!", alguma coisa assim. Além disso, frio — e os manifestantes dançando o tempo todo. Em dado momento, aquela revolução foi até chamada de Revolução da Dança. Com música popular, jazz e música sinfônica. E, é claro, com rock 'n' roll. Dezenas de bandas passaram por aquele palco ao longo daquelas semanas e meses.

Ele seria queimado depois. No YouTube, vocês encontram até hoje o vídeo de três minutos dele queimando heroicamente, florescendo pela última vez com um poderoso clarão, e então desmoronando, voando em fragmentos incandescentes, e dos intérpretes, com máscaras de gás, jogando mais e mais água com mangueiras. Mas deixo isso para depois.

Eu cheguei à capital no sétimo dia dos protestos. Numa das primeiras noites, liguei para o Makhatch (eu ainda não tinha desligado o telefone). Não conversávamos desde aquele festival de verão. E não pretendíamos conversar nunca mais. Porém, não resisti e liguei para ele de madrugada. Eu disse que o Tahabat tinha que tocar na Pochtova, que precisávamos nos reunir — com a mesma formação da última vez, isso era importante, a questão não era ambição, nem minha e nem dele, a questão era a liberdade. Makhatch respondeu numa voz estranhamente desperta: "Jos, nunca mais me ligue por causa dessa idiotice. Não quero nem ouvir falar disso. Sou um músico sério, tenho um monte de trabalho lúdico para fazer".

Ele disse "lúdico"? Ou "estúdio"? Bom, alguma coisa assim. Eu entendi. Ele estava me mandando para aquele lugar — e mandando também a revolução. "Perdão por ter acordado você", eu disse a ele. "Mas pelo visto não acordei. Durma bem."

Vocês estão imaginando que tudo acabou naquele momento? Quem dera fosse isso.

Eles me capturaram na véspera do feriado que no nosso país é chamado de Velho Ano-Novo. Depois, me levaram para a floresta, onde existiam uns compartimentos secretos para torturas e interrogatórios. Tudo isso é um outro tema, e, sobre ele, não vou falar mais nada.

O Makhatch apareceu na capital três dias depois do meu rapto, quando o sumiço do Agressor tinha virado o principal refrão de todas as redes. Acho que, a partir do momento da minha ligação noturna, ele nem conseguiu mais dormir. Tentou resistir com todas as forças, mas se sentia impelido e atormentado. Quando eu sumi, ele chegou à conclusão de que nunca se perdoaria. Um dia, de manhã, ele simplesmente chegou com o trem noturno e foi até a praça Pochtova. Ali já se delineava o inferno final: por toda parte, pneus queimavam, o anel de cortinas de fumaça preta gerado pela queima constante deles ia ficando inexoravelmente estreito, a contagem de feridos e mutilados passava das centenas, e os discursos no palco lembravam cada vez mais orações de despedida. O governo não ameaçava mais com blindados — de maneira silenciosa e pragmática, ele os soltara nos subúrbios da capital.

O Makhatch era um novato em tudo aquilo, não sabia de nada e não conseguia fazer nada. Apesar disso, ele foi até os locais mais quentes, abriu caminho até as barricadas, acenou com seus braços alongados e atrapalhou todo mundo com seu casaco xadrez novinho, seu cachecol vermelho brilhante e seus cabelos grisalhos e despenteados ao vento. O sniper da polícia, que estava no telhado do principal escritório do governo, não pôde deixar de escolher aquele velho trouxa cabeludo. Em geral, naquela barricada, ele selecionara uns dez potenciais mortos, cada um dos quais parecia sedutor ao seu modo. Mas o Makhatch estava acima da concorrência. O sniper acertou no cachecol.

Eles conseguiram arrastar o corpo do Makhatch da zona de tiro para uma mais segura. Já o sangramento da aorta rompida, eles não conseguiram parar.

Logo serão cinco da manhã, meu amigo. Especialmente para você, David Bowie. **Wild Is the Wind**. *Você sabe por quê.*

13

Numa das manhãs seguintes, Rotsky foi acordado por estrondos cada vez mais impertinentes vindos de algum lugar lá em cima. O estrondo ou, melhor dizendo, as batidas cada vez mais altas já haviam aparecido nos últimos episódios de seus sonhos, mas, por alguma razão, elas não queriam ficar lá. De tudo isso, era possível concluir que elas não pertenciam em absoluto aos sonhos — e sim o contrário: arruinou-os de fora para dentro.

E bem a tempo. De alguns pontos do teto, o reboco já estava caindo. A massa de aparência indefinida ia se cobrindo com uma rede bastante definida de rachaduras. Os golpes daquelas marretas invisíveis iam ficando mais massivos, mais impetuosos e mais frequentes. A impressão de que, no andar de cima, estava operando assiduamente uma equipe inteira dos pacientes mais fortes do misterioso Hübschräuber, para quem fora dada a tarefa de perfurar o maior número possível de buracos no teto do apartamento de Jos, já não parecia tão absurda. Edgar confirmava, com toda a sua aparência, que as conjecturas de Jos não eram infundadas. Por via das dúvidas, o sábio corvo saíra de sua caixa em cima do armário e, agora, eriçando as penas, ficou imóvel no corredor, com a cabeça um pouco erguida, como se escutasse e avaliasse a situação.

Rotsky ligou para Servus:

"Mef, acho que começou."

"Do que é que está falando?", fez-se ouvir o vizinho de baixo, de modo não muito refinado. "Aliás, eu mesmo pretendia ligar para o senhor. Que espécie de batalha das nações é essa que o senhor arranjou aí?"

"Não fui eu. É acima de mim, Mef."

"Não venha com metafísica. Fale de maneira mais simples, Jos. Acima do senhor em que sentido?"

"Um andar acima. Entrou um psiquiatra ali."

"Ah, sim." Servus mudou sensivelmente o tom. "Está querendo dizer que já estão atacando o senhor de cima?"

"Não estou querendo dizer isso. Estou dizendo isso."

No telefone, o silêncio reinou durante um tempo.

"Mef? Está me ouvindo? Ainda está aí?"

"Estou aqui. Não abandonei o senhor, Jos. Meu conselho para o senhor é: agarre o que for mais indispensável e evacue o local."

"Belas palavras, Mef. Mas como? Como evacuar, quando está cheio deles ali, como sempre, bem na frente da minha porta e na escadaria? Nos últimos dias, eles só aumentaram. Talvez eu até consiga passar, mas é mais provável que não."

"Não precisa passar coisa nenhuma, Jos. Eu tenho uma ideia melhor para o senhor. Vai desaparecer sem sair do apartamento."

"Diga-me como", Rotsky tinha quase certeza de que estava prestes a ouvir algum absurdo.

Mas não ouviu.

"É bem simples", respondeu Servus. "No fim do seu corredor, onde fica o armário do pássaro, no chão, tem que haver um alçapão. Sabe o que é um alçapão, Jos?"

"Posso deduzir. Vou olhar e deduzir o que é."

"Que bom. Peça desculpa ao pássaro pelo incômodo e afaste com cuidado a borda esquerda do armário da parede traseira. O alçapão está bem debaixo do armário, debaixo do lado esquerdo dele. Abra o alçapão e desça até o meu clube. Uma escada de mão, Jos, o senhor vai tatear até achar uma escada de mão. Desça por ela, até o clube. Vai pular dela e já vai dar na minha despensa."

"A chave?", perguntou Rotsky.

"Chave? Que chave?"

"Com o que eu abro o alçapão?"

"Não precisa de chave nenhuma: é só bater, e o alçapão vai se abrir. Mas bata com toda a força para que dê para ouvir lá do fundo. Bata e abrirão para o senhor, Jos. Acho que com essa citação sagrada devemos nos despedir. Comece a agir."

Rotsky correu em direção ao armário. A dor no peito e nas costelas — felizmente, não tão aguda quanto nos dias anteriores —, embora incomodasse muito, não o impedia de mover do lugar a pesada peça de mobília em estilo barroco e, depois de alguns tentativas, de arrastar o lado esquerdo para longe da parede traseira. Debaixo dele, revelou-se de fato um pedaço quadrado de chão, que se distinguia do resto tanto pela color como pela textura. Ao olhar para ele, Rotsky ficou pensativo por um instante, mas uma nova porção de estrondos lembrou-o da ameaça. Ele ligou para Servus outra vez.

"Tem alguma novidade, Jos?", ele no telefone. "Já está no caminho vertical?"

"Uma pergunta, Mef."

"Pode mandar. Mas que seja capciosa."

"Não tenho outra para o senhor. Vou descer agora por esse buraco. E depois, vai ficar tudo desse jeito? O armário arrastado, o alçapão aberto? Estamos convidando todo mundo para descer para o clube, não só eu, é isso?"

"Isso, na verdade, não vai ser mais problema seu", tranquilizou Servus.

"Claro que não vai ser meu, vai ser seu."

Servus mudou o tom outra vez — agora, era indulgente e caloroso, em alguma medida até paternal:

"Tudo vai ficar *tip-top*, Jos. Dá tempo de eu mandar uns peões, eles vão limpar tudo aí da maneira devida, você vai ver. Quer dizer, ninguém vai ver nada, não vai ficar vestígio nenhum — eles vão apagar tudo. Só leve a sua chave do apartamento, para que os peões não tenham que fuçar na fechadura sem precisar. E obrigado pela PLE — preocupação com a limpeza da execução. Já fez sua mala? Venha logo: já tem uma pessoa cansada de esperar por você aqui."

(Acrescento, de minha parte: os peões de Mef consertaram tudo de maneira impecável. Quando, mais tarde, morando naquele mesmo apartamento, eu tentei uma vez verificar a versão do alçapão e, penando para empregar minhas forças físicas, arrastei, de maneira semelhante a Rotsky, o armário de seu lugar, verifiquei que, debaixo dele, não só não havia alçapão algum, como nem rastro dele: era uma superfície perfeitamente plana, um parquete de carvalho nobre e fosco de uma das épocas douradas.)

A indagação de Servus — "Já fez sua mala?" — acabou não sendo das mais fáceis. Criar mentalmente, em pouquíssimos minutos, um catálogo das coisas mais indispensáveis — e isso, ainda por cima, considerando que você, com absoluta certeza, está deixando para sempre aquele lugar já bastante familiar e quente, e que, da mesma maneira, está perdendo para sempre cada uma das coisas deixadas ali — é uma tarefa bem complicada.

Rotsky, de modo geral, lidou com aquilo até que bem. Levou consigo, em primeiro lugar, o computador e, em segundo lugar, os fones de ouvido — todos os três pares. Ele escolheu duas ou três camisas e uma muda de roupa de baixo, mas, finalmente, depois de pensar "Lá, eu vou adquirir tudo novo", ele largou aquilo. Só não sabia onde era "lá" e o que, no mais, aquela palavra significava agora.

Seus documentos, papéis e cartões de banco estavam sempre a postos. O livro de Robert Walser, entregue pelo diretor em sua despedida da prisão na misericordiosa terra helvética, também. Como é que ficaria sem ele?

O telefone, de todo modo, já estava no bolso. Enfiou ali também os carregadores, embora lá (e onde era isso?) eles com certeza não seriam um problema. Rotsky pensou em levar a luva de falcoaria, mas depois desistiu, embora tenha apertado nas mãos sua camurça quente e avermelhada.

Rotsky ia vestindo sua roupa favorita. O colarinho da jaqueta estava levantado, como sempre, de maneira presunçosa e bravateira. Quanto aos óculos de proteção, ele descobriu que tinha cinco pares ao todo, e se recusou a deixar um que fosse. Assim como uma garrafa de *vránac*, a última do lote tradicionalmente comprado no Fine Wine Market. E, finalmente (depois de pensar diversas vezes, mediante o crescimento e a aproximação dos golpes de marreta), um saca-rolhas.

E Edgar? Será possível que Rotsky o deixaria? Jamais!

Só que Jos não sabia como faria para se espremer por aquela abertura bastante estreita segurando um pássaro. Tudo bem, se fosse só o pássaro, daria para passar de algum jeito. Mas tinha também a bolsa com o computador no ombro, os fones de ouvido no pescoço, os bolsos cheios, a garrafa no cinto, as costelas doloridas. Rotsky se sentiu um pouco atônito e, para não ficar parado à toa no lugar, decidiu descer para reconhecer o terreno. Na certa ele conseguiria ir até lá embaixo, largar as coisas ali e voltar para buscar seu amigo corvo.

Este, porém, revelou-se mais imaginativo. Assim que Rotsky afundou até a cintura dentro da abertura, tateando com os pés os degraus da escada que levariam lá para baixo, Edgar, depois de decolar suavemente, pousou em sua cabeça — que por sorte estava protegida por um velho e grosseiro casquete da época do post-punk. O pássaro, como sempre, tinha razão: por que ir duas vezes? Cada fuga só é de fato uma fuga, afinal, se você não volta de modo algum. E nem olha para trás.

O salto do último degrau para baixo levou a uma espécie de poeira macia e sedosa, e, mais para a frente, ao tinir de portas e ao clarão de uma luz elétrica.

"Bem-vindo à despensa!", Servus esticou o braço, lançando em direção a Rotsky, conforme sua tradição, uma densa nuvem de Gravity Master.

Não havia surpresa nenhuma nisso. A surpresa era que, por detrás das costas de Servus, apareceu Anime.

Ela tinha um aspecto severo e concentrado: como uma espécie de viajante que planejara uma excursão pelas montanhas em sua rota favorita — ou até inexplorada — e que se vestira com grande conhecimento do assunto. Até a mochila caía perfeitamente nela — cheia (e, quanto a isso, não havia qualquer dúvida) de objetos e substâncias excepcionalmente importantes. E o que dizer da bandana apertada e estilosa que embrulhava de maneira tão impecável aquele oval fosco! Se, até então, ainda não tivesse acontecido nada entre eles, se, naquele instante, Rotsky tivesse olhado para ela pela primeira vez na vida, mesmo assim ele... Não, não teria se apaixonado: Rotsky afirmava que ele simplesmente não conseguia se apaixonar. Mas algo indescritível teria certamente sido despertado dentro dele.

E foi despertado mesmo.

Com teimosia, Rotsky não demonstrou nada — como se só estivesse preocupado em tirar, da maneira mais suave possível, o casquete com o congelado Edgar. Anime também não correu para abraçá-lo — estava um tanto estranha, um tanto alheia, esquiva. Afinal de contas, por quê? Que abraço poderia acontecer ali e naquele momento, numa despensa subterrânea, sob a supervisão daquele administrador careca e sem sobrancelhas usando mais um terno justo?

Servus tentou encorajar:

"E onde é que está aquela cena de reencontro? Onde é que está a alegria, as lágrimas nos olhos?"

"Não estava indicado isso no seu pedido, Mef", rosnou Jos, num tom um pouco severo demais.

Mas logo se corrigiu:

"Obrigado pela ajuda. Pelo visto, o senhor é um amigo, afinal."

"De qualquer maneira, não um pai", piscou o dono da casa. "Menina, fique do lado do tio Jossyp, quero uma selfie com vocês dois."

Anime encolheu os ombros, mas obedeceu, colocando-se próxima a Rotsky de um modo tal que ele não conseguiu deixar de levar a palma da mão ao lugar em que a cintura dava lugar à coxa. Aquilo não provocou qualquer movimento da parte dela — nem de incentivo, nem de resistência. Servus colocou-se um pouco à frente, e, em sua ossuda mão, esticada para cima, cintilou algum gadget loucamente platinado.

"Só não digam 'xis'", clamou Rotsky, e todos eles, juntos, deram um sorriso imprevisivelmente largo, com todos os dentes.

"É o efeito do Edgar", explicou Jos.

O corvo acabara de voltar a si e conseguira pousar no ombro costumeiro.

Ao olhar para aquela foto hoje, cheguei à conclusão incidental de que, diante de mim, estava simplesmente um pedaço de uma trupe teatral itinerante. No primeiro plano, o produtor espertalhão, ao mesmo tempo charlatão e provocador, às vezes apresentador. Mais para a frente, a vidente aprendiz, ao mesmo tempo envenenadora, flautista e curandeira. À direita dela, o pássaro erudito, ao mesmo tempo poeta romântico. E o quarto, o eternamente semidestruído ginasta azarado, ao mesmo tempo herói e amante e, no passado, ator pornô.

A foto, como sempre, só deu certo na terceira tentativa.

"Muito bem", constatou Servus em tom mais ou menos satisfeito, repassando as versões anteriores. "Consegui. Consegui vocês. Nesta vida, é improvável que nós nos encontremos de novo, por isso é bom deixar alguma coisa para recordação. Mas agora, vamos, pois está na hora."

"Mas que diabo está dizendo?", perguntou. Mas novamente ele se corrigiu, no mesmo instante: "Perdão, Mef. Às vezes eu me esqueço onde eu estou e quem é o senhor. Pode conduzir".

"Não era o senhor que queria uma fuga perfeita, e não uma simples fuga?", perguntou Servus em tom sarcástico.

"Eu não queria nada", pensou Rotsky, porém ficou em silêncio.

Satisfeito com o próprio poder de persuasão, Servus conduziu-os pelos recintos, vazios àquela hora, da Khata Morgana, nos quais, a julgar pela total desordem, pelas mesas viradas, pelas manchas e borrões sujos aqui e ali e poças de cerveja (ou pelo menos coisas semelhantes a poças de cerveja), a diversão na noite anterior não havia sido nada má. Talvez por conta disso — ou talvez também não —, agora Jos notava certa falta de asseio até em Mef. Como se ele tivesse farreado até não poder mais, até de manhã, e, depois, só tivesse se perfumado pesadamente e vindo salvar Rotsky, e era por isso que, agora, ao conduzi-los para a travessia secreta, ele esbarrava vez por outra em cadeiras, moldes, manequins, escarradeiras e diversos outros tipos de barreira.

"Vai demorar para arrumar", observou Rotsky de passagem, depois de mais um lustre quebrado.

"Não é nada", Mef deu de ombros. "Seremos despejados de qualquer maneira. Estamos fechando."

Rotsky compreendeu que estava ali pela última vez e, por um instante, lamentou suas mágicas quintas-feiras.

Em algum lugar mais adiante, depois do local de reunião do conselho diretivo, do comitê executivo do PLP com o serviço de segurança interior, das salas "para enxadristas", da mesa de bilhar, do salão de charutos e pôquer, das cerimônias do chá, da sala de descanso para strippers, da sala de massagem, do escritório de análise política, do estúdio de computação, da redação, da sala de maquiagem, de mais uma despensa (a geral), da casa de máquinas que atualmente é um abrigo antibomba, e — dele também! — do banheiro sobressalente, começava, de acordo com a promessa do guia, "mais uma escada para baixo".

E quantas mais serão em minha vida, pensou Jos, entristecido. E por que sempre só para baixo?

E então eles pararam em frente ao portal do PSR, já conhecido de Rotsky. Se vocês se esqueceram, era o Potencial Subterrâneo do Recinto. Foi assim que Servus decidiu chamá-lo, tendo para isso não só o direito, como também os motivos. No ar sensivelmente pestilento das profundezas, sentia-se um cheiro de despedida.

Mef, enquanto isso, adquirira novamente uma aparência refrescada e prestativa. "Por que é que estava tão cambaleante um minuto atrás?", estranhou, mas não tentou achar uma resposta, pois Servus já arrancara de algum lugar aquela mesma chave de antiquíssimas épocas da serralheria. Porém, a questão não era a chave, e sim a pergunta.

"Por que razão o senhor a amou tanto, Jos?"

Servus olhava fixamente para Anime, exemplarmente equipada e de bandana justa. Ela toda bastante justa.

"Porque o senhor não tem nada que o faça ser amado", Rotsky colocou a ênfase em "o senhor". "E é preciso amar alguém, de todo modo. É preciso, mesmo se não for possível."

"Mas eu amo o senhor, Jos", Servus colocou a ênfase em "eu". "Conceda-me pelo menos um ponto."

"Concedido, Mef", na voz de Rotsky, surgiu um pouco de emoção. Propositalmente, ele preferiu não fazer trocadilhos com o tema ponto.

Eles se abraçaram com grande ímpeto, como vítima e carrasco no cadafalso — até um estalar de ossos e uma dor inevitável (para Jos) nas costelas, que o fez gemer, e eles começaram a se beijar, de modo cada vez mais incessante, nos lábios, nas gengivas e nas línguas. "Agora ainda vão chupar um ao outro", pensou Anime, inquieta. Com perseverança, ela evitava interferir na relação dos dois velhotes, mas, em seu fosco oval, lia-se toda a atitude crítica da nova geração para com a deles — obsoleta e perdida.

Finalmente, Servus desprendeu-se de Rotsky e, sem pressa, dirigiu-se a ela:

"Qual é o seu nome, menina?"

"Este homem", ela apontou para Rotsky, "afirma que é Anime."

"Não é bem assim", Rotsky balançou a cabeça. "Você mesma escolheu esse login para o seu email."

Anime não teve como objetar, e Servus prosseguiu:

"Está de acordo, Anime, em ir em direção ao desconhecido com este homem incerto de nome Jos?"

Anime hesitou, mas finalmente disse "sim".

"Está de acordo, Jos, em levar com você em direção ao desconhecido esta moça incerta de nome Anime?"

Jos não hesitou por nem um instante: sim.

"Por enquanto, tudo bem", Servus esfregou as mãos, mas no mesmo instante protocolou uma nova pergunta: "Você jura, Anime, trair o seu Jos na primeiríssima oportunidade, a cada oportunidade, e fornicar em quantidades incessantemente grandes, por toda parte e com todos?".

A resposta foi "não".

"E você, Jos, jura perante mim trair sua Anime na primeiríssima oportunidade, a cada oportunidade e falta de oportunidade, fornicando por toda parte e sempre, e pelos séculos dos séculos, a cada passo seu?"

Rotsky hesitou por muito tempo, mas finalmente falou, com esforço, "sim".

"Nem sei o que fazer com vocês. Com tamanha incoerência nas respostas, não vão longe", perturbou-se um tanto Mef. "Ou talvez seja o caso de entendê-las ao contrário? OK, vou fazer uma terceira para vocês, de controle."

Ele ficou durante um tempo em silêncio, procurando alguns arquivos em seu gadget, mas finalmente ergueu o indicador e proferiu:

"Ah, por exemplo, essa aqui."

Ele pigarreou um pouco, como que dando uma breve gargalhada, e perguntou:

"Por acaso está menstruada agora, Anime?"

"Não estou", respondeu a garota. "Mas talvez fique logo."

"Obrigado", Servus meneou a cabeça e dirigiu-se a Rotsky:

"Estará preparado, Jos, para aguentar todos os caprichos dela, até quando estiver menstruada?"

Jos, que decidira ser desagradável, já ia disparando, com ímpeto, "não", mas, no último minuto, caiu em si:

"Sim, estou preparado."

Mef suspirou de alívio.

"Obrigado, vocês passaram na prova, minhas crianças. Eu estaria disposto a liberá-los imediatamente, e, do outro lado do portal, meu representante está esperando. Mas, neste lugar, seria apropriado beber um vinho. Quem de vocês tem um vinho?"

Evidentemente, ele não podia não saber do *vránac*. O ritual, é claro, deveria ser considerado incompleto se não fosse pela garrafa tirada por Rotsky de seu cinto. E o saca-rolhas foi deveras conveniente para isso. Infelizmente, Rotsky não tinha taças, então foi necessário tragar do gargalo.

"Um pouco de sulfitos não vai fazer mal", piscou-lhes Servus, talvez aludindo a uma conhecida circunstância do inferno.

Quando ele se pôs a caminhar ao lado do portal com sua chave de antiquário, preenchendo o subterrâneo com um rangido insuportável, quase igual *àquele*, Edgar bateu as asas e crocitou sonoramente algo muito próximo de *nevermore*.

"Bravo, maestro!", elogiou Servus. "Oportuno como sempre."

Ele se inclinou numa paródica reverência. Do outro lado do portal, alguém de fato esperava, e esse alguém agora se aproximava, vindo das trevas, com um familiar passo desajeitado. Sim, o leão de chácara-barman. Aquele mesmo: revolução, neve, a vigésima barricada na Kurierska, e, ainda por cima, dessa vez a balaclava estava no lugar.

"Atrás dele", proferiu Servus. "Ele vai levar vocês a um lugar em que já estiveram. Essa desaparição é perfeita porque ela não é no espaço. E, se quiserem voltar, aí já terão que dar um jeito por conta própria..."

Se três pontos no fim de uma frase podem ter ressonância, Mef fez tudo para que isso acontecesse.

Um homem, uma mulher e um pássaro. Esse era o quadro.

É claro que lá, nos corredores e salões daquele imenso subterrâneo, a luz era escassa. Era preciso brilhar por conta própria, e Rotsky constantemente mantinha as costas do guia sob a lanterna de seu telefone. Pode-se dizer que ele se rendeu à sua mercê. Se vai levar para fora, vai levar. Se vai levar para outro lugar, vai levar.

Anime, por sua vez, iluminava as costas de Rotsky. Mais precisamente, iluminava seu ombro esquerdo, onde, evidentemente, Edgar estava acomodado. Foi desse modo que se formou aquele triângulo: um homem, uma mulher e um pássaro.

A excursão prometia ser longa. Há quanto tempo já estavam caminhando? Há quinze minutos? Meia hora? O tempo congelou nos telefones, e o relógio de Rotsky continuava parado, fixando inutilmente o momento daquela surra que ele levara não muito tempo antes. Rotsky entretinha-se com suposições.

Em primeiro lugar, ele presumiu a existência de certa correspondência entre o caminho a pé, que se tornara costumeiro para ele, de seu apartamento até as ruínas do castelo, e a atual variante subterrânea. Um passeio *montanha acima*, feito na maioria das vezes sem muita pressa, devia durar até vinte e cinco minutos. Já o caminho *montanha abaixo*, feito num passo consideravelmente mais rápido, deveria ser ainda mais curto. Mas, por alguma razão, não era.

Disso decorreu uma segunda suposição: eles estavam indo por alguma rota labiríntica. O fato de que os corredores levavam a salões era evidente. O fato de que, depois de cada salão, a quantidade de corredores crescia constantemente, parecia uma conjectura, mas plenamente provável. Mas e se o próprio guia não conhecesse muito bem o caminho? E se ele já tivesse se perdido nele há muito tempo e só estivesse fingindo ser um guia? Então vamos ficar aqui para sempre, suspirou Rotsky. E punha-se a formular mentalmente, da maneira mais cortês possível, uma pergunta ao barman caladão.

Porém, a ideia de perecer em breve, de exaustão, fome e escuridão, bem ali, naquele ancestral cemitério subcarpático, juntamente com um amigo corvo, uma amante aleatória e um companheiro de barricada ainda mais aleatório, não pareceu tão desagradável assim. Não é o pior dos fins, constatou Rotsky. Um lento esgotamento das baterias — em todos os sentidos dessa palavra, até a parada completa de todo batimento cardíaco. Então, séculos e séculos de inexistência, belamente chamada de descanso — e um quebra-cabeça muito interessante para os arqueólogos (ou espeleólogos?) do futuro. Falecer num lugar como aquele — em certa medida, um privilégio. Já não era nada mau o fato de que ali, em geral, era seco e quase não havia fedor algum, e o ar, embora não fresco, era tolerável.

Assim que Rotsky agradeceu ao Pai por todas aquelas vantagens realmente inestimáveis, o ar começou a deteriorar-se sensivelmente. A cada passo adiante, o fedor ficava maior. Em algum lugar ali por perto, sentia-se a presença de algo vivo e enorme. Ele respirava poderosamente, com um ronco e um assobio pesado, chafurdava num lamaçal invisível e — como chamar aquele som? — talvez grunhisse, só que não como um porco, e sim de outro modo.

"Chegamos", informou o barman, voltando-se para eles.

A luz de sua lanterna, fixada acima do recorte para os olhos, deslizou para o lado, e todos os três — homem, mulher e pássaro —, por um brevíssimo instante, capturaram com o olhar alguns fragmentos: um tronco maciço e enlameado, ancas ásperas, um traseiro gigantesco, coroado com um tufo hirsuto. A criatura claramente já se enervara com a aproximação deles e, agora, a julgar pela canhonada de gases disparados em todas as direções, estava enfurecida em sua gaiola, ou o que quer que fosse o lugar em que estava.

O barman parecia pronto para aquela reação. Ele berrou, na direção do grunhido e dos peidos, algo ríspido e incompreensível — uma frase, uma fórmula, um encantamento, uma maldição? —, e o monstro lentamente se acalmou.

Pois bem, Edgar. Ele conseguiu voar pra lá e pra cá. Ele voou ao redor da criatura e voltou. Diferentemente do homem e da mulher, o pássaro já descobrira quem era aquela coisa grande e ensandecida. Mas proferir seu nome em linguagem humana era algo que o pássaro ainda não aprendera.

"Por ali", o barman apontou com a mão para a frente, "vocês vão cruzar um rio subterrâneo. Se a passarela estiver em ruínas, andem pelo leito de pedra. Naquela direção, começam as casamatas. Vocês têm que atravessá-las, sem dar atenção aos instrumentos de tortura e aos esqueletos de prisioneiros turcos jogados aqui e acolá. Eles vão gritar às suas costas, então é melhor vocês não olharem para trás. Preciso ir, adeus."

"Tenho uma pergunta", ergueu a mão Rotsky. "O que temos que alcançar? O ponto de destino?"

"Isso eu não tenho como saber", balançou a cabeça o barman. "O seu destino não é assunto meu. O principal é que vocês passem pelas casamatas, até as escadas em espiral. Subir por elas, até o castelo, até as instalações do comandante. Calculem corretamente as forças: dizem que, lá, tem mais de setecentos degraus. Setecentos e setenta e sete, para ser mais preciso. Bom, e lá em cima, coloquem-se à mercê do chefe da guarda, ou como quer que o chamem lá — senhor comandante da guarnição, alguma coisa assim."

O barman deu meia-volta e pôs-se a caminhar de volta. Mais alguns minutos, e eles deixariam de ouvir o eco de seus passos. Completamente sozinhos — um homem, uma mulher, um pássaro.

A luz nos telefones ia se apagando — em ambos ao mesmo tempo. Vamos seguir na escuridão completa, pensou Rotsky. Que bom que, pelo menos dessa vez, a escada não era para baixo.

14

O inverno avançava por diante e por detrás. O inverno avançava ao lado e no mesmo passo que eles — pesado e prolongado. A neve começara a cair já em meados de outubro, sem ter fim ou limites. Seis meses de inverno, de neve e de frio. Quem suportaria?

Era preciso andar. Caminhar. Se atravessarmos esse período, viveremos eternamente. Assim dizia, por vezes, o Terceiro, mas não era possível saber se estava ou não caçoando. O que significa "eternamente"? Eterna era só a fome — o quarto sujeito de sua pequenina companhia itinerante.

Ah, sim. Os campos de inverno também pareciam eternos. Eles estavam atolados naqueles campos — sem poder se mover. A faixa de contrafortes cinzentos ao sul permaneciam, por alguma razão, só uma promessa: por mais que eles avançassem em sua direção, ela não se aproximava. Ou, ainda, desaparecia completamente em meio às nevascas. Deus pune o *humani generis* com o venéreo e o inverno, lamuriou-se o Terceiro. Deus é nosso juiz e nosso pai.

Cidades e vilarejos escondiam-se em si mesmos, enrolavam-se e embrulhavam-se, depois de consumir os últimos mantimentos, graças ao frio. Nem nabo cozido era o bastante para todos. Que músicos forasteiros, que nada! Se eles mesmos tentavam não morrer naquele inverno infinito.

Eles tinham poucos concertos para fazer, e, ainda assim, por uma tigela de caldo, preparado quase que só com ninhos de pássaros. Pelo menos uma vez sobrara um pouco de sopa quente de carpa-cruciana e um pernoite gratuito. E tudo isso porque o dono da estalagem de repente caíra em lágrimas com a "Órfã-órfã, asquerosa e aleijada".

Por vezes, eles tinham mais sorte; mais frequentemente, não.

Em Archava, serviram-lhes urtiga, quenopódio e outras hortaliças.

Em Paternoster, cerveja azeda.

Em Haiske, vinho com água e lentilha.

Em Ruske, farelo de centeio com leite fermentado.

Kelderach e Beerenfurt despediram-se deles com ponche de pão, mas, na segunda, jogaram também umas frutas secas.

Em Hruchovytsia, não havia peras,[1] e sim pão preto e alho o suficiente.

Kaputna (não confundir com Kapusna, onde realmente deram *kapusniak*)[2] serviu cogumelos, depois dos quais eles se deitaram de costas em correntes de ar e, paralelamente ao chão, subiram por muito tempo por troncos de elevados pinheiros, saltaram em seus cumes, apalparam as barbas de fadas andrógenas e flutuaram em cápsulas transparentes trespassadas pelas vozes e pelas risadinhas de demônios anões.

E só em Rava-Sudomyrska eles foram alimentados com carne à vontade: lá começara uma grande mortandade entre o gado caprino, e todos se empanturraram com carne bem salgada e dura como sola de sapato. Sobrou um pouco para eles também.

Pois, da maneira pela qual se alimenta um músico, assim ele tocará. E eles, também — em alguns lugares, tocavam melhor, em outros, pior. Em alguns lugares, deitavam-se para dormir com a barriga limpa, como uma pandeireta, e elas ressoavam com o vazio. E, em alguns lugares, nem conseguiam se deitar — graças aos moradores locais, que, enfurecidos, os enxotavam com paus e apitos.

Porém, tiveram sorte com o Terceiro. Ele sabia colocar armadilhas de maneira a conseguir, pela manhã, um par de pássaros dom-fafes. Também sabia encontrar ovos de coruja, mas ainda era muito cedo para isso.

Era cedo para tudo. Assim eles sobreviviam — com o pensamento de que aquele inverno eterno não seria eterno. De todo modo, deveria haver alguma razão para Deus lhes mandar as suas migalhas.

Era mais frequente, ainda assim, mesmo Dele não vir nada, e, no caminho, eles compuseram um canto piedoso a três vozes, que, contendo todos os seus sofrimentos, começava com as palavras "Oh, quando estivermos fartos". No repertório, havia ainda *Os grãozinhos*, *Não te vás, menina, pois a lua é cheia*, a insuportavelmente indecente *Enroladinha para baixo da barriguinha* e *Frio no coração*.

Na verdade, não só no coração. O frio se instalara em cada fiozinho de suas roupas, em cada dedo e em cada sola de seus pés descalços. Longas travessias a pé, tempestades de neve, chuvas geladas, pernoites em palheiros enregelados e em tocas abandonadas — era assim que eles viviam no mundo. Para proteger a Segunda de um completo congelamento, eles tinham que se revezar (geralmente a madrugada inteira) para dormir com

---

1 "Pera", em ucraniano, é *hrucha*, daí o trocadilho com o nome da cidade.
2 Tradicional sopa da culinária ucraniana, eslovaca e polonesa, feita com repolho azedo.

ela, o que não era lá muito doce, pois a Segunda se revirava e se debatia enquanto dormia. Os três dormirem juntos era algo que não fariam de modo algum, lembrando-se de um dos sete pecados capitais. Não fazia muito tempo que eles haviam resgatado a Segunda, por metade do preço, de um asilo monasterial em Mariampol — sobretudo para necessidades amorosas, mas sem se esquecer de ensinar música. A Segunda revelou-se mais talentosa do que todas as suas antecessoras combinadas.

Ainda sobre os pernoites. Considerava-se um enorme talento deparar--se com uma propriedade ou com um povoado inteiro abandonado pelos camponeses, fugidos sabe-se lá para onde. As ações militares não haviam passado ao largo daqueles territórios, e até em escombros de incêndios era possível dormir com mais tranquilidade que em campo aberto.

O caminho na direção das montanhas, ou, melhor dizendo, na direção de uma cinzenta e imaginária faixa-promessa, não era arbitrário. Ir naquela direção significava ir para o sul. É sabido que, no lado meridional da montanha, é sempre mais quente, os pastos são mais suculentos, o vinho é mais doce, as pessoas são mais ricas e a cultura musical é mais elevada. Do lado de lá, eles eram esperados por encostas cobertas de castanheiros e nogueiras, rios com salmões graúdos, pedras aquecidas pelo sol e um público opulento e civilizado, disposto a pagá-los com nada menos que moedas tilintantes de suas abarrotadas bolsas, apreciando, de maneira digna e entendida, cada nota refinada dos *Reis de Israel*, da *Nossa Senhora* ou da *Criança em teu ventre*.

Haviam conseguido ganhar o último dinheiro em concertos fazia algum tempo, ainda no outono, na Transoslávia Superior e Média, onde tocaram em diversos e sucessivos bailes e torneios de dança, em propriedades da nobreza local, um tanto corrompida pelos ideais liberais renascentistas. Toda aquela aquisição monetária (juntamente com um depósito, poupado para um hipotético dia sombrio) foi roubada deles pouco depois, da maneira mais desavergonhada possível, por uns salteadores da Floresta Negra, que, fugindo do inverno, também rumavam para esconderijos mais ao sul, no leste da Sinístria, e, assim, vieram parar no caminho de nosso trio. Eram homens do lendário capitão bandoleiro Jygmont Tsiapa. De acordo com os boatos, duas vezes por ano ele se transformava num cinocéfalo. Quanto a seus assassinos, as lendas populares atestavam que, depois do ataque a um infeliz viajante, "o decepamento da cabeça era o terceiro ato de cada um deles". O primeiro deveria ser "um educado cumprimento, de acordo com o bom costume cristão", e o segundo, um "roubo completo". As lendas não mencionavam nada a respeito de estupro — talvez porque isso, em geral, não era considerado um ato digno de atenção. Os bandidos, a bem da verdade, nem se interessaram muito pela Segunda. O mais provável é que não tenham ficado sobremodo tentados por seus andrajos ou pelo rosto coberto de espinhas purulentas.

Daquela vez, não chegaram ao terceiro ato. Ao ver os instrumentos musicais, os malfeitores desejaram um concerto: "Enquanto estiverem tocando, viverão". Eles tiveram que tocar (e que viver) por um tempo insuportavelmente longo: começaram quando, nos vilarejos do vale, eram seis horas, e terminaram, para lá de exaustos, em meio à noite cerrada, quando o mais resistente dos agressores mortalmente bêbados acabou vencido pelo sono — um sono pegajoso e, assim como o de Polifemo, impenetrável. Não aproveitar a oportunidade para uma fuga instantânea seria equiparável ao suicídio. Como despedida, eles tocaram *Sou um pássaro livre, sou uma alma livre*, e, depois de surrupiar o próprio dinheiro deles atacando o líder quase exânime, desapareceram na intocada floresta de Karkolomsky.

Não se depararam com um urso sequer — que milagre! Lobos por vezes os observavam de longe, mas logo iam embora. O único lobisomem daquelas bandas — aquele que viajava pelas cristas das montanhas até a Transilvânia — não queria se aproximar, pois as secreções da Segunda tinham um forte odor de alho. Do espírito da floresta conseguiram se afastar a tempo, e ele não pôde lhes fazer nenhum mal.

No entanto, a tarefa mais difícil daquele inverno de seis meses era esgueirar-se entre duas campanhas militares, no intervalo entre expedições de combate ativas, temporariamente suspensas por conta da neve e do tempo frio. Os lados beligerantes ainda tinham a maior parte de suas massas aquarteladas em seus acampamentos, e o chamado Movimento de Libertação do marechal camponês-pequeno-burguês Krvavytch, depois de sofrer, no outono, uma derrota sem precedentes nos arredores de Marienstadt do Danúbio, já lambia as feridas, recobrava as forças, repunha suas fileiras sensivelmente reduzidas com recrutas das províncias batizadas do Califado Unificado e preparava-se para os combates de reconquista das posições perdidas. De encontro a ele, após o recuo das enchentes de primavera, deveria vir novamente o exército de cem mil homens do pseudocruzado Rüdiger da Silésia, reforçado por mercenários mauritanos e malteses. O teatro das operações de guerra estava tensamente paralisado desde o fim de mais um entreato, mas o terceiro toque da campainha já chamava, no volume mais alto, para a continuação. Era hora da ação.

Reinos iam contra reinos, domínios contra domínios, terras contra terras, vizinhos contra vizinhos — principalmente ali, na Europa Centro-Oriental, onde até hoje, para ser sincero, nem tudo é tão suave em relação a heranças históricas e suas variadas interpretações. E que mais dizer daqueles tempos mortais?

Deslizar, esgueirar-se, rastejar para o país do outro lado das montanhas — esse era o objetivo. Porém, era impossível alcançá-lo numa linha reta ou por algum caminho aéreo seguro e rápido. A paisagem real compelia a ziguezaguear, a contornar e a perambular, cruzando e revivendo, muitas e muitas vezes, todos aqueles cenários de devastação, queimadas, ruínas, cadáveres vilipendiados e enrijecidos de executados, nos quais raposas, ratos e corvos de modo algum podiam refestelar-se. Nos mercados de vilarejos desolados e parcialmente queimados, era possível deparar-se com instalações inteiras de tortura, com estacas, ganchos, rodas e forcas, com restos de corpos, cabeças, membros e entranhas. Repelir — uns com bastões, outros, com os punhos — cães famintos e selvagens. Aquecer-se em choupanas quase inteiramente queimadas, cujos habitantes possivelmente morreram todos, o que era indicado por ossos roídos, largados aqui e acolá, de mulheres, de crianças, de homens. Dormir em suas camas, abandonadas para sempre. Em bancos, em baús, em fornos. Em celeiros e saguões.

Os olhos deles, bem abertos, foram preenchidos com todos os horrores que existiam e, lentamente, dissolveram-se neles.

Quem eram eles, afinal, aqueles músicos itinerantes?

Dois terços eram um pequenino fragmento de um coro paroquial, conhecido não só em seu próprio *starostwo*.[3]

O primeiro tocava órgão — daqueles chamados portáteis, pois eram carregados em cima do corpo. Sua mão direita passeava pelas teclas, enquanto a esquerda inflava os foles. O portátil do Primeiro era especial e muito valioso: podia emitir até trinta e dois sons. Outrora, havia muito tempo (meio

---

3 Unidade territorial da comunidade polaco-lituana, criada no século XIV e submetida diretamente à Coroa.

milênio atrás), era confeccionado na Índia, onde era chamado de "harmônio". De lá, pela Pérsia, ele alcançou Bizâncio. O Primeiro o adquirira ainda na juventude, no bazar musical Sataneum, em Vindobona, e, desde então, nunca mais se separara dele.

A Segunda dominou muito rapidamente, bem diante dos olhos dos outros dois, a flauta — a longitudinal, é claro, chamada, na terra dos teutos, de *Blockflöte*. Ela não teria pegado a flauta com tanta diligência, afinal, se ela mesma não tivesse tocado antes instrumentos de sopro, dos quais ela já tivera três: uma flauta de sabugueiro, uma de cerejeira e uma de junco, chamada, na terra dos teutos, de *Schalmei*.

O Terceiro carregava nos ombros um saco inteiro de tambores e pandeiretas das mais diversas configurações e tamanhos. Ele sabia bater, golpear, estalar e martelar como ninguém. Mas também sabia cadenciar, batucar e tamborilar à perfeição. A ele cabia o ritmo, e isso significava que eles não arrancariam nenhuma dança sem ele. Uma cantata, uma sonata, uma *canzone*, uma partita e até um moteto — pois não. Mas não uma dança, não. A não ser uma dança de espíritos, uma oscilação e uma cintilação incorpóreas de outra substância.

O Terceiro exaltava seu ofício e entregava-se a ele a tal ponto que o sinalizava com uma infinidade de sininhos pendurados na própria roupa. Cada passo seu era acompanhado por um tilintar ruidoso e às vezes inoportuno: lá vem o grandioso senhor dos ritmos. Àquela época, ainda não reinava em toda parte o costume de cobrir os leprosos com sininhos, mas, dentro de umas duas décadas, o aparecimento do Terceiro já não haveria de atrair as pessoas, e sim de espantá-las. O bom é que essa mudança ruim parece não ter chegado quando ele ainda estava entre os vivos.

A música que os três eram capazes de tocar às vezes parecia insuficiente. O Primeiro concordava com o Terceiro (que, de quando em quando, acabava ocupando a posição de uma espécie de diretor da trupe) que não seria nada mau buscar mais alguns intérpretes. Por intermédio de um conhecido, um comerciante, o Terceiro parecia já ter estabelecido contato com dois irmãos, encantadores, da terra da Panônia. A adesão deles à banda permitiria enriquecer o conjunto com uma lira e um bandolim. Porém, acabaram nunca se encontrando com eles. Se os batedores panônios não estavam errados, ambos os irmãos foram queimados vivos por engano, juntamente com sua cabana sobre rodas — mais um estúpido dano colateral de uma das querelas locais mais miúdas.

Certa manhã, o Terceiro sumiu. O Primeiro acabara de entrelaçar-se com a Segunda num nicho estreitinho, em mais uma taverna de beira de estrada parcialmente arruinada. Desde o fim da tarde, por alguma razão, eles passaram muito mais tempo que o normal fazendo amor e, depois disso, adormeceram como mortos, respirando um no rosto do outro. Enquanto isso, o Terceiro, que, de maneira astuta, não se acomodara junto com eles, e sim numa despensa ao lado, tomou posse do restante do dinheiro conjunto, de que, naquele momento, sobrara uma quantidade miseravelmente pequena para três. Para um, era justamente o necessário para prometer uma pequena chance de sobrevivência. O Terceiro enfiou tudo, até mesmo o depósito — aquele para um dia sombrio —, no saco com os tambores e, depois de desprender cautelosamente da roupa os sininhos, saiu para o mundo. Aonde ele foi parar — isso é algo que nem o Primeiro, nem a Segunda jamais descobririam. Pelos rumores, alguns anos depois disso, ele foi visto no hospital de certo mosteiro, onde mais uma vez tratava uma sífilis bem avançada.

Novas apresentações — agora, não de um trio, e sim de um dueto — tornaram-se quase impossíveis. As pessoas queriam, acima de tudo, diversão com danças. Ao redor delas, abundava uma contínua *Totentanz — Dança da Morte —*, e elas lhe respondiam com reciprocidade. Sem os instrumentos de percussão do Terceiro, o público geralmente não se entusiasmava e caía rapidamente em tédio e frustração. Mas não só isso: até funerais (embora a demanda por eles excedesse várias vezes a norma) sem um grande tambor não eram nem de longe a mesma coisa que com aqueles golpes ritmados e solenes.

Só lhes restava caminhar — sem se deter, atrás do próprio desespero. Sim, o desespero estava à frente — atrás, estava a fome. Ela os perseguia e os derrubava. Mas também os levantava. E os impelia para a frente outra vez.

As montanhas ao sul finalmente deixaram de ser cinzentas, derramando-se, de maneira cada vez mais nítida, ora numa cor azul, ora esverdeada. Quando o Primeiro e a Segunda alcançaram o topo do Magura, conseguiram avistar ao longe os primeiros sinais das terras meridionais lá embaixo: nenhuma superfície nevada, somente cascatas e correntes, rios cintilantes, árvores florescentes em bosques. Cheirava à primavera, fazendo brotarem lágrimas dos olhos.

Foi ali, no elevado Magura, que o Primeiro foi localizado por um corvo-correio preto, com uma carta do *Kapellmeister*, o Mestre de Capela. Mais precisamente, ele já vinha acompanhando havia algum tempo a chegada deles, como que observando-os lá do alto. Finalmente, depois de descrever alguns círculos celestiais, ele iniciou uma suave descida e, com ar familiar, pousou no ombro do Primeiro.

O corvo — ou, melhor dizendo, o corvo-comum — tinha como tarefa buscar o Primeiro para um assunto bastante premente. O Primeiro ficou sabendo dele pela carta entregue pelo corvo. Contudo, antes mesmo ele já formara uma noção a respeito. Enquanto avançavam em direção ao sul — primeiro os três, e depois ele e a Segunda —, eles se depararam reiteradas vezes, aqui e ali, com anúncios pendurados em marcos de beira de estrada, placas e outras construções aleatórias. Formulados num latim bastante grosseiro (a *língua franca* de então, não só naquela parte babilonicamente multilíngue do mundo), os anúncios convidavam pessoas que tivessem essa ou aquela habilidade musical a tentar a sorte na seleção de um novo coletivo de intérpretes que estava sendo formado no palácio do vigésimo sexto barão Florian-August. Quanto mais perto dos domínios baroniais, localizados no lado sul das montanhas, maior era a frequência com que se depararam com aqueles anúncios — não mais só em marcos, postes marianos ou poços, mas também nos troncos dos primeiros castanheiros ou, o que ficava particularmente gravado na memória, em forcas.

Cada vez mais ao sul, cada vez mais primavera, cada vez mais forcas — e cada vez mais anúncios.

E, agora, também aquela carta do Mestre de Capela, entregue pelo sábio pássaro-correio.

A juventude ligava o Primeiro ao Mestre de Capela. Haviam estudado música juntos, no renomado colégio de Domodossola. Enquanto o Primeiro dominava as teclas do órgão, o Mestre de Capela (que, àquela época, obviamente ainda não era mestre de capela) tocava tudo o que podia, em violas e violoncelos de todos os tipos. Após a conclusão dos estudos, eles foram com ímpeto em busca de fama, de dinheiro e de uma carreira, em direções geográficas completamente opostas: o Mestre de Capela, para as províncias alamanas, ricas em burgueses instruídos, e o Primeiro, para as planícies desabitadas e pantanosas de sua terra natal, situadas entre os eternos Oriente e Ocidente, e onde ainda dominava o velho rito bizantino.

Ao longo de todas as décadas seguintes, eles mal trocaram dois ou três cumprimentos, transmitidos por raros e aleatórios viandantes.

Mas e agora?

Na carta trazida pelo corvo, o Mestre de Capela, velho Amigo, detalhava extensamente o conteúdo dos anúncios de beira de estrada. Sua Graça Florian-August gentilmente encarregara-o de formar uma Grande Orquestra de Caça. Era justamente assim que ela deveria se chamar de maneira oficial, e não era à toa que a palavra "grande" em seu nome começava com um G maiúsculo. "Caro amigo", escrevia o Mestre de Capela, "com a devida sentença de meu senhor, foi-me amavelmente concedida uma função de liderança, além de uma autonomia bastante ampla. Sou autorizado a convidar, fazer audições e aprovar candidatos para a orquestra a ser criada. Depois de minha decisão positiva, que, em teu caso, eu tomaria a priori, ou seja, sem quaisquer exames preliminares, os candidatos são obrigados a passar por uma entrevista com a Figura Mais Elevada (FME) e seu Círculo Restrito de Conselheiros (CRC). A admissão na Grande Orquestra de Caça do vigésimo sexto barão Florian-August garante ao músico uma moradia acessível no castelo, uma veste de talhe especial, cem velas de cera adicionais e apoio financeiro — um estipêndio pessoal, no valor de três ducados e meio por semana. Em nossos tempos complicados, com suas ameaças híbridas, isso é, a meu ver, uma opção plenamente razoável."

No postscriptum, o Mestre de Capela finalmente se permitiu certo calor: "Amigo meu", acrescentou ele numa letra levemente alterada e menos oficial, "como me faz falta a tua destra! E da tua esquerda também preciso muito".

Seu inequívoco convite foi aceito pelo Primeiro com alegria. Ele pensou em arrastar consigo a Segunda, se possível: sua maneira cada vez mais segura de tocar a flauta dava motivos para uma tentativa. Quanto ao sexo, ele poderia ser escondido, disfarçando a Segunda, para a entrevista, de menino.

Chegando aos domínios do vigésimo sexto barão Florian-August de maneira simultânea ao desabrochar, cada vez mais visível, dos botões e dos primeiros dentes-de-leão, eles de imediato se viram sob o amável cuidado do Mestre de Capela: por semanas seguidas, a única coisa que fizeram foi empanturrar-se de manteiga e de ovos de pato e esfregar tenazmente, nas antigas termas romanas, todas as camadas de sujeira da estrada.

Entretanto, ao avaliar a perspectiva de a Segunda passar por um menino na audiência probatória, o Primeiro, certa vez, arrancou de cima dos seios dela a faixa de tecido e disse, com ar pensativo: "Os seus são mesmo grandes".

Para a audiência e a entrevista, faltavam só alguns dias.

Para começar, eles tocaram um pouco. O ponderado Mestre de Capela, que tentava, de todas as maneiras possíveis, auxiliar seu velho companheiro de refeições na amada alma mater a obter uma sinecura na orquestra, reforçou-os com o melhor tamborinista. Isso lhes possibilitou preparar para a apresentação alguns números mais rítmicos e mais animados: *Amanhã de manhã, na aurora, Gentil corça, Contigo, contigo não tenho medo* e — como passar sem ela? — *Três caçadores atrás de uma mocinha*. Porém, o que causou o maior impacto na comissão de admissão, encabeçada pelo próprio barão, não foram os sons da música, e sim as danças do corvo amestrado. Vendo-se repentinamente à frente do trio, ele captou o estado de espírito e, com as batidas de suas patas e o agitar totalmente adequado ora de uma asa, ora de outra, divertiu incrivelmente a honorável companhia de especialistas, à qual, daquela vez, juntara-se também a baronesa Evelina, a Silente (em outra versão, a Taciturna). Até aquele momento, nunca ninguém conseguira fazer rir aquela pessoa caprichosa, com lábios perenemente comprimidos e diabos malignos no olhar. A recente defloração, por muito tempo aguardada e insuportavelmente supliciante, não foi para ela uma libertação dos pesadelos da adolescência, e ela continuou obstinadamente a furar, de quando em quando, o coração de suas bonecas com uma agulha cigana. Agora, no entanto, até seu rostinho palidamente céreo (diziam que ela sofrera, quase que desde os cueiros, da doença do sangue azul) foi brevemente trespassado por algo semelhante a uma contida e recurvada expressão de riso.

O conselho baronial consistia em três guardas-florestais, um arquifalcoeiro, um bispo-inquisidor, um censor e um castelão. De acordo com as condições do exame, cada um dos dignitários, depois de proferir suas considerações quanto ao que fora ouvido, deveria fazer ao candidato uma pergunta. Só uma — era aí que espreitava o perigo. Não podia haver erro na resposta.

Os guardas-florestais começaram, e um deles perguntou:

"Ao escolher entre o pai e o amigo, a quem renunciarias primeiro?"

O Primeiro por pouco não se precipitou e esbravejou que aquele tipo de pergunta não concernia de modo algum à música, mas algo lhe sussurrou para conter-se. Decerto um oportuno lembrete, vindo do Alto, de que tudo concernia à música, pois a música concerne a tudo. É possível que esse mesmo lembrete tenha inspirado o Primeiro a dar a única resposta correta:

"Mesmo se negarmos Deus em sua própria existência, Ele não deixará de nos amar."

Então, o segundo guarda-florestal continuou o tema:

"Ao escolher entre a mãe e seu marido, quem desejarias mais?"

O Primeiro franziu o cenho e, olhando de soslaio primeiro para o corvo, e depois, para o Mestre de Capela, respondeu:

"Não escolhemos nem nossa mãe, muito menos marido para ela. O desejo, pois, só tem sentido na escolha, assim como a escolha só tem sentido no desejo. Não se pode desejar tudo no mundo sem escolha, seleção e eleição."

A isso, replicou o terceiro guarda-florestal com a pergunta:

"Terias, neste caso, erguido o teu braço contra o marido de tua mãe, para que o leito dele virasse o teu leito?"

"Não ouso ofender os outros, ainda mais me apoderando de seus leitos", disse o Primeiro, de maneira coerente. "Se, nesta vida, eu fosse desafortunado o bastante para não ter em lugar algum deste mundo um leito próprio, certamente diria à minha mãe e a seu marido: apertai-vos, vós que estais deitados, e deixai que eu me coloque ao menos num canto ao vosso lado. E, para que minha natureza não me tente perenemente, darei as minhas costas e sabei o que mais para os vossos divertimentos."

Chegou então a vez do arquifalcoeiro. Sua pergunta, à diferença das anteriores, um tanto mitológicas, acabou sendo um tanto poética:

"Qual é o pássaro que voa acima de qualquer música?"

"Não é aquele que vemos diante de nós", acenou o Primeiro na direção do corvo. "Assim como não é aquele para o qual se costuram luvas de camurça. E sim aquele que fez um ninho dentro de mim. Colocai o coração em liberdade — e vereis todos quão alto ele voará."

Ao ouvir aquilo, o bispo-inquisidor fez sua pergunta, de tipo mais filosófico:

"Se a música toda vem de Deus, para que precisamos de compositores?"

"Falas com coerência, monsenhor", não titubeou o Primeiro. "Mas não é só a música toda que vem de Deus. A Igreja, também. E, se ela toda vem de Deus, para que precisamos de bispos? O compositor, na música, é qual o bispo na igreja: menos que um senhor, e mais que um mediador. Juro por ambas as cores de meus olhos."

Veio então a pergunta do censor, em alguma medida, científica:

"Quantas notas de Satã há na notação mensural preta e na branca?"

O Primeiro persignou-se três vezes e cuspiu três vezes e, então, disse:

"Nós, humanos, não temos pureza para cantar de modo absolutamente puro. Anjos, esses, sim, mas não se trata deles aqui. Quanto a nós, não nos é dada uma nota sequer inteiramente livre de dissonância. Existe apenas uma estreita fresta entre as notas com menos e com mais dissonância. Satã está justamente nelas, nessas frestas. Tudo mais pode se alcançar com trabalho árduo nos ensaios."

Finalmente, o castelão tomou a palavra, e sua pergunta ressoou um tanto econômica:

"Que remuneração esperas receber por tocar com a orquestra, para sustentares não apenas a ti mesmo, mas também esta meretriz?"

O Primeiro por pouco não estremeceu: como poderiam tê-los descoberto tão facilmente? Mas dominou-se e respondeu:

"Aquele que acabas de insultar aqui, ao chamar de meretriz..." Ele se deteve, deu uma tosse e começou do início: "Aquela que acabas de chamar de meretriz, na verdade, nunca se deitou contigo e dificilmente haverá de deitar-se, a despeito de todos os ducados de ouro que poderias prometer pagar-lhe. No que se refere à sua capacidade de tocar flauta, todos os presentes aqui já se convenceram de sua angelical pureza".

Foi só então que, sem pressa, o barão saiu para o meio do salão. Ele não mancava, propriamente, mas arrastava um pouco a perna: uma das consequências de uma participação por demais ativa na batalha pela herança da Marmácia, com seus trinta anos de antiguidade. Porém, também existia uma versão paralela: não fora uma batalha, e sim uma caçada, um duelo malsucedido com um javali, uma panturrilha perfurada pelas presas e que começou a supurar horrivelmente. Mexeriqueiros dos domínios vizinhos adoravam insinuar que ele tinha uma prótese. O barão arrastou-se até os músicos e, com ar pouquíssimo amigável, embora também interessado, avaliou o Primeiro com o olhar. De acordo com as condições da entrevista, a última pergunta pertencia a ele.

No entanto, o que ele disse não foi bem uma pergunta:

"Não deste nenhuma resposta com sentido", dirigiu-se ele ao Primeiro, "mas me agradou o que palavreaste. Eu te tomaria por um bufão, embora, ao que parece, também não sejas lá um mau tocador de instrumentos de teclas."

Todos os conselheiros, sem exceção, riram de maneira discreta, cobrindo a boca predominantemente desdentada com a palma das mãos. O Primeiro, em resposta à fala do barão, fez uma mesura quase imperceptível, porém digna.

Em seguida, o barão examinou a Segunda por todos os lados. Depois de ter-lhe cravado os olhos no peito e de ter feito um silêncio de tenso efeito, ele finalmente espremeu a pergunta:

"Tocarias com essa mesma propriedade o meu instrumento, moça?"

"Se o seu for longitudinal, e não transversal, vossa graça", garantiu a garota e enrubesceu, com ar modesto.

A baronesa, por sua vez, ficou ainda mais pálida e, aparentemente, já sibilava em seu canto.

"Que sejam admitidos à orquestra", ordenou o barão quase automaticamente. E acrescentou: "Ambos".

O Mestre de Capela quase deu um suspiro de alívio.

Algum tempo se passou depois daquele dia — de maneira sensivelmente fugaz, como ele sempre passa durante a primavera. Na estufa da baronesa, a *sakura* nipônica já tivera tempo de florescer e até de murchar. A festividade se aproximava, e os domínios baroniais (locais e ultramarinos) trabalhavam intensamente nela. Tratava-se da apresentação pública de um par de rinocerontes-brancos, trazidos aparentemente da cabeceira do Nilo por viajantes mouros. Sexualmente maduras e fabulosamente gigantes, as bestas deveriam dar início a um rebanho único para o barão. Além disso, serviam como mais um presente para a baronesa Evelina, na iminente ocasião do dia de seu santo e — inseparável deste último — de seu aniversário. O velhusco e satírico coxo adorava mimar com todo tipo de raridades a caprichosa e perenemente insatisfeita esposa de catorze anos. A partir de então, a pérola de seu panóptico particular — que incluía uma coleção de gnomos, a feiticeira má e cômica Gaga, minerais cantantes, girinos dourados, um homem-tesoura, casulos de bichos-da-seda, uma ovelha preta e outros brinquedos vivos e semivivos — deveria ser justamente eles: os rinocerontes-brancos africanos.

Sua apresentação, pensada como uma farra maciça no Parque da Caça, começou no fim da tarde de um daqueles dias de maio conhecidos por serem um indício, dado por Deus, da inatingibilidade do Paraíso: depois de enviar para nós na terra quase que todos os seus sinais, Ele, no mesmo instante, os recolhe misericordiosamente e faz uma intransigente figa bem na nossa cara. Esse momento na terra é só um vislumbre, uma sensação, uma prolepse do Maio Eterno, ao qual gente como nós, no fim das contas, dificilmente seria admitida, depois de tudo que aprontamos.

Era mais ou menos isso que o Primeiro pensava consigo mesmo naqueles momentos, marchando com a coluna da orquestra, já usando a veste de concerto novinha e até meias com laços amarelos, além de alpargatas novinhas e feitas com couro bem curtido, exemplarmente penteado e cuidadosamente perfumado. Um pouco atrás, vinha apressada a Segunda, a única pessoa do sexo feminino na orquestra, porém camuflada como um menino tocando flauta. Quando alcançaram a Clareira dos Dois Cervos, estavam terminando de pôr as mesas. De uma delas, onde os parasitas já se refestelavam a não mais poder, de quando em quando chegavam trechos de piadas filosóficas duvidosas, acompanhadas de gargalhadas de timbres diversos. Enquanto isso, a mesa vizinha à dos parasitas já era preenchida rigidamente de acordo com o grau e o status: fidalgos, sacerdotes, calígrafos, artesãos, usurários, jurisconsultos, mercadores, trapalhões, espertalhões e inúmeros outros membros das classes mendicantes e claudicantes.

Enquanto chegavam ao centro da clareira, e a orquestra inteira tomava assento ali — cada um num lugar rigidamente determinado pelo arco do regente —, a tarde madura e verde caminhava a passos resolutos e largos para o crepúsculo vespertino. Tudo ia escurecendo e tornando-se opaco. Ao mesmo tempo, as primeiras rajadas de vento balançavam os cumes das árvores. Porém, elas cessaram simultaneamente à aparição das pessoas eminentes.

O casal baronial foi o último a surgir na colina, de um tablado elevado construído especialmente para eles. A aniversariante parecia ainda menor e mais encrespada que o normal. Ela, como sempre, estava de cara feia, e isso era visível não só aos mais próximos, como também ao povo quase que inteiro. Um panfletário daquela época ainda escreveria sobre o acordo nupcial entre eles, com máxima pungência: "A aliança do coxo com a mocha". No entanto, isso é outra história, que, para o panfletário, acabaria em torturas perpétuas na casamata.

Ao ver, ao longe, a boina púrpura de Florian-August e o estandarte familiar da mesma cor, a multidão sufocou-se em múltiplos vivas e insaciáveis ovações, que teriam durado até de manhã, se o próprio barão não tivesse se enfadado com aquilo e não tivesse finalmente levado ao alto a destra com o cetro. Os urros pouco a pouco foram se abrandando. Os brutamontes da guarda valáquia formaram, ao redor do tablado na colina, um anel impenetrável.

O cetro baronial ordenou que começassem.

Começar — o comandante da guarda saudou com sua espada o comandante da cerimônia.

Começar — o comandante da cerimônia acenou com um lenço na direção da orquestra.

O arco do Mestre de Capela voou para o alto.

A orquestra tocou a *Primeira abertura de caça*.

O povo lançou-se de maneira incontrolável sobre a comida e a bebida. Finalmente, também a nobreza.

Os pássaros diurnos esconderam-se, e os noturnos não começaram a cantar. As árvores congelaram-se.

Bem acima das montanhas, as estrelas cintilaram. Acima dos desfiladeiros, aparentemente, começara a trovejar.

Depois de uma ou duas horas, foram anunciadas as danças, que Florian-August, por conta de sua deficiência, proibira de modo geral — tanto na capital como em todo o país. Dessa vez, ele deu seu consentimento para uma rara exceção, e os contentados convidados, principalmente os mendigos, saltaram das mesas, aproveitando de imediato a oportunidade extremamente rara. A orquestra tocou para eles a gira, e depois a ribeirinha — ambas, danças um tanto vulgares. Então, vieram as mais nobres: a lenta espanhola, algumas gavotas, a dalmatela (um tipo oriental de tarantela), a explosiva morávia e a *solitaire*, infinitamente longa e exaustiva.

Na verdade, todos esperavam havia muito tempo, com impaciência, pela escuridão completa e pela lotada procissão com tochas pelas veredas do Parque da Caça. Em algum lugar ali, do outro lado de uma mata cerrada (de acordo com os rumores, na chamada Clareira dos Milagres), os apresentadores-tratadores mouros mantinham em segurança os rinocerontes amarrados, prontos para sua demonstração teatral, depois de cujo término deveria começar uma queima, nunca ainda vista naquelas bandas, de fogos de artifício chineses, trazidos pelos mesmos mouros como serviço adicional gratuito, em caso de compra de dois ou mais espécimes.

Então, todos estavam à espera de um espetáculo com escuridão, luzes e fabulosos monstros brancos. E ele veio. Porém, não bem aquele, e não daquele modo.

A partir de certo instante, as rajadas de vento começaram a ganhar força — ao ponto de apagarem as chamas das luminárias e de lançarem contra os rostos nuvens de mosquitos e de moscas. Aqui e ali, o céu rasgado por clarões enchia-se de pretume — mas não da noite, e sim das nuvens. Então, ribombaram os primeiros trovões — agora, não distantes, e sim cada vez mais próximos. Gotas de chuva fundiam-se em jatos e jorros, e estes, em torrentes. As fogueiras e velas festivas apagavam-se com um silvo. As árvores balançavam e estalavam, e a assustada massa humana começou a dispersar-se por todos os lados, por ora mantendo uma aparente serenidade e como que ainda não entrando em pânico. Porém, isso não durou muito.

Abateu-se uma tempestade — não uma corriqueira, e sim aquele mesmo furacão Jovis do Anno Domini 1499, descrito detalhadamente em duas crônicas contraditórias entre si — a de Januário de Szeged e o anônimo *Liber Historiae Regnorum Minimorum in Subcarpathia*. Com todas as suas inúmeras contradições mútuas, ambas as fontes unem-se pela afirmação de que "tamanho terror, tamanha sensação de que este universo de pecadores estava prestes a acabar ali e naquele momento não foi experimentada uma vez sequer naquelas cercanias — nem antes, nem depois daquilo". Parece que ambos os cronistas daquela noite foram testemunhas, ou talvez, em alguma medida, também vítimas do grandioso evento meteorológico posteriormente descrito por eles.

Tudo voava: tendas, farrapos, tiras, lenços, fitas, barretes festivos da nobreza e coroas de palha dos bufões, galhos quebrados, folhas arrancadas, ninhos de pássaros, todo tipo de tralha humana e natural. Porém, aquelas coisas não voavam — eram todas arrastadas e rasgadas e, então, depois de marteladas pelo aguaceiro, eram coladas nas colinas, na terra, nas saliências de pedra, nas carcaças soltas dos pavilhões de divertimento. Em tudo com que se deparavam.

Na elevação para as pessoas eminentes, há muito tempo já não havia ninguém. Evacuaram primeiro, evidentemente, o casal baronial: eles foram levados em duas liteiras até um esconderijo mais ou menos confiável na Caverna do Mel, e aqueles mesmos valáquios armados cerraram fileiras na entrada, protegendo-se do aguaceiro, de ambos os lados, com os escudos e as capas.

O desaparecimento do barão e da esposa acabou sendo, como pouco depois se verificaria, muito oportuno. Justamente naquele momento, na Clareira dos Milagres, os domadores mouros começaram a perder o controle dos rinocerontes, irritados com os elementos. Os animais iam ficando enlouquecidos a olhos vistos e, quanto mais cruelmente eles eram espancados, com bastões revestidos com ferro, mais determinados ficavam a se soltar das cordas. E nenhuma força poderia tê-los segurado quando — ou por conta da inépcia aterrorizante dos que lidavam com os fogos de artifício, ou pela queda de um raio —, por toda a clareira, começaram a explodir as luzes chinesas. Pisoteando tudo e todos em seu caminho enfurecido, os rinocerontes saíram em disparada por aquela mata cerrada. O matagal estalou e caiu debaixo de suas patas.

Todos se dispersavam — e também a orquestra. Os maiores instrumentos — as tubas, as trompas e as harpas — ficaram no meio da clareira, festiva tão pouco tempo antes. O Primeiro jogou sobre os ombros o estojo com o órgão portátil e começou a arrastar-se, com muito esforço, na direção do rio. A tempestade fustigava-lhe o rosto, as vestes ásperas de concerto, encharcadas até a última fibra, tolhiam cada movimento. Em algum lugar não muito distante — o Primeiro mais sentiu do que viu aquilo —, a Segunda ia caminhando com passos curtos, de menino, escorregando de quando em quando na grama pantanosa com as lisas pantufinhas entregues alguns dias antes pelo barão em pessoa. Finalmente, ela as arrancou e as atirou para longe. O Primeiro, não sem certa pena, tirou o portátil de cima do corpo e estendeu-lhe a mão. Depois, os dois conseguiram correr mais facilmente.

A terra já estremecia em algum lugar atrás deles, às costas: os monstros brancos acuavam a aterrorizada massa de bípedes. Eles já haviam arrancado a patadas diversas almas de seus respectivos peitos, já haviam ferido mortalmente com chifradas diversos corpos. Ninguém podia fazer nada contra eles.

Faltava muito pouco para chegar ao rio. Mas por que ao rio? O Primeiro nem sequer teve tempo para pensar. Será que lá, na outra margem, não haveria nem tempestade, nem gritos, nem gemidos, nem barrigas talhadas, nem intestinos expostos? Era só atravessar o rio, agitado e espumante, saltando pelos apoios de pedra da ponte inacabada, antes que a água chegasse, antes que alagasse suas margens, antes que inundasse a outra margem — e todo o horror acabaria, sumiria, derreteria?

Eles continuam avançando como podem. Os dois juntos, quase que lado a lado. Em lampejos e correntes. Mas não podem ir diretamente para o rio: logo adiante, o caminho está bloqueado por um corpanzil branco e enfurecido voltado na direção deles.

Tudo o que o Primeiro vê, depois de olhar ao redor por meio segundo, é mais um corpanzil como aquele, porém com um troféu cravado no chifre — seu pobre órgão portátil. O instrumento perfurado soluça de maneira lastimosa, o rinoceronte não consegue de modo algum soltá-lo de seu chifre, e isso leva a criatura a seu último acesso de fúria. "Esse vem atrás de mim", o Primeiro tem tempo de pensar e vira abruptamente para a esquerda. Ele já sabe por quê: há uma passarela de madeira ali, que talvez ainda não tenha sido arrastada pelas águas. Ela é instável e escorregadia, e as águas do rio já a lambem com suas ávidas ondas.

No instante em que o Primeiro e a Segunda, que por algum milagre continuavam até agora se equilibrando como palhaços de circo numa corda bamba durante uma feira nas Corredeiras de Deus, alcançam mais ou menos o meio da passarela, ela começa a estalar e a se desfazer, e eles acabam desabando.

Mas não no rio, porque as águas, por alguma razão, se abrem, deixando livre o espaço para uma queda livre num túnel redondo como o zero — e nem a queda, nem o túnel podem ter fim. E o zero, também não.

Acabamos de escutar Wild Is the Wind, *mas não na versão que eu ouvi pela primeira vez, no fim dos anos setenta, e de que, depois, não consegui de jeito nenhum me desapegar. Ou será que foi ela que não conseguiu se desapegar de mim? De todo modo, a que acabamos de escutar não é a do "Station to Station", e sim a do bem posterior "Bowie at the Beeb". Mas também não é tão simples assim, porque, naquele álbum, triplo, embora ele seja mesmo posterior, as gravações do primeiro e do segundo disco são na verdade mais antigas — e até mais antigas que o "Station to Station". Em compensação, o terceiro disco é realmente posterior, e ele começa com essa versão de* Wild Is the Wind *que nós acabamos de escutar.*

Ah. Consegui explicar? Talvez para vocês não tenha ficado muito claro, de qualquer maneira.

Vou encurtar: já passou das cinco. Ouvimos Wild Is the Wind, *do álbum "Bowie at the Beeb", na interpretação desse mesmo Bowie.*

E sabem de uma coisa? Eu escolhi essa versão por um motivo: o piano. Porque, na versão mais antiga, não tem piano nenhum. Mas nessa tem o Mike Garson. Conseguiram ouvir essa leveza? Dedos impecáveis tocando impecavelmente teclas impecáveis. E alguma coisa diferente acontece com a música! Não é mais aquilo que nós esperávamos, conhecendo a música desde o fim dos anos setenta e tendo ouvido dezenas de vezes — dezenas de milhares de vezes, eu quis dizer.

Mas aí, de repente, na décima milésima primeira vez — Mike Garson com seus arpejos!

Eu não consigo tocar assim, sabem? Quer dizer, até hoje eu consigo executar tudo do mesmo jeito que ele faz nessa versão. Mas há certa diferença na leveza — e não a meu favor.

Digo isso com grande pesar. Eles aprontaram bastante com os meus dedos, e, depois disso, só me resta ouvir os outros tocarem.

O que, aliás, me traz à memória: estão lembrados que, a partir de algum momento dos anos 2000, começou uma moda de silêncio? É claro que, para isso, foi necessário surgirem alguns requisitos tecnológicos. Nos discos de vinil, nas vitrolas e coisas mais antigas, ninguém teria feito isso, nem nos long-plays. Já em CD *— fique à vontade. Quer dizer, você escuta um disco, da primeira à últi-*

ma faixa, aí ela acaba, essa última faixa... e, então, silêncio. Um minuto, dois, três, quatro, cinco. Não exatamente quatro minutos e trinta e três, pode ser até mais tempo. E, enquanto isso, a reprodução continua, o seu disco está ali trabalhando, o raio laser em algum lugar ali continua lendo todos aqueles dígitos. Não é o fim do álbum: ainda tem um bônus lá na frente, às vezes mais de um. Mas, por enquanto, silêncio. É um material musical tão especial — o silêncio.

Levando em conta a inflexibilidade dos meus dedos atuais, eu gostaria de tocar justamente o silêncio. Quem sabe eu não me tornasse o melhor intérprete do silêncio de todos os tempos?

Mas, de maneira geral, eu tive sorte. Do ponto de vista da sobrevivência, é difícil superestimar o fato de que eles me pegaram. E, além disso, umas poucas semanas antes de toda aquela bagunça. Quando tudo começou a queimar, a ficar coberto de fuligem, de lamentos, quando as aortas começaram a estourar.

Se eu não tivesse ido parar naquela cabine no meio da floresta... Se eles tivessem outros planos para mim... Se meu amigo Teofil — que seja Teofil, agora: os infiltrados têm esses codinomes —, se ele, aquele dedicado guardião, que me conclamou e me implorou para nunca mais ir para a praça Pochtova, e sim, desaparecer, sumir, ir embora... Se ele não tivesse cumprido sua obrigação de maneira tão meticulosa... Se tivesse largado de mão, fraquejado, cochilado, deixado passar...

Mas ele se comportou de maneira exemplar. Por algo assim, é impossível não ter recebido uma promoção, subido de patente e de posição. Ele agiu em todos os níveis da minha privacidade. Gradualmente, ele alcançou uma situação em que eu me vi na palma da mão dele — não simplesmente escancarado, mas nu, desnudado, no mesmo caldeirão que todas as minhas amantes. Eu levava dentro de mim uma armadilha para mim mesmo. Fui pego e escondido na floresta, no inverno, num acampamento secreto para os VIPs, como eles diziam. Num ringue de boxe com boxeadores. Sendo que os boxeadores treinavam o tempo todo. Em mim. "Um pequeno vídeo", Teofil tentava me convencer. "Não mais que três minutos. Talvez dois bastem. Você vai repetir o que disserem no ponto. Gravou — está livre. Você salva os dedos, o baço cresce de novo, a vida continua."

O baço realmente cresceu de novo. A lesão contundente na barriga, apesar de sua contundência, acabou se curando. Arrumaram a mandíbula. E o que mais? Rachaduras nas costelas, hematomas, feridas, os dedos...

Foi com maestria que Teofil fez a promessa — de quebrar um por dia. "Imagine só", ele disse, revirando os olhos de exaustão, "a dor de um só dedo quebrado. Uma dor que não cede por um minuto sequer. Você não vai conseguir pegar *no sono por nem um minuto sequer, graças aos seus próprios uivos miseráveis. E se, no dia seguinte, forem dois os dedos quebrados? Consegue imaginar essa dor redobrada? E triplicada depois do terceiro dia?" Ele estremeceu, com ar aterrorizado: "Não quero nem contar até dez! Tenho até medo de pensar nesse aumento diário de dor para cada dedo quebrado!". Ele ficou em silêncio por alguns minutos e, então, continuou, com ar entristecido: "E, sabe, a questão não vai mais ser poder ou não poder tocar piano, por assim dizer. Não, a questão vai ser segurar uma colher. Se você em algum momento vai conseguir segurar uma colher, levá-la até a boca com a sua própria mão. Receio que não. Receio que, até o fim dos seus dias, a mão de uma outra pessoa é que vai segurar a colher para alimentar você. Se é que você ainda vai encontrar pessoas boas a esse ponto".*

Eu fiquei em silêncio. Nem precisavam quebrar meus dedos, eu já estava quebrado por inteiro.

Ele me deu um tapa no ombro e sussurrou, em tom confidente: "Você vai gravar o vídeo de qualquer maneira. Quanto a isso, não pode haver qualquer dúvida. A questão é só se você vai gravá-lo antes da quebra dos dedos ou depois. Meu conselho para você, como amigo e pianista: grave antes. Dois minutos — e pronto. Nem precisa pensar, é só repetir. Hein? Estou pedindo! Faça isso por mim! Para que eu não tenha que entregar você para os russos".

Pelas faces dele, rolavam lágrimas.

Se Deus é o nosso senhor, o diabo é o servo astuto Dele.

Ele teve todas as chances, eu, nenhuma. Mas sabem de uma coisa?

Eles não conseguiram vídeo nenhum. E eu mantive os dedos, de algum jeito. O Pai nunca deixa de nos amar. Até em meio a trevas totalmente bíblicas, impenetráveis.

Vocês estão ouvindo a Rádio Noite. Eu sou Jossyp Rotsky. No meu relógio, são cinco e dezesseis, e é hora de **Starless**. *Só que não do King Crimson, e sim do Unthanks.*

15

Porém, mesmo que esse túnel vertical atravessasse a esfera terrestre, seus corpos, considerando a queda livre com a aceleração, teriam feito isso em apenas quarenta e dois minutos e, disparados para fora por alguma catapulta metafísica, teriam emergido no lado oposto do globo, ou seja, calculando de maneira bem aproximada, em algum lugar nas águas meridionais do oceano Pacífico.

Mas, se a catapulta é metafísica, ela também é capaz de disparar de maneira totalmente imprevisível, além dos limites da geofísica que podemos conceber. De túneis como aquele, dá para sair voando para onde você quiser: os países estão quase que à sua escolha, e os continentes, também. De iate, caravela, dirigível, Boeing, fretado, diabo, galgo, carroça puxada por cervos, Alfa, bruxa, Mercedes, Benz, TGV, Amtrak, teco-teco, bike, pangaré, asa-delta — há também todo um leque de meios de transporte e de caminhos de retorno. A escolha é imensa, até mesmo ilimitada. Embora não caiba a nós fazê-la. Ela é feita por nós.

É o mesmo com os pontos de chegada. Você pode ir parar num deserto, numa floresta cerrada, num campo, em meio a pessoas boas, mas também em meio a pessoas más, num penhasco, numa sepultura, num jogo de computador, num bote e também num caixão. Você pode ir parar em qualquer lugar.

E, se der uma sorte inesperada, você vai parar em uma cama, com alguém que nunca poderia ter esperado encontrar.

"Parece que tinha uma passarela ali."

"Em cima do rio?"

"Claro, em cima do que mais poderia ser?"

"Não sei, em cima de algum fosso. Mas essa era em cima do rio?"

"Sim, e o rio foi simplesmente enchendo bem na nossa frente."

"Como foi isso?"

"A água ia brotando nele. Freneticamente. Subindo em questão de segundos. Sabe, eu tinha acabado de ver aquele rio tão comum — em algum lugar lá embaixo. E, de repente, ele... Encheu, cresceu, subiu, alagou as margens."

"Por causa da chuva?"

"Aham. Na verdade, de um aguaceiro, de uma torrente contínua vinda do céu."

"Isso mesmo. Essa sensação de encharcamento — até a última fibra."

"Milhares de sensações como essa. Mas o que é mais interessante: na outra margem, não tinha nada do tipo. Silêncio e tranquilidade, um dia agradável e de tempo bom."

"Eu tinha a impressão de que já era noite."

"Ah, pois é. Talvez. A verdade está em algum lugar aí no meio. Nem noite e nem dia, e sim uma mistura. Aquele estado em que Deus ainda não separou a luz."

"Aí você já está aumentando. Era noite, tarde da noite."

"OK. Que seja. Mas disso eu tenho certeza: você e eu tínhamos que atravessar a passarela — e estaríamos salvos. Tinha também uma ponte, de pedra, mas na estrutura dela, bem no meio, tinha uma lacuna muito grande, nós não teríamos conseguido pular. Isso apareceu para mim numa tomada separada, e ali no cantinho inferior direito piscou uma espécie de medidor, que já tinha conseguido calcular a nossa falha na tentativa de pular. Só sobrava a passarela. Ela estava à sua esquerda?"

"Provavelmente. Ah, à nossa esquerda, sim. À sua também?"

"É por isso que eu estou perguntando. Qualquer divergência, até nas minúcias, anula tudo."

"Se sim ou se não, o fato é que nós pegamos a esquerda, porque à direita surgiu aquele medonho corpanzil branco."

"Arrá! Você também conseguiu ver aquilo? Um nos perseguiu vindo de algum lugar atrás, o outro veio da frente, da direita. Foi assim. Para mim também. E o mais importante é que eu sabia que era você. A que estava correndo do meu lado. Nos seus sonhos também acontece isso, de alguém que você conhece ter uma aparência diferente?"

"E mesmo assim você sabe que é aquela pessoa? Sim."

"Era eu essa pessoa?"

"Era, mas não era igual. Eu também?"

"É provável que sim. Não tenho certeza. Quando eu olhei para trás, vi aquele monstro atrás de nós. E eu não queria de jeito nenhum escorregar enquanto corria margem abaixo. E me estatelar bem na frente dos cascos dele. Ele teria me pisoteado no mesmo instante. Antes disso, ele já tinha chifrado o meu orgãozinho com toda a força — parece que antes eu tocava um daqueles portáteis por lá — e perfurado de tal maneira, que o órgão ficou preso no chifre e soltou um último soluço de lástima, o pobrezinho, enquanto o monstro não conseguia de jeito nenhum se soltar dele e ia ficando ainda mais furioso, mas não podia mais golpear com o chifre. Do contrário, ele teria me alcançado também e me trespassado."

"Como ele era?"

"Era uma espécie de rinoceronte, mas não como os de hoje. Era como se fosse pré-histórico. Mas não, não um daqueles siberianos peludos. Do tamanho daquele, mas não era ele — o couro era mais duro que uma couraça."

"Chocante."

"O seu também era assim?"

"Não sei, fiquei com medo de olhar para trás."

"Na verdade, faz tempo que nós estamos descrevendo isso, mas lá foram só segundos. Pá-pum. A corrida para baixo, a margem, o aguaceiro, os gritos, os berros, os raios, o rio, que subia a olhos vistos. E aí a passarela, e ela vai cedendo debaixo dos nossos pés, de tão estreita que é, cada vez mais apertada, e escorregadia, como se estivesse coberta de gelo."

"E o rio já estava cobrindo a passarela."

"Eu lembro que parecia que eu ainda estava correndo, mas a água já tinha batido no peito. E com você, o que aconteceu depois?"

"Em algum lugar, já no meio do rio, eu senti que a passarela estava mesmo cedendo debaixo dos nossos pés. Por alguma razão, eu sabia que era o monstro. Que ele tinha desabado em cima dela — e que, agora, ela não aguentaria, começaria a estalar..."

"Crrrrrac!"

"Aham. E foi como se eu tivesse um olho na nuca — eu vi sem olhar para trás."

"Visão traseira. E depois?"

"Depois você me acordou."

Um encontro matutino na cama — depois de uma breve separação, quando cada um dos dois dissolve-se no próprio sono —, o que pode ser mais belo? A realidade retorna de forma gradual, juntamente com os toques, com o estreitar de corpo com corpo e com o despertar, que agora equivale à excitação. Desejar novamente, remover um do outro, com lambidas, os restos de sonolência, acordar, sair. Fundir-se e unir-se. Usufruir daquele dia.

Mas unir-se a tal ponto, que até os sonhos não são mais individuais, são compartilhados? Durante o tempo que se passara desde o início de sua fuga, eles haviam se aproximado um do outro de maneira incessante. A discussão dos sonhos — na cama, depois do primeiro coito matutino — tornou-se o protótipo de um jogo sagrado. Os sonhos coincidiam em detalhes cada vez mais numerosos. Os motivos, as situações, as perspectivas, os insights, até a falta de clareza e o caráter nebuloso — tudo se tornara comum entre eles.

Os dias deles começavam e terminavam com um mergulho desesperado no sexo. Às vezes, acontecia também no meio do dia, mas em geral não, pois, durante o dia, eles mudavam de lugar. Quer dizer, estavam na estrada. Na maior parte do tempo que os dois passavam sozinhos (mais Edgar, com sua esquiva discrição), eles ficavam completamente ou quase completamente nus. "*Kákova málitsa!*" Rotsky não se cansava de olhar na direção dela. E, dentro de si mesmo, tecia elogios àquela vagina, deleitando-se musicalmente na fonte fonética daquele duplo "gi": elogio à vagina, vagina ao elogio.

Uma vez, ele juntou coragem e perguntou o que ela tinha em mente quando, naquela época, *bem no início*, ela respondera ao SMS dele com: "Os seus também". "A mesma coisa que você tinha em mente", disse Anime. "Mas dificilmente alguém poderia dizer que os meus são grandes", objetou Rotsky. "Olhos?", perguntou Anime. "Peitos", explicou Rotsky. Ambos ficaram surpresos. Anime sempre considerara os seus peitos um pouco pequenos demais. Rotsky nunca tinha pensado que seus olhos poderiam parecer grandes. Diferentes por causa da cor, sim. Era nisso que consistia o charme deles. Em outras palavras, era um traço particular que não ajudava muito em caso de uma necessidade permanente de fugir e de esconder-se. "Não consigo tingi-los", Rotsky explicou o evidente. "Não posso tingir nem mesmo só um deles, porque olhos não são cabelos, unhas ou pele." Os óculos de proteção também se tornaram, forçosamente, um traço particular para ele — na verdade, um traço consideravelmente mais recorrente e significativamente mais seguro. Além do mais, o verão estava começando, e proteger os olhos do sol não parecia agora uma excentricidade tão grande como no dezembro anterior, em Rinocerontes.

A fuga exigia constantes deslocamentos e aparições em público. Estações de trem, de metrô e terminais estavam repletos de todos os tipos de animais bípedes sem penas, e deparar-se com um recanto aconchegante e protegido de estranhos para satisfazer em parte um súbito rompante de desejo era algo que quase nunca se fazia possível. "Mas por que é que eles não têm umas cabines especiais?", perguntou certa feita Jos em um daqueles aeroportos fantasticamente imensos. Ali, havia um pouco de tudo: salas de espera, restaurantes, cafés, bares, pubs, filiais dos correios e de bancos, butiques e supermercados, capelas, áreas de oração e de meditação, centros de ioga, academias de ginástica, concessionárias, barbearias, salas de estilismo, de massagem, de depilação e de manicure, dormitórios e boxes com chuveiros — mas, ali, não havia nem um metro quadrado sequer para um momento espontâneo de aconchego entre ele e Anime! Não só não havia onde entrelaçar seus corpos, para gozar instantaneamente, impetuosamente, mas também não havia onde — como Anime chamava aquilo — *esfregar a testa no púbis*, não havia como *dar o beijinho no meio das pernas*. E foi só num setor muito afastado, em passagens abandonadas entre terminais, onde, graças à completa ausência de clientes, engraxates de pele escura, com majestosas barbas brancas de brâmanes, olhavam vidrados para seus smartphones, todos ao mesmo tempo, que Jos conseguiu puxá-la para junto de seu corpo e, tapando o único caminho de acesso com a gaiola contendo o vigilante Edgar, penetrou-a por um instante extremamente curto. Pelo menos assim conseguiram.

Eles limparam, com guardanapos molhados, os vestígios da acelerada erupção dele — aqueles que, na linguagem de Anime, eram chamados jocosamente de *Wunderwaffen*. "Você está numa excelente idade para engravidar", por vezes constatava Rotsky. "Mas nem sonhe com paternidade para mim."

Jossyp Rotsky decidira outrora sempre separar amor e sexo — e fora assim desde a juventude. O primeiro, para ele, parecia em geral nem existir, até que Anita, aproveitando aquela queda estúpida, o cultivou. Mais precisamente, ela cultivou nele o amor — mas não em algum sentido ideal-abstrato, e sim num sentido muito concreto: por ela mesma. Porém, assim como o cultivou, também o enterrou, e, em consequência disso, Rotsky só reforçou em si a ideia de que fizera mal em se enfiar ali: o amor não era dele e não se referia a ele. Não se brinca com brincadeiras, brincou Rotsky.

O segundo, de acordo com um reflexo puramente profissional que Rotsky adquirira em sua já mencionada juventude, presumia a presença de câmeras e uma equipe de filmagem, o trabalho coordenado de diretores, cinegrafistas, técnicos de iluminação, de som, os assistentes deles, maquiadores, um monte de outras garotas e garotos, e também, não menos importante, a devida classe e experiência de suas parceiras. Depois que

Rotsky abandonou a *indústria* e voltou para seu país natal para tocar rock, durante muitos anos, a cada cópula, ele tinha que fechar os olhos e, na imaginação, acender no máximo todos aqueles holofotes — do contrário, a excitação simplesmente não vinha. Ele não fazia amor — ele fazia o papel de alguém que estava fazendo amor, mas, é preciso dar-lhe o crédito, fazia isso geralmente de forma não só abnegada, como convincente. Era física pura, uma diversão corporal empolgante, temperada com certa fixação mental. Que, afinal, não era perceptível para ninguém.

Foi só com Anita (de novo ela!) que Rotsky aprendeu a fazer amor sem recorrer à ajuda de todos os atributos da *indústria* e dos espíritos do passado. Anita nem fazia ideia da primeira profissão dele, mas, por alguma razão, adorava repetir que, entre eles, a coisa simplesmente saía sempre com uma *beleza pornográfica*. Se ela soubesse o que estava por trás disso! Mas, na maioria das vezes, Rotsky não comentava a respeito, protegendo-a de ciúmes adicionais em caso de deixar escapar alguma confissão. Vale a pena mencionar: naquela época, pela primeira vez em sua vida, ele acreditava no amor, e nada o faria provocar dor em sua personificação humana, Anita — por menor que fosse, por potencial ou simulada que fosse. Quando tudo — com Anita, com a revolução, com o país em geral e com sua própria vida — virou de cabeça para baixo, Rotsky, em pensamento, declarou-se outra vez um *agente livre*. Isso significava não ter mais (nunca, nunca, nunca mais!) vínculos estáveis, significava o retorno a um estilo aventureiro de relacionamentos e um constante aprimoramento de seu desempenho, para maximizar as conquistas do corpo, em seu próprio benefício e em benefício de cada nova parceira. Se o autoconhecimento é possível de modo geral, então esse deve ser meu único caminho para ele, convenceu-se Rotsky, não sem certa filosofia superficial.

Naquele caminho, que presumia uma constante busca pela novidade e uma sucessão caleidoscópica de parceiras, Rotsky a priori recusou a coisa mais simples: contato com putas. Para ser sincero, essa recusa não lhe custou nada: secretamente, ele não gostava delas quase que desde a época de infância e adolescência (jazem aqui algumas suspeitas em relação a prováveis primeiros fracassos eróticos, mas tudo isso é um tanto nebuloso). Em compensação, em seu catálogo de possibilidades, em algum lugar próximo às putas, surgiram suas colegas de então — as atrizes pornô. Encontros com elas em geral custavam somas consideravelmente mais pesadas, mas, a partir de certo momento, o dinheiro, ou, mais precisamente, a falta dele, não determinava mais suas autolimitações.

Rotsky conseguiu arranjar três ou quatro encontros com atrizes — no começo, não era com atrizes de primeira linha, embora a *indústria* já tivesse começado a intitular uma delas como uma estrela em ascensão. Em geral, aquilo lembrou o retorno de um esquecido veterano ao esporte profissional. Nenhum deles se lembrava de nada dos seus papéis, e não havia nada de estranho nisso: desde que Rotsky dera baixa e fora para a reserva, a indústria (que, aliás, já tivera tempo, nesse ínterim, de realocar-se quase inteiramente para a web e de tornar-se uma pós-indústria) já passara por uma dezena de gerações. Outrora, ele trabalhara com gente até duas vezes mais velha (onde estavam elas agora, aquelas lindas professoras e enfermeiras?), mas, agora, ele se encontrava com gente três vezes mais jovem. Durante os encontros, elas às vezes reconheciam nele um especialista das antigas e rasgavam elogios às habilidades que ele não perdera. Rotsky, verdade seja dita, ficava lisonjeado com aquilo, embora não demonstrasse. Quando muito, cerrava um pouco um dos olhos — sempre o outro, quer dizer, o de cor diferente.

E, além disso, ele nunca simplesmente deixava passar uma oportunidade. Em especial se não fosse ele procurando por elas, e sim elas que o encontrassem. Em seu *grupo de risco*, havia garçonetes, *bartenders*, habituées de cafés e de casas de narguilé, moças matando aula, admiradoras, passageiras de bonde, participantes de orgias, estudantes de informática, de direito, de economia e de estudos culturais, ativistas sociais, mulheres viciadas em cigarros eletrônicos, doidinhas, sonhadoras, viajantes, excêntricas, selvagens, blogueiras de sofá, dadeiras e, se o desejo fosse grande, também aquelas professoras e enfermeiras. Rotsky não fugia de nenhuma dessas categorias. "Sabe de uma coisa, meu velho?", ele se dirigia a Edgar. "Já estou no paraíso. Imagine só como vai ser para mim depois da morte?"

E aí... o amor!

E quando?

Quando ele parecia incapaz não só de amar, mas até de apaixonar-se cegamente. Então como diabos tinha acontecido?

O amor. Ou seja, na vida de Rotsky, surgira só uma como essas (e ele mesmo a carregara para casa em cima de sua cabeça!), só uma, a única para quem ele teve vontade de dizer: "Você por acaso é a Maria? Pois eu sou o Jossyp".

E, além disso, ele tinha um pouco de medo da noite, quer dizer, daquelas poucas horas em que eles se separavam em sonhos individuais, e então ele podia sem querer chamá-la de Anita (às vezes, aquele nome ainda doía), ainda que a ênfase na segunda sílaba não proporcionasse chance de erro — mas o que é que setores sem controle da consciência não podem murmurar quando a mente está dormindo?

E aquele receio sinalizava um sinal. Pressagiava um presságio. Indicava um indício. Como alguns outros indícios, presságios e sinais. Quando você coloca mais e mais música para ela, desde o período da puberdade, e ela conhece de cor não só a melodia, mas talvez todas as letras, como se tivesse passado a vida inteira preparando-se para você. Quando até a distância de meio suspiro parece grande demais e uma tortura. Quando, depois de nadar num lago em meio às montanhas, você escreve para ela uma mensagem de texto divertida: "Por que é que você precisa de mim? Meu pênis agora está tão pequeno" — e ela, em resposta, escreve: "O seu é na verdade muito grande". Quando, depois de descer do trem numa estaçãozinha deserta, debaixo de um calor extremo, você oferece o ombro ao extenuado Edgar, e ela dá água para ele com as palmas das mãos em concha. Quando você não consegue entender de jeito nenhum o que ela é e se é mesmo alguma coisa, e, de repente, decide de maneira irrevogável: ela está acima de tudo. Quando está disposto a ler qualquer coisa para ela em voz alta — até o entediante *O passeio*, de Walser, e ela ri exatamente nas passagens em que ninguém ri, além de você. Quando você pede para ela fazer um teste de gravidez, e ela responde que vocês dois fazem juntos o "teste de gravidez" algumas vezes ao dia, com sucesso. Quando preenchem o tempo livre, entre um amor e outro, com Johnny Cash, Johnny Rotten e Johnny Walker (não o DJ, e sim a bebida). Quando o cantar junto vira ouvir com atenção, e a trepidação frequente dos átrios direito e esquerdo não tem de modo algum uma explicação médica.

Rotsky sabia: o amor é dependência. O amor causa dependência, como uma droga pesada. Talvez Rotsky não tivesse conseguido sucesso no rock 'n' roll justamente por ser um independente convicto. Quer dizer, por ter excluído *drugs* da trindade — para não se acostumar, não se submeter, não rastejar perante substâncias químicas. Por causa disso, o rock 'n' roll havia excluído Rotsky. O amor não existia, ele não se rendia às drogas — que se pode fazer com alguém assim? Do que é que você me serve, berrou o rock 'n' roll, fora daqui. Rotsky, solitário e orgulhoso, ostentava sua independência como uma espécie de manifesto estúpido ou de slogan profano. Eu sou o que sou, dizia por vezes Rotsky, sem quaisquer aditivos químicos, eu mesmo em minha forma pura.

E, então, aquela traição voluntária de suas posições, aquela concessão alegre e inconsequente à dependência mais pesada! Ao amor!

Pois como chamar de outro modo essa união profunda, em que se sonham sonhos compartilhados? Essa catapulta que lança de um eterno túnel vertical para uma só cama matutina?

"Em algum momento, eles vão nos encontrar assim", sussurrou-lhe Rotsky, naquela mesma manhã. "Você vai estar justamente em cima de mim, debaixo de mim ou de lado..."

"Em cima de você", respondeu Anime, num sussurro confiante. "A melhor posição para morrer no mesmo dia. Com uma só bala. Ela vai me atravessar, e depois vai atravessar você. A mesma bala. As chances são altas."

"Pare. Você ainda vai viver muito, muito tempo."

"Sem você?"

"Sim, claro. Só não vá dizer que não consegue."

"E se eu disser?"

"Escute, de um jeito ou de outro você vai ter que viver ainda muito tempo sem mim. Pense na idade. Eu tenho 91, e você, 19."

"Nem eu tenho 19, nem você tem 91."

"Tudo bem. Eu tenho 82, e você, 28."

Eles finalmente concordaram que ele tinha 112, e ela, 12 — e a diferença deixou de ter qualquer significado.

Vão nos pegar, disse Rotsky. Eles vão nos pegar.

Quem são eles?

A essa altura, Anime já sabia da caçada dos agentes do Regime. Com relação à Mob, quem é que saberia mais disso do que ela?

Eu gosto da nossa fuga, Rotsky deu início a um monólogo livre. É um jogo bastante empolgante. Não ficar muito tempo em lugar nenhum, mudar de país, de paisagem, de rota e de meios de transporte — para ser sincero, antes eu só sonhava em viver assim. Até agora gosto disso, sim. Talvez seja até o período mais feliz da minha vida. É simplesmente uma *quest*, e não uma vida: tentar adivinhar onde eles não estão e, assim, determinar cada um dos próximos destinos. E, ainda assim, qual deles é o destino final? Quando e a partir de onde buscá-lo? Por quanto tempo seremos fugitivos? Não dá para esticar o Schengen, e todos os pontos geográficos em algum momento estarão esgotados. Não serão suficientes nem para a minha vida, que dirá da sua. Por que é que você se envolveu comigo? Eles conseguem me rastrear em dois tempos. Quer dizer, conseguem rastrear nós dois, se estivermos juntos. Mas você sozinha consegue se misturar facilmente, pois existem milhões de garotas como você. E, no mais, eles não têm interesse em você, a questão sou eu. Desapareça enquanto não é tarde. Tem que sumir e desaparecer, tem que se escafeder e se picar. Vá para um convento, Rotsky parodiou Hamlet.

Anime debochou daqueles exercícios de crueldade. Ou de dureza?

Diga o que aconteceu com Subbotnik, indagou Rotsky. Ele está vivo?

Rotsky achava que essa era a saída daquela situação insolúvel. Chegar a Subbotnik, vivo, e não morto, e despejar nele, como um saco de farinha, todo aquele lastro financeiro com diversos zeros. Entregar a quem de direito, como dizem. Livrar-se, respirar, tirar o peso. A própria Mob deixaria para lá. Aí, com os agentes do Regime, eu dou um jeito — essa era a esperança de Rotsky.

Mas Anime não sabia. Não sabia absolutamente nada de Subbotnik, nunca ouvira falar nada dele.

Rotsky uma vez teve uma luz: Dagobert Schwefelkalk! O brilhante advogado de defesa suíço, o Dragobrat dele. Se havia alguém que tinha que manter um vínculo com Subbotnik, esse alguém era ele — mesmo que estivesse morto. Ele, afinal, aparecera logo depois que Rotsky concordara com o fardo de Subbotnik. Não era coincidência alguma que, bem naquele momento, tivesse surgido, como que por encomenda (sim, por encomenda!), o advogado mais caro que existia e que ele tivesse tirado Rotsky da prisão como que brincando! Schwefelkalk! Como é tudo tão simples, no fim das contas, celebrou Rotsky seu primeiro sucesso.

"Você é a nossa hacker, não é?", perguntou ele a Anime. "Aprendeu pelo menos um pouco, não foi?"

Anime preferia lutar e atirar, mas não tinha nada contra um pouco de *phishing* às vezes.

"Encontre para mim um cara de sobrenome Schwefelkalk. Enxofre, cal. Decorou?"

Rotsky nem teve tempo de anotar para ela em alemão num papel quando ouviu:

"Escritório privado de advocacia? Dagobert?"

"É justamente isso", Rotsky agradeceu erguendo o polegar. "Você é um gênio da computação."

"Uma gênia", corrigiu Anime, feroz defensora das palavras no gênero feminino, tão intransigentemente abundantes em sua língua materna. "Aí está o seu Enxofre com Cal."

Era um endereço no Skype. Vai saber por quê, considerando os canais e recursos consideravelmente mais novos. Da Idade da Pedra, mas ainda assim alguma coisa.

Rotsky preparou-se durante muitos dias, refletindo sobre o possível transcorrer da conversa nas nuances mais sutis.

"Irmão Dragobrat", ele deveria dizer. "E o nosso companheiro Jeffrey? Ele é pianista, e eu também, entende? Eu e ele tocamos a quatro mãos. A última vez que nós nos abraçamos foi quando ele estava prestes a ser levado para Zurique. Para a operação, entende? A clínica universitária, sabe? Ele deve ter sido aberto lá. Acho que o senhor sabe de tudo. De fato, o senhor trabalhou para ele, caro irmão Dragobrat, *dragostea din tei!*"[1]

Rotsky decidiu seguir essa linha geral com toda a severidade. Finalmente, ele tomou coragem para enviar seu convite. Mas acabou não sendo como se imaginava: o destinatário *schwefel-kalk* não estava conectado, não estava conectado, estava indisponível. E isso de "não conectado" ou "indisponível" repetiu-se todos as vezes, ao longo dos dias e noites que se seguiram. Não existia uma hora do dia em que o *schwefel-kalk* estivesse conectado! E pronto.

Com certeza, disse a si mesmo Rotsky, faz tempo que ele abandonou o Skype. Com certeza, se fosse considerada toda sua obsolescência. Agora, era mais uma alma morta no catálogo mundial de contatos — e nada mais. Ainda que, na verdade, fosse justamente a obsolescência o que estivesse a favor deles: Rotsky por alguma razão considerava (e Anime concordava) que tudo o que era velho e fora de moda era de fato mais seguro. Quanto mais nova a *geringonça* (ou seja, o gadget), mais vulnerável ela era para grampos e invasões.

"Não há limite para o aprimoramento", lamentou Rotsky. "O privado? O confidencial? O íntimo? Esqueça isso se quiser acompanhar todas as novidades das corporações."

Desse modo, ele estava descobrindo um alterglobalista espontâneo dentro de si, cuja existência ele nem imaginara antes. Ainda que, na mesma hora, ele estivesse empurrando Anime de volta para aquela mesma rede:

"Procure, querida, procure! Vasculhe a internet! Em algum lugar ele está, em algum lugar ele está."

Na verdade, ele deveria ter pedido para Edgar. De maneira muito oportuna, ele soou o alarme com suas asas, quando Jos — que comprara logo

---

1 Em romeno, no original: "Amor da tília". Referência à canção de mesmo nome do grupo moldavo O-Zone.

de uma vez, na banca de jornal da frente, jornais de diversos países vizinhos, uma pilha inteira de *Figaros*, *Couriers* e *Anzeiger* aleatórios e encalhados — forrava com eles mais uma toca temporária de papelão. Um dos jornais (justamente um *Anzeiger*), de aproximadamente uma semana antes, era suíço. O pássaro mais uma vez tinha razão: numa folha anexa, onde estavam impressos anúncios fúnebres, a moldura preta com a inscrição "*Rechtsanwalt Dr. D. Ch. Schwefelkalk*" talvez não tivesse o aspecto mais chamativo, porém era a mais elegante. A morte do "grande jurista" era qualificada como "repentina" e "injustamente precoce". Era tarde demais para tentar pegar o funeral.

Restava ainda o diretor da prisão. Mas, quando Rotsky perguntou da possibilidade de um contato direto, a administração prisional da cidade de Z. respondeu que, após as últimas eleições cantonais, acontecera uma troca total dos responsáveis por todas as estruturas, em particular da direção das instituições punitivas e correcionais. "Não estamos autorizados a dar os contatos atuais de antigos funcionários", resumiu o desconhecido empregado, talvez um robô.

Rotsky suspirou:

"Pois bem. Subbotnik permanece numa zona invisível do mundo."

"Que bom", disse Anime. "Se fosse necessário entregar a ele o depósito, os juros também iriam embora. Por que fugir, então?"

"Vamos vender alguns órgãos", tranquilizou-a Rotsky.

O verão desenrolava-se em cheiros. Nas primeiras etapas, cada um deles vinha em separado, e Rotsky e Anime competiam para nomeá-los mais rapidamente: acácia, morango, resina de corda, creosoto nos dormentes, orvalho nas folhas de alface, uma gota de água do mar no antebraço, um mercado de peixes, uma camisa nova de linho vestida pela primeira vez, um pavimento recentemente lavado com sabão, sândalo e mirra, asfalto quente, strudel de baunilha, haxixe ao crepúsculo, tabuleiros com aspargos, a genitália antes e depois do ato sexual. Os cheiros pouco a pouco se misturavam, mas, por enquanto, continuavam obstinadamente a manter sua própria individualidade. Então, à medida que eles afundavam no verão, aprofundava-se também a difusão de cheiros. Os cheiros ficavam à mercê do calor e dissipavam-se, penetravam uns nos outros, confundiam-se e, de maneira antinatural, fundiam-se, todos com todos e cada um com cada um. Não era simplesmente um mercado de peixes, e sim um mercado de peixes à noite, meia hora antes do fechamento — uma mistura de secreções insuportavelmente cáusticas, agora unida e indivisível, ao ponto de provocar lágrimas. Uma genitália única, gigantesca, semelhante a uma cloaca, depois de inúmeros atos sexuais — era esse o cheiro que aquele verão começava a ter para eles.

Os gastos cresciam. As economias minguavam. Anime sabia do que estava falando. A cada mês, o depósito ganhava mais um buraco de dezenas de milhares, devorado pelo estilo de vida fugitivo. Como existir sem ele? Nem mesmo Edgar poderia dar uma resposta.

Depois que eles, plenamente felizes, escaparam de Rinocerontes, destruída pelo fogo (particularmente para eles), deixando silenciosamente a cidade através das ruínas noturnas e um tanto fantasmagóricas do castelo, a vida deles tornara-se desmesuradamente mais cara. Os deslocamentos, os pernoites, a comida e a bebida, a aquisição constante de coisas indispensáveis, de roupas (a sorte deles é que o verão tinha começado), e, acima de tudo, as fantasias de Rotsky, direcionadas para a elaboração de uma logística cada vez mais imprevisível, temerária e ilógica, exauriam as reservas acumuladas num ritmo bastante assustador.

E o que eles não usaram na fuga!

Automóveis: eles os alugavam de uma empresa diferente a cada vez, para cada viagem; Rotsky nunca havia dirigido na vida, quem ficava ao volante era Anime; o corvo tinha à sua disposição o banco traseiro, mas precisava passar a maior parte das horas numa gaiola de papagaio comprada especialmente para ele.

Trens: eles adquiriam compartimentos privativos, às vezes seções inteiras de vagões; jamais embarcavam num vagão que estivesse mais de dois terços cheio.

Aviões: seria muito mais fácil com eles se todas as companhias aéreas permitissem que pássaros amestrados viajassem na cabine; não, não eram todas — longe disso; despachar Edgar como bagagem significaria dar outra nuance à palavra "despachar"; essa opção não servia, pois não se faz isso com os seus. Durante todo aquele tempo, só puderam usar aviões três vezes. Uma pena, pois eram justamente os aviões, como nenhum outro meio de transporte, que melhor personificavam a ideia de Rotsky de saltos imprevisíveis no espaço.

Rotsky empolgava-se com a espontaneidade. Em sua visão, ela aumentava o espaço de manobra por sua mera capacidade de confundir possíveis perseguidores. Às vezes, isso virava uma aventura por si só. Por exemplo, quando eles, depois de pegar um táxi em Nápoles, chegaram em Estocolmo vinte e nove horas depois. Ademais, foram estabelecidos, ainda que não registrados, diversos recordes memoráveis. Entre eles, um verdadeiramente miraculoso: por toda a duração de seu salto norte-sul, o taxista, um indígena quíchua, não proferiu mais do que cinco palavras.

E a travessia noturna da Europa, de Nantes até Constança! E o incrivelmente veloz StyxBus, dentro do qual eles se abraçaram quase que até a morte!

Houve também outras campanhas exóticas.

Dizem que, naquele verão, algum dos novos burocratas europeus (daqueles que, por alguma calamidade, eram considerados criativos) inventara de experimentar e restaurar, talvez temporariamente, o expresso ferroviário norte-leste. Depois de escapulir de Calais, eles o alcançaram em Paris e, em uma noite, voaram até Riga (Rotsky chamou aquilo de *corrida Paris-Riga*). De acordo com outras versões — de modo imperceptível para terceiros —, eles desceram na estação fronteiriça de Virbalis e desapareceram no meio daquele mato silencioso e recoberto só de vaga-lumes.

Além disso, navios. Ou pelo menos um navio: sabe-se ao certo de uma barcaça sobrecarregada de contêineres com que eles, na companhia de alguns contrabandistas de Xangai, foram uma vez de Dobreta-Turnu Severin, na Romênia, até Duisburgo. Foi lento e instrutivo. Passaram dias parados ao lado de um cais, à espera de uns papéis alfandegários. Tudo o que ia nos contêineres custava exatamente um euro. Pulseiras que mediam a pressão arterial e mostravam a intensidade da radiação. Raladores de gengibre e de limão. Almofadas com o formato de camarões gigantes. Cópias da cabeça de Bruce Willis em escala um por seis. Cartas autênticas de Hogwarts. Conjuntos temáticos com cinquenta adesivos permanentes. Ampulhetas. Ovos de silicone. Canhões que disparavam pipoca. Massinha inteligente que brilhava no escuro. Caixas com baratas e moscas de plástico (se alguém não tivesse o bastante delas na cabeça). Paus de selfie. Pauzinhos de comida. Aeradores de água e de vinho. Sacos de batata, sacos de riso, carabinas de pesca, ganchos de cozinha, clipes para saquinhos de chá. Pinças para montar óculos. Óculos montados. Gravatas-borboletas, gravatas de nó. Nós, borboletas. Cordões, cadarços, barbantes, bandanas. *Spinners* com luz. Porta-comprimidos e porta-agulhas (estojos para remédios e para agulhas, respectivamente). Bolas para gatinhos, ossos para cachorrinhos. Bolas para cachorrinhos, passarinhos para gatinhos. Fitas térmicas. Protetores de joanete para o dedão do pé com uma membrana para colocar entre os dedos. Máscaras para dormir, bombas para balões de ar. Chaves universais, cartões universais, passaportes universais. Minichaves de fenda, minifacas, minibisturis. Várias cepas de vírus pouco estudados. E, finalmente, um verdadeiro best-seller: abridores de garrafas de cerveja embutidos em anéis, uma coisa indispensável naquele calor de verão. "Este mundo não foi criado por Deus — ele foi feito na China", resumiu (e entendeu) Rotsky.

Por alguma razão, faltavam presilhas de nariz. Naquele ano, todos tinham corrido para corrigir a forma do nariz, usando para isso uns fixadores especiais. Todos ficaram loucos pelo próprio nariz, e, graças a isso, parecia que ninguém se importava com uns tais fugitivos: um homem, uma mulher, um pássaro.

O slogan deles deveria virar "Fora da Europa!". Essa partícula de terra, inutilmente pequena e por demais povoada, minuciosamente ordenada, partida em quadradinhos, à vista de todos, toda monitorada e transparente, toda vigiada por vídeo, com cuidadosa e zelosa segurança social, tolhia demais e oprimia até mesmo com suas dimensões puramente geográficas. As rotas inevitavelmente repetiam-se, entrecruzavam-se e sobrepunham-se. Aproximava-se inevitavelmente o dia em que estariam totalmente esgotados não só autoestradas, rotas ferroviárias e rios navegáveis, mas até mesmo corredores aéreos. Afinal, quanto mais daquele ar poderia existir sobre a Europa?

O mesmo com as cidades. Elas também se sobrepunham, se misturavam, repetiam umas as outras em fragmentos, conjuntos e situações inteiras — cidades déjà-vu. Era preciso deixar a Europa. Era preciso procurar, como ópio, o esquecimento perene em algum lugar em Bombaim, Singapura, Calcutá, Saigon ou Lhasa.

Mas eles não eram atraídos pelo Irã e não eram seduzidos pela China, embora o mundo fosse feito nela. Daria para esconder-se no Nepal, nos Emirados Árabes ou na Tailândia, mas, de acordo com as palavras de Anime, era justamente nos dois primeiros que a Mob mais se sentia em casa. A Tailândia, por sua vez — Rotsky sabia disso —, estava abarrotada de agentes do Regime, e lá *repousavam* clãs e brigadas inteiras dele.

Por motivos de visto e de migração, fecharam-se para eles o Reino Unido, os Estados Unidos, o Canadá, a Austrália e a Nova Zelândia. Assim como a arriscada e, em certas coisas, quase perfeita República Sul-Africana.

No fim das contas, valia a pena olhar com atenção para a África mais próxima. Marrocos? Líbia, onde mais uma guerra civil parecia ter entrado em declínio? Tunísia, Argélia? Mauritânia, Magrebínia?

Ou alguma coisa realmente afastada — América Latina? Só uma palavra: Paraguai! E o Uruguai? Equador? El Salvador? Fugas nessa direção, na maioria das vezes, não costumavam dar errado para os fugitivos, embora alguns deles também tenham sido encontrados lá pela implacável picareta de gelo da história. Fugir para tão longe que, uma noite, você é levado para sempre numa direção desconhecida com um saco na cabeça? Rotsky ficou grato por isso. Ele já tinha sido levado numa direção desconhecida.

Eles pensavam e procuravam, repassando na memória as denominações geográficas ou passando o dedo em ambos os hemisférios. Eles gostavam dos hemisférios um do outro.

Naquele verão, Anime cortou os cabelos algumas vezes, e eles foram se encurtando até chegarem ao padrão dos campos e prisões. Porém, essa não foi a única mudança que aconteceu com ela.

Em primeiro lugar, ela aprendeu a falar de maneira consideravelmente mais compreensível. No meio em que ela crescera e se tornara o que era agora, era comum balbuciar e resmungar. O desleixo fonético deveria atestar descontração na vida, preguiça, cinismo e tendências criminosas. Os únicos elementos da linguagem articulados com clareza eram palavrões, e, uma vez que as regras de comunicação em seu meio exigiam que eles fossem usados a cada duas palavras, a expressão geral da fala de algum modo se nivelava. Agora, porém, depois de tanto ouvir Rotsky, de maneira involuntária e incessante, com todo o amor que ele tinha por entonações, ênfases e efeitos sonoros, Anime apaixonara-se pela expressividade. "Mais um pouco", constatava Rotsky, satisfeito, "e ela vai poder se apresentar como instrutora de técnica vocal." Até Edgar começou a entendê-la.

Em segundo lugar, Anime descobriu os livros. Não, ela ainda não queria ler os livros. Mas Rotsky às vezes lia para ela em voz alta. O resultado disso foi um entusiasmo súbito por audiolivros. O conjunto dos favoritos dela não poderia ser chamado de banal: de Conan Doyle, ela pulou para Conrad, depois disso mergulhou de cabeça nos romances da geração perdida, incluindo aí Aldous Huxley, e, então, em Vernon Sullivan. Não temos como saber para onde ela teria sido arrastada em seguida.

Por fim, o magnetismo. É claro que, anteriormente, ela já atraíra os olhares dos homens — e não era para menos. E não eram as tatuagens o que eles ansiavam por ver! E não eram só os árabes do Bazar Podre que viravam a cabeça quando ela passava! Mas, agora, como que pela ação de rituais mágicos (no caso dela, talvez mais magnéticos), a atração por ela começava a superar todas as normas estatísticas. Ela era simplesmente desejada, de maneira insana, por todos ao seu redor — independentemente da cidade, da província, da região geográfica e da orientação cultural e sexual. Algo interessante: esse desejo não era agressivo, e a atração total nunca saía do controle. O grande mago Rotsky, cultivando-a minuciosamente com suas intermináveis carícias amorosas, não só a preenchia por inteiro com uma convidativa e volátil elasticidade, como também parecia envolver sua corporeidade numa membrana impenetrável e digna de confiança, que nem mesmo toda aquela sufocação conseguia derreter.

O verão ainda não alcançara a metade, e o calor violava, com frequência cada vez maior, quaisquer normas e prognósticos. A água nos mares e oceanos ia se aquecendo quase que até o ponto de fervura e mal servia para refrescar. As fontes, históricas e pós-modernas, estavam cheias de corpos nus, que nem sempre podiam se distinguir das composições do passado, ricas em esculturas. As pessoas só sobreviviam graças às madrugadas e ao trabalho ininterrupto e intenso dos inúmeros aparelhos de ar-condicionado. Lambidos lascivamente pelas línguas de fogo, Rotsky e Anime sentiam uma constante excitação corporal e, como já mencionei, despiam-se impetuosamente assim que trancavam todas as fechaduras do refúgio da vez. E amor era feito entre eles.

Em compensação, para Edgar, a coisa ia ficando cada vez mais difícil. Ele abaixava a cabeça e ficava amuado, passando muito tempo imóvel e com os olhos semicerrados. Sua prostração não ia embora nem tarde da noite, quando, sobre as cidades escaldadas, abatia-se um pouco de... não, não de frescor, e sim, de crepúsculo. Rotsky chamava aquele estado de "Os sofrimentos do jovem Edgar", mas o corvo não gostava nem um pouco da piada e não se divertia com ela. Edgar sabia que não era nada jovem.

Então, Rotsky teve uma ideia de como ajudar o pássaro: era preciso ir para o alto das montanhas ou ficar exclusivamente nos países setentrionais, esquecendo-se temporariamente do Sul (a súbita fuga de Nápoles com o táxi foi um dos episódios desse urgente deslocamento).

Mas disso falaremos depois. Por enquanto, nem mesmo uma linha pontilhada, mas fragmentos de uma delas, uma linha pontilhada feita de linhas pontilhadas.

Sem informações inequívocas sobre a sequência desses impulsos na direção "Para longe do calor", sou forçado a me contentar com uma quantidade relativamente pequena de registros fotográficos aleatórios, coletados em toda sorte de álbuns virtuais e revistas com a ajuda de um programa feito especialmente para buscas como essa. Um homem, uma mulher, um pássaro (foi com essas palavras-chave que eu os encontrei) eram flagrados sem querer em fotos de outras pessoas, que, naquele instante, estavam no mesmo lugar, e, graças a isso, nossos fugitivos às vezes podem ser identificados no pano de fundo mais geral e examinados mais atentamente. Salta aos olhos o constante tema da água, que é um fator evidente de atração para todos que vemos nas imagens, incluindo-se aí as silhuetas de estranhos, capturadas ao acaso. O segundo tema constante é o calor. É ele que torna as silhuetas e os rostos alongados e exauridos.

Assim, reconhecemos:

um desfiladeiro espetacular nos Alpes Provençais, ao lado do qual Rotsky e Anime estão imóveis, em meio a fontes de águas glaciais que, numa torrente branca, caem, de uma rocha vertical, bem no fundo do desfiladeiro; ao ampliar várias vezes as imagens, pode-se constatar uma satisfação corporal indescritível, causada pelo frio;

um fiorde norueguês (o nome não pode ser determinado por geolocalização), um barco a motor corta a superfície da água, os cabelos de Anime balançam ao vento, Edgar (se for ele mesmo) voa acima da lancha, ligeiramente deslocado à esquerda;

uma fonte à beira da estrada, um fiozinho de água escorre de um estreito cano de metal, colocado em cima de uma pedra coberta de musgo; Rotsky coleta água segurando uma garrafa de metal recentemente adquirida de um dos artesãos locais, que trabalham com cobre; a aparência da garrafa sugere que eles estão próximos da fronteira entre Turquia e Geórgia (ou entre Albânia e Macedônia);

uma ruína medieval no Tirol — embora seja impossível determinar se era mesmo o Tirol do Sul; a geolocalização é mais uma vez inútil, porém, para um conhecedor, diz muito a rara fonte, de quinhentos anos de idade, toda coberta de rachaduras e lagartos, de cuja bacia voam respingos — e não em qualquer direção, e sim na direção de Rotsky, cujo rosto está subitamente constrito pelo deleite;

uma praia selvagem com um pequeno bando de cormorões; a característica do litoral é um tanto báltica, mas também é possível que seja outro mar, o do Norte; os cormorões, como mostra uma considerável ampliação do fragmento, cercaram um corvo solitário, pronto para travar combate — talvez Edgar;

mais uma praia — coberta por algas e ouriços-do-mar lançados pela maré; a geolocalização atesta Rimini, Itália; no segundo plano, ao longe, Rotsky e Anime saem da água, de mãos dadas; Anime está sem sutiã, e *os dela* já não são tão grandes;

um amontoado de dunas que, de maneira igualmente convincente, pode indicar tanto o norte da Lituânia como o oeste da Sardenha; o segundo indicaria que as areias ao redor foram trazidas do Saara pelo vento; além de uma listra azulada de mar muito visível (é mesmo a Sardenha, não a Lituânia!), divisam-se claramente gotinhas de suor nas têmporas e maçãs do rosto de Anime;

um riacho, quase seco, em meio à floresta, em algum lugar nos Vosgos ou na Floresta Negra; Anime e Rotsky atravessam o leito a vau, cada um empurrando uma mountain bike; a foto foi usada para a propaganda do site de uma loja local, a Velo Con (aluguel de equipamento esportivo, férias esportivas etc.); Edgar não está na imagem: talvez ele tenha sido deixado como garantia;

banhos nus (como se eles ainda não fossem o bastante) no Eisbach (Munique, Englischer Garten); Rotsky (se for mesmo ele) nada de costas, a favor da correnteza, Edgar (tem um pássaro ali) observa-o da margem; Rotsky observa Edgar (que o observa); Anime (de lado) está em pé, a água batendo nos joelhos, e (apertando os olhos por causa do sol), com as palmas das mãos entrelaçadas, cobre o lugar que (de acordo com a versão de Rotsky) deveria ser chamado de tinteiro.

Porém, por acaso não é a Rotsky que, até hoje, atribuem a consagrada expressão "Não há nada mais tedioso que o nudismo"?

Os dias ardiam. Ardiam o sol e o céu, ardiam a água e o vento — todos os elementos, inclusive a terra debaixo dos pés.

Em Lisboa e Marselha, a temperatura chegava aos quarenta graus. Nem se falava então de Palermo, completamente incendiada. Em Rinocerontes, como informavam os serviços de notícias de lá, que Rotsky, por inércia, ainda acessava, todos os Quatro Regatos estavam impiedosamente secos, e o belo Oslava ficara a tal ponto raso e minguado, que não eram mais necessárias nem as pontes, nem as passarelas. "Aquecimento global?", perguntava Rotsky. E corrigia: "Aquecimento, não — escaldamento".

Eles sonhavam com a Islândia, com seus vulcões não adormecidos — especialmente Edgar, que finalmente descobriria quem ele era: Hugin ou Munin, Pensamento ou Memória. Mas ele não podia ser levado de avião para a Islândia.

Sonhavam até com a Groenlândia, embora lá fosse fácil dar de cara com a mãezinha de Anime. E isso era algo que eles dificilmente iriam querer. Além do mais, ela, a Groenlândia, estava derretendo de maneira catastrófica e diminuindo com rapidez.

Eles finalmente puderam respirar junto às palmeiras da Irlanda. As palmeiras não eram bem palmeiras, mas eles, como todo mundo, de maneira equivocada ou proposital, chamavam aquilo de palmeiras. Na Irlanda, caía uma chuva paradisíaca, e o Pai abençoou a estada deles ali com temperaturas diurnas que passavam um pouco dos vinte. A última vez em que eles se deitaram numa vegetação assim abundante e fresca havia sido ainda no fim do século XV. A costa ocidental mirava o oceano, e a sensação de um vazio *estar distante de* preencheu-se de uma sensação de segurança plena e perfeita. "Aqui vocês não vão me achar", ocorreu a Rotsky.

Porém, foi preciso ir embora da Irlanda, também: a carestia devorava as reservas mais depressa que em qualquer outro lugar.

Pelos cálculos de Rotsky, os rendimentos dos seus juros poderiam bastar para no máximo cinco anos — desde que o comedimento e a moderação fossem levados ao extremo. O primeiro, concernia aos deslocamentos, a segunda, ao consumo. Anime mencionava constantemente a possibilidade de beliscar um pouquinho do depósito: o proprietário, dizia ela, não só não ficaria pobre, como nem perceberia. Um depósito, respondia Rotsky, é chamado de depósito justamente porque foi depositado, para manutenção de sua integridade. Quando ouvia isso, Anime encolhia os ombros e ficava carrancuda.

Às vezes, eles discutiam a possibilidade de trabalho ilegal. "Se você arranjar um emprego de arrumadeira na antiga vila", atazanou Jos, "estamos salvos. Não tem nada mais belo no mundo que uma antiga vila e uma jovem arrumadeira." Anime nem tentou esconder que não gostara da piada. O problema, porém, nem era esse: a Europa, mais uma vez naquelas últimas décadas, era atormentada por uma terrível crise, desemprego maciço disfarçado de ócio eterno e cada vez mais maciço, e um mercado informal de trabalho ficando cada vez mais informal. Ninguém queria dar a eles a alegria de um *job,* nem mesmo um temporário e pago por hora.

O dinheiro se esvaía, e o círculo se fechava. O primeiro, de maneira evidente, enquanto o segundo, de maneira um tanto imaginária. "Vamos ser paranoicos", Rotsky dizia a ela. "Vamos exagerar a ameaça. É melhor parecer ridículos que mortos." "Parecer mortos? Dá para tirar alguma coisa disso", respondia Anime, pensativa.

Escolados por diversos incidentes desagradáveis, eles não se metiam mais em regiões em que o governo local, por conta das temperaturas anômalas, introduzira estados de emergência variados e obrigara todos os recém-chegados a fazerem um registro.

Eles evitavam hotéis, em geral. Não, não sempre, pois nem sempre surgia uma alternativa. Porém, na maioria das vezes, eles ficavam em residências privadas, cuja existência Anime descobria por meio de vários tipos de comunidades semiocultas e semianarquistas. Ela conseguia encontrá-las através de códigos intermediários em recantos da rede que só ela conseguia acessar.

Aquela ilegalidade convinha a Rotsky: não havia nada de extraordinário, era o estilo normal de sua vida, pelo menos desde a época da revolução. Uma invisibilidade forçada, numa época em que qualquer ser humano ansiava por visibilidade — a mais vistosa possível. Era em nome daquela visibilidade que as pessoas haviam começado a viver com a máxima vistosidade.

Que fizessem isso. Que postassem fotos, vídeos e o que mais fosse de si mesmos. Que não fizessem mais nada, além de publicar seus *stories.* Que subissem em todo lugar, brotassem de todo lugar e se fizessem lembrados. Que criassem avatares e perfis, ganhassem *likes, respects, emojis* e LOLS. Porém, se nós não tivermos nada disso, teremos uma chance. Nenhum contato nas redes sociais, nenhum álbum, comentário, look, nenhum vídeo. Nós não existimos para eles, porque vivemos por nós mesmos.

Rotsky não exatamente declarou guerra ao Digital — uma guerra irremediavelmente perdida, de qualquer maneira. Ele nem mesmo erigiu nada, nenhuma linha de defesa. Só se enfiou num abrigo blindado e camuflado de maneira minuciosa, com um só defeito essencial: seu esconderijo tinha que mudar constantemente de localização. Tinha que se mover. E, de preferência, aos saltos.

O fato de estarmos sempre juntos e lado a lado é uma vantagem inesperada, considerava Rotsky. Nós ganhamos independência do Digital, não perdemos contato, porque estamos sempre em contato um com o outro. Nós nos comunicamos pelos toques, pela presença física, pelo sexo, pelos orgasmos, pelas palavras que ninguém ouve, além de nós mesmos. Nós mostramos o dedo do meio para eles. Somos um homem, uma mulher, um pássaro.

Este último já poderia parecer o nome de um novo jogo de computador. Quem sabe? Talvez ele até já existisse.

O pássaro, na verdade, tornava tudo sensivelmente mais complicado. Não se tratava só das companhias aéreas. O pássaro era um sinal muito particular. Dificilmente, em toda a Europa, alguém poderia encontrar outro casal como aquele — com um pássaro nos ombros. Se observadores invisíveis estivessem transmitindo a seus centros informações constantemente atualizadas, o corvo no ombro se tornaria seu símbolo cifrado ou uma chave codificada.

Mas havia uma vantagem. Edgar acabou sendo também um elemento de defesa. Que elemento, que nada — era sim um grande defensor! Com sutileza, ele pressentia e se antecipava. Edgar ligou ao máximo não só a sensibilidade, mas também a capacidade de suspeitar. Ele virou, ao mesmo tempo, Pensamento e Memória, Hugin e Munin num mesmo espécime corvídeo.

Por exemplo, ele já havia atacado diversas vezes, de maneira preventiva, uns sujeitos que eram incrivelmente semelhantes a compatriotas de Jos. Isso acontecia onde quer que fosse: na Lapônia ou na Transilvânia, em Flandres ou na Suábia, na Boêmia ou na Borgonha. Em cada país, circulavam agora diversas pessoas com aquele estilo bem reconhecível: eles sempre saíam com calças esportivas. Só que as calças esportivas nunca saíam deles.

Edgar voava para afugentá-los, e Rotsky e Anime tinham que desaparecer na mesma hora: correr para fora de um café depois de jogar o dinheiro na mesa, ou ir embora abruptamente, para o lado, para um beco, para qualquer lugar — se fosse no meio da cidade. Edgar ficava satisfeito com o efeito, interrompia o voo de ataque e voltava para a base — para o ombro de Jos, que certamente estaria esperando por ele na movimentada vaidade dos arredores.

Como consequência desses insignificantes incidentes, logo surgiram relatos de "comportamento agressivo, observados por ornitólogos, de determinadas espécies da fauna dos pássaros florestais, causados pelo aumento do risco de incêndio e por queimadas isoladas".

O segundo sinal particular, ainda que não tão visível, eram os olhos de Rotsky. Porém, só era possível dar uma espiada neles chegando bem perto, e Rotsky não deixava nenhum estranho olhar para eles. Talvez fosse justamente por conta disso que todos aqueles compatriotas iam se achegando cada vez mais, iam rodeando em círculos cada vez mais estreitos, em grupinhos, ocupando mesas vizinhas ou esbarrando sem querer com o ombro em meio a uma imensidão de pessoas. Chegou inclusive ao ponto de fotografarem Rotsky e Anime abertamente e quase que à queima-roupa e, sem nem mesmo tentar esconder aquilo, na mesma hora, com ar ostentatório, procurarem no FaceBoom — um aplicativo de identificação de pessoas por fotos do rosto, chamado simplesmente de *Feisyk* entre os usuários do Oriente.

O círculo se estreitava, sim. No fim de julho, Rotsky entrou num site que havia muito ele não olhava e leu que, da lista de purificação, o candidato de número 13 fora liquidado com êxito. Jos estava a uma posição abaixo dele.

Querem saber de uma coisa? Agora vou declamar um poema para vocês. Mas, para gostar dele, é preciso que vocês se lembrem do verão. De seu calor. A palavra "calor" vem sempre acompanhada da palavra "infernal". Porém, o inferno se transforma facilmente em seu oposto assim que você entra na água. O poema[1] é sobre isso. Ouçam e nadem.

Será que eu não vou me perder?

Num fenecido verão varrido pelo vento,/ Debaixo de copas murmurantes,/ É bom deitar-se à margem de rios ou de lagos,/ Como a alga, que deixa entrever a sombra dos lúcios.

O corpo ganhará leveza, e então da água/ Erguerás o braço, e do verão, o vento/ Há de sacudi-lo com toda a gentileza,/ Tomando-o por um ramo queimado de leve.

À tarde, o céu manda um silêncio sonolento,/ Os olhos cerrados, plenos de andorinhas./ O lodo está morno, as bolhas testemunham:/ Por ti acaba de passar um peixe taciturno.

Meu corpo todo — pernas, coxas, antebraços —/ Está envolto em calmas correntes, por inteiro./ E assim que um peixe passar nadando por teu corpo,/ Sentirás que há mais sol acima do teu lago.

---

1 Trata-se do poema *Vom Schwimmen in Seen und Flüssen* [Do nadar em lagos e rios], de Bertolt Brecht, de 1919. Priorizando a forma e o conteúdo — e o contexto do romance —, a tradução foi feita a partir da versão em ucraniano, em versos livres.

À noite, após muito tempo deitado,/ Estarão lânguidos teus joelhos, cotovelos, ombros,/ Será então preciso, sem receio ou piedade,/ Estender-te sobre o rio, ao fustigar das torrentes.

É melhor que aguentes até o crepúsculo,/ Quando o pálido e feroz tubarão celeste/ Descer para devorar as águas e as margens,/ E tudo no mundo fenecer, como se espera.

Então decerto deverás deitar-te de costas,/ E estender-te e esticar-te em esquecimento./ Não, não flutuar, e sim só tornar-te algo/ Como um seixo, como parte de uma massa.

Mirar o céu e sentir a leveza/ De quem está no ventre de uma mulher, pois assim é./ Sem grande esforço, assim como aquele Deus,/ Quando à noite ainda nada em seus rios.

16

As conversas deles na cama adquiriam um novo (mas ainda não vermelho) nível de nervosismo:

"Subbotnik. Eu preciso de Subbotnik."

"Mas como teima. Explique."

"Você não entende mesmo? Se ele sobreviveu, é uma coisa. Agora, se ele morreu... Disso depende o que vai ser de nós."

"Se ele está vivo ou não, isso é algo que não tem importância para os nossos amigos. Não para os meus, nem para os seus. Especialmente para os seus. Eles não devem nem ter ouvido falar desse tal Subbotnik."

"Os meus precisam do meu escalpo. O Subbotnik não tem nada a ver com isso, de fato. Mas os seus precisam do dinheiro do Subbotnik. Eu acho que, diferentemente de nós, eles sabem de tudo. E isso nos torna mais fracos. Nós não temos uma visão completa."

"Isso é bobagem. Saber menos é viver mais."

"Não neste caso, Anime."

"Você é chato."

"Sou sistemático. Gosto de tudo em seu devido lugar."

"É por isso que eu digo que você é chato. Sacal. Mas às vezes também é sacana."

"Meu herói é Confúcio."

"O seu herói? Confuso, isso sim."

"Que seja. Você vai para Zurique?"

"O que é que eu deixei de ver lá?"

"Não o quê, e sim quem. Você vai procurar vestígios dele naquela tal clínica."

"Na lista de pacientes?"

"Por exemplo."

"Dificilmente eles vão deixar algo assim disponível."

"Você pode perguntar. Eles devem ter lá alguma espécie de departamento de relações públicas."

"E se ligar?"

"Aí é que vão recusar. Agora, quando tem uma pessoa de verdade na frente deles... Você pode dizer que ele é um parente seu."

"Aham, meu titio querido. Nunca vou me esquecer de quando eu era criança e ele me colocava no colo. Não temos nada, além do nome dele. Não sabemos ao certo quem fez a operação. Não sabemos ao certo qual era o diagnóstico. E em qual departamento ele foi tratado. Procurar alguém só pelo nome, dizendo ser um ex-paciente? E alguém vai mostrar toda a informação para uma Anime qualquer? Simples assim: vão abrir uma gaveta de uma mesa e tirar tudo que tem lá dentro?"

"E se fizerem isso?"

"Não é melhor eu fazer um pente fino no cemitério? Quantos cemitérios tem em Zurique? Túmulos frescos nos últimos seis meses?..."

"Também é uma ideia. Mas é melhor invadir a base. Passar o pente fino na clínica."

"Para começar, vou dar só uma espiada no site deles. Só que..."

Ela não exatamente se recusou a continuar o que estava dizendo: foi sua boca que mais uma vez encontrou Rotsky e voltou a ficar ocupada. Rotsky chamava aqueles momentos de retomar os velhos hábitos, referindo-se, em particular, à própria idade.

Antevia-se um 69.

Umas duas horas depois — enquanto Rotsky servia caranguejo cortado bem fininho para Edgar —, ela começou a gargalhar em seu computador.

"Dê só uma olhada!"

"Os primeiros resultados do pente fino pelos cemitérios?", animou-se Rotsky.

"Ao caçador, a presa", Anime acenou com a cabeça.

No site da clínica, na seção "Eventos públicos", ela se deparou com o anúncio de uma palestra prevista no programa da 37ª Academia Internacional de Verão de Neuro-oncologistas. O título se destacava muito em relação aos demais, recheados de terminologia pouco compreensível, e intrigava por seu caráter não científico: "O caso único de Jeffrey S., ou A um passo de um grande avanço". Quem proferiria a palestra era um certo Neurndra Chandr, um dos principais assistentes do "lendário professor" Kramskói, sob cuja direção a "relevante operação" se realizara. Um neurocirurgião de nome Neurndra? Aí tem coisa, apontou Rotsky, com ar satisfeito. Ele tinha a impressão de que isso era um sinal de um distante vislumbre de sucesso.

Porém, a nota sobre a palestra não continha nenhuma alusão ao destino do paciente mencionado em seu título. Por outro lado, se a "relevante operação" tivesse terminado em fracasso (com a morte do paciente operado), dificilmente ela seria considerada tão relevante. Ou seja, Subbotnik estava vivo? Mas não dava para ter cem por cento de certeza de que "Jeffrey S." era mesmo Subbotnik. E se fosse só um personagem fictício? Afinal, o autor da palestra tinha descambado de maneira bem resoluta para o beletrismo, escolhendo um título muito longe de ser científico.

Isso exigia um esclarecimento. Ao longo dos minutos seguintes, Rotsky inscreveu uma pessoa na palestra e comprou para Anime uma passagem para Zurique. A palestra deveria acontecer em exatamente uma semana.

Para ir do aeroporto até Zurique, rumo à 37ª Academia de Verão, Anime pegou dois trens, o segundo dos quais tinha uma cor vermelha viva e andava em bitola estreita, de um metro de largura. Anime transformou-se instantaneamente na heroína de um filme de animação, que vai em direção a montanhas de contos de fada num trem de brinquedo. Anime num anime.

Assim como o resto do continente, a ilha da Suíça padecia dramaticamente com o calor, mas, no alto das montanhas, aqui e ali, um pouco de frescor se acumulava. O pavilhão de verão, em que acontecia a maioria dos eventos da academia, estava completamente lotado para a palestra do doutor Neurndra Chandr. No auditório, predominavam senhoras cuja aparência remetia a estações de veraneio e que tinham idade para estarem aposentadas — uma combinação bastante típica de qualquer palestra. Elas se abanavam com leques e demonstravam, com todo o seu ser, a determinação de desfrutar do recheado programa neuro-oncológico. O hábil e emaciado comunicador imediatamente cumulou Anime não só com projeções de imagens e — a propósito! — animações, em que veias cerebrais arqueadas curvavam-se como abóbadas de catedrais, e a representação de um escalpo avançava lenta e inexoravelmente na direção de uma enorme e azulada veia de Galeno, mas também com uma torrente ininterrupta de palavras muito especiais, nenhuma das quais a garota conseguia decifrar. E, se "expansividade", "infiltração" ou "descompressão" ainda ressoavam de alguma forma nos recantos mais afastados de seu léxico, "coagulação bipolar", "malformação arteriovenosa" e também "meduloblastoma primitivo" não lhe deram chance alguma. Porém, o último, com seu primitivismo, foi sensivelmente superado pelo "glioblastoma multiforme", mencionado um pouco mais tarde e que, por sua vez, foi bombasticamente eclipsado por — atenção! — "ganglioglioma". E, naquela fala, teve ainda "adenocarcinoma da hipófise", e "meningioma hipervascularizado", e "ventriculoa-triostomia" e, muito acima de tudo aquilo, "hemisferectomia", que Anime depois descobriria ser o nome da operação de remoção de um dos hemisférios. Àquela altura, ela ficaria involuntariamente surpresa com a própria possibilidade de tal remoção (um hemisfério inteiro! Para onde é que transfeririam os pensamentos, as memórias e os pesadelos? Como colocá-los todos no hemisfério que restara?) e ficaria imaginando, atônita, as prováveis consequências.

Anime também conseguiu captar alguma coisa a respeito do herói da palestra, o paciente Jeffrey S. Como, por exemplo: com sua "obstinação religiosa muito peculiar", nas palavras do comunicador, rejeitava categoricamente "quaisquer tecnologias minimamente invasivas — nada de ciberbisturis ou de bombardeios de nanopartículas, nada daquela ficção científica agora legalizada". O escalpo, repetia o acalorado Neurndra, o escalpo e só o escalpo — essa era a exigência fundamental do paciente, e aos cirurgiões quase só restava agradecer pelo fato de que não se tratava de um autêntico, de bronze, da Índia antiga — afinal, isso também poderia ter acontecido, como não? Nem do retrator e do sugador ele gostava — a tal ponto ia a crença dele!

A essa altura, o paciente Jeffrey S. apareceu em pessoa em duas ou três imagens. É verdade que os fragmentos centrais de seu rosto, incluindo-se os olhos, foram borrados em nome da discrição. Mas, no geral, ele lembrava muito o retrato que ela havia elaborado com Rotsky antes de partir. De quando em quando, Anime o refrescava na memória, recorrendo ao smartphone.

A palestra do neuronal Neurndra provocou não só um interesse estupendo, como também ruidosos e prolongados aplausos, logo que sua última frase ecoou: "Hoje, resta-nos aguardar mais uma operação semelhante, depois da qual — estou convencido disso — o chamado complexo de Jeffrey S. será superado de uma vez por todas, e tudo que agora é incurável e sem esperanças terá sido reduzido a um só diagnóstico, raramente complexo".

E, nesse ponto, uma ovação. Aqui e ali, aqueles que não perdem uma chance de aplaudir de pé começaram a se levantar. Isso fatalmente atraiu novos e novos seguidores, de maneira que, um minuto depois, praticamente todos estavam em pé. O entusiasmo ainda levou um bom tempo para arrefecer. Finalmente, em meio ao público, apareceram cinco ou seis pessoas que desejavam fazer perguntas e comentários. Anime teve que continuar sentada em sua desconfortável cadeira por mais uma hora, aproximadamente, ouvindo tensamente todos aqueles rompantes verbais de um conhecimento muito especial e que lhe era vedado. Mas, do destino posterior de Subbotnik, não se ouviu nadinha de nada — nem da parte do palestrante, nem da parte dos espectadores. Ou talvez até se ouviu — só que ela não captou. O doutor Chandr, em geral, tinha uma aptidão muito particular de pronunciar-se de maneira ambivalente.

Quase no fim (uma voluntária de shorts, com perninhas que pareciam palitos de fósforos e com um traseiro de cabra, mostrou os cinco dedos da mão ao doutor, sinalizando os últimos cinco minutos de fama designados a ele), Anime deixou para lá toda a apreensão de meter-se numa situação estúpida e de deparar-se com risos e impropérios e, adiantando-se a algumas entusiastas numa fila improvisada junto ao microfone, disparou na cara do comunicador:

"E vocês conseguiram salvá-lo? Seu paciente?"

A pergunta não provocou a gargalhada que se poderia perfeitamente esperar. Contudo, em meio ao público ouviu-se certo rumor abafado de censura contra a falta de tato dela. Como se eles dissessem: nós concordamos que não se diria uma palavra sobre isso, e aí vem essa intrometida!

O palestrante, no entanto, não rejeitou a pergunta. Mas, primeiro, ele segurou por um tempo, com ambas a mãos, seu turbante laranja — como se quisesse enfiá-lo mais fundo em sua cabeça —, e, então, depois de dar um profundo suspiro, e piscando um pouco mais do que o normal, falou:

"Jeffrey S. morreu. Quer dizer, não, não morreu. Quer dizer, não morreu durante a operação. O que eu quero dizer é que foi uma operação muito bem-sucedida. Eu me refiro ao fato de que foi muito produtiva — no sentido de uma experiência bem-sucedida para o futuro. O professor Kramskói havia estipulado uma chance de setenta e três por cento contra vinte e sete por cento de que o paciente faleceria durante a operação. O paciente não faleceu!..."

"Vocês transplantaram o cérebro dele?"

"Nós... seria melhor dizer... nós o extraímos. Quer dizer, retiramos. Nós retiramos o cérebro dele."

"E ficou tudo bem com ele?" Anime foi para o ataque, o que provocou no pavilhão mais uma oscilante onda de censura.

"Não ficou tudo bem com ele", Chandr meneou sua cabeça laranja, com pesar. "Quer dizer, está tudo bem com ele. Ele sobreviveu. Quer dizer, ele tinha sobrevivido. Mas não no sentido dos vinte e sete contra setenta e três, e sim no sentido de cinquenta-cinquenta. A alternativa sombria do professor Kramskói."

"E como devemos entender isso?"

"Cinquenta por cento de chance de que ele morreria contra cinquenta por cento de que sobreviveria. Esses outros cinquenta, no entanto, significavam unicamente uma sobrevivência vegetativa. Bem, vocês entendem."

"Ele virou um vegetal?", tentou esclarecer Anime, a despeito dos murmúrios que vinham de todos os lados.

"Não totalmente. Não. O que está dizendo? De modo algum. Mas quase. Quase isso. Quase um vegetal."

Neurndra Chandr piscou ativamente e prosseguiu, deixando escapar sem querer o que não devia, ou seja, violando claramente a fronteira da temática da neurocirurgia:

"Antes da operação, o paciente Jeffrey S. assinou uma declaração em que solicitava voluntariamente — em caso de confirmação dos outros cinquenta por cento — o encerramento de sua vida. Eutanásia passiva. Passiva, devo salientar. Fomos obrigados juridicamente a cumprir sua vontade. Por exemplo, pela simples desconexão do cérebro da fonte de energia. E, a propósito, na presença do seu advogado! Este último, no entanto, por motivos não muito claros, freou o processo, pediu alguns exames adicionais, desapareceu por muito tempo, escondeu-se e, afinal, passou simplesmente a evitar os contatos — e o cérebro de nosso paciente continuou existindo, de maneira puramente fisiológica, por um tempo bastante longo. Até que o próprio senhor advogado deixou este mundo, em função de um acidente. Isso desatou nossas mãos! O que eu quero dizer é que isso nos deu mais possibilidades. Nós cumprimos a vontade de nosso paciente e encerramos sua vida."

Os presentes suspiraram, ou talvez expiraram — todo o público, de maneira unânime e harmoniosa. Os leques das senhoras começaram novamente a tremular em massa, depois de uma pausa involuntária.

Para ser sincero, Anime poderia ter ido embora. Em coisa de meia hora, o trem vermelho de brinquedo estaria em movimento na direção oposta, e ela teria tempo de pegá-lo. Porém, ela não seria ela mesma se não cravasse o último prego na cabeça do palestrante:

"O senhor está querendo dizer que essa pessoa chamada Jeffrey S. não existe mais?"

Neurndra Chandr segurou de novo o turbante, pensou bem e finalmente falou:

"Não existe. Mas não exatamente não existe, não. Ele existe, pois foi uma operação de êxito sensacional. Embora ele não exista mais, ele existe, sim. No sentido de que, depois dele, nós, o professor Kramskói e sua equipe, já sabemos para sempre como fazer isso! Quer dizer, ele existe e está sempre por perto. Ele nos inspira. Ele agora nos inspira eternamente. Nós salvamos a vida — não uma vida em particular, mas a vida como um todo, a vida como o mais elevado valor..."

Com a última frase, surgiu um súbito fundo musical: revelou-se que, não à toa, uma pequenina orquestra de câmara estava esperando à direita do pódio. Ressoou algo incrivelmente sofisticado, triste e, ao mesmo tempo, pateticamente cheio de esperança — é claro que em Lá menor.

Anime não ouviu até o fim. Nada mais haveria de detê-la no meio do pavilhão, pronto para explodir com os prolongados aplausos de encerramento.

Rotsky, enquanto isso, mudara-se para outra cidade, como eles haviam planejado. Anime foi ao seu encontro levando não só o informe do falecido Subbotnik, mas também um desdobramento escandaloso de moderada intensidade: alguns noticiários especializados haviam publicado textos a respeito de "uma pessoa jovem e agressiva, de aparência sulista, que, por evidente ambição, tentara desafiadoramente tumultuar a comunicação de um respeitado cientista".

"Como é que você conseguiu isso?", indagou Rotsky no intervalo entre a primeira e a segunda sessão de coito.

"Nada de especial", Anime deu de ombros. "Só fiz umas perguntas."

Ela não entendera: Rotsky não se referira à informação obtida, e sim àquele retrogosto provocado pela baderna. Mas não fazia sentido desenvolver o tema.

"Portanto, Subbotnik morreu", disse Rotsky, não sem certo pesar.

"E, na Mob, sabem disso. Não se pode duvidar."

"Na Mob, sabem de tudo."

"Você dá risada, mas eles sabem."

"Eles sabem e estão fazendo alguma coisa. Não, não é isso. Eles não sabem o que estão fazendo. Perdoa-lhes, Senhor."

"Eles sabem que nós temos o depósito. Cem por cento de certeza. Você não conseguiu devolver. Não conseguiu e não consegue: não há absolutamente ninguém para quem devolver. O depósito é nosso."

Rotsky ficou levemente contrariado com aquele "nosso" duplo. O depósito era nosso? Até agora ele pensara que era só dele. Passou os dedos pela coluna dela, de alto a baixo — do pescoço até as circunferências das nádegas.

Como se quisesse se assegurar de que ela era de fato ela. De que não tinha sido trocada durante a 37ª Academia Internacional de Verão.

"E o que deu com o advogado, o Enxofre com Cal?", lembrou Anime.

"Em nada. Antes mesmo disso, nós já sabíamos da sua... Como é que dizia o jornal? Jovem e agressiva?"

"Mas também que efeito causou!"

"Como assim, efeito?"

"Ele morreu esquiando. Descendo a montanha. Numa daquelas pistas marcadas em preto."

"Que idiota! Se não sabe, nem tente descer."

"Isso lá é, mas ele sabia. Um expert, como eles dizem. Um dos melhores esquiadores amadores do país."

"Um expert amador?"

"Um expert entre amadores."

"Expert ou não, em algum momento necessariamente acontece de..."

"Alguém ali tirou acidentalmente a placa de advertência antes da curva. Ele voou para dentro do abismo."

" 'Acidentalmente' aqui está sobrando."

"É disso mesmo que estou falando. Foi isso que enfatizei."

"Escute, mas como é que você fica sabendo disso? Dessa coisa do esqui, por exemplo?"

"Pente fino dos cemitérios, Jos. Como eu e você chamamos isso. E não se esqueça da escola que eu frequentei."

Rotsky olhou para o teto, como que ansiando ler ali uma mensagem secreta endereçada só a ele. A perspectiva de uma segunda sessão de coito já não parecia tão inevitável. De todo modo, não tão urgente.

"E agora?", finalmente proferiu ele, saindo de seu atípico torpor.

Anime tocou com os lábios a clavícula dele.

"Agora nos resta ir até o fim, querido Jos."

"E o que isso significa?"

"Não entregar nada. Derrotá-los. Tanto uns como outros. Você me tem, não tem?"

"A troco de quê?"

"A troco de que você me tem?"

"A troco de que derrotá-los?"

"Pelo depósito. É dinheiro, Jos. São bilhões. Agora nós dois temos pleno direito a ele."

Rotsky teria imediatamente algo a objetar contra o "pleno direito" dela.

Mas, de maneira repentina, ele sentiu uma vontade mortal de outra coisa: estar sem ela. Ela tinha acabado de pousar, e ele ansiara muito por sua chegada, circulara sem ela pelas escaldantes e despropositadas regiões centrais da cidade, onde não havia vivalma, e, conversando sozinho com o melancólico Edgar, ficou o tempo todo relembrando o velho que "a nossa menina logo vai voltar para nós". A menina voltou — além do mais, com a missão devidamente cumprida —, e, de repente, por alguma razão ele se sentia atormentado! Angústia, sensação de alerta? De vigilância? Em relação a quê? Com quê? Como entender aquilo?

Era ela, era tudo culpa dela, Rotsky decidiu. Ela, a temperatura alta. Um calor nunca antes visto. Um pouco mais daquele verão, e o cérebro ferveria, um hemisfério inteiro, junto com os restos do juízo! "Eles não vão terminar bem", Rotsky concordou consigo mesmo. E é impossível saber se, por "eles", ele se referia a toda a raça humana.

De todo modo, a fuga continuava, e a mudança de regiões e de paisagens — em pleno verão, porém, igualmente murchas, fosse na Apúlia, fosse na Jutlândia — tornou-se o atributo mais imutável de uma *quest* extrema, já um tanto estendida no tempo. Graças a essa variável imutabilidade, eles começaram a se confundir, não só na topografia ou na arquitetura — nas residências também, especialmente quando estavam meio adormecidos, cercados de todos os lados por um espaço estranho, demarcado por objetos estranhos, que, no dia anterior, pareciam (e eram) diferentes. Nessa época, em algum momento Rotsky começou a tentar convencer Anime de que era possível mudar de lugar com menos frequência, não necessariamente todo dia ou a cada dois ou três dias — aqui e ali daria para prolongar por uns quatro ou até sete dias. De todo modo, eles não conseguiriam nos rastrear antes disso, persuadia Rotsky. Anime chegou à conclusão de que era o cansaço falando dentro dele, mas não disse isso em voz alta.

A essência da *quest* consistia em adivinhar os sinais de alerta. Assim que conseguiam captar, determinar e ler algum sinal, eles — homem, mulher, pássaro — começavam a ir embora às pressas e a dissolver-se numa miragem de calor.

Os sinais (essa era a *quest*!) apareciam com uma forma diferente a cada vez. Observar quem observa você — isso se transformou numa espécie de divertimento, ainda que um tanto opressivo. Os que observavam esforçavam-se em atordoar. Rotsky não conseguia se surpreender nem com as sutilezas, nem com as omissões deles — até porque as omissões podiam ser justamente a mais refinada manifestação das sutilezas.

Aqui estão alguns exemplos.

O recepcionista do hotel, como que sem querer, por esquecimento, chama Rotsky por seu nome e sobrenome reais. Como é que ele poderia saber aquilo se, em todas as situações, sem exceção — reservas de hotéis e de apartamentos ou aluguéis de veículos —, eles nunca apresentam os papéis de Rotsky, só os de Anime? O recepcionista, confuso, pede desculpas: "Eu o confundi com outra pessoa, *sir*".

Numa via de pedestres lotada de gente, uma criatura estranha (nem mendiga e nem mendigo, mas algo entre os dois) chama Rotsky em sua língua materna. Por quê, em meio a milhares de pedestres, justamente ele?

A porta do prédio em que ele e Anime alugam o milésimo apartamento temporário fica aberta o tempo todo, embora devesse estar trancada. Toda vez Rotsky desce de elevador e tranca a porta. Uns dez minutos depois, ela está escancarada de novo. Quer dizer que tem alguém vigiando a porta o tempo todo? Brincando com eles? Esse alguém tem o mesmo cartão magnético que ele e Anime têm?

De madrugada, debaixo das janelas deles (já se trata de outra cidade, em outro país), numa lata-velha cujo motor ligado parece urrar e tossir de maneira excepcional, a *Metralhesa*, a canção dos partisans iugoslavos, soa no volume máximo durante sete minutos. E, como sua duração total é de um minuto e vinte e três segundos, ela tem tempo de rodar seis vezes seguidas. Isso basta para que Rotsky passe o resto da noite num contínuo "traca-traca-trac". E o que é que eles quiseram dizer com isso?

Em cinco situações seguidas, uma pessoa diferente a cada vez (não importa se homem ou mulher), ao cumprimentar Rotsky na entrada de um café, museu, sala de cinema, antiquário ou galeria comercial, sem qualquer cerimônia, mede Anime com os olhos e pergunta literalmente a mesma coisa: "Esta asiática está com o senhor?".

Pela cidade inteira (de novo outra, de novo em outro país), aparecem outdoors com um rosto de homem (algo entre David Bowie e um Rotsky aproximado) e os dizeres: "UM SINAL: HETEROCROMIA! ELIMINAMOS!". Embaixo, diversos números de telefone, mas, quando eles são discados, você ouve: "Este número está fora de serviço".

E, é claro, pianos de rua por toda parte, como armadilhas colocadas para Rotsky. Em todas as cidades e em todos os países — centenas de instrumentos, pretos, brancos, verdes, pintados com as cores do arco-íris. Sente-se e toque, caro amigo. Brilhe. Para nossa alegria e para sua satisfação.

Ao determinar cada novo alerta (se é que eles podiam ser chamados assim), Rotsky propunha a Anime que adivinhasse a autoria. Ela geralmente ficava em dúvida. Porém, os pianos de rua certamente vinham dos agentes do Regime.

Creio que já tenha chegado a hora para mim. A hora de tomar novamente esta história em minhas mãos.

No meu caminho de estudo e escrita da biografia de Jossyp Rotsky, deveria necessariamente chegar o momento em que eu compreenderia que, sem uma viagem à terra natal de meu objeto, meu trabalho acabaria sendo insuficiente. Isso por fim aconteceu, e eu tomei coragem para fazer a viagem.

Não pretendo exagerar nem minha coragem, nem os riscos tomados. Portanto, não vou esconder a angústia com que parti naquela direção. As notícias de lá, que, ultimamente, chegavam até nós, europeus, com frequência cada vez menor, não traziam nenhum otimismo. Inevitavelmente envoltas em decepção e desamparo, elas, para falar a verdade, nem nos interessavam muito. Pouco a pouco, o país de Rotsky ia sendo esquecido, e só de vez em nunca algum dos líderes políticos do mundo ocidental declarava abertamente que não era bem assim. Com isso, no mais das vezes, eles ainda prejudicavam suas taxas de aprovação, ao irritar sensivelmente os próprios eleitores.

Eu, porém, não havia esquecido. Meu trabalho para o CBII (Comitê Biográfico Interativo Internacional) exigia de mim uma memória particularmente impecável. Foi ela, ou, para ser mais preciso, as lacunas nela, bradando a respeito daquela angustiante incompletude, o que me arrastou na direção do Leste. Assim, eu me pus a caminho de lá — com a sensação, um tanto perturbadora, de estar fazendo uma viagem para dentro da boca de um dragão. Embora, nesse caso, fosse algo mais próximo de um chifre de rinoceronte.

Cheguei à capital deles... Bem, melhor não dizer. Existem coisas cujo valor absoluto está em silenciá-las. Não importa de que modo eu cheguei à capital deles. O mais importante aqui é não entregar sem querer algumas figuras semioficiais que contribuíram para minha travessia mais ou menos segura (isso sem falar do conforto).

No local, eu trabalhei com o que chamam de *fixer* — um pouco motorista, um pouco intérprete e um pouco, confesso com sinceridade, companheiro de garrafa. Devo acrescentar que as bebidas consumidas por nós — na maioria das vezes, essencialmente como método de combate ao estresse — em geral distinguiam-se por uma qualidade bastante razoável. Afinal, como não seriam: em nove a cada dez casos, eram uísques de fabricantes conhecidos mundialmente. O país de Rotsky aderira havia mais de um ano à moda do uísque, em especial os homens, é claro. Nada de brandy, de tequila ou de gim: uísque. Mas isso não é só uma observação secundária.

Agora, ao que é mais essencial.

Nada na capital remetia à Revolução. Quem poderia imaginar: um evento como aquele, que atraíra a atenção sem precedentes de todo o mundo! E, agora, só alguns anos depois das minhas conversas quase que despretensiosas com os locais, a maioria delas naquela mesma Pochtova, ou seja, na principal arena daqueles eventos de uma beleza nunca antes vista, e depois brutais, não surgia nada além de uma sequência de "não me lembro", "eu não estive lá", "que revolução? um bando de *losers* ofendidos que se venderam por dinheiro norte-americano". "Não era suíço?", uma vez eu não resisti. Porém, o meu sarcasmo não pegou bem.

"O problema deste país", explicou meu companheiro de viagem, "é o chmochismo da grande maioria da população." Quando perguntei o que era aquilo, ele respondeu que a popularidade de Chmoch, o penúltimo ditador da Europa, continuava a crescer depois de seu súbito falecimento, e a proporção dos seguidores dele na sociedade, os chamados chmochistas, já passava dos setenta por cento.

Naquele cenário, indagar a respeito do pianista das barricadas, o Agressor, não parecia nem um pouco promissor. Depois de todos os confrontos, com o pavimento arrancado, os edifícios incendiados e os tanques esmagando tudo o que caía debaixo de suas lagartas, a praça Pochtova tinha sido reformada e meio que maquiada. Quem, o Agressor? Que Agressor? Somos gente simples e não agressiva. Ninguém precisa de agressor aqui.

Arrisco-me a presumir que o regime de lá — com todo o seu estilo, que se poderia chamar de cínico — nitidamente influenciou a mudança do caráter da população. Mais que isso — tive a impressão, não muito boa, de que essa mudança tem se tornado irreversível. Esse tipo de governo perverte os cidadãos ainda mais depressa do que perverte a si mesmo. Conhecemos bem a expressão "corrupção de menores". No caso do país de Rotsky, é plenamente pertinente falar de outra corrupção: a dos deficientes. Não estou tentando ser cáustico demais, podem acreditar.

Fiquei entristecido e irritado com diversas manifestações daquele mundo.

Vias de pedestres atravancadas por automóveis grosseiros e carros demais para uma economia tão empobrecida.

Uma ausência por demais frequente de tampas de bueiro, o que só podia atestar o fato de que, em todo lugar, estavam roubando desenfreadamente metal para sucata.

A queima generalizada de grama, hectares inteiros dela, feita maciçamente pelos locais por razões incompreensíveis para mim, e que transformava as já terríveis estradas em vergonhosos corredores de fumaça e fuligem.

O declínio generalizado da paisagem — tanto em macroescala como em microescala: uma monstruosidade infinita, que reinava nos detalhes e no todo, não podia deixar de trazer à memória o truísmo sobre as duas mãos esquerdas.

O meio ambiente devastado, o fedor, a imundície e a poeira. A maioria das cidades encoberta por um smog venenoso, toneladas de lixo simplesmente despejadas quase que na beira das estradas, esgoto escorrendo para dentro de rios e lagos. "O coração sangra quando você vê como essa gente trata a casa que temos em comum — o planeta Terra", escreveu, talvez de maneira excessivamente patética, porém pertinente, certo *traveloguer* dinamarquês a respeito daquele mesmo país, com uma emoção incomum para os dinamarqueses.

Nos *meios de deslocamento* (não dá para chamar de outra coisa os trens e ônibus sacolejantes e de baixa velocidade que eles têm), impressionava a predominância de música criticamente ruim e de programas de comédia sem graça, que faziam a imensa maioria dos passageiros rir de maneira bastante forçada, cobrindo os olhos — e só porque a imensa maioria dos passageiros fazia o mesmo.

E, ao mesmo tempo, o potencial insanamente alto de conflitos no espaço público; a terrível tensão que o recobria. Fiquei sabendo que já fazia muito tempo que espancamentos à vista de todos e tiroteios espontâneos à luz do dia em lugares abarrotados de gente não eram algo extraordinário em meio àquela gente simples e não agressiva.

A inveja, que eles — de maneira bastante significativa! — chamam de "sapo", tornou-se um de seus traços mais característicos, e, agora, é nisso que se mantém todo esse arremedo de ditadura sob a liderança de um ex--comediante (afinal de contas, por que "ex"?).

Nesse cenário, os agentes das forças de segurança locais sufocavam os últimos defensores dos direitos humanos.

É estranho, não é?

Foi só então que eu entendi de maneira um pouco mais clara contra o quê, propriamente falando, Jossyp Rotsky se rebelara. Era importante.

Rotsky acreditava que era possível mudar isso? Não, acho que não. Mas ele não podia deixar de se rebelar.

Aliás, os agentes das forças de segurança. A seguir, vou falar de um deles.

Para conseguir um breve encontro com um homem cujo codinome (nome? Apelido?) era — pois que seja como naquela peça de teatro suíça! — Teofil, eu e meu *fixer* superamos diversos obstáculos. A maneira mais segura de superá-los consistia no pagamento de somas extraordinárias a um ou outro funcionário público. Não havia nada que os cidadãos daquele país não aceitariam fazer por dinheiro. Os subornos, naquele país, sempre foram, e ainda são, o principal propulsor de todo e qualquer processo social. Todos os pagamentos, sem exceção, foram secretamente documentados por mim em vários meios diferentes, uma vez que estou contando muito com que o CBII me compense de alguma maneira.

Por meu encontro com Teofil, também tive que pagá-lo — e é claro que para ele custou ainda mais. Embora justo nesse caso eu entenda perfeitamente tanto a ganância como o descolamento da realidade: necessidades do tratamento. Depois de sua viagem oficial ao exterior, ele ficou em estado bastante grave, sob supervisão médica, num hospital de campanha fechado para veteranos dos serviços especiais. Para alcançar aquele território minuciosamente escondido por um parque florestal atipicamente bem cuidado e vigiado de maneira rigorosa... Bem, vou recorrer mais uma vez ao silêncio.

O honorável Teofil sofrera queimaduras simplesmente devastadoras, além de sérios danos à articulação do quadril. Esses eram só dois dos problemas — ainda que os principais — relacionados à saúde e ao tratamento dele. No geral, ele tinha mais de dez problemas. Foi trazido para o encontro comigo numa cadeira de rodas bastante especial — eu nunca tinha visto uma daquelas —, e não consegui esconder (e lamento por isso) meu choque com aquela ruína humana, com todas as nuances — de um violeta cáustico até um marrom cinzento — de sua pele quase totalmente morta. Ele exigiu que eu não registrasse nada, por meio algum. Uma dupla de enfermeiros que o acompanhavam e que lembravam mais seguranças de um clube noturno bastante arriscado, deveriam, de acordo com as ordens dele, ficar a uma distância suficiente para não ouvir a conversa e, ao mesmo tempo, me manter sob vigilância. Eu concordei, pois não havia escolha.

Do que veio a seguir, vocês terão que se contentar só com meu relato. Sei que isso não provocará entusiasmo em vocês. Mas eu realmente não escrevi nada. Nem mesmo anotações num bloquinho.

Teofil afirmou ter conhecido Jossyp Rotsky durante toda a sua vida consciente. Dois ou três anos mais jovem que Jos, ele frequentara a mesma escola de música e também estudara piano. O fato é que ele não se saiu nada bem e só cumpriu o básico, simulando esforço de quando em quando e, com isso, arrancando dos pais mais um revólver, bastão ou par de algemas de brinquedo. Quanto a Jos, sempre se referiam a ele na escola como um aluno muito promissor ou — elevando o tom — talentoso. Ele já se apresentara em programas solo de concertos interdistritais de demonstração de alunos. Como ele era um dos pouquíssimos alunos daquela idade, confiaram-lhe a ele algumas vezes — imaginem só! — o velho cravo da Filarmônica, e ele, de maneira independente (para seu próprio prazer!), dominara um álbum inteiro de virginalistas ingleses.

Teofil até então tinha certeza de que Jos não o notara. Nem no coral de meninos da escola, onde eles ficavam no segundo degrau, separados literalmente por uma só pessoa! Nada de estranho nisso: acontece de os meninos mais novos saírem totalmente do campo de visão dos mais velhos, ao mesmo tempo que fazem deles seus ídolos. Teo seguia Jos avidamente.

Seus gestos, seu andar, seus movimentos já então muito expressivos. As mãos no bolso e o colarinho erguido. Teo sonhava em ter a amizade dele. Em como eles dois — Jos, o mais velho, e ele, o mais novo — desbancariam brincando qualquer um dos rapazes da classe dele. Além disso, ele tinha inveja — tanto do andar de Jos, como dos movimentos, como das mãos nos jeans, como dos hábeis dedos de cravo. Ele tinha inveja de tudo, inclusive dos olhos, tão diferentes. Mas Jos obstinadamente não enxergava o pobrezinho. Teofil decidiu aproximá-lo, ainda que só pelo nome, e começou a chamá-lo — ora, quem duvidaria? — de Teodor, para ser seu par.

Uma vez, depois de passar quase um dia inteiro seguindo os passos do seu Teodor, ele descobriu uma coisa curiosa: revelou-se que o pai de seu ídolo secreto bebia um bocado! Teodor, com muito custo, conseguira achá-lo em um dos antros mais esfumaçados dos arredores da estação de trem e, jogando sobre o próprio ombro a pata inerte do pai, de algum modo conseguiu levá-lo para casa. Os transeuntes — uns com pena, outros com ar de censura — viravam-se para olhar para eles. Na linguagem de então naquele país, aquilo se chamava encontrar-se num estado de degradação da dignidade humana.

A partir de então, algo mudou. Ao entusiasmo, ao amor e à inveja, acrescentou-se certa sensação de superioridade, quase imperceptível. A aura empalideceu. Ele começou a sentir que aquele favorecido pelo destino não era lá tão favorecido. E, ainda assim, o andar, as caretas, os olhos, o colarinho erguido e, durante algum tempo, o penteado tipo David Bowie cumpriram a sua função.

Muitos e muitos anos depois, ele não pôde deixar de reconhecê-lo, mesmo de balaclava. E, ainda por cima, com aqueles óculos de proteção sobre os olhos. Puta que pariu, reconheceu até o estilo dele — seu jeito puramente teodoresco de tocar todos aqueles pianos de rua, congelados e desafinados! Teofil não tinha virado um bom músico, mas, em compensação, era um agente de operações dotado de um ouvido magnífico — isso sim, inteiramente. Pouco antes do início de todo aquele *rebuliço*, como ele se expressou, o regime (como que vendo numa bola de cristal!) transferiu-o, valioso que era, para a capital. O sucesso na carreira jorrava do chifre da abundância do regime. Do chifre do rinoceronte.

Quando a praça Pochtova e os blocos de edifícios governamentais a ela adjacentes ficaram tomados de tendas e de manifestantes ("Houve dias em que eles alcançaram um milhão!"), e Rotsky-Teodor tocou, diante de uma cerrada fileira de membros do Esquadrão, *Imagine*, de John Lennon, Teofil propalou pelas instâncias do poder a ideia de um tutelado particular. Não precisamos da morte dele — persuadiu as esferas superiores, demonstrando, de maneira comovente, uma notável dedicação e habilidade de salvar a vida alheia —, não precisamos da morte dele, mas dele, sim — dele, nós precisamos. A tese agradou às esferas superiores. A operação de detenção, perfeitamente baseada em certos segredos íntimos e psicológicos e cheia de sutis nuances, revelou-se um sucesso.

O restante nós vamos pular, decidiu Teofil. Estava entusiasmado, mas claramente se cansara. Por exemplo, ele arfava de maneira mais entrecortada que no início. Arfava assim como falava — também de maneira mais entrecortada. Sua pele crestada suava com todas as suas nuances.

Estariam elas, as torturas naquela cabine secreta, oculta em meio à floresta no inverno, voltando agora com toda a força?

E, quanto mais próximo do grande fiasco suíço, mais lacunas e caos apareciam em sua fala. Como posso reproduzir tal coisa aqui?

Da torrente de palavras, aqui e ali sobressaíam marcos: a morte repentina do penúltimo ditador, os dias negros, os uivos de desespero, a ira impotente, a sujeira debaixo das unhas, a areia nos dentes, os restos miseráveis de cifras públicas, os restos públicos das cifras miseráveis, os esconderijos em dormitórios, a chance inesperada de reabilitação no serviço, a execução (extrajudicial) de Rotsky como único caminho para a remissão disciplinar de Teofil, a vingança (por meio do assassinato) como única possibilidade de restabelecimento do equilíbrio mental. A ordem do chefe coincidia com a ordem do coração: liquidação.

Ele repetiu a palavra "liquidação" umas dez vezes. Continuava adorando aquela palavra, até naquele momento. Sua imparcialidade e sua pureza.

Depois veio a vez "daquela ilha" e "do calor". O calor queimava, ele repetia, o calor queimava — e eu não tinha água para ele. Ninguém no mundo teria água para ele. Eu percebi a tempo que não era à toa que os "enfermeiros", depois de terminaram seu segundo cigarro e de dispararem com vontade as bitucas nos arbustos de junípero, vinham vindo na nossa direção.

No fim, teve ainda a blitz com a explosão e o fogo. Mas primeiro teve o carro capotando. E então a explosão. E então o fogo. E então o inferno. E ele voara lá para dentro em velocidade máxima.

Eu já havia conseguido resumir bem o país como um todo. Mas restava nele algo digno de adicional atenção de minha parte: a cidade em que Rotsky nascera e crescera. Se não fosse por Teofil, por suas confissões dos anos de infância, eu decerto teria deixado passar algo importante.

Eu decerto teria deixado passar o mais importante.

Na saída do hospital de campanha, eu exigi, de maneira inesperada (sobretudo para mim mesmo), que o *fixer* não retornasse à capital, e sim que seguisse numa direção radicalmente diferente. A cidade de Rotsky ficava a uns bons seiscentos quilômetros a sudoeste de nós.

De acordo com as palavras do *fixer*, eu deveria me preparar para uma decepção. Como se, no país dele, isso pudesse ser diferente em algum momento! De todo modo, compartilhou o *fixer*, nos últimos anos, tudo tinha mudado muito no lugar para onde estávamos indo. Eu dificilmente teria a oportunidade de respirar pelo menos um pouco daquela atmosfera em que se passara a infância do meu objeto. (Na presença do *fixer*, não chamei Rotsky de herói, e isso foi intencional.) Quer dizer, tentei conseguir algo mais específico: que nos velhos tempos era melhor lá? Eu não diria isso, esquivou-se o *fixer*. É só que agora a coisa é diferente.

Arrancando dele frase por frase, eu finalmente deduzi que se tratava da mais recente onda de urbanização predatória.

Isso se confirmou plenamente quando, na manhã seguinte, nós chegamos. Em menos de uma hora perambulando a pé pelo despretensioso centro, tive tempo de ver a maneira catastroficamente rápida com que o espaço da autenticidade histórica se degradava — de tudo aquilo que, em geral não tendo o status de monumento, criava, em seu conjunto, algo totalmente peculiar, único no mundo e coeso. O que vinha à mente era uma espécie de cirurgia plástica estúpida e desproporcionalmente cara. Ainda mais estúpida por ter sido feita de qualquer jeito, às pressas, com a máxima falta de sensibilidade e de gosto. E aquela cirurgia plástica ainda estava por ser concluída.

A minha comparação revelou-se acertada. O *fixer* informou que as cirurgias plásticas, no país, havia muito tempo se tornaram indicador de sucesso financeiro e alto status social. Quem não era capaz de fazer uma *plástica* decente estava vivendo totalmente à toa. Pelo menos era isso que as elites entendiam.

A face interminavelmente operada da cidade nunca mais seria ela mesma: foram retirados dela segmentos inteiros do que era individual, de todo aquele ecletismo coeso e possível apenas pelos diversos séculos que se passaram, e, em seu lugar, cultivaram-se construções e arranha-céus totalmente nulos. Eu vaguei em meio a eles, e três quartos deles estavam vazios, invernais, despovoados de modo crônico (mas que diabo de nova urbanização pode haver num lugar de onde foge qualquer um que pode!), e fiquei imaginando a aparência que tudo aquilo poderia ter nos tempos em que... Eu vi aqueles prediozinhos nada imponentes, caídos, aquelas varandas quase inteiramente cobertas de poeira, meio que desmoronando em meio a arbustos de urtiga e de leiteira.

A poeira, afinal, não diminuíra desde então, embora os bueiros de esgoto tivessem diminuído. E não havia nem sequer sinal de Rotsky.

E, ainda assim, havia. Alguma coisa foi encontrada. Nas entranhas, nas profundezas, nos pátios dos arranha-céus, sabe-se lá como (talvez por reivindicação de grupos organizados de residentes?), uma estranha e magnífica raridade sobrevivera — uma pequenina taverna da época do Antigo Regime, uma lanchonete, um bufê, uma venda de água e cerveja, de suco e sorvete, de pães e frios, de queijos e quejandos. E, lá dentro, zanzava aquele mesmo doidinho de pança caída e calças esportivas de perninhas finas, usando um suéter sujo com mangas arregaçadas até os cotovelos. Seu papel consistia na coleta das canecas vazias. E, como nem todas ficavam inteiramente vazias, ele bebia o resto de algumas delas. Ele não usava bandeja e levava cada caneca separadamente. O que ele mais gostava era de espiar lá dentro: decerto ele tentava captar, no fundo delas, o seu reflexo. Às vezes, cuspia nele, mas, às vezes, sorria para ele.

Não sei por quê, mas fui lancinado por uma certeza, bastante aguda, de que fora justamente aquele doidinho quem determinara o curso dos eventos da vida de Jossyp Rotsky.

O Comitê Biográfico Interativo Internacional insiste que o biógrafo que mergulhou de maneira suficientemente profunda na vida do Outro adquire a capacidade de mudá-la, de mudar essa vida, entrando, de tempos em tempos, diretamente em seus diversos períodos e agindo dentro deles. E, também, de mudar a própria vida, a ponto de, às vezes, trocar de vida com o Outro.

Mas que diz disso o Outro?

17

Quando o verão alcançou agosto, eles quase pararam e desistiram de fugir. Àquela altura, haviam acabado de chegar a uma pequena ilha nas águas gregas. "Vamos morar aqui", disse Rotsky. "Vamos esperar o resto do verão. Vamos pensar na vida e em nós."

A ameaça, na visão dele, declinara: com certeza os próprios perseguidores estavam igualmente exaustos e — Rotsky queria acreditar nisso — tinham perdido o rastro. É verdade que, para isso, foi preciso mais uma vez deixar o Norte, um pouco mais agradável. O Sul, porém, também proporcionava suas vantagens. Para citar uma, os preços mais baixos. O Norte — mais rico, mais caro, mais bem equipado, mas também (o que incomodava e preocupava) mais regulamentado e mais transparente — podia esperar.

Além disso, até mesmo nos recordes de temperatura o Norte já não se distinguia nem um pouco do Sul. Tudo ardia em toda parte com igual e permanente ímpeto.

A ilha grega em que, aparentemente, todos haviam desaparecido por causa do calor, exceto por romenos em férias e refugiados alemães da Dobruja mantidos num campo especial, era um fim de mundo ideal, como que feito para Rotsky e Anime. "Viver é não morrer", decidiu Jos.

Foi aí que começou toda aquela degradação.

É bom estar na estrada — ela por si só é um divertimento. Permanecer no mesmo lugar, por sua vez, requer atividade. Ocupar-se com alguma coisa, preencher de sentido o tempo. Embora permanecer no mesmo lugar seja bom — numa cidade como Rinocerontes, por exemplo, quando você mesmo quer passar despercebido. Mas, ali, era uma gente diferente, sempre por perto, a todo instante ao seu lado. Na sua sala, no seu banheiro, na sua cozinha, no seu espelho e, finalmente, na sua cama. Ela está em toda parte.

Anime, por algum tempo, mal percebeu uma coisa que Rotsky já registrara: o sexo estava ficando mecânico. Para que ele de algum modo continuasse acontecendo, Jos precisava, com frequência cada vez maior, acender no máximo todos os holofotes e câmeras de sua imaginação. Aquilo consumia muita energia, e ele ia ficando indiferente e irritado. Surgiu nele o mau hábito de provocá-la ferindo-a de leve.

"É que eu gostaria de um pouco de variedade!", ele acabava dizendo a ela, por exemplo, no momento menos apropriado possível para tal frase.

Ou, quando uma ereção não era provocada por absolutamente nenhum dos inúmeros métodos de que Anime, aliás, era especialista, ele perguntava: "Mas por que é que você se enrolou com um inválido?". E, dando de ombros, dava a resposta: "Ah, entendi... O depósito".

Uma crise de confiança — assim se poderia chamar aquilo, usando uma linguagem não inteiramente humana. Em linguagem humana, aquilo se chamaria suspeita.

Uma vez, na cama, Anime se entusiasmou ao contar um sonho, por alguma razão não compartilhada:

"E eu também sonhei que a minha tatuagem começava a desaparecer, aquela debaixo do peito, e eu ficava muito assustada, porque não sabia quem eu passaria a ser sem ela, e o corpo de algum modo parecia inferior."

"Mas o seu é mesmo inferior. Seu sonho tinha razão", disparou Rotsky e deu-lhe as costas.

Anime não sabia como reagir. Aquilo tinha sido algum outro Rotsky, que não existia antes. Não para ela.

Porém, ela sentia que estava terrivelmente apegada. Justamente essas duas palavras — tanto "terrivelmente" como "apegada". Terrivelmente, terrivelmente, terrivelmente, por vezes repetia ela em pensamento, para que Rotsky não ouvisse. Anime decidiu não responder a nenhum ataque. Ela tinha uma língua afiada e uma mente aguda, ela percebia isso, mas não empregava esse tipo de arma contra Rotsky. Para falar a verdade, ela tinha muito medo de que a relação continuasse a deteriorar-se. Para frear pelo menos um pouco aquele declínio de sentimentos, ela comprava para Rotsky camisas de linho, chapéus de palha e bandanas. De óculos de sol, então, nem se fala — àquela altura, eles já tinham juntado uns cinquenta pares.

O mais curioso, no entanto, era que, às vezes, Rotsky a abraçava como se ela estivesse sendo levada embora.

Apesar do calor, eles de vez em quando se arrastavam até a praia. Não, não aquela grande, da cidade, que, todas as manhãs, até o meio-dia, e depois outra vez a partir das quatro da tarde, era controlada por miríades de romenos em férias, e sim uma espécie de enseada no sudeste da ilha, onde o proprietário de uma taverna permitia o uso das cadeiras de praia se pelo menos um coquetel fosse pedido. Naquele dia, eles pediram bem mais que três cada um, e todos diferentes. Perto do fim da tarde, Rotsky sentiu uma leve e agradável tontura e, subitamente, percebeu em si o desejo de outrora. Passou por sua cabeça algo com relação a alguma substância estimulante ou — como é mesmo que chamavam aquilo nas baladas românticas? — uma poção do amor misturada na bebida. Ele ficou com uma vontade insuportável de transar com Anime ali mesmo na praia, mas ainda faltava algum tempo para a escuridão completa, e a presença de diversos grupos pequenos com crianças não muito longe deles impossibilitava atitudes mais aventurescas. Depois de cerca de uma hora daqueles tormentos, Rotsky admitiu a Anime seu *quero você loucamente*, e eles voltaram correndo para casa. Naquele momento, "casa" significava o apartamento no quarto andar do velhusco e rangente edifício de pedra da época da dominação genovesa que eles alugavam já pela segunda semana.

Viram que a porta estava destrancada. A partir do momento que Rotsky a empurrou para abri-la e atravessou a soleira, foi como se uma câmera embutida tivesse começado a funcionar dentro dele. Ele a carregou dentro de si, e ela captou aquela situação quadro a quadro.

Cacos de louça quebrada.

Algumas cadeiras reviradas.

Na mesa no meio da sala, água derramada.

Um frasco em pedaços.

Papéis jogados, jornais revirados.

A caixa de papelão, rasgada.

Aqui e acolá, penas pretas, maiores e menores. Sinais de luta de um pássaro.

Na viga de madeira entre a parede e o teto, um arpão cravado. A grande pena preta presa nele, encharcada de sangue.

Uma entrecortada trilha vermelha pelo chão, até a janela.

Muito sangue no peitoril.

A janela para o pátio interno, escancarada.

Encontraram o corpo do pássaro no jardim, quando já estava totalmente escuro.

Nós escolhemos um amigo? Pelo contrário: é ele que nos escolhe. Pelo menos para mim foi desse jeito.

Meu melhor amigo me escolheu durante certo outono, e me deixou em agosto. Nem um ano se passou. Em todos os anos infinitamente longos, só dez meses com meu melhor amigo!... É pouco, não é mesmo? É o que eu também digo.

Duas vezes minha boca esteve cheia de sangue. Não, não foram os boxeadores: aqueles lá nunca davam na cara, rigidamente de acordo com as instruções. O sangue verteu da minha boca pela primeira vez quando eu quase me matei, adentrando um abismo quase invisível para mim, de madrugada. A segunda vez foi quando eu encontrei meu melhor amigo assassinado. E não era o meu sangue — era o dele. E, na verdade, não tinha uma gota de sangue na minha boca. Mas, para mim, foi como se ela estivesse cheia dele.

Fiquei muito tempo procurando o corpo naquele jardim árido e escuro. Eu sabia que ele estava lá, porque uma série de rastros tinha me levado até lá. Uma faixa vermelha escura.

Eu me arrastei por aquele jardim, em meio a todos aqueles arbustos cobertos de espinhos e agora frios, chamando por ele, porque acreditava que estava vivo. Gravemente ferido, sim. Mas ainda deste lado. Ainda comigo. Ele é sábio, ele entende tudo. Vou chamar mais uma vez — e ele certamente vai pensar em alguma coisa. Um sinal. Vai me dar um sinal.

Se não fosse por uma moita cheia de vaga-lumes, eu ainda teria procurado por muito tempo. De todo modo, cheguei atrasado dezenas e dezenas de minutos. Ele morreu por causa da perda do sangue. Dizem que é como cair no sono. Mas e a dor?

Nos últimos tempos, ele vinha pedindo para ir para a Islândia. Ele tinha muitos anos, e eu o atormentara com aquela infindável mudança de lugar. Tentei soltá-lo na floresta, para sempre. "Viva como vivia antes", eu disse. "Você não precisa ficar apegado desse jeito a mim. No meu ombro." Mas ele escolheu não ir. Na verdade, ele não estava apegado a mim — ele é que tinha me pegado. Ele pousava no meu ombro — e me pegava, com firmeza, para que eu não fugisse para lugar nenhum.

Fui eu que tentei soltá-lo. Bobagem. Como soltar alguém que é mais livre que você?

É claro que ele poderia se ofender. Ele com certeza tinha por que se ofender: não se prende o melhor amigo dentro de uma gaiola. Mesmo que ele entendesse por que razão nós precisávamos daquilo. Que nós não éramos só amigos, mas também comparsas. E a gaiola (ainda por cima montada para alguma espécie de papagaio gritalhão) era como um astuto dispositivo nosso, e, daquele modo, nós burlávamos um pouco as regras do mundo lá fora. Ele, assim como eu, adorava quebrá-las. Não é assim que as pessoas viram melhores amigas? Na verdade, até na gaiola ele ficava como se estivesse no meu ombro.

Porém, nós não chegamos à Islândia. Se em algum momento eu lamentei alguma coisa, foi só isso. Talvez seja por isso que eu estou aqui — num lugar em que estou mais perto da Islândia do que jamais estive. Pode-se dizer que cheguei bem perto de seus limites. E o que tudo isso poderia significar agora?

Ainda estarei com vocês durante pouco menos de uma hora. No meridiano zero, passa das sete. A manhã, a manhã está chegando até nós. Embora esteja um breu atrás dessas paredes!...

Como naquele jardim, onde até agora estou procurando meu amigo.

Que venha Archive. **Taste of Blood.**

Vocês continuam ouvindo a Rádio Noite? Que gentil da parte de vocês — não ir embora, ficar.

Alguns estão aqui desde o início, ou seja, durante sete horas. Eu, para ser sincero, não esperava, e por isso não tenho palavras para agradecer de maneira digna.

Outros estão chegando só agora. Agradeço a vocês também. Bom dia, boa noite, boa tarde — dependendo de que horas são em sua região. Cheguem mais perto. Vamos ficar mais um pouco juntos.

Agora, um exame íntimo da minha memória. Visual e tátil. Memória dos dedos, da língua, da base do nariz, dos arcos superciliares. De tudo com que eu toquei e vi.

A primeira tatuagem ela fez cuidadosamente no antebraço esquerdo, no lado traseiro. Era o dual do sol e da lua, ou seja, uma combinação de forças opostas. Nele, estão o bem e o mal, a mente e o esquecimento, o riso e a escuridão, o frio e o inferno, a ironia e a agonia. A lista de antíteses poderia continuar de maneira completamente arbitrária.

Sua segunda tatuagem foi nas costelas, à esquerda. Eram silhuetas de uma alcateia. Não, não de uma matilha de cães, e sim de uma alcateia — eu olhei bem. Talvez um símbolo da família, onde ela parecia uma lobinha para todos.

Depois, chegou a vez da clavícula direita. Debaixo dela, estendia-se a linha de uma cadeia montanhosa — como um marco de aspirações, a direção de um movimento e, ao mesmo tempo, imobilidade. Ou uma fronteira, cuja violação é obrigatória.

Eu também violei as fronteiras quando a toquei.

Debaixo do peito, no meio, ela decidiu colocar um terceiro olho, sempre bem aberto. Ele deveria virar (e possivelmente virou mesmo) o guardião de seu mundo mental e de sua invulnerabilidade corporal.

Lá onde outrora passara por diversos meses de um treinamento bastante rigoroso, ela fora ensinada a entrar, sem as chaves, no espaço da consciência alheia e a matar com um dedo. Dali é que ela trouxera consigo toda aquela crença em simbolismos. Assim como o conhecimento sobre a energia feminina. Sobre o fato de que existe afinal uma energia feminina.

O Buda nas costas foi inventado por uma tatuadora local, já depois de seu retorno. Nela, ele lembrava claramente Gandhi, o que não é nada estranho, se levarmos em conta seus laços familiares. Depois, quando a tatuagem já tinha sido feita, de repente ficou claro que, atrás do Buda, havia oito estranhos planetas. E, então, ela chegou à conclusão de que aquilo não era à toa, pois acreditava que existiam mesmo oito mundos — de acordo não só com o budismo, mas também com os mitos escandinavos. Eu sempre duvidei que fossem mesmo oito. Na minha visão, seria mais interessante se fossem oito e meio. Mas como representar metade de um mundo? Como um hemisfério? Um hemisfério de um cérebro?

Vamos continuar nosso percurso. Alguns centímetros abaixo da clavícula esquerda, ela tem um pássaro preto, e indubitavelmente é um corvo. E ele indubitavelmente é um amigo.

Contudo, no lado direito, escondido quase que por completo pelo ombro, deveria estar a Princesa Mononoke, muito parecida com ela mesma, coisa que às vezes eu queria dizer para ela. Mas eu não disse, porque cheguei à conclusão de que ela não precisava de mim para saber disso.

Também do lado direito, mas mais para baixo, nos arredores da barriga, um olho inquiridor vai perceber uma espiral tripla, e é um símbolo de força feminina — um triskelion. Força feminina, energia feminina — disso ela era bem entendida. Ela não tinha adversário à altura no boxe tailandês e no MMA.

No lado interno do braço direito, quase do lado do cotovelo, eu me lembro do corpo de uma nadadora, recoberto de algas azuis, como íris. É o poema do Brecht, que tem um título que parece uma redação de algum estudante: "Do nadar em lagos e rios". Talvez como recordação do único verão em que nós dois viajamos juntos por muito tempo e em que nadamos onde quer que fosse possível. Vocês já me ouviram falando esse poema.

O que nós tivemos foi um rio, exatamente como esse. Algo maravilhoso para se debater e se afogar.

Não esqueci nada?...

Ah, sim. O Ankh! A cruz egípcia no antebraço direito, do lado de fora — o Ankh. Eu chamava de Nakh — talvez por falta de atenção, talvez por maldade.

Os dedos das duas mãos. Só umas platitudes completas: planetas, estrelinhas, peixinhos, notas musicais...

Mais alguma coisa no pé direito, entre o calcanhar e o tornozelo. Um símbolo que me é desconhecido. Lembro que ela disse que se referia à nossa proximidade. Eu nem sempre dei atenção suficiente às alusões dela. Mais precisamente, eu simulava falta de atenção. Era novíssima: ela tinha feito aquela tatuagem, assim como o pássaro preto debaixo da clavícula, assim como a nadadora nas algas irisadas, já na nossa época juntos.

O substrato histórico e cultural também tinha particular significado. Ela juntava celta com copta, e indiano com indígena. Ainda que, com relação a isso, eu também tenha deixado passar batido muitas das explicações dela. Ou fingi que deixei passar.

Só sei que ela estava como que contida por inteiro naquelas tatuagens. Elas tinham se tornado sua continuação simbólica. Ou o atlas do seu Eu, do início ao fim. Seu Atlas.

Só era preciso aprender a lê-lo.

E isso significava amar.

Vocês acham que eu vou pôr Bach agora? Vocês querem mesmo isso?

Se é assim, então vai uma coisa diferente: vai ser Paatos, com **Stream**.

18

Já tratamos disso: Edgar sofria cada vez mais com o calor. Não só com o calor — com a mudança constante de lugar, também. De modo totalmente óbvio, ele se sentia esgotado e, às vezes, caía em estupor, ficando imóvel durante longas horas, como o pai de Schulz,[1] em alguma espécie de nicho imaginário. Além disso, ele pegava vários resfriados graves e, então, ardia inteiro em febre. Anime toda vez o resgatava com o auxílio de sua farmácia itinerante. Ele olhava com desconfiança para todas aquelas pipetas na mão dela, mas finalmente abria o bico com ar condenado.

Não, nem tudo parecia sempre tão ruim. Para dar um exemplo, na véspera daquele dia fatal, Edgar até voou para a floresta, que, com sua aromática massa verde-escura amornada pelo sol, cobria completamente o cume rochoso da ilha. Lá, em algum lugar numa altitude de mais de mil metros, aconteceu um encontro secreto entre ele e os mais influentes corvos velhos da região. Pelo menos foi assim que Rotsky explicou aquele sumiço, que durou um dia inteiro. No entanto, não dava para saber o que fora negociado ali.

E, em seu último dia, quando Jos e Anime foram para a praia, Edgar estava em forma razoável. Sua clara intenção de ficar em casa não provocou qualquer inquietação: aquilo acontecia com frequência, e um pássaro livre é livre por isso mesmo, para fazer o que bem entender.

Foi bem ali, na mais alta das montanhas, em meio a três pinheiros velhos e ainda sólidos, que Rotsky escolheu o lugar para enterrá-lo — com vista para o brilho azul do mar e para as manchinhas dos barcos de pesca bem longe, lá embaixo. Era irresistível, e também pungente, o cheiro da resina e das cascas aquecidas ao sol. O corpo de um pássaro, embrulhado numa mortalha improvisada, jazia numa cova em meio às raízes. Existira um pássaro — e não existia mais.

Rotsky e Anime ficaram em silêncio durante todo o caminho — tanto

---

1 Menção ao conto *A última fuga do meu pai*, de Bruno Shulz (1892-1942), que narra a história bizarra e incomum das várias mortes do pai do narrador.

até a montanha como na volta. Como se cada um tivesse feito um voto de silêncio — além do voto de desamor com que tinham se deitado na noite anterior. Nem o *retsina* gelado, bebido na taverna do vilarejo e repetido mais uma vez junto ao recém-erigido montículo à sombra dos pinheiros, conseguiu despertar algo neles.

Com ou sem *retsina*, a razão, é claro, era Rotsky. Chocado pelo assassinato do amigo, no caminho de volta ele também relembrou a notícia matutina do décimo quarto da lista. O publicista quase esquecido, mas outrora muito escandaloso — agora, como ele mesmo se denominava, "três Ás numa mesma pessoa" (alijado, agnóstico, alcoólatra) —, fora baleado à queima-roupa perto da entrada do metrô, onde, nos últimos tempos, ele geralmente mendigava ou comerciava tramadol de qualidade duvidosa. (O segundo poderia muito bem ser o real motivo de sua execução extrajudicial.)

Apesar disso, a Liga dos Purificadores da Unidade Nacional colocou aquele fuzilamento em sua conta. E Jossyp Rotsky automaticamente avançou um lugar na fila, a partir de então a encabeçando.

Ao descer a montanha de volta para o vilarejo, ele tentava estimar quanto tempo faltava até sua execução pessoal. Os intervalos anteriores pareciam bastante desiguais — de algumas semanas até um ou dois dias. O hiato mais longo, de quase dois meses, acontecera entre a oitava e a nona vítima. Aquela duração podia ser facilmente explicada pelo fato de que os executores da sentença tiveram que esperar a saída do nono de uma colônia penal, em liberdade condicional. Rotsky mais uma vez chegou à conclusão de que não existia qualquer regularidade em termos de tempo. Porém, de um modo ou de outro, pelo menos dois dias ele tinha.

O velho edifício de pedra, que não parecia habitado por ninguém além deles, recebeu-os com o canto enferrujado das dobradiças do portão de entrada e um frescor um tanto úmido. Pela primeira vez em todo o tempo estacionados ali, Rotsky desceu para espiar o espaço do porão e, subindo a escada de madeira, rangente e de talho desigual, voltou para o andar ocupado por eles. Daquela vez, encontraram a porta tal como a haviam deixado — trancada. Nada indicava a invasão inimiga da véspera. Embora também não fosse tarde demais para esperar mais uma naquele dia. Mas Rotsky não tinha mais intenção de fugir para lugar algum.

"Está arrumada?", perguntou Rotsky, ao voltar para a sala de estar.

Antes disso, ele passara um tempo na depenada varandinha, com o olhar fixo em algum ponto lá embaixo. A travessa debaixo dele estava totalmente vazia.

"Aham. Não, ainda falta um pouco", Anime parecia confusa. Ela, pelo visto, ainda não acreditava plenamente.

"Demorar com isso não é a melhor ideia", Rotsky balançou a cabeça. "Quer ajuda?"

"Eu me viro. Obrigada."

"Então depressa."

"Eu continuo sem entender."

"O que tem para entender?"

"Por que você quer ficar sozinho."

"Porque estou de saco cheio. E você está de saco cheio."

"Estamos tão mal assim juntos?"

"Já demos o que tínhamos que dar. Chega."

"Como é que agora eu vou..."

"Nem comece. Nós já combinamos."

Anime terminou de arrumar a mochila em silêncio. Então, lembrou-se de alguma coisa e foi até o quarto. Depois de um minuto, voltou. As últimas das últimas coisas: bijuteria, escova, protetor solar.

Está segurando bem, constatou Rotsky. Se ela, como afirmavam no anúncio, ainda *se lembrava da leveza do toque na pele e nos cabelos*, certamente sairia daquela. Por um instante, ele até lamentou que Anime não estivesse desesperada e enlouquecida. Ele mesmo estava justamente aquilo — tanto enlouquecido como desesperado. Mas bem lá no fundo, sem demonstrar nenhum sinal ou indício.

No fim, Anime acabou abalando sua impressão:

"Eu achava que era uma ajudante valiosa."

"Só você achava isso."

"Diga o que quiser. Eu conheço você de outro jeito."

"Você me conhece? Tem certeza disso?"

Anime ficou em silêncio, e ele foi perdendo a paciência:

"De onde é que você veio para entrar na minha cabeça? Mas do que é que eu estou falando? Por acaso eu não sei de onde?"

"Eu fui contra eles por sua causa."

"Assim como foi, vai voltar. Eles estão esperando."

"Jos, você não acredita mais em mim? Não desconfie de mim, por favor."

"De quem mais eu poderia desconfiar?"

"Tem tantas possibilidades, Jos."

"E só uma delas é certa. Mandaram você aqui, menina."

"Eu mesma me mandei."

Ela — não se sabe como — chegou meio hálito mais perto.

"Quero muito você. E você? Como despedida?"

Rotsky revirou-se e disparou na direção do espelho na parede:

"Olhe só para você. Quem além de um idiota como eu gostaria de se envolver com alguém como você? Quem desejaria alguém como você?"

E, para matar de vez:

"Pois eu não quero você. Só se for por pena."

E, uma vez que ela ficara em silêncio, ele acrescentou, para ter certeza:

"Seu corpo é chato. Nem os rabiscos ajudam."

Anime sentiu uma vontade louca de matar aquele velhote deplorável e enfraquecido com um só toque de seu dedo, mas aquilo teria inevitavelmente feito com que duas longas torrentes brotassem de seus olhos e com que ela se sentisse uma palhaça estúpida, feia e inepta. Com esse pensamento, o espasmo na garganta pouco a pouco arrefeceu, enquanto o soluço ficou preso em seu peito.

"Isso é para a viagem", o tom de Rotsky tornou-se um pouco mais suave. "Divirta-se uma última vez."

Ele estendeu a ela um pacote grosso de dinheiro vivo.

Anime enfiou de qualquer jeito o dinheiro em algum lugar debaixo da camiseta.

"Obrigada, Jos."

"E você tem a passagem da balsa noturna?"

"Que diferença faz para você?"

"Muita. Quero que você vá o mais depressa possível. Se você tem a passagem, a balsa sai em dez minutos. Até o porto, são sete."

"Entendi, Jos. Você ainda se preocupa. Não vamos mais nos ver?"

Só não pode abraçar, Rotsky ordenou a si mesmo. Tudo pode ruir.

"Espero que nunca mais", espremeu ele quando ela saía, em sincronia com um gemido interno de "*kákova málitsa!*".

Mas ele não conseguiu evitar a varandinha. Um minuto depois, as dobradiças do portão cantariam — e... — mas que diabo! — de novo os braços cruzados sobre o peito. Como se ela sentisse um frio insuportável naquele calor, como se tremesse inteira!

Anime foi até a esquina, olhou para trás e adivinhou: sim, ele estava olhando. Pelo menos estava acompanhando com o olhar. Ela deu um aceno de despedida, e Rotsky sabia que, naquele instante, ela estava sorrindo, e, mais do que isso, ele sabia que sorriso havia agora no rosto dela: o de um cão. É assim que os vira-latas sorriem quando, com muito esforço, fingem que nada de mau aconteceu.

Então, Anime desapareceu atrás da esquina — e ele não chegou a ver o que aconteceu depois.

O que aconteceu depois só dá para imaginar: as veredas e aventuras de Anime tornam-se cada vez mais indecifráveis. E, uma vez que Rotsky não escapuliu atrás dela com a intenção secreta de vigiá-la, surgem diversas versões, e não só uma.

Essa aqui, por exemplo.

Assim que ela, depois de dobrar a esquina, viu-se num mundo sem Rotsky, ainda sem entender totalmente por que razão, por que motivo, surgiu em seu caminho um carro de configuração bastante chamativa, com — mas é claro! — vidros fumê (um efeito que, embora proibido em terras europeias, ainda assim estava presente aqui e ali, de maneira episódica). Porém, Anime, mentalmente dispersa, nem ligou para ele e teria passado reto pelo inesperado obstáculo, sem nem lhe dar muita atenção, se dois sujeitos não tivessem saltado do carro e tapado seu caminho, abrindo, além disso, as portas traseiras dos dois lados e, desse modo, tolhendo consideravelmente qualquer manobra de contorno. Abruptamente, Anime deu meia-volta para fugir. Mas aquela possibilidade fora previsivelmente bloqueada por um terceiro. Ele avançou com tudo na direção dela, estendendo de maneira risível os longos braços, como um pescador mentiroso. Era inútil gritar pela ajuda do primeiro guarda que passasse por ali: no vilarejo já quase extinto, a sesta não queria acabar de jeito nenhum, e não havia sinal do primeiro guarda que passasse.

De um modo geral, essa versão me agrada sobretudo porque consiste num caso bastante simétrico em relação ao rapto do próprio Rotsky, já mencionado anteriormente. É notável que, em ambas as situações, o momento da captura violenta é complementado por um momento de ruptura entre amantes. Ainda que exista também uma diferença: Anita, como lembramos, viu o que estava acontecendo com Rotsky. Se, dessa vez, Rotsky pudesse ver o que estava acontecendo com Anime, qualquer suspeita em relação a ela (de fato gestada em algum lugar bem lá no fundo) teria desaparecido.

Mas que suspeita, que nada! A dor de uma solidão extrema — e só. A última solidão de todas.

Rotsky achava que, ao afugentar Anime para longe de si, ele a salvaria. Para um convento, Rotsky repetiu Hamlet, vá para um convento. Por um tempo, aquilo tinha sido um jogo um tanto paródico, com uma supervalorização da ameaça. Sim, ela existia, ela era muito real, e não era só uma, eram pelo menos duas ameaças. Mas Rotsky e sua garota tinham conseguido adiantar-se a elas. Eles adquiriram o ritmo e o tônus corretos. Tinham a impressão de estar jogando de acordo com o roteiro que eles mesmos planejaram — de maneira impecavelmente coordenada. Se os atos de amor não estivessem indo tão bem para eles, em todas as camas, alcovas e chuveiros que eles tinham pelo mundo, onde se interpenetravam, de modo um pouco espasmódico, com proximidade cada vez mais aguda, eles seguramente não teriam conseguido escapar. Aqui também é possível a conclusão oposta: fazer amor os aproximava tanto justamente porque eles conseguiam fugir tão maravilhosamente bem. As fugas tornaram-se uma variedade de sexo, que era inevitavelmente coroado por um orgasmo turbulento e triunfante.

Agora, depois da execução exemplar de Edgar, tudo aquilo desmoronara. A sensação de sucesso sem precedentes de cada uma de suas decisões e movimentos despencou catastroficamente, quase até zero. Daquilo, emergia o fato de que, até então, não eram eles que estavam jogando — estavam jogando com eles, por meio deles. Estavam observando com paciência, sem tirar os olhos por nem um instante sequer. Deixaram que voassem em aviões ilusórios, que trocassem até não poder mais de regiões e de paisagens de *fata morgana*. Rastrearam (vai saber, é bem possível que tenha sido isso mesmo!) as rotas de seus pagamentos, a movimentação de contas e caixas eletrônicos, vasculharam as ligações, mensagens, sinais — ainda que muito raras e pouco numerosas. Ouviram todas as mensagens de voz, sem exceção — em camas, alcovas e chuveiros, tudo até o último sussurro, grito e gemido.

Até ficarem fartos de tudo aquilo — tanto aqueles que estavam jogando, como aqueles com quem estavam jogando (até eles!). E, então, os primeiros, sem mais nem menos, vieram até a residência deles e, de maneira exemplar, acabaram com o amigo Edgar, de quem, no fim das contas, tanta coisa dependia. Toda a certeza de que estavam conseguindo, de que a fuga não era em vão, de que o amor os fazia invulneráveis, concentrava-se na existência daquele pássaro preto, que não era afinal eterno, ou seja, era mortal — mais que isso, estava morto. E com isso tudo se acabou, pensou Rotsky.

Mas ele já padecera e deixara tudo aquilo para trás — na noite anterior e durante o dia, quando Anime ainda estava ali. Mas, agora que ela não estava mais ali, para o que ele mesmo contribuíra ativamente, com uma obstinação seca, inesperada até para ele mesmo, Rotsky estava simplesmente repleto de dor. A solidão, definitiva e ilimitada, agarrou-o com tenazes tão implacáveis que nem de respirar ele tinha vontade.

Qual é o sentido da minha respiração, perguntava-se Rotsky, retornando de quando em quando para a maldita varandinha da época genovesa, do fim da Idade Média, e olhando dali sabe-se lá para que merda. Não havia sentido nenhum em nenhum dos processos biológicos que continuavam em seu corpo, abandonado por seu espírito animado e encrespado pela dor. Ainda mais depois que, atrás dos velhos telhados do centro da cidade, nos espaços entre os sicômoros igualmente velhos, na faixa azul da superfície da água do mar, revelou-se para ele e, depois de segundos, desapareceu, cruzando a linha de visão, a balsa noturna, afastando-se dali.

Rotsky cuspiu e, fazendo uma careta, talvez por causa da dor, talvez por causa do caráter ruim, jurou a si mesmo não sair mais para a varandinha. Ele a trancou por dentro e fechou bem todas as venezianas. O recinto logo ficou noturno e morto. Da vida, também não se esperava mais nada.

Assim se passaram muitas horas, talvez a noite inteira. Porém, ela não passou, pois tudo o que veio depois dela, para Rotsky, poderia igualmente ser chamado de noite. Completamente sozinho naquele velho edifício, Rotsky só olhava para o teto e ouvia as cigarras do outro lado da parede, no jardim. De maneira gradual e inconsciente, ele começara a distinguir as diurnas das noturnas pelo som. As cigarras substituíram, para ele, qualquer outra música: agora, ele não ouviria nenhuma de suas inúmeras playlists.

Em algum momento, não se sabe mais em que dia — se no terceiro ou no quarto —, ele de algum modo se forçou a lidar com o que era preciso e chamar o corretor local, por meio do qual ele alugava o apartamento, para solicitar a imediata troca das fechaduras em todo o edifício. O rapaz entregou-lhe as novas chaves algumas horas depois. Já é alguma coisa, gabou-se Rotsky, tilintando o molho com ar pensativo.

Por um prêmio tão generoso, disse o corretor, estou disposto a comprar e trazer tudo o que o senhor disser. Rotsky prometeu preparar uma lista no futuro próximo. Um tanto específica, advertiu Rotsky. Não vai conter só comida e vinho. Só não coloque mais ninguém aqui, exigiu ele. Eu concordo em pagar sozinho pelo edifício inteiro. O anarquista piscou e fez sinal de joia.

Uma inspeção mais detalhada do porão reforçou em Rotsky a ideia de que dava para tentar. Bem ou mal, havia ali garrafas vazias o suficiente. Rotsky mergulhou em fóruns que não visitava havia muito tempo, registrando-se num deles como aggressor_is_back e lentamente relembrando pormenores quase esquecidos das receitas.

Anime decidiu chamar mentalmente o lugar para onde havia sido levada de "cabana do guarda-florestal". Escondida em meio a um denso arvoredo de mancenilheiras cercado por moitas ainda mais densas de junípero e de murta, a construção de dois andares dificilmente servira mesmo à proteção ambiental. O mais provável é que tivesse sido adquirida pela filial da Mob na ilha para necessidades análogas àquela que provocara agora o rapto de Anime. Porém, até então, eles ainda não haviam lhe mostrado nenhum instrumento de tortura. E, no mais, falavam com ela em vozes baixas, enfraquecidas pelo calor e um tanto ressecadas.

Anime dizia disparates. Sim, eu e ele. Sim, juntos. Ele e eu, sim. Nós nos separamos. Ele me disse para ir embora.

Até esse ponto, era tudo verdade. Depois, começou a criatividade.

Eu me recusei a ir. Então, ele mesmo foi embora. Naquela mesma noite em que o corvo dele morreu.

Qual corvo, perguntou o de braço comprido, engolindo com esforço a saliva que se adensara em sua garganta. O que fica no ombro?

Anime entendeu: foram os outros, não esses. E esquivou-se: não importa qual, não tem mais corvo nenhum.

Ela ia se desviando como podia. Rotsky? Não sei onde ele está. Eu não sei. Não sei, não sei, nada. Acho que não está mais aqui. Não está na ilha. Ele tem conexões no mundo inteiro. Da Nova Zelândia até... Então ela hesitou, tentando achar o oposto geográfico mais convincente. Noruega? Spitsbergen?

Um deles saiu para o saguão, para fazer uma ligação telefônica, e praguejou com vontade: a conexão naquele lugar não era só parca, ela não existia. O canto das cigarras preenchia os arbustos circundantes, recobertos pelo crepúsculo.

Para Rotsky, elas estavam ficando igualmente mais barulhentas. Em certo momento, ele teve a impressão de que as cigarras já estavam dentro do apartamento. De que ele se tornaria uma testemunha involuntária da grande migração dos homópteros. Era como se elas se movessem para fora de seu jardim numa maciça campanha de conquista e fossem as primeiras a ocupar aquele edifício velhusco, recoberto por inúmeras fissuras e rachaduras. Elas iam aumentando, e seu coro reunido ia adquirindo uma força invisível.

Foi por volta desse momento que escreveram para Rotsky.

"Meu querido Joe", leu Rotsky. "Quem escreve aqui é um amigo. Mas não sou só seu amigo, sou seu parceiro. Está lembrado das encostas de vinhedos no país abençoado?" Ora, ora, já não são só as cigarras, pensou Rotsky. Ele queria bloquear o desconhecido na caixa de mensagens, mas não resistiu e, depois de hesitar um pouco, escreveu de volta: "Quem é você e o que quer de mim?". Rotsky percebeu que sua resposta não soava nem original, nem cortês.

"Não preciso lhe dizer o meu nome, Joe", continuaram do Outro Lado. "Cada empregado é obrigado a saber o nome de seu empregador."

Rotsky teve certeza de que eram eles brincando de ser Subbotnik e disse, sem rodeios: "Jeffrey? Que surpresa mística! Pelo que eu sei, o senhor está morto, *sir*".

"Não é bem assim", responderam-lhe. "A operação acabou sendo um sucesso sensacional. Não ouviu falar disso, Joe? Eu não só sobrevivi, como estou pronto para começar de novo. Com meus ganhos financeiros, Joe. Você cuidou deles muito bem, mas está na hora de devolvê-los ao proprietário."

Rotsky deixou para depois a questão-chave e tentou arrancar o que fosse possível: "*Sir*, o senhor conhece a minha desconfiança. Com certeza foi justamente por causa dela que o senhor fez sua escolha por mim. Por isso peço que esclareça algumas coisas. Por exemplo, como é que o senhor me encontrou? De onde veio o contato?".

Do lado de lá, pensaram durante um tempo, e Rotsky ficou simplesmente congelado, apurando os ouvidos: e se de repente mais alguma coisa começasse a se somar às cigarras? Talvez aqueles primeiros sininhos, pequeninos e adoráveis?

Finalmente, a resposta veio voando: "Você também me conhece, querido Joe. Se eu estou vivo e saudável, como é que eu, o Jogador, não conseguiria chegar até você? Esqueceu o meu gênio?". "Isso não é resposta, *sir*", teimou Rotsky.

"ok", escreveram, depois de um minuto. "Agora é sério. Você mesmo quis, Joe. Seu contato veio de uma moça muito cortês. Com quem, a propósito, você se comportou de maneira muito pouco cortês. Você a largou, e agora ela é obrigada a entregar tudo o que sabe. Aliás, para as pessoas de quem, um dia, ela fugiu para ficar com você."

Rotsky fechou o email e puxou o ar estagnado o mais fundo que pôde. Era preciso abrir um vinho e esvaziar de uma só vez a maior taça que tivesse. E então veremos, prometeu a si mesmo.

E, logo depois, ele viu — na caixa de entrada, uma nova mensagem estava à sua espera: "Eu entendo tudo, Joe. Você está passando por momentos difíceis, eu me compadeço com todo o meu ser. Mas, em nome de D-us, tenha piedade, não pense mal de mim. Contudo e contudo, eu sou seu amigo. Joe, eu vejo uma saída magnífica para o seu infortúnio. Você me devolve tudo o que tem que devolver (não mais, mas também não menos), e está livre. Consegue imaginar como é simples? Devolva o que é meu, e volte para a sua casa".

E, uma vez que Rotsky não escreveu nada em resposta a isso, mergulhando cada vez mais fundo na segunda taça e já aos poucos distinguindo, em meio ao barulhento coro das cigarras, uns sininhos isolados, que outra vez vinham voando de LÁ, veio: "Joe, se você acha desagradável essa correspondência — OK, não responda. Não sou desses que se ofendem no calor do momento. Em vez disso, dê um único passo. Transfira tudo o que você deve transferir, pessoalmente para mim, para minha conta atual (está no anexo, Joe). Preste atenção que Jeffrey Subbotnik (assim como Jeffrey Sabbatnik) não existe mais. Respeitosamente — Eutanasios Savvatos, comerciante grego, Alexandria do Egito".

"Durma bem, Eutanásio!", Rotsky fechou o email novamente.

Foi no meio da noite, ao que parece, que ele, superando o crescimento dos complementos sonoros ao fundo musical das cigarras, relembrou a si mesmo: "Pare! Não é hora de sumir. Nós ainda não terminamos nossa sessão. Você sabe onde ela está? Ela foi pega pela Mob?".

Mas, do lado de lá, estavam em silêncio, e Rotsky teve que ficar de vigia na frente do monitor durante horas implacavelmente longas. Ainda que não tenha sido em vão: enquanto isso, ele lançava a seu destinatário mensagens curtas e emotivas, a partir das quais se concluía que não haveria transferência alguma enquanto não lhe dessem notícias de Anime. E isso só para começar.

Do outro lado, finalmente começaram a se coçar. Primeiro, veio um lacônico "Sim, ela está com eles". Rotsky de imediato levou adiante seu pequeno sucesso: "E como é que você sabe? Evidências para comprovar!".

"Muita coisa mudou, Joe", a resposta veio em tom tranquilizador. "Não avalie a situação pelos padrões antigos. Velhos inimigos muitas vezes viram maravilhosos aliados. Agora, eu tenho uma pessoa lá — bem no topo da Mob. Estou aprimorando o Jogo, Joe. E eu sei o que estou dizendo: a sua garota está com eles. E as evidências? Bem, pelo que eu sei, em breve você vai receber um alô dela. Não tem como encontrar evidência melhor, Joe."

Foi então que Rotsky sentiu: chegara a vez da pergunta-chave. Ela lançara dúvida sobre todo o diálogo até então — desde o início. "Mais uma coisinha", escreveu Rotsky. "Uma única questão. Que é: como é que eu posso acreditar que você é você? Que é aquele mesmo Jeffrey do vinhedo, e não, por exemplo, um *bot* que tem Eutanásio como *nick*?".

Mas o *bot* reagiu de maneira plenamente lúcida: "Para começar, eu poderia citar dois títulos, embora um só fosse o suficiente, eloquente que é — *Always Look on the Bright Side of Life*. E nós tocando a quatro mãos! Porém, eu tenho um argumento significativamente mais irrefutável! Escute, Joe, você, e só você, é capaz de julgá-lo. Pois foi você, e mais ninguém, quem me apontou o caminho que estou seguindo agora. Está lembrado de quando você bolou a quinta opção para mim, quando eu afirmei que só tinha quatro?".

Rotsky lembrava. E até literalmente: "Por exemplo, o senhor aparentemente morre. Na realidade, não morre, mas todos são informados de que a operação não deu certo, o senhor morreu. E o senhor desaparece, não existe mais".

"Bravo, Joe! Isso mesmo!", disse Sub"*bot*"nik, triunfante. "Foi isso mesmo que você falou! Só relembre agora as palavras que eu usei para refutar isso. Como foram?"

Rotsky outra vez acertou na mosca: "Você respondeu 'Sabe por que isso é impossível? Porque isso aqui é a Suíça, com sua honestidade patológica'. Algo assim".

"Não algo assim, foi exatamente isso", apoiou o que não era mais um *bot*. "Bem isso, Joe. Mas tem uma coisa errada: a questão não era a Suíça. Felizmente, não havia patologia alguma. Eu vi a situação de maneira pessimista demais. Neste mundo, Joe, de autoridade moral, a monstruosidade moral é só um passo. Infelizmente."

Assim, tudo começou a tomar forma: Rotsky lentamente aprofundou-se na conspiração de Subbotnik com o ás da cirurgia Kramskói e seus assistentes mais confiáveis, em suas conexões de longa data e nos *projetos* conjuntos com a Mob, no sentido secreto da ruidosa campanha ao redor do "caso único de Jeffrey S." e em outros episódios menos respeitáveis, como a miraculosa eliminação de um advogado mortalmente supérfluo, ainda que brilhante, numa pista de esqui nas montanhas.

Ele, porém, não conseguiu isso de imediato. As primeiras cataratas o distraíam terrivelmente, ressoando por cima de uma badalada onipresente e incessante. As cigarras, por sua vez, iam alcançando seu apogeu.

"Tudo bem", Rotsky conseguiu espremer mais uma mensagem. "Que seja. Você vai receber o dinheiro, se eles a libertarem. Vai chegar a sua transferência, Eutanásio Savvatos! Só que a Mob quer pegar o dinheiro, não é? Afinal, era dela que você estava escondendo o dinheiro! E eu escondi. Mas e agora?"

"Agora eu estou em conluio com eles, Joe", explicou Eutanásio prontamente. "Nós encontramos um ponto de contato. Graças a D-us, fomos unidos, e não por qualquer um na rua, e sim pelo grande Kramskói. E, assim que eu for transplantado para um novo corpo, vou entrar para a cúpula, Joe. Porque, por enquanto, eu sou um cérebro, só um cérebro, e, ainda por cima, metade dele. Ainda que não seja o último no mundo em termos de intelecto, meu querido Joe. ☺"

"Minha cabeça está girando", escreveu Rotsky, depois de meia hora. "Deixe-me descansar. Faz muitos dias e noites que eu não durmo."

Então, ele foi arrastado para uma semirrealidade, para mais um caos de *tinnitus*. "Justo agora?!", explodiu Rotsky sardonicamente. "Não tinha um momento melhor?!" Bem agora que aquela garota com as seringas não estava mais por perto. Durante as semanas anteriores, o *tinnitus* tentara duas vezes tomar conta dele, e Anime conseguira eliminar a ameaça em seu estágio embrionário. E, agora, lá vinha ele outra vez!

O que Rotsky não antecipou: era mesmo o melhor momento.

Os sininhos e os guizos já estavam bem ali — dentro de cada ouvido, com igual intensidade. As buzinas, não, não estavam (por alguma razão), porém as matracas, sim. E, com toda a força, um assobio telefônico maníaco, com todos os suspiros roufenhos somados àqueles mesmos sons de rádio da infância, minuciosamente abafados.

A isso, sobrepunha-se o rastejar maciço das lagartas pela superfície das folhas jovens, a monotonia impenetrável dos mosquitos, o canto das cigarras (que não tinham ido a lugar algum), o estalar mandibular de exércitos inteiros de gafanhotos, o cricrilar de divisões de grilos — noturnos e diurnos simultaneamente —, flautas, gaitas, apitos, pífaros, somados ao piano infantil — mas, é claro, como poderia passar sem ele? —, de novo aquele mesmo piano insuportavelmente desafinado, com o acompanhamento de todos os pratos e gongos possíveis. E o pedal? Ele também estava lá — só que, dessa vez, não eram mais baixos, e sim indubitavelmente diabos, centenas deles berrando com a mãe deles!

Por cima de tudo isso (e de inúmeras outras coisas), já chegava a Grande Água, e, através de *vocalises* atonais, cuja origem eram encanamentos e esgotos, aproximava-se o ainda distante rugido das cataratas do diabo, das quais a menor se assemelhava ao Niágara.

E, então, debaixo de toda aquela trilha sonora de múltiplas camadas, começaram a vir os prometidos *alôs*.

Mandaram algumas fotos para Rotsky. Ele não reconheceu logo de cara o que estava nelas. Porém, depois de aumentar bem uma delas no monitor, ele reconheceu a espiral tripla do *triskelion* celta, e tudo ficou mais do que claro: eles tinham fotografado fragmentos das tatuagens dela. Do antebraço, da clavícula, da costela. A linha de montanhas, o Ankh egípcio, a alcateia, a nadadora que nunca consegue sair das íris. Nenhuma imagem na íntegra — eram exclusivamente pedaços, segmentos, periferias. Só o *triskelion* chegou a Rotsky quase inteiro — certamente como uma pista.

Àquilo nenhum texto foi acrescentado. Explicação nula, zero comentário. Rotsky, mesmo sem qualquer nota da parte deles, já foi obrigado a imaginá-los despindo-a, tocando a pele, cheirando as zonas favoritas dele, tateando-as com as pontas dos dedos e chegando bem perto delas com suas câmeras. E como ela...

E como estaria ela, aliás? Estaria oferecendo resistência, como só ela conseguia? Estaria resignada, em completo atordoamento e submissão? Estaria com medo? Apática? Inconsciente? Sonhando? Em letargia? Estaria mesmo viva? Ou estaria sendo fotografada por eles em algum teatro anatômico subterrâneo?

As cataratas do diabo o encobriam, jatos gélidos e afiados batiam no vértice da cabeça, cada inspiração e cada expiração provocavam dor em Rotsky. Depois da quinta imagem — nela, podia-se inferir o terceiro olho, debaixo do peito —, Jos mandou para eles algumas palavras, cuja essência se resumia a: o que aconteceu com ela e onde ela está? Não, não tão separado assim, e sim algo como queaconteceucomelaondeelaestá. Mas, em resposta a isso, ele ainda passou um bom tempo recebendo mais indícios visuais: o peixinho-dourado, o azul das algas irisadas, a cor preta do corvo.

E, ainda assim, quando ele repetiu pela sétima vez o mesmo berro sufocado, a primeira resposta chegou voando: "Sem pânico. Ela está em segurança. Agora nós vamos cortá-la em pedaços". Rotsky suspirou de alívio.

Eles o convidavam a negociar, e ele, impiedosamente ensurdecido por torrentes verticais de mais e mais vitórias-régias, conseguiu assumir o tom correto. "Antes de começar a cortá-la", escreveu ele, "mostre-a viva." "Quem estipula as condições somos nós", eles o lembraram. "Estipulem", concordou Rotsky, "se existem condições, podemos tratar delas." Isso os deixava prontos para a continuação. Porém, eles não mostraram Anime.

Rotsky, afirmavam eles, certamente sabia (não imaginava — sabia!) o que eles precisavam dele. Assim que ele lhes entregasse o acesso — de algum modo aceitável para todos —, e eles se assegurassem de que o depósito estava sob seu controle, a garota seria liberada. Apesar do fato de que, de acordo com os princípios de honra e decência corporativa seguidos por eles, ela não deveria se safar só com detenção (eles escreveram isso mesmo, "detenção"!) e voltar viva para o mundo. O caso de sua deserção sem precedentes ainda precisava ser avaliado pela Cúpula Superior. Porém, se Rotsky se apressasse, tudo poderia ser arranjado na versão mais branda.

"O que isso poderia significar?", berrou Rotsky do epicentro dos *maeltroms* do diabo.

É melhor você não perguntar isso, eles asseguraram. "Ela tem que estar viva e ilesa", insistiu Rotsky. "Do contrário, nada de depósito, esqueçam. Eu troco o depósito pela garota, mas ela não pode estar com um arranhão." Ainda existe chance de que isso aconteça, responderam-lhe. No fim das contas, muito dependia do comportamento dela. E a possibilidade de anistia crescia, dado o fato de que, como demonstrara um recente exame médico, a pessoa pela qual ele se interessava estava na quinta semana de gravidez.

Rotsky foi sacudido por uma incompreensível mistura de calor e terror. Mas que diabos? Que gravidez seria possível com seus milhares de anos de experiência em interrupção na hora exata?

"Não acredite, não acredite", ele persuadiu a si mesmo. "Estão tentando pegar você na curva. Não acredite. *Never*. Gravidez, *never*."

Mas, para eles, ele escreveu uma coisa completamente diferente: "Tenham pressa, enquanto esta cabeça aqui ainda mantém o código. Porque ela já está começando a ceder com a fadiga. E se ainda por cima ela for baleada de repente?".

Eles exigiam que Rotsky tivesse pressa. Ele exigia o mesmo deles. Porém, não só isso.

Nada de código, atacou Rotsky. Nada de encontro com vocês, enquanto eu não conversar com a garota.

Responderam: nem você, nem nós temos tempo para isso.

Rotsky insistiu: para mim, cinco segundos bastam. Do contrário, eu cancelo tudo.

Eles deram mais uma volta: ela está sendo mantida por nós num lugar em que, por segurança — aliás, segurança dela, também —, não há conexão. É um objeto isolado.

Rotsky disse que tudo aquilo era idiotice, mas eles cravaram fundo: está desistindo dela? Mesmo não sendo uma só vida com ela, e sim duas?

Aquilo parecia uma corrida um tanto estranha de chantagem mútua. O mundo ainda não vira trocas tão obscuras.

Agora ele o atingiria, Rotsky sabia. O tsunâmi. Tudo rugia e flutuava, e o teclado do computador já entrara numa onda. Capturando com esforço as letras e palavras e, ora com sucesso, ora sem, pregando-as na curvatura do monitor, ele enviou seus últimos caprichos. Primeiro ela, depois eu. Deixem que ela vá — me levem. Eu entrego o código só ao pessoal de cima — para todos de uma vez. Toda a Cúpula Superior ou o que vocês tiverem lá. Só o topo — ele todinho. Nada de representantes, enviados ou substitutos. Nada de sósias, androides ou clones.

Do outro lado, estavam sufocando — ou de indignação, ou de tantos assobios e gargalhadas.

Mas, para Rotsky, já se tornara totalmente impossível ouvi-los.

Essa recaída no Rangido podia parecer fatalmente inoportuna: bem no momento em que seriam exigidas dele absoluta clareza e agudeza de reação, Rotsky, sem saber por quanto tempo, cairia para fora do espaço-tempo, em direção a algum lugar em que não havia nada além de uma insuportável tortura auditiva. Enterrar a cabeça no travesseiro e, cerrando os dentes, gemer — era só isso que lhe era permitido fazer agora.

Na verdade, sua ausência forçada naquela pausa de dias e noites era mais oportuna que nunca. Era como se Rotsky não existisse, e isso era uma vantagem.

Depois da bem-sucedida e, como eles mesmos se gabaram nos relatórios, espetacular liquidação do comparsa de Jos (de pseudônimo Edgar), os agentes do Regime continuaram a vigilância externa daquele mesmo edifício de pedra. Já fazia alguns dias que um grupo destacado, composto de três sabotadores de carreira do esquadrão *de elite* "Rinoceronte", não tirava os olhos do *objeto de atenção especial em uma das ilhas do setor sudeste do mar E.* Do quartel-general superior, deram a eles o comando de ater-se exclusivamente à *observação do alvo* e de esperar a chegada de um moderador à ilha. De acordo com as ordens das instâncias centrais, era ele quem deveria *providenciar a eliminação do inimigo.* Um comentário esclarecia que aquilo aconteceria com as próprias mãos.

No prédio em que seu *protégé* estava instalado, não acontecia absolutamente nada. Ele parecia completamente deserto, com todas as entradas e saídas bem trancadas. As venezianas cerradas reforçavam a impressão de total abandono e até de predomínio de teias de aranha. Um tanto acalentados pela incompreensível espera, os rinocerontes de elite reduziram sensivelmente a voltagem. Em outras palavras, eles encararam o impiedosíssimo calor em bares e cafés na praia, gastando a ajuda de custo e o dinheiro pessoal, captado com a venda de *matriochkas,* em flertes com romenas de classes diversas, juntando porta-copos de papelão para cerveja, para seus álbuns sobre as missões no exterior, e fotografando, para suas páginas nas redes sociais, cada coquetel que pediam — quase já se esquecendo de que a palavra "coquetel" tem vários significados, e um deles é revolucionário.

No terceiro dia, chegou às margens da ilha o moderador Teofil e aplicou em todo o grupo destacado uma espantosa, ilustrativa e exemplar descompostura. Os envergonhados agentes de elite fungaram o nariz e, esmagados, encolheram-se. A operação especial Teclado entrava em seu estágio final.

Rotsky já vira em algum lugar o senhor de capa cinza-escuro, cachecol ainda mais escuro e cartola. Se o *Tinnitus* Absoluto era o Reino do Rangido, o referido senhor, demônio orelhudo e alucinação auditiva, podia vir a ser seu chanceler secreto. De todo modo, um executor ou feitor de patente muito alta.

Dessa vez, já fazia algum tempo que ele vinha surgindo nas margens do Reino: já descera correndo as escadas, como uma sombra, já tossira discretamente no saguão de entrada, já sussurrara algum disparate do porão. Estranhamente, até seu sussurro era audível para Rotsky — apesar de toda a bacanal sonora que fervia dentro de sua caixa craniana.

Também foi estranho que, agora, o sr. Tinnitus mostrou-se como libertador. Detendo-se em frente à soleira do quarto (Rotsky não viu, mas sentiu de modo totalmente claro que ele já estava ali), o sr. Tinnitus como que abaixou a cortina. Para a primeira onda do Rangido, pronta para invadir o quarto, sua ilusória figura acabou sendo uma barragem insuperável. A onda foi detida nos arredores de Rotsky. O rugido, sem alcançar seu apogeu, indubitavelmente recuava e declinava. Rotsky não notou de imediato que o pior já passara. Mas, quando finalmente abriu os olhos e lançou um olhar para fora da confusão de travesseiros e lençóis, o senhor de cartola mais uma vez não estava mais lá. Então, Rotsky enfim conseguiu pegar no sono.

Ele sonhou comigo. Eu disse a ele que tinha escrito sua biografia até o momento presente — aquele em que nós estamos agora. Salientei que não ousaria parar, pois nem os biógrafos têm o direito de parar o momento. Porém, se ele quisesse, eu assumiria o curso subsequente dos acontecimentos. Eu consigo sozinho, respondeu Rotsky. Então escute o meu plano, disse eu, e Rotsky acordou.

Tudo o que concerne aos acontecimentos subsequentes com Anime estão só na imaginação. Porém, existem coisas que podem ser imaginadas com a máxima certeza de que foi exatamente assim que tudo aconteceu. Anime não seria ela mesma se tivesse se conformado com o rapto e não procurasse maneiras de sair. E ela ainda se lembrava de que o mal só se vence com o mal. E, por isso, os primeiros incêndios florestais daquele verão na ilha desencadearam-se justamente quando tinham que se desencadear.

Seus raptores, guardas, tutores, guarda-costas, os integrantes de sua escolta, composta de três pessoas no total, não eram nem brutais demais, nem agressivos demais. Lá de cima, eles haviam sido incumbidos de uma tarefa não só costumeira, como até rotineira: manter a garota capturada por eles (que, pelo visto, era importante para os chefes, por alguma razão) num objeto afastado — também chamado de isolado — na parte predominantemente montanhosa da ilha. A seguir, foi exigido deles transportar a cativa para um lugar de que eles ficariam sabendo a partir da ordem correspondente. Estar alerta, vigiar e aguardar — e só.

A tarefa parecia mais simples que o normal — em geral, tinham que praticar algumas torturas psicológicas ou também físicas, intimidar, chafurdar nas fobias de alguém, nas manias de alguém, ou, o que era ainda mais desagradável, nos orifícios anais de alguém, e competir para ver quem arrancava a maior quantidade possível de dentes com uma só coronhada. Eles não fizeram nada parecido com Anime, pois não receberam nenhuma instrução para isso. A que veio, em vez disso, pareceu um tanto exótica, e a novidade era até tranquilizadora: eles receberam a incumbência de fotografar bem de perto pedaços das tatuagens dela. Anime resistiu, então tiveram que amarrá-la brevemente. Eles ficaram um bom tempo rindo do Buda-Gandhi, e, no fim das contas, o mais novo também era fã da Princesa Mononoke — depois Anime e ele trocaram algumas frases introdutórias.

Depois de um tempo, todos os três acostumaram-se com a impressão de que a prisioneira estava bem com eles, e não havia sentido algum em mantê-la trancada no porão: ela não teria para onde escapar, de qualquer maneira. O de braço comprido, além disso, enfiou na cabeça a ideia de que, a partir de então, Anime faria comida para eles. Depois de uma massa experimental, que ela fez com atum e pepinos em conserva, eles chegaram à conclusão de que, nesta vida, ela ainda daria uma razoável cozinheira. Daria se escapasse deles (hi-hi) viva.

Ao fim daquela manhã como sempre escaldante, ainda à espera do sinal da chegada à ilha da Cúpula Superior, com todos os seus integrantes, os guardas acomodaram-se à sombra do alpendre e tentaram se divertir, cada um como podia, mexendo em seus smartphones. O de braço comprido tentava jogar num cassino e toda vez dava uma cusparada por causa da internet horrivelmente desacelerada. O mais novo, usando fones de ouvido, estava vidrado na última temporada de *Mestres da espada*. Já o do meio mergulhara de cabeça numa tradução pirateada do best-seller neomarxista *As aventuras mais legais das reservas bancárias nos tempos pós-financeiros*, baixado alguns dias antes.

Anime, enquanto isso, ficara livre para enfiar-se no arvoredo de mancenilheiras que havia nos arredores, onde colheu uma tigela inteira de aromáticas frutinhas esverdeadas. Quando ela as colocou em cima da mesa diante dos guarda-costas, nenhum deles perguntou por que a garota estava usando luvas de cozinha. Afinal, perguntar o quê? Devia ser por causa de todos os espinhos naqueles arbustos e moitas. Todos os três, em silêncio e com ar desatento, esticaram-se para pegar os frescos mimos, atraídos pelo aroma adocicado e, como puderam constatar, pelo gosto, que não era dos piores. Nenhum dos guarda-costas nunca tinha ouvido falar do fato de que, no mar do Caribe, aquelas mesmas frutas eram chamadas de maçãs da morte, e de que as árvores eram cercadas com fitas vermelhas, indicando, a eventuais desavisados, o veneno contido nelas. Anime, por sua vez, não só ouvira falar — ela sabia.

Já no terceiro pomo, começaram a sentir um horrível ardor na garganta e na barriga. Aos primeiros sintomas, acrescentaram-se lágrimas, suor, vista escurecida e falta de ar. Pouquíssimos minutos depois, eles começaram a perder ridiculamente a consciência e, contorcendo-se de maneira espasmódica, a desabar no chão. O que suportou por mais tempo foi o de braço comprido — e eram justamente seus braços que tentavam agarrar o ar, enquanto a língua não conseguia mais nem suplicar, nem praguejar, inchando instantaneamente e preenchendo toda a cavidade bucal, e quase que espremendo os dentes para fora.

Antes de deixar o local em que fora aprisionada, Anime não se esqueceu de fazer uma pequena fogueira na *cabana do guarda-florestal*. Quando ela pegou a trilha meio encoberta pelo mato e, dominando com esforço um ataque de náusea e uma leve tontura, desceu correndo até a rodovia, uma parte visível da floresta nas encostas atrás dela já tinha sido tomada, e a cabana do guarda-florestal estava completamente envolta pela cáustica fumaça das mancenilheiras.

Tudo poderia ter acontecido assim. E tudo certamente aconteceu assim mesmo.

E não quero de jeito nenhum acreditar na outra versão segundo a qual, naquele dia, em meio ao fogo, não haviam morrido três pessoas, e sim quatro, sendo que um dos corpos queimados pertencia a uma jovem mulher não identificada.

A manhã de Jos Rotsky começou com as coisas se assentando lentamente. O *tinnitus* recuara e se afastara em todas as suas direções: a da água, a do furacão, a biológica e a sonora. Falando propriamente, desde o dia anterior só as cigarras não tinham sumido, mas com elas dava perfeitamente para se acostumar, assim como com o onipresente sul e seu calor.

O *tinnitus* tinha sumido, porém o desatino não fora a lugar nenhum. A cabeça era martelada por aquelas mesmas variações narrativas, aquelas mesmas aberturas de frases que, em algum momento, já tinham ficado na peneira de uma seleção interna, como se fossem eternamente as mesmíssimas atrizes num casting.

Agora chegou o dia em que... Aquele dia fatídico, no qual... Nunca me esquecerei, pelo resto da minha vida, de quando... Nunca me esquecerei, pelo resto de minha vida, daquele dia fatídico... Aquele dia fatídico mudou para sempre e de maneira irreversível o destino, não só o meu, como também...

Naquele dia fatídico, aconteceram de uma só vez diversos eventos que... A partir daquele dia fatídico, iniciou-se uma nova página que... A partir daquele dia fatídico, iniciou-se uma nova época em que.

O desatino não permitia que se concentrasse. Por exemplo, havia uma indecisão catastrófica quanto ao que vestir. Camisa sem colarinho ou com? Recém-lavada ou usada duas vezes ao longo da última semana e meia? Calças claras, assim como a camisa? Listrada ou de zíper? Ou talvez com botões? Ou talvez umas calças justas do joelho para baixo? Não seriam frívolas demais para uma execução?

A única escolha certa foi a bandana. Não, não um chapéu, que, depois de obrigatoriamente voar da sua cabeça, vai parar sabe-se lá onde.

Então, a atrapalhação com as opções de roupa foi sobreposta pelo pensamento no táxi. Rotsky correu até a mesinha de telefone, que os locadores da residência, para sanar as necessidades de seus inquilinos, haviam atulhado com todo tipo de tralha informativa, sobretudo na forma de cartões de visita: a mais próxima, mais barata, mais típica, mais tavernosa das tavernas, um pizza-café, um metaxa-ouzo, uma oficina de conserto de guarda-chuvas e sifões, um minimercado, um mercado, um super e um hipermercado e, finalmente, ele: o *Servus Taxi* (Táxi Servus). E como é que se poderia evitá-lo, quando, em meio às suas ofertas especiais:

chamada gratuita!

chegada do veículo a qualquer endereço dentro da ilha em 3-4 min.!

o preço quem determina é Você!

Rotsky não se assombrou. Nem com o item do preço, que ele mesmo deveria determinar. Nem com o nome do transportador, que ele, afinal, poderia ter lido sem a devida atenção, confundindo Servus com o bem mais banal *Service*. Naquele dia... Naquele fatídico dia, Rotsky jurou não se assombrar de modo algum. Naquele dia, não havia espaço para assombro.

Porém, se o segundo item — o que se referia aos três a quatro minutos levados pelo serviço para chegar até o cliente — correspondesse à verdade, Rotsky teria que se apressar. O veículo poderia já estar à espera em frente ao prédio, e Rotsky ainda tinha que ir ao porão. Correndo escada abaixo até lá no fundo, Rotsky lembrou-se de alguma coisa bem diante da porta do porão. O que era, perguntou a si mesmo. Então, subiu novamente aos saltos, abriu o apartamento e escolheu uma pasta de um tom ruivo claro (eles a chamavam de pasta do professor) — um dos últimos presentes de Anime, que, por algum tempo, pareceu sem sentido, e agora servia. Já com a pasta, Rotsky desceu correndo outra vez para o porão, mas, diante da porta, outra vez lembrou-se de alguma coisa: o táxi já deve estar aqui, ele teria que dizer ao motorista que esperasse alguns minutos. Rotsky subiu até o portão de entrada, deu um espiada em direção à travessa e, involuntariamente, sentiu no ar um leve cheiro de fuligem. Muito oportuno, constatou Rotsky. Mas o táxi ainda não chegara. Então, ele acabou correndo até o porão e até entrou lá.

Eram quatro garrafas (prontas). Rotsky levou três na pasta e deixou uma em cima da mesa. Depois de subir outra vez até o portão, ele pensou que três poderiam ser pouco, certamente acabariam sendo pouco. Portanto, ele correu de novo para baixo, em direção ao porão, e apanhou a quarta garrafa.

Lá fora, estava à espera dele um conversível vermelho e preto, de dois lugares, com uma inscrição na porta (era mesmo Servus!).

"Eu amo o senhor, Jos", saudou-o o motorista.

Rotsky não ficou surpreso. É evidente que ele poderia ter feito diversas perguntas — e teria até ouvido uma prosa não inteiramente absurda a respeito de ter ido à falência, contraído dívidas, fugido para a Romênia, de lá, para a Bulgária, para a Grécia, e agora estava ali naquela ilha, dirigindo táxi. Mas Rotsky não perguntou nada, pois Mef é Mef, e ele simplesmente não conseguia não aparecer para ajudar. E sua ajuda já se fazia sentir naquele momento: o desatino de Rotsky parecia ter sumido magicamente — e a plena consciência pareceu voltar. O desatino de Jos chocou-se com o atino de Mef — é assim que aquilo deveria ser chamado. E não tinha importância que ele, naquele dia, não estivesse usando um de seus ternos impecavelmente ajustados, e sim uma camiseta de basquete e shorts, pois a cabeça estava tosquiada e esticada, como sempre, e, na apertada cabine, não dava para respirar por causa do Gravity Master — como se, coisa de meia hora antes, tivessem despejado intencionalmente ali um frasco de três litros do mencionado perfume.

"Temos que ir até aqui", Rotsky mostrou as coordenadas recebidas da Mob durante a madrugada.

"Aham", Mef meneou a cabeça. "Justamente onde está pegando fogo."

"Conhece esse lugar?"

"Conheço. É bem deserto. Aqui em geral é deserto, mas ali não tem uma alma. Só uma ruína estrada acima."

"Mas que ruína, Mef?"

"O templo de Cibele, a grande mãe dos deuses", informou Servus com a solene certeza de um historiador local. E acrescentou: "Cultos pré-aqueus, já ouviu falar?".

"Não é das Hécates?", duvidou Rotsky. "Será que não é um templo das Hécates?"

"Talvez seja das Hécates", concordou Servus, de maneira inesperadamente rápida. "Uma das duas coisas."

Dirigiram para fora da cidade velha e, passando pelo teatro de marionetes e pelo antigo palácio do governador, alcançaram o porto.

"Eu negociei por muito tempo", contou Jos. "Eles recusaram algumas vezes, mas acabamos nos acertando. Agora, parece que eu tenho que sair primeiro e ir na direção deles. Eles vão mandar a Anime na minha direção quando eu tiver percorrido pelo menos dois terços da distância entre o seu carro e eles. Quando eu cruzar com ela, vou começar a abraçá-la..."

"Com os braços?"

"Com o que mais, Mef?"

"Então com só um. O senhor está levando a pasta."

"Aaah. Que nada. Ela não vai. É exigência deles. Eu tenho que estar sem nada. Mãos vazias, Mef."

"Para um encontro desses, não é bom ir de mãos vazias."

"Eu sei. Por isso, cuidado com a pasta. Não tem ovos aí, Mef."

No ar, era cada vez mais perceptível o cheiro de fumaça. Servus não escondia a satisfação e, se não fosse o volante, certamente teria esfregado as mãos. Mas o motivo de sua empolgação não podia consistir só em seu amor pela fuligem que vinha ao encontro deles.

Não muito longe do porto, apareceu atrás deles um off-road de aspecto bastante severo e pintura pantanosa. Rotsky ainda não o notara, mas Servus já não tinha dúvidas:

"Está vendo aquele Rubicon, Jos? Ou é um Ford Super Duty? Ou de repente um Raptor?"

"Quem é?", Rotsky não entrou na dele.

"O senhor sabe bem quem é. São eles."

Servus proferiu a última palavra de um modo que exigia que Rotsky acrescentasse: os agentes do Regime.

"Não deveriam estar aqui. Era só o que faltava."

Servus não considerava que a perspectiva fosse tão ruim assim:

"Vai ser mais divertido com eles, Jos. Onde dois estão lutando, um terceiro é *very welcome*! Mas preste atenção, que automóvel fino! Então é para isso que vão os impostos do povo sob uma ditadura!"

Ele caiu na gargalhada e arrematou:

"Mas agora nós vamos fazer com que eles..."

"Pode abrir a capota?", perguntou Rotsky, olhando para trás. "E ir um pouco mais devagar?"

"Para quê, Jos?"

"Para deixar que eles cheguem mais perto."

"Mas para quê?"

"Eu poderia atirar uma coisa neles. Pela nossa revolução."

"Nada disso", recusou Servus. "Guarde o carregamento para os de lá. Desses aqui eu cuidei."

"Vai cuidar?", perguntou Rotsky.

"Cuidei. Já cuidei", disse Servus, num tom sério e grave, e, por um instante, o cheiro de Gravity Master ficou ainda mais denso.

O off-road do Regime — Ford, Mercedes, Dodge, Nissan ou alguma outra coisa do tipo — avançou a toda. Estranhamente, o pequeno conversível ainda conseguia manter distância. Embora não conseguisse se afastar. Ou simplesmente não quisesse.

Até então, eles tinham corrido por uma rodovia relativamente larga, com o mar o tempo todo à direita. Mas, agora, depois de cruzar voando mais um semáforo verde, Servus dobrou na direção de uma estrada consideravelmente mais estreita, que levava abruptamente para cima. Os agentes do Regime fizeram o mesmo. Eles ficaram a sós: além dos dois carros, não se via nenhum outro naquela estrada. E uma fumaça escura ia se estendendo sobre eles, como uma seda cada vez mais amarga.

"Estamos quase no lugar", anunciou Mef depois de dez minutos de silêncio.

"Talvez agora?", Jos esticou-se para pegar a pasta.

"De novo com essa?"

"Mef, temos que fazer esses aqui nos largarem, enquanto os outros não chegam. Tem certeza de que damos conta de dois lados ao mesmo tempo?"

"O templo de Cibele está à esquerda, acima de nós", informou Servus, em vez de responder. "De Cibele ou das Hécates. Uma das duas coisas. É logo depois da curva..."

Depois da curva, onde a estrada, já bastante estreita, estreitava-se ainda mais, virando uma tirinha bem fina de asfalto entre uma parede de rochedos e — à direita — um barranco, eles por pouco não deram de frente com a primeira das vans. Sua tarefa era deixar o táxi avançar (adiante e para o alto) — em direção à segunda van — e ficar atravessado, cortando o caminho de volta para o conversível. Na primeira van, estava a chamada carne — os combatentes da Mob, que, ao mesmo tempo, protegiam a Cúpula Superior, cujos membros, o chamado cérebro, esperavam pela aparição de Rotsky na outra van, a uma distância de duzentos metros da primeira. Uma disposição pensada de maneira ideal.

"Já são eles?", Jos perguntou, enquanto Servus, freando com uma suavidade incrível em comparação à correria anterior, contornou meticulosamente a primeira van, e seu táxi viu-se como que numa armadilha entre a carne e o cérebro.

"São eles? A Mob?", indagou Rotsky, que nem esperava por uma resposta.

"Meu amigo Jos, pare com isso", respondeu Servus, finalmente dominando o volante. "E quer saber de uma coisa? Não tem Mob nenhuma. O que tem é um agrupamento internacional de fantasistas pretensiosos, formado principalmente por pessoas que escrevem roteiros que nunca serão filmados. E esses coitados..."

Ele não terminou: atrás dele, ouviu-se um estrondo ensurdecedor, com elementos daquele mesmo Rangido que Rotsky conhecia tão bem, e isso só podia significar uma coisa: o veículo do Regime — um Runner, Cruiser, Mercedes, Ford, Range, Wrangler, ou qualquer outra coisa do tipo —, depois de dobrar a curva com toda a velocidade, chocara-se catastroficamente com a primeira van da carne, atravessada em seu caminho. Ambos os veículos explodiram ao mesmo tempo, lançando para todos os lados escombros incandescentes e corpos humanos.

"Mais fumaça!", berrou Servus, com alegria. "Que queime tudo aquilo que há muito já apodreceu! Jos, o senhor não sabia que eu sou um pirotécnico de alma?

"Um a menos", suspirou Rotsky.

"E agora..."

Você sabe. Agora é você. Chegou sua hora. Vá. Só se morre uma vez.

Atrás de você, explosão e chamas; pela frente, confusão. A van em direção à qual você se arrasta pelo asfalto amolecido, como massa de modelar aquecida, dá ré, assustada.

"Combustão espontânea?", quis saber ele um minuto antes, com ar ocupado, olhando para a pasta.

"Só assim", respondeu você. "Antitanques."

"Então glória à nossa vigésima barricada!"

E depois de ficar só um instante em silêncio:

"Se Deus não é um vacilão, eu também não sou um bandidinho. Vamos lá, Jos."

O conversível vai seguindo, alguns metros atrás de você. Não seria hora de abrir a capota?

Na van à sua frente, o cérebro borbulha de tensão.

"Não vou dar um passo adiante!", você grita para eles. "Mostrem a garota!"

Eles param de dar ré, o veículo se detém.

"Ela está com vocês?"

Finalmente respondem:

"Mais perto! Chegue mais perto!"

"Nem um passo mais perto! Enquanto não mostrarem, nem um passo!"

"Ela está aqui! Chegue mais perto — e vai ver!"

Você vai. As cigarras aqui são ainda mais altas. Todo o resto é fumaça. E, portanto, fogo. A ilha das cigarras e do fogo.

No meio da ilha, uma voz: *Ela não está lá. Eu sei.*

Quem disse isso? Você ouviu? De onde?

A van com o cérebro dá partida e se move. Agora, na sua direção — adiante. E, de dentro dela, gritam:

"Mãos! Mãos ao alto!"

Você olha para trás, para o conversível. Eles mesmos querem isso, Mef. Você ergue as mãos.

Por cima das cabeças, voam os coquetéis. Essa palavra também tem esse significado. Combustão espontânea. Antitanques. Mef vai completar. As garrafas voam. O líquido vai se espalhar corretamente e pegar fogo de maneira oportuna.

Hoje, meu amigo, ainda temos pouco fogo. Bote mais. Você olha para trás.

Por detrás da parede de fumaça preta, não se vê mais o conversível, nem Mef.

Em compensação, à frente, há um clarão. Um grande espetáculo de fogos de artifício. O cérebro na van está queimando e derretendo, e você quer se deitar com o rosto virado para o asfalto, amolecido como massa.

Só isso.

O céu e os rochedos estremecem e explodem no último momento.

Do alto, onde um drone de reconhecimento de incêndio rodeia, em pânico, seu corpo jogado sobre o rochedo pode parecer morto.

Amigos, eu ficaria muito feliz em conduzir esta última transmissão noturna antes de minha execução. Seria mesmo uma transmissão ao vivo, direta. Mais direta que isso não existe no mundo.

Imaginem só. Eu falo algo do tipo: "Dentro de alguns segundos — peço sua atenção para minha sufocação. Especialmente para vocês, Jossyp Rotsky esteve sua vida inteira ao microfone. Agora estou pronto. Eia!". E, depois, de fato: vocês ouvem uma espécie de sufocação. Ou o som de uma cabeça decepada batendo contra um piso de madeira.

Mas eu estou em segurança, nenhuma execução está prevista. Estou na mais segura de todas as seguranças possíveis — na perpétua.

Vocês estão ouvindo a Rádio Noite. Logo, logo, serão oito horas, e nós vamos nos despedir.

Eu queimei meia ilha. Com o auxílio dos chamados coquetéis molotov, mandei para o outro mundo meia dúzia de pessoas e destruí completamente três automóveis. Mesmo sem levar em conta meus atos anteriores, é perfeitamente justo me considerar um reincidente extraordinariamente perigoso.

Para gente como eu, a nossa Europa previu uma quantidade minúscula de prisões excepcionais e quase secretas. Ela situou cada uma delas em alguma ilha muito afastada e pouco conhecida. Pequena a ponto de não estar em nenhum mapa. Estou satisfeito com a minha localização. Quando saio para o passeio vespertino, posso ver dois oceanos. Embora, na verdade, eles sejam um.

Não tenho queixas. Tenho permissão de não dormir. Fui liberado dos soníferos obrigatórios. Consegui fazer com que me abrissem o acesso não só a toda a música do mundo, como também a meu próprio canal de rádio. Vocês estão escutando esse canal. Que mais eu poderia desejar?

Eu sei o que desejar.

Deus, como vocês são felizes por poder morrer! Só para mim parece que não vai acontecer. Eu, no fim das contas, não morro. Conseguem imaginar essa coincidência estúpida, graças à qual meu aprisionamento perpétuo é realmente eterno? É melhor nem imaginarem. Pois isso é como o Rangido eterno, não recomendo a ninguém se meter nisso. Passem longe, passem a um quilômetro disso.

Fui morto algumas vezes. Mais precisamente, tentaram me matar, e não parece ter dado certo. Eu continuo vivo. Eu me safei de tantas fraturas, surras, dores e queimaduras que vocês não acreditariam. O pior foi quando quebraram um dedo por dia. Acontece que até isso dá para suportar. Se Deus é nosso pai.

Eu, nesta vida, sou um prisioneiro de Deus. Vocês podem colocar a ênfase lógica em qualquer palavra dessa última frase. E não estarão errados.

Não tenho queixas e não me queixo. No mínimo, porque tem gente que está bem pior do que eu. Por exemplo, um conhecido meu também pegou perpétua — e, ainda por cima, num vinhedo. Daria para invejar o conforto dele. A única coisa ruim é que não sobrou nada dele, além de um hemisfério do cérebro. É assim mesmo que ele está agora.

Já eu, tenho uma rádio, à noite. A Rádio Noite. E vocês estão me escutando. Agora, vai dar oito horas, vou tocar a última música para vocês... E, então, o quê?

Será segunda-feira, 13 de dezembro. Ainda estará escuro. De tarde, haverá um passeio no terraço. Dá para olhar para o mar por uma hora inteira. Ficar a ver navios — ou um avião dos correios, vindo do lado da Groenlândia. E se de repente eles a trouxerem, mesmo que só por um dia ou dois? Eu só olharia como está a barriga dela — e só. Pelo menos isso.

E, no mais, seria bom se nevasse. Gosto tanto quando neva em dezembro. Você atravessa a praça — de algum lugar perto dos correios até o conservatório, só gente sua em todo lugar, aquecendo-se ao redor das fogueiras, respirando calidamente e convidando você para suas tendas. E isso não tem fim, e nunca terá: eu, nós, o nosso inverno, a neve.

Só temos mais MaryVo com **Des' Tam**.[1]
Com vocês, esteve Jossyp Rotsky.

1 Literalmente, "Lá em algum lugar".

Aos meus leitores brasileiros

Yuri Andrukhóvytch

Ivano-Frankivsk, Ucrânia, outubro de 2024

Um dos começos deste romance acontece em Varsóvia, em 2005. Eu tinha chegado à capital da vizinha Polônia para algumas apresentações e fui oportunamente convidado por uma rádio. Era uma rádio estudantil, aparentemente afiliada, de algum modo, à Universidade de Varsóvia. Isso significava que os autores e apresentadores dos programas eram exclusivamente jovens, estudantes. A entrevista tinha que conter surpresas — fui advertido disso —, o que, afinal de contas, se confirmou. Uma das perguntas foi mais ou menos assim: "Se, em algum momento da vida, você deixasse de ser escritor, ou seja, se não quisesse ou não pudesse mais escrever, a que se dedicaria?". Não me permiti pensar por muito tempo e respondi a primeiríssima coisa que me veio à mente: "Eu abriria minha própria estação de rádio, uma rádio noturna. E, todas as noites, só tocaria nela músicas tristes. As mais tristes que podem existir. Ah, já tenho até um nome para essa estação: Rádio Tristeza!". Nós rimos um pouco da minha ideia espontânea e, pouco depois, nos esquecemos dela. Pelo menos eu me esqueci por longos anos.

Mas certas coisas, uma vez proferidas, por vezes voltam para nós. Em dezembro de 2017, quando meu romance anterior, *Os amantes da justiça*, já estava prestes a sair da gráfica, e eu já estava um pouco inquieto por até então não ter qualquer ideia para o próximo, veio de repente uma iluminação, na hora do tradicional passeio matutino com meu cão. Era certeza: meu próximo romance se chamaria *Rádio Tristeza*! Acho que naquele mesmo dia comecei a refletir e até a fazer as primeiras anotações.

A essas duas coisas — à reflexão e às anotações preparatórias —, dediquei um ano. Durante esse tempo, reconsiderei a ideia original de um romance como um monólogo contínuo do herói, que estaria em algum lugar, em sua rádio noturna, interrompendo de quando em quando seus pensamentos e narrativas com mais uma dose de sua música favorita. Esse conceito, talvez até formalmente interessante, cairia bem melhor num rádio-drama, possivelmente com alguns episódios. Para um romance, por sua vez, ele poderia parecer limitado demais e trazer o risco de uma inevitável monotonia.

Foi assim que, em minha imaginação, surgiu um segundo narrador — o biógrafo anônimo do herói Jossyp Rotsky. Ou seja, mais uma voz, a voz do Outro. E, com ela, surgiu também outra perspectiva e outra óptica — de fora, de outro mundo, de outra sociedade, de outra cultura: uma visão externa, para não dizer estranha. Restava a mim entrelaçar ambas as vozes — a do herói e a de seu biógrafo — de modo que seus relatos se completassem mutuamente e, ao mesmo tempo, que elas se opusessem uma à outra em muitas coisas, e de modo perspicaz.

Foi em algum momento naquela época que tive que renunciar à palavra "tristeza" para o título — um jovem autor ucraniano acabara de publicar seu primeiro romance, com o título *Capitão Tristeza*. Me lamentei, mas hoje considero que "Rádio Noite" é um título mais adequado para meu romance.

Agora, de volta para o começo.

Na primavera de 2005, no estúdio da rádio estudantil em Varsóvia, relembrando a então recente Revolução Laranja ucraniana, eu não poderia saber que, oito anos depois, seria testemunha e participante de mais uma: a Revolução da Dignidade. Ela durou três meses (de 21 de novembro de 2013 a 22 de fevereiro de 2014) e custou algumas centenas de vidas. No que se refere a membros quebrados, dedos arrancados, ferimentos a bala, vias aéreas queimadas por gases, articulações torcidas, testas afundadas, mas também olhos arrancados, mandíbulas deslocadas e muitos outros danos, isso simplesmente não dá para contar. Foi um confronto brutal, bem no centro da capital ucraniana, onde, pela primeira vez na história da Ucrânia independente (e, espero eu, pela última vez), o governo, de maneira regular e planejada, usou de uma violência cada vez mais brutal, ou seja, houve uma escalada intencional de violência e, em grande medida, ditada pela Rússia. Porém, todas as vítimas e todas as lesões não foram à toa: a revolução triunfou, e o presidente-assassino, cada vez mais semelhante a um rato acuado num canto, fugiu para junto de seus senhores, ou seja, para a Rússia. A tentativa desta última de instaurar em nosso país uma ditadura controlada a partir de Moscou falhou.

No meu romance, há muita coisa que lembra aquela nossa revolução. A diferença é que, aqui, a revolução não triunfa, e sim sofre uma derrota terrível e esmagadora. Esta é, portanto, a minha versão da "história alternativa": o que teria acontecido se tivéssemos perdido.

Nossa Revolução da Dignidade tinha muitos rostos e símbolos. Um deles — tanto símbolo, como rosto (verdadeiramente escondido debaixo de uma balaclava) — era um músico misterioso que se apresentava como Piano

Extremist. Se vocês derem um Google nessas duas palavras agora mesmo, vão encontrar na internet uma quantidade bastante grande de vídeos curtos com a participação dele. Meu herói Jossyp Rotsky (pseudônimo revolucionário: Agressor) deve sua existência àquela pessoa.

Não, não posso dizer que o Piano Extremist foi seu protótipo. Conheço muito pouco — tanto dele, como sobre ele. Mas, em uma das noites mais duras da revolução, em janeiro, quando a temperatura do ar caiu abruptamente para quinze graus negativos, e o governo preparava mais um ataque em massa às nossas barricadas, trazendo, de diversos lados, unidades de polícia com equipamento completo de combate, eu tive a chance de ouvi-lo tocar ao vivo. Um piano de rua, velho e desafinado, completamente rodeado por manifestantes dispostos a resistir até o fim, ou seja, até a morte — um inesperado momento de verdade, que me atravessou por inteiro: nós não podíamos mais ser derrotados. E o autor daquele momento, ou, melhor dizendo, seu criador, foi certamente ele, o Piano Extremist. Então, eu deveria dedicar este livro a ele.

A ele e à música.

Seria difícil encontrar uma frase sequer neste romance que pudesse ter sido escrita sem música. Ou seja, sem que eu estivesse sob seu efeito. A música é uma das minhas dependências, e sem o acompanhamento ativo dela eu escreveria consideravelmente pior. Ou pelo menos escreveria de um jeito diferente. Eu mesmo, infelizmente, não aprendi a tocar nenhum instrumento. Porém, a língua ucraniana, na qual escrevo, me proporciona possibilidades inesgotáveis para a música. Além disso, trabalho muito com a entonação e com a voz: isso, por vezes, me permite, já ao longo de duas décadas, subir ao palco ao lado de músicos verdadeiros, bastante diversos, mas igualmente bons. Nós experimentamos com formatos e estilos, criamos performances que misturam música e palavras: improvisação, *free*, *prog* e *post-rock*, e até *punk-jazz*. Graças a essa experiência acumulada com o tempo, eu finalmente consegui escrever algo com que sempre sonhei: um *romance acústico*. Ou seja, um romance que pode ressoar. Um texto em prosa que pode ser inteiramente colocado em música — da primeira à última página. Um texto que pode ser declamado, cantado, transformado em correntes sonoras, pois nele, desde seu nascimento, vivem de maneira imanente ritmos e melodias.

Espero que vocês possam sentir isso em seu próprio idioma — tão mágico e musical.

Sumário

Rádio Noite   5

Se Deus é nosso pai   9
1   12
2   23
Esse foi Lubomyr Melnyk   33
3   37
4   50
No meu relógio   62
5   66
6   80
Eu fugi do Império   82
7   86
8   98
Na verdade, o nosso inverno   115
9   119

Atentar contra o atentado   121

De tudo o que foi dito   156
10   160
11   176
Três horas, quarenta e dois minutos   191
Da praça Pochtova   194
12   197
Não sei como está o tempo   219
This place is empty   223
13   226
14   237
Acabamos de escutar   255
15   258

Querem saber de uma coisa? 281

16 283

17 302

Nós escolhemos um amigo? 305

Vocês continuam ouvindo a Rádio Noite? 307

18 310

Amigos, eu ficaria muito feliz 335

Aos meus leitores brasileiros 337

RÁDIO NOITE, EM HOMENAGEM AO POVO UCRANIANO, COMPOSTO EM SOURCE SERIF PRO SOBRE PAPÉIS GOLDEN 78 G/M² PARA O MIOLO E SUPREMO 250 G/M² PARA A CAPA, FOI IMPRESSO PELA IPSIS GRÁFICA E EDITORA, EM SÃO PAULO, EM NOVEMBRO DE 2024. OUÇA E ESCUTE.

ZAIN – LITERATURA & MÚSICA.

TÉRMINO DA LEITURA: